敦煌诗歌集萃

【下】

纪忠元
纪永元
武国爱 主编

中国书籍出版社
China Book Press

图书在版编目（CIP）数据

敦煌诗歌集萃.下卷/纪忠元，纪永元，武国爱主编.——北京：中国书籍出版社，2023.8
ISBN 978-7-5068-9484-5

Ⅰ.①敦… Ⅱ.①纪… ②纪… ③武… Ⅲ.①诗集—中国—当代 Ⅳ.① I227

中国国家版本馆 CIP 数据核字 (2023) 第 127132 号

敦煌诗歌集萃·下卷
纪忠元　纪永元　武国爱　主编

责任编辑	尹　浩
责任印制	孙马飞　马　芝
装帧设计	闽江文化
出版发行	中国书籍出版社
地　　址	北京市丰台区三路居路 97 号（邮编：100073）
电　　话	（010）52257143（总编室）　（010）52257140（发行部）
电子邮箱	eo@chinabp.com.cn
经　　销	全国新华书店
印　　刷	北京市白帆印务有限公司
开　　本	710 毫米 ×1000 毫米　1/32
字　　数	457 千字
印　　张	19.625
版　　次	2023 年 8 月第 1 版
印　　次	2023 年 8 月第 1 次印刷
书　　号	ISBN 978-7-5068-9484-5
总 定 价	160.00 元（上下卷）

版权所有　翻印必究

目 录

邵燕祥　走敦煌 … 001
闻　捷　敦煌新八景 … 003
郭沫若　敦煌的花 … 013
李　瑛　敦煌的早晨 … 014
　　　　千佛洞 … 015
　　　　沙的传奇 … 017
　　　　红柳·沙枣·白茨 … 018
　　　　骆驼刺：一个低回的旋律 … 020
　　　　莫高窟纪游 … 022
　　　　祁连山 … 024
　　　　祁连山之鹰 … 026
　　　　疏勒河之歌 … 028
黄雍廉　灿烂的敦煌 … 031
梁上泉　敦煌月 … 033
石太瑞　党河曲 … 034

唐　湜	阳　关 … 036	
	敦煌旅思（组诗）… 037	
公　刘	《丝路花雨》剧评 … 042	
李　季	飞天词 … 047	
李云鹏	丝路采桑（组诗选二）… 048	
高　平	敦煌情歌 … 052	
	莫高窟秋风 … 053	
	敦煌二山 … 055	
	欢迎你来敦煌（歌词）… 058	
	登上阳关 … 060	
	沙水之恋 … 061	
	风中红柳 … 062	
	致沙枣树 … 064	
	净土之静 … 065	
	看藏经洞 … 066	
	月牙泉这样说 … 067	
	望阳关 … 069	
	回望敦煌 … 071	
	敦煌不再遥远 … 072	
	敦煌记事 … 073	
	一朵奇葩 … 076	
蔡其矫	敦煌莫高窟 … 077	
	阳　关 … 080	
敏　歧	月牙泉 … 082	

陈佩芸	飞　天	084
	月牙泉	085
瞿　琮	戈壁行旅（组诗）	087
韩作荣	塞上曲（组诗）	091
郭同旭	阳关怀古（外一首）	094
唐　祈	敦煌组诗	096
	阳　关	099
林　染	敦煌的月光	100
	敦煌，反弹琵琶伎乐天塑像	101
	敦煌飞天歌	104
	藏经洞的故事	106
	黄昏，在鸣沙山上	108
	白龙堆	109
	答土屋尚	110
	绿洲之歌	111
	敦煌之春	114
土屋尚（日）	敦　煌	117
尧山壁	莫高窟	118
	鸣沙山	119
	沙　枣	121
郝明德	古谱的复活	123
昌　耀	在敦煌名胜地听驼铃寻唐梦	125
	回　忆	126
浪　波	丝路彩笺（组诗）	127

何生福　致敦煌流派的开拓者 … 131
嘉　昌　敦煌诗简（组诗）… 132
　　　　莫高窟，假如…… … 134
　　　　敦　煌（散文诗）… 135
　　　　敦煌三章（散文诗选二）… 137
　　　　敦煌的蓝天 … 138
邵永强　去一个美丽的地方（歌词）… 139
　　　　阳关柳（歌词）… 140
　　　　长相思　在敦煌（歌词）… 141
　　　　西去的路（歌词）… 142
阳　飏　边塞抒情诗（组诗）… 143
　　　　写给敦煌 … 148
　　　　在阳关遗址 … 150
　　　　莫高窟和我的诗 … 151
　　　　敦煌鸣沙山 … 152
　　　　今夜，我在敦煌 … 152
菲　可　我来到敦煌 … 153
杨　树　鸣沙山（外一首）… 154
　　　　在边塞行吟（组诗选二）… 155
蒋兆钟　敦煌，美的旋律（组诗）… 157
李　新　莫高窟抒怀（组诗）… 162
井上靖（日）　敦煌诗页（组诗选二）… 165
　　　　盘脚弥勒 … 167
　　　　千佛洞点画 … 168

	胡旋舞… 169
葛佳映	飞天遐思… 170
熊召政	寄阳关… 175
何　来	翩然飘飞的思念… 180
宁　宇	敦煌梦… 182
蔡国瑞	丝路拾诗（组诗）… 183
翼　华	从敦煌走向哨所（组诗）… 187
邹荻帆	致戈壁… 191
匡文留	来自浦江的导游姑娘… 200
马俊生	玉门关春色… 203
高　深	敦　煌… 205
杨　牧	汗血马… 207
	阳　关… 209
	玉门关… 211
张　杨	敦煌的美学… 213
胡丰传	美和文明的象征… 214
鄢家发	西北序曲（组诗选二）… 215
晏建中	宕泉河情思… 218
刘湛秋	阳关，我没有见到你… 220
苗得雨	到敦煌去… 222
	写飞天… 223
严　辰	敦煌引（组诗）… 225
张恩奇	牵驼人… 232
汉尚烈	敦　煌（歌词）… 234

　　　　　渥洼池… 235

刘惠生　驼铃梦… 236

吴辰旭　阳关林场（散文诗）… 238

黎焕颐　在古阳关遗址… 240

王　爱　柽　柳… 242

牛　汉　汗血马… 244

屠　岸　鸣沙山… 246

　　　　　月牙泉边骑骆驼… 248

戴安常　丝路秋情（组诗选二）… 250

海　子　敦　煌… 252

漠　西　敦煌的留恋… 253

林　莽　正午，莫高窟… 255

　　　　　夕阳中的阳关烽燧… 256

　　　　　渥洼池… 257

李小雨　敦　煌… 259

曲　近　敦煌梦… 261

　　　　　敦　煌（二首）… 263

　　　　　阳关三吟（组诗）… 265

陈新民　莫高窟群像（组诗）… 269

苏锐钧　莫高窟咏叹… 272

　　　　　我唱敦煌… 274

董培伦　敦煌新月… 278

冯其庸　西域吟（节选）… 279

雁　翼　阳关内外十四行（组诗选三）… 281

吴淮生	黄昏，在丝绸之路上 … 284	
	莫高窟一瞥 … 285	
	夜访敦煌月牙泉 … 286	
老　乡	在光芒深处 … 287	
	一只逃出壁画的鹿 … 288	
	看见和看不见的 … 289	
	开采云霞的工匠 … 289	
	阳关月 … 290	
严　炎	月牙泉（散文诗）… 292	
成　倬	泉边，不老的诗情（散文诗）… 293	
唐大同	月牙泉 … 296	
孙　谦	惊鹿 … 297	
白　渔	阳关路上（组诗选二）… 299	
洪元基	阳关颂 … 301	
	月牙泉歌 … 302	
叶　舟	敦煌十四行 … 304	
	敦煌夜曲 … 305	
	敦煌太守 … 308	
	阳关三叠 … 310	
	玉门关 … 311	
	敦煌的月光（外一首）… 311	
	敦煌短歌（组诗）… 314	
刘德义	阳　关 … 321	
	玉门关 … 322	

　　　　　巴尔湖的变迁 … 323
　　　　　追梦阳关 … 325
周维平　古阳关印象 … 328
　　　　　敦煌魂曲 … 328
　　　　　飞　天 … 329
　　　　　鸣沙落日 … 330
查　干　静读月牙泉 … 332
　　　　　月牙泉边说岑参 … 333
李茂锦　藏女敦煌情 … 335
　　　　　敦煌棉歌 … 337
　　　　　走向玉门关 … 338
海　啸　再回敦煌 … 341
李滋民　阳关怀古（歌词）… 342
　　　　　敦煌之恋（歌词）… 343
　　　　　月牙泉的呼喊（歌词）… 344
卜　才　赤布僧伽梨 … 345
秦川牛　阳关三叠 … 347
赵之洵　屐　痕（组诗）… 348
　　　　　敦　煌 … 352
林　野　遥望长城 … 354
　　　　　阳　关 … 355
　　　　　月牙泉断想 … 356
方健荣　在敦煌（组诗）… 357
　　　　　边走边唱（组诗选四）… 360

　　　　　阳关，大风（组诗选三）… 364

　　　　　致阳关追梦人… 367

曲有源　鸣沙山… 372

孙　江　敦煌：沙如雪… 373

　　　　　鸣沙山下… 374

　　　　　敦煌沙数… 375

　　　　　日暮阳关… 378

张满隆　壁画上的弯把犁… 380

石寿伦　阳关外的风声… 384

古　马　敦煌幻境… 386

　　　　　阳关，我捡到一枚汉代五铢钱… 388

胡　杨　大泉河一带… 389

　　　　　父　亲… 390

　　　　　家　乡（组诗）… 391

　　　　　新店台… 394

　　　　　敦　煌（组诗）… 395

　　　　　玉门关（组诗）… 403

高　凯　苍　茫… 407

　　　　　寻梦玉门关… 408

彭金山　鸣沙山之夜… 409

阿　土　玉门关… 411

于　平　敦煌女孩（歌词）… 412

　　　　　弯弯的月牙泉（歌词）… 413

朱增泉　阳　关… 414

9

林　昌	月牙泉（歌词）… 417
	梦"飞天"（歌词）… 418
亚　楠	西部变奏（散文诗四首）… 420
	鸣沙山落日（散文诗）… 424
国　风	月牙泉… 426
巫　遒	敦煌，戈壁明珠（微型诗）… 428
于　进	雅丹地貌… 430
杨海潮	月牙泉（歌词）… 431
刘向辉	弯弯月牙泉（歌词）… 432
万小雪	阳关：一个诗人的背影… 433
崔吉俊	阳关叹… 435
	玉门雄风… 436
颜廷亮	阳关颂… 438
倪长录	阳关，痛饮残阳如血（组诗）… 439
徐兆宝	走进敦煌… 444
石　凌	梦回敦煌（组诗）… 447
成永军	八月的阳关… 451
李　璇	阳　关… 454
	鸣沙山… 455
洪　烛	在敦煌… 456
	敦煌，闪光的沙子… 456
张继平	沙泉绝恋… 458
宗　海	天边的敦煌（组诗）… 460
	玉门关… 462

葛晓伟　阳关，每一粒沙都经历了一场蜕变 … 465

魏　来　西出阳关 … 467

苏美晴　丝路阳关 … 469

小　青　阳关二重奏 … 471

柴剑虹　咏《敦煌诗选》… 473

王　英　忆阳关 … 474

　　　　天泉一眼 … 476

张宏勋　拜阳关王维石像有感 … 478

秦作方　问道阳关 … 480

杨虎玲　阳关怀想 … 483

曹姿红　仰望，阳关 … 484

　　　　沧桑玉门关 … 485

张　辉　秋日读阳关 … 487

　　　　翻开阳关这本书 … 489

　　　　抚沙听泉 … 491

陈思侠　敦煌九章 … 493

　　　　度　牒 … 501

　　　　凿　空 … 502

　　　　玄　奘 … 504

　　　　一粒黄土，在天涯 … 506

于　刚　月色里的飞天 … 508

曹建川　敦　煌 … 509

文晓村　西北行散章 … 511

台　客　丝路之旅（六首选二）… 515

红　帆　丝绸古道 … 517

11

陈　勇　大道阳关 … 519

陈大贵　敦煌的早晨 … 523

阿　丑　丝绸古道 … 525

怡然自得　站在阳关的烽燧上 … 527

Jia mi　敦煌，杏花吟颂的春天 … 529

秋酿醇酒　大漠敦煌 … 531

教　主　玉门关 … 535

时建华　敦煌的召唤 … 537

梁积林　月牙泉 … 539

张自智　静坐在汉唐敦煌的酒肆里 … 540

张海峰　玉门关之夜（外一首）… 542

杨喜鹏　阳关古道 … 544

陈冠军　玉门关 … 545

赵德举　用你的名字照亮敦煌 … 547

王国良　逐梦玉门关 … 550

徐贤良　遇见月泉·遇见你 … 552

周尚润　我的同学是敦煌人 … 553

黄冬冬　我也要飞天 … 555

庞艳荣　玉门关 … 557

黄治文　漠上月 … 559
　　　　古关，长风落日下的一曲悲歌 … 560

徐贵保　玉门关遗址 … 562

张得雄　玉门关 … 563

张海霞　飞　天（外一首）… 565

郑洪利　玉门关，胡杨是你的骨头 … 567

李阳阳　夜枕玉门关 … 569

纪福华　敦煌，盛得下几千年华夏史 … 571

李守鑫　玉门关，一方金印 … 573

于菊花　羌笛悠悠，吹奏出玉门关的梵音 … 574
　　　　月牙泉边，我捧起一滴千年的泪 … 575

郑金城　故垒沧桑 … 578

仁谦才华　敦煌：为谁怀梦 … 580

包文平　大敦煌（组诗）… 581

吕晓文　阳关雨 … 585

祁谢忠　寻梦阳关 … 587

李少君　阳关新曲 … 589

吴天鹏　过阳关 … 590
　　　　月牙泉 … 591

谷　均　阳关之约 … 595

沈　漓　三危远眺 … 597

陈志仙　莫高窟（外一首）… 600

皇　泯　敦煌诗简 … 602

唐兴爱　阳关　阳关 … 604

雪落汐湄　梦在月牙泉 … 606

敦煌研究院文化弘扬部集体创作　心归处　是敦煌 … 608

后　　记 … 612

邵燕祥

走敦煌

三门山上的村落,
青烟飘出山峡;
烧棉柴煮腊八饭,
远近有多少人家?

春节上哪儿去过?
到敦煌安个新家;
祁连山上白雪,
四千里路风沙。

腊月里天寒地冻,
摘不到路草山花,
生身的热土难离,
揣上黄河边黄土一把。

祁连山上的雪水,
引来也好灌棉花;
四千里路不远,
明天就装车出发。

离开了家乡黄河,
这里要拦河修坝,
好比是钢缰铁辔,
驾驭住奔腾烈马。

"十年河东,十年河西",
快成了陈年古话;
"搬一家,保千家",
三门村告辞三门峡。

一九五六年七月十一日
(选自邵燕祥诗集《献给历史的情歌》1980年版)

闻　捷

敦煌新八景

问

我读着残损的敦煌县志，
严峻的思想忽然张开了双翼——

两千年前这儿多么繁华，
连年的征战又剩下多少遗迹？

历代人凭吊已往的盛世，
为什么只留下悲凉的塞上曲？

如今太阳驱散了祁连风沙，
当代英雄又在怎样地翻天覆地？

敦煌人已跨上跃进的快马，
这儿又将出现多少新的奇迹？……

为了解开这一连串的问题，
我明天就去周游整个敦煌盆地。

阳关遗址 ①

谁说这儿黄沙茫茫无人烟？
柳波、麦浪，涌向蔚蓝的天边，
在那坍塌的边墙内外，
新农舍像待发的船队扬起白帆。

阳关古道养护得又平又宽，
从早到晚卷着一溜不断的尘烟，
东去的原油车队来自柴达木，
满载歌声的汽车飞往当金山。

测量员在烽墩上指点江山，
地形图上出现了未来的火车站，
勘探队的铁锤叩击着大地，
不久将从地下引来石油的喷泉……

啊！这不是古代繁荣的再现，
敦煌人正创建社会主义的新阳关，
当代的英雄聪明而又勇敢，
百倍地胜过自己英雄的祖先！

---

① 阳关在敦煌城西南，是古代阳关大道上的重要关隘。县志载："阳关遗址"，为敦煌第一景也！

危峰东峙

连绵的山冈耸起三座石峰，
三危山① 威严地峙立在敦煌城东，
它借用落日的余晖反射出金光万道，
传说是万佛睁开了眼睛。

神圣的传说俘获了多少虔诚的心，
前辈人一直膜拜那至高的神明，
如今人们揭开它神秘的幕帷，
三危山蕴藏着丰富的黑金。

敦煌人远征到三危山顶，
跃进的歌声招来雄壮的回音，
漫山的红旗劈砍那疾飞的白云，
山风拍击着连营的帐篷。

随着惊天动地的连珠爆破，
红光闪处便有一股股浓烟滚滚翻腾，
三座石峰便在烟雾中剧烈摇动，
构成了千秋万代未有的奇景。

---

① 三危山在敦煌城东五十里，三峰耸峙，十分壮观。县志载："危峰东峙"，为敦煌第二景也！

千佛灵岩 ①

年年月月，清泉从变色岩上流过，
仿佛闪着北魏壁画多彩的颜色；
日日夜夜，白杨应和着窟檐的铁马，
仿佛唱着优美的东汉"相和歌"……

但这儿并不是什么世外桃源，
画家的心紧紧地扣着时代的脉搏，
他们辛勤地临摹灿烂的历史文化，
又为新的壁画献出无尽的心血。

傍晚，这儿有着多么沸腾的生活，
拿画笔的手修葺着成排的石窟，
新建的莫高水库刚刚泛起绿波，
挺拔的高炉又燃起不灭的火。

彩墨、铁水、泥浆浑然融合，
迎接着惊讶的国际友人和国内游客，
这儿叫：千佛洞人民公社，
又叫：莫高窟红专大学。

---

① 千佛洞又名莫高窟，在三危山与鸣沙山交界处，为我国壁画的宝库。县志载："千佛灵岩"，为敦煌第三景也！（这首诗的前两节，曾由著名作曲家瞿希贤谱曲，以《莫高窟之歌——献给敦煌文物研究所的工作同志》为歌名，发表于《文汇报》，后转载于1962年4月4日《甘肃日报》上。——编者注）

党水北流 ①

北流的党水哪儿去了?
河上只剩下一座党河大桥,
宽阔的河床里摆开了万人长阵,
栽千行杨枝又插万行柳条。

北流的党水哪儿去了?
敦煌人摊开双手豪迈地大笑……
莫非他们扭转了东南西北,
党河改了方向改了道!

北流的党水哪儿去了?
看双龙戏珠在田间左盘右绕——
金黄的麦穗吸着敦惠渠的乳汁,
惠煌渠喂饱了碧绿的棉桃。

北流的党水哪儿去了?
它正服服帖帖地为敦煌人效劳。
明年你再跨过这座古老的木桥,
请看林带汹涌的绿色波涛。

---

① 党水(党河)在敦煌城西,党河大桥是古代通往西域的孔道。县志载:"党水北流",为敦煌第四景也!

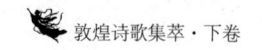

月泉晓彻 ①

四周是陡峭的沙山，
中间有一湾清澈的醴泉，
它的形状有如初五的新月，
敦煌人命名它月牙泉。

端阳的庙会早已过去，
元宵佳节还离得很远很远，
为什么四乡的公社社员，
水样地流向月牙泉？

泉中的七星草没有开花，
传说的宝马也没有第二次跃现，
为什么穿红戴绿的青年男女，
欢乐地歌唱在月牙泉？

四周是陡峭的沙山，
中间有一湾清澈的醴泉，
洞庭湖的鱼秧洄游在泉底，
一群北京鸭浮游在水面……

---

① 月牙泉又名渥洼池，在敦煌城南十里，相传汉武帝的宝马产于泉中，县志载："月泉晓彻"，为敦煌第五景也！（诗人此处据清代县志中不实的记载，汉渥洼池遗址实在敦煌阳关镇黄水坝水库南 1 公里处。——编者注）

沙岭晴鸣 ①

蔚蓝的天空没有一缕云影,
那喧嚣的白杨也已静静地入梦,
月明星稀,夜静更深,
鸣沙山滚过春雷的吼声……

鸣沙山滚过春雷的吼声,
招引着人们去欣赏那"沙岭晴鸣",
不知来自何处的闪电闪了几闪,
五色的沙山忽然通体透明……

五色的沙山忽然通体透明,
恍惚是古代壁画里的金色幻城,
山脚的林带有如蜿蜒的城墙,
城外奔走着青年近卫军……

城外奔走着青年近卫军,
战斗的歌声应和着那春雷的轰鸣,
农忙的季节只有白夜,
拖拉机拉开了雪亮的大灯……

---

① 鸣沙山在月牙泉之畔,沙分五色,十分艳丽,传说天晴无风,沙山自鸣。县志载:"沙岭晴鸣",为敦煌第六景也!

古城晚眺 ①

傍晚，我站在古城上眺望，
夕阳投来它最后的光芒，
仿佛从天外突然伸来一万只手，
给敦煌披上一件金色的大氅。

看啊，纵横的渠水泛着金光，
金色的果园环抱着金色的村庄，
在这金光闪闪的土地上，
金色的厂房正在不断地成长……

看啊，村道上奔驰着金色的车辆，
田野里漫游着成群的金牛金羊，
在这金光闪闪的日子里，
人们敞开胸怀对唱金色的理想……

千缕炊烟笔直地挂在天上，
大地渐渐地沉入朦胧的梦乡，
这时候万家灯火忽地齐明，
又给敦煌换上珍珠缀成的晚装。

---

① 古城在党河西岸，相传为东汉元鼎六年所建（应为"西汉元鼎六年"。——编者注），现只剩下两处戍楼的废墟，县志载："古城晚眺"，为敦煌第七景也！

绣壤春耕 ①

敦煌盆地，一马平川，
黑油油的土地望不见边，
一道灰蒙蒙的防风林带，
勾出了天和地的界线。

一行行大雁天上飞，
一对对犍牛在地里转，
千人万人扬起鞭，
万顷良田浪花滚滚翻。

太阳未出山歌起，
山歌未停太阳已落山，
千人万人耱上站，
绣壤百里熨得平展展。

敦煌英雄，干劲冲天，
种庄稼好像绣花织锦缎，
春天每亩播下一斗汗，
秋收千斤小麦千斤棉！

---

① 敦煌土地肥沃，城四周（原文为"西南"，形似致误排，据实改。——编者注）良田万顷，夏如翠浪平铺，秋则黄云极目。县志载："绣壤春耕"，为敦煌第八景也！

答

我游罢欢乐的敦煌盆地,
留下了许许多多美好的回忆——

烽烟四起的年代一去不返,
和平建设的工程正出现在废墟。

山歌代替了征人的悲曲,
敦煌人跨进社会主义的新世纪。

我又翻开古老的敦煌县志,
激动地为它写出短短的补遗。

愿天下的诗人聚会到这里,
为繁华的敦煌重写一部新的县志。

一九五八年三月三十一日至十二月七日

敦煌—兰州

(选自《新观察》1959 年第 1 期)

郭沫若

敦煌的花①

大家都知道敦煌有不少古画
但敦煌也有我们这样的奇花
任你怎样干旱我们都不怕
如果浇了水反倒会糟蹋

从岩上采下来如果用线悬挂
随着线的颜色花色会生变化
线红花就变红线绿花就变绿
但我们总希望成为红色专家

---

① 敦煌的花：即三危山中的一种花，没有水也能活，还能变颜色，当地人叫它"湿死干活"。

李　瑛

敦煌的早晨

在敦煌，
风沙很早就醒了，
像群蛇贴紧地面，
一边滑动，一边嘶叫。

但沙飞、风啸，却掩不住
乡野大道歌声高；
白杨梢头又传来一片野鸟啼，
红柳丛中的渠水哗哗笑。

党河岸边走着一群青年人，
黄牛背上驮捆捆树苗；
莫看每人肩头都有一小片沙漠，
他们要到瀚海的浪尖上去栽杏种桃。

……忽然，谁在吹笛子，这么早，
在田间、树丛？在沙丘、山脚？
我知道流沙湮不没他们的笛眼，
漠风也吹不断那憨厚的笑。

哈，走来了，三个孩子，
笛音回绕着三把铁锹；
红扑扑的小脸像怒放的牡丹，
他们要到学校去栽条林荫道。

人说敦煌连早晨也是黄色的，
黄的河水，黄的野云，黄的古堡；
可为什么透过万里沙帐，我却看见：
这早晨，湿湿的，青青的，有多么好！

一九六一年八月于敦煌

千佛洞

数不清的沙山，
望不尽的戈壁，
好像走入梦幻，忽然扑来
一湾流泉，一片翠绿。

小小的绿洲多么美，
多么清幽，叫人欢喜；
可这里岂仅流泉、箭杨，
更请看西山峭壁。

是神奇的楼宇？
是危岩的壁立？
多少佛窟，多少窗子，
向你争说历史的秘密。

也许曾有过夕照三危，
映出一片神秘的启示①；
但千百年，何曾有天神佛祖，
人民塑造的却是自己。

他们在耕作、狩猎、角技，
他们在操琴、打鼓、吹笛；
北魏的飘带，盛唐的巾衣，
一齐静止在回廊窟寺。

我站在崖壁前，禁不住
向我们聪明的祖先膜拜顶礼，
不用香烛，不用灯火，
献出我粗犷的诗和最大敬意！

一九六一年八月于敦煌

---

① 三危山在千佛洞东侧。据载，公元366年，乐僔和尚最初游此，太阳西沉，四野苍茫，他抬头忽见三危山峰，金光万道，似有千万佛祖在此显现，因而感到佛的真实存在；据此启示，遂造窟寺，为千佛洞造窟之始。

沙的传奇

铺一张黄沙的地毯,
挂一幅落日的垂帘,
苍茫中我走进敦煌城,
向导牵给我一道沙山①。

它像蜷伏,又像飞卷,
神奇得好像梦幻;
朦胧里一边笔陡,一边斜坡,
刀刃似的山脊切断云天。

老向导沉默中耸耸眉尖,
一个严峻的传说燃一缕烽烟:
说古代一次保卫边塞的征战里,
一阵风沙将一队士兵埋堙。

锋镝箭镞还未饮敌人的血,
战士的头却被流沙吞咽;
于是一个个精壮的灵魂,
便在沙岭下日夜嘶喊。

明早你可以去攀登,去听,

---

① "沙岭晴鸣"为"敦煌八景"之一。

簌簌流沙下这古老的悲怨，
英武的战斗、无畏的兵马，
至今仍旗飞鼓响，号角喧天……

自然，这只是一个传说，
可这里的风沙确实凶残；
它们吞噬了多少名城古国，
一千年又一千年……

也许这传奇过于虚幻，
像一片雾，像一片烟；
真正的神话呵是我们的现实，
那风沙已变得疲惫又迟缓。

今天，看我们英武的敦煌人呵，
在城东造林封沙，在城西引水灌田，
只留下这道沙岭埋一个传说，
为的是给外乡人来听、来看！

一九六一年八月于敦煌
（选自《李瑛抒情诗选》1983年版）

红柳·沙枣·白茨

红柳·沙枣·白茨

是生活中真正的勇士。

它们很贫穷,
甚至没有一片丰腴的叶子;
它们很谦卑,
甚至只占空间很小的位置。

它们索取得最少,
甚至没有一点雨露的滋润;
它们献出得最多,
甚至自己的影子……

看它们踏伏万顷流沙,
肩擎住一天雷雨,
倒下去又支撑起来,
眼中瞩望的只有胜利。

对跋涉在骄阳下干渴的旅人,
它们说:"向前进,不能停息!"
对大漠湮没的城池,
它们说:"站起来,不能死去!"

它们坚信总会有一天,
一练子骆驼或牛车的木轮,
定会把这接天的老黄沙,

拉到博物馆去。

呵！也许只有这样浩瀚的长空，
才容得下它们的胸襟、理想，
以及它们对生活的深沉的爱，
和对于人民的忠实。

我说，年轻的同志呵，
它们不正是你们的影子！

一九六一年八月于敦煌

（选自中国当代名诗人选集《李瑛》2006年版）

骆驼刺：一个低回的旋律

匍匐着，喘息着，挣扎着
烈日烘烤下的荒滩上
　开放的小红花
你知道它的名字吗

紧贴地皮的雷
　炸碎它细小的叶子
飞掠的石块
　削尖它锋利的刺

荒旱的风沙
　　撕扯着它坚韧的草梗
但它比雷火、砾石、风沙
　　还坚强的根
　　却深深地攥住大地
一个鲜活的血肉就这样
　　摇曳着生长

它的命运乖蹇又凄苦
　　却比所有的生命都强大
它从不愿叫人知道它的存在
它宁静得像铁
　　没有泪水
从小是舔着自己的伤口长大的
并用一生孕育的仅有的血
　　染红小小的花朵
　　并举起它们
来照耀和温暖
　　这片荒寒贫穷的大地
倔强的生命使人战栗

你不认识它
　　就不认识中国西部古荒原
　　　　就不认识生命的庄严美和
人间的忠贞与富有

一个低回的旋律

　　回响在中国

　　大西北

一九九三年七月二十二日于莫高窟

莫高窟纪游

钥匙打开洞窟的门

便回到古代

　像回到故乡

在寂静的漆黑和

漆黑的寂静里

　我和佛

　　　面对面地凝望

倾听他们从魏唐那头

　和我谈话

禅思，偈语

　佛国的故事和传说

　　　一起从石头里流出来

隐约中

　还有乐队演奏古曲

还有舞伎翩翩飞旋
座位下，藻井上
菩萨的手指间
　　清香的莲花和思想
　　　静静地开放
一切都保持庄严和圣洁
一切都显示精神的力量

走出石窟像走出子宫
　　洞窟里的时间便停止流淌
外面，外面有
　　拔地而起的旋风柱
　　　轰轰滚动的太阳
　　　　　小贩在追逐游人兜售古董
　　　　　　卡拉OK厅里彩灯飞旋
　　　　　酒馆里在猜拳
窟外的世界喧嚣又繁忙

哪里有比这里给予我们更多的东西
　　更甚于爱
　　　更甚于美
　　　　更甚于在爱和美的和谐里
　　　朴素的闪光

　　　　　　一九九三年七月二十二日于敦煌

祁连山

亡我祁连山,使我六畜不蕃息;
失我焉支山,使我嫁妇无颜色。

——古谣

一

诗还没有诞生
祁连山
已穿过痛苦和死亡
昂立荒野

是冷月下漂浮的冰峰吗
或炎阳下燃烧的火
给我们带来石头,像我们
骨头般坚硬的石头
给我们带来河水,像我们
血一般圣洁的河水

风雪中,我
辨认着那条条褶皱
写出的象形文字
便看见了野生植物般

生长的故事和历史
便看见了屹立人间的
庄严、高洁和完美

英武的高原魂，祁连山
我们民族古老的根
我们民族不屈的生命

二

寥廓无垠的戈壁滩
使天显得太高，山显得太矮
茫茫白雪
覆盖着一道简洁的曲线
在蓝天和褐色的大地之间
蜿蜒千里
像一幅油画
静静地悬挂在那儿

是来自远古的驼队和马群
逶迤地跋涉在莽莽漠野
这里，除一条放荡不羁的鞭子
只有野性的风
滚动的枯蓬和
鹰的骸骨

没有回声
茫茫白雪
覆盖着一道简洁的曲线
像一幅油画
静静地悬挂在那儿

祁连山
我想成为一块无愧于你的石头
我想成为一朵无愧于你的白雪

一九九三年七月二十四日于祁连山下

祁连山之鹰

荒原太古老了
再没有一条蜿蜒的小径
门和栅栏早已腐烂
只有鹰多么年轻

看见吗，一闪而过
那只鹰，擦地飞行的鹰
山的颜色，砂碛和砾石的颜色
就是它羽毛的颜色
半是灰褐，半是铁青

它坚劲的翅膀拍击着

像风暴和雷霆

使大地上的沙石和碱草

奔驰滚动，迸出火星

不怕坚硬的荒滩

撞烂头颅

也不怕锋利的锐石

剖开前胸

迅疾地一闪而过

箭一般擦地飞行

在它的身影下

山退去，荒滩退去

庄严和无畏多么年轻

它的生命多么年轻

你看见它蜷缩的利爪和钩喙了吗

你看见它转动的明亮的眼睛

可是在寻找失去的梦

擦地飞行的鹰，祁连山之鹰

一条线，从九天扎向荒野

转瞬，又拔地而起，直上云空

它是我三十年前见到的

傲立在昆仑山顶危岩上的那块石头

或是我二十年前见到的

在林海上空盘旋的那片舒缓的云
抑或是我十年前见到的
在辽阔牧场上腾起的那阵涡转的旋风

几十年匆匆流逝
勇敢的生命多么年轻
无论以怎样的方式生活
都使人感到生命的沉雄

一片荒原加一只鹰
向你昭示人生

一九九三年七月二十四日于祁连山下

疏勒河之歌

总是闭着嘴唇的大西北
除了滚动的石头没有别的

哦，还有一条河
贫穷的孤寂的疏勒河

疏勒河是一支羌笛
　是羌笛流出的激越的民歌

它的旋律是山脉起伏的曲线谱成的
　　倒影是它余韵的回响

疏勒河是一根红柳枝
　　没有船，没有鱼
只有时间的碎块
　　随浊浪翻滚而去
从上游能捞出碑和箭镞
　　从下游能捞出浓浓淡淡的血泪和哭声

疏勒河是一条鞭子
抽打着飞旋大野的日月
　　抽打着憨厚的牦牛和羊群以及
　　无言的烈性的酒

疏勒河是一抹火云
　　搅拌着吞没八荒的远水
拍打着铿锵的唐诗
　　濯洗着牧羊女的腿脚和绛红的脸膛
在寂寞中成长

对谁也不说一句话
沉郁而倔强的疏勒河
就这样在艰辛中
　　滋润着一个民族和

一片古老大陆的

根

　　　　　一九九三年七月二十三日于疏勒河
　　　（以上五首选自《李瑛近作选》2000年版）

黄雍廉

灿烂的敦煌

——访张大千谈临摹敦煌壁画有感而作

河西走廊是躺在海棠叶上的一把钥匙，
替华胄的主人在玉门关口迎接汉唐的使节。
张骞、定远载在怀柔车上的霸图打从这儿出去，
赤色的天马、紫色的葡萄也打从这里进来。

是谁在敦煌的客栈，
留住了西出阳关的旅客，
用羁旅的心、骚人的笔、天才的匠心，
把不世的才华在千佛洞比个高下！

西风伴奏着西凉的声声柔笛，
如泣如诉地扣动着廿世纪的旅人的心。
游子呀！
且折一枝左公的细柳，扣上阳关的大门，
让寻芳的瞻仰在如虹的壁画里入梦。

面壁两年七个月，
只触到那玄机的诡异、魔笔的虚灵，

是神工、天才、自负展示的无限宇宙!
哦!千佛洞!
你是如此阔绰地珍藏着六朝的翰苑盛唐的丹青。

谁不稽首于艺术的权能,
达文西用三个春天的渴望,
描摹一朵隽永的微笑;
你,中土的伟大魔术师呀!
却用四个世纪,
创造了一千个不朽的圣迹的灵光!

后记:著名画家张大千曾亲临敦煌千佛洞临摹壁画,费时两年七个月。此诗为专访张大千先生后写成。

梁上泉

敦煌月

敦煌月,
秋来分外明,
长天净洁无轻尘,
清辉荡胸襟。

夜望棉田田更白,
如霜似雪倍晶莹,
莫不是飞天仙女,
撒素花,落纷纷,
平铺百里银。

月缺又月圆,
照古又照今,
今人创出千秋业,
沙海建奇勋。
千佛洞中千尊佛,
可作证,
能品评!

(选自《甘肃日报》1978 年 10 月 29 日)

石太瑞

党河曲

地上草不生,
天上鸟不飞,
戈壁风光哪儿美?
祁连山下党河水。

满河荡金霞,
两岸绿树围。
水出雪山好艰难,
狂风吹脸沙烙背。

清粼粼的碧玉带,
浇得麦苗翠;
哗啦啦的银浪花,
摔得珠盘碎。

千古怨恨成往事,
一渠长流欢喜泪。
阵阵涛声阵阵歌,
争唱戈壁新一辈。

党河呵，一江绿酒，
把茫茫沙漠灌醉。
党河呵，一汪乳汁，
把公社羊群奶肥。

（选自《甘肃文艺》1978年第12期）

唐湜

阳　关

呵，西出的阳关无故人，
这儿就是折柳的阳关？
马前有祁连山下的风雪，
马后是风尘扑面的长安！

我仿佛见到诗人李十郎，
要扬鞭走马去河西走廊，
不顾掩面的霍家少女，
马上横戈的意气在飞扬！

哦，这一去有玉门喷泉，
在喷射飞燃的熊熊火焰，
有长风吹拂依依的新柳，
可系不住行人飞马似箭；

有一天黄云、一地红尘，
浩瀚无垠的戈壁飞沙，
苍茫中更有那沙漠之舟，
把行人远送到火焰山下；

呵，再也见不到长安，
再也不能在紫阙金门下，
再也不能骑驴去灞桥，
看春来的垂柳飘絮飞花！

呵，一步步远了，长安，
你千门万户的巍峨宫苑，
一步步远了，你大小雁塔，
你整年戴着冰雪冠的终南！

我们要穿过那河西走廊，
到火焰山下安一个家，
叫春风飞度玉门新柳，
吹绿阳关外一天的飞沙！

敦煌旅思（组诗）

鸣沙山

鸣沙山是敦煌的奇迹，一座黄沙堆成的山，有风不停地向上吹，发出一片嘶鸣声，却不会淹没近在山下的月牙湖。

依稀有匈奴人的万千鸣镝
飞嘶在半空中，我俯身在地，

听寂静里一阵阵飞沙扬腾,
恍听见牧骑奔驰在沙尘里……

"呵,夺了我们的胭脂山,
我们的少女可没有了颜色!"①
风流的匈奴人,剽悍的牧骑,
这忽儿,你们上哪儿去了?

风在沙谷间飞速地吹着,
吹出了条高高地弓起的虚线,
紧贴在黄昏的天宇上面,
沙峰在颤动,可没飞向前!

月牙湖

汉时,传说有天马出于月牙湖,腾飞于湖上。

这谷风可吹了几千万年,
却没有把沙峰吹扬到空中,
月牙湖依然明亮如上弦月,
映照着黎明的玫瑰色天空;

呵,哪儿有古代的天马,

---

① 汉武帝时,卫青、霍去病夺匈奴人的河西走廊,匈奴人有这样的歌谣:"失我胭脂山,令我妇女无颜色。"胭脂山即焉支山,在今甘肃永昌县西,古时盛产胭脂。

从水波下一腾身出来长嘶,
每个清晨都到这湖上,
啜饮着湖泊母亲的乳汁?……

忽儿有蓝眼睛们骑着骆驼来,
像是古代大宛国的牧人们,
或与汉家结了亲的乌孙人,
给汉天子把宝马送进玉门!

驼铃在清新的晨风里摇落,
那寂寂千古的轻灵歌音,
可不见有天马踏波而来,
出现在这清冷的秋天早晨!

莫高窟

呵,这儿就在三苗人的
三危之山下?我这就跨进
奇异的远古人们的《山海经》[①]?
呵,我进入了那些年代,
天下扰攘,却有张议潮们[②]

[①] 《山海经》中有三危之山与三苗人的传说。据《淮南子》等记载,古代的苗人因对抗黄帝失败,退居于三危之山。
[②] 晚唐时,河西干戈扰攘,有沙州人张议潮起义赶走吐蕃人,雄踞一方,任沙州节度使,与民生息,河西重又归于繁荣。敦煌壁画中有著名的《张议潮统军收复河西图》与《宋国夫人(张妻)出行图》。

出奇地平静的河西之春!

那像是一个奇异的梦幻,
古代的沙州竟会是沙漠里
生活繁荣的绿洲,有中原、西域人
潮水样涌来,一代代生息!

我们穿过往昔的丝绸路,
进入了一片夺目的光耀里,
看空中飞天们弹起了琵琶
作飞旋之舞,可多么旖旎!

呵,曼妙的少女样的菩萨
在低眉一笑,拈撚起花朵;
或庄严地沉思着,像有灵感
在生命之旅中忽儿闪烁!

呵,大释迦卧倒在地上,
微笑间灵魂从容地飞腾,
人世间有什么不能舍弃的?
最崇高的向往不就是牺牲?

我在这古代的画廊里漫步,
在幻美的旋波里左右追索;
这庄严的庙宇,富丽的珍宝

是多少代大匠师的一生创造,
灵魂的深思,一代代的技艺,
可凝合成光耀万代的卓荦!

（以上四首选自《唐湜诗卷》2003年版）

公　刘

《丝路花雨》剧评

也许我并非身在剧场，
却仿佛又回到了敦煌；
也许我并非活在今世，
倒像进了戏生逢盛唐。

二十二载逝者如水，
总死不了一个梦想；
记得当年曾对画沉思，
画中人何时能下石墙？

看眼前大幕拉开，
真教人欣喜欲狂！
所有的色彩、音乐和舞姿，
竟无一不合我的梦想！

哦，你奉旨出巡的节度使，
前后有威风凛凛的仪仗；
哦，你专事逸乐的贵夫人，
左右是百戏杂耍的喧嚷！

那通使西域的英雄张骞，
已招来万国行旅的回访；
响彻了戈壁的驼铃叮咚，
呼应着栈道的马蹄火光……

你好，田野耕耘的农民，
你好，作坊辛劳的工匠，
你好，布衣草履的百姓，
你好，虬须色目的胡商。

你好，演阵习武的勇士，
你好，能征惯战的猛将，
你好，彤云蔽日的旌旗，
你好，密林挡风的刀枪。

还有那男婚与女嫁，
哪一根眉毛不喜气洋洋；
他们喝的是葡萄酒吧？
我真想问一问新郎新娘。

还有那琴师和舞姬，
哪一条飘带不随风溢香？
他们是表演胡旋舞吗？
圆地毯该当是来自友邦。

别忘了马夫的瑟缩苦寒,
他交腿踞坐于大漠沙荒,
双手掩面却难掩叹息,
风尘乡愁都令人断肠。

别忘了飞天的蹁跹徘徊,
尽管她四肢已化作翅膀;
显然她并不愿乘风归去,
她的心一直在下界翱翔。

值得留恋的终归是大地!
谁真的向往那虚幻的天堂?
据说,五百强盗已成佛圆寂,
可不成佛的依旧爱人间孽障——

爱纷纭复杂的万事万物,
爱喜怒哀乐的众生本相;
这正是生活的真谛啊,
这正是艺术的力量!

而记录这一切的是谁?
何以他本人不在画上?
如果众人的苦不过一眼苦泉,
那么画家的苦就是苦海汪洋!

他礼赞了该礼赞的世界,
唯独把自己完全遗忘;
他肯定是戴锁链的奴隶,
不戴锁链怎么会追求希望?!

感谢剧作者的仁慈和正义,
让屈死者复活在舞台中央,
还有那好女儿相依为命——
一个会反弹琵琶的姑娘!

这是观众的普遍要求,
而且都认为理所应当;
画家给我们以斗争的勇气,
怎忍看他死于孤独与凄凉?!

这样的父亲甚至是幸福的,
岂在乎什么金库银仓!
我最激动的还是这一点:
神笔张有孩儿名叫英娘。

单凭这一点我就满意了,
这也是黑暗中照耀过我的一线光芒;
虽然其他的情节都很动人,
特别还关系到大食、波斯和伊朗。

观众们尽管说短道长，
我决定坚持自己的美学主张：
任何一件艺术精品，
都该从不同的道路通向心房。

因此我最欣赏的还是，
画家的苦难终有报偿；
我情愿去当那位画师，
捐躯在需要献身的盛唐。

一九七九年十二月二十九日至三十日于合肥
写于对莫高窟壁画和舞剧《丝路花雨》的追忆之中
（选自《甘肃文艺》1980年第3期）

李 季

飞天词

饱饮地球炽热的岩浆，
展翅向太阳飞翔。
大地似球，遗落在身旁，
火星是我们小憩的地方。

汗水化成朵朵的鲜花，
乘风向群星撒下；
昆仑苍鹰向你们问好，
地球上红旗飘处是我家。

（选自《甘肃文艺》1980年第5期）

李云鹏

丝路采桑（组诗选二）

题反弹琵琶伎乐天

敦煌莫高窟112号洞壁画，有反弹琵琶伎乐天，已生动地复活于舞剧《丝路花雨》之中。

你在这洞窟里舞了一千多年，
还没能飞出五尺窟檐，
那古筝箜篌，笛箫笙管，
空自在石壁上常年赋闲。

历史的尘土黯淡了你的琴面，
细密的蛛网挂在你的双肩，
你寂寞吗？你是寂寞了！
夜深时该能听到你忧郁的长叹。

终于在一个明朗的早晨，
沙海中驶来一艘智慧之船，
一批解放了手足的"牛棚"囚犯，
欣喜地在112号洞窟前靠岸。

他们刚跨过那洞窟门槛,
就同你一见倾心地交谈;
古代画师和当代艺术家的匠心,
架通了一条颤动的丝弦。

于是,壁上的十八种器乐不鼓自鸣,
赋予当代艺术家活跃的灵感;
于是,你也耐不住寂寞地翩翩起舞,
跃上了八十年代喧腾的舞坛。

你呀,你这解放了的神界囚犯,
离洞时为何留恋地回首顾盼?
哦!不是迷于那森严的佛窟,
你是向还在沉睡的姐妹呼唤。

这呼唤已进入艺术家喧闹的梦,
启开了他们心头的智慧之泉;
忽一日,当整个敦煌飞动起来,
举世瞩目处,且看当今的飞天……

一九八〇年九月于敦煌莫高窟

红柳情

——赠诗人何达

何达先生赴敦煌莫高窟参观，途经戈壁滩，欣喜地在放花的红柳丛前留影。

您的脚步在这儿停留，
这儿有一片开花红柳，
花穗红艳如一抹明霞，
展向茫茫戈壁的尽头。

您贴近这戈壁的骄子，
赞赏红柳特有的俊秀。
可知这簇簇矮小灌木，
逆境之中不屈的追求？

当卷地北风摧折白草，
它会像武士披上甲胄；
这会儿却是柔条如水，
甚至显得有点儿娇羞……

您把它摄入彩色胶卷，
您把它摄入自己心头，
离去时依然恋恋不舍，
把一枝花穗采撷在手。

花穗向诗人频频点首,
献上敦煌热情的问候;
诗人向红柳倾吐喜悦——
注入大戈壁一湾清流。

一个意念在心头萌生,
我该怎样对诗人开口——
海边的香岛可有沙漠?
沙漠可有开花的红柳?

我不知您将如何回答,
您手抚花穗那么温柔。
戈壁有红柳谁叹苍凉!
敦煌大路像一匹丝绸……

一九八六年八月二十六日于敦煌

(选自《飞天》1981 第 1 期)

高平

敦煌情歌

一

只匆匆打一个照面
如太阳将群星照散
你使一切壁画和塑像
都变得呆板暗淡

我送你一颗鸣沙山的石子儿
权当作南国的红豆
唉　你也许不掂它一下
就随手轻掷在路边

爱美　是无罪的
人应当是美的"随员"
更何况我一言未发
怀的是无望的情感

二

你不是现代供养人

也不是塑匠　画工

为什么将一个无法编号的洞窟

开凿在我的心中

没有图变　没有菩萨

只有你美妙的身影

我成了一座游动的莫高窟

而你却无影无踪

三

我是你生命中的骆驼

不怕你的心是一片沙漠

清脆的驼铃不停地响着

丁当　爱我　丁当　爱我

（选自《阳关》1981年第2期）

莫高窟秋风

古汉桥的栏杆吹着口哨

悠闲地模仿着羌笛的音调

杨树林却激动地大声争吵
像秦王破阵般地喧嚣

九层楼的飞檐上铁马叮当
是驼铃又响在汉唐古道

洞窟顶上一阵阵薄雾似的流沙
像挂帘忽垂忽卷　时现时消

宕泉河吃力地学着结冰
鸣沙山依旧把它当镜子来照

柳条儿柔中带刚地甩开
正就是胡旋女飞舞的辫梢

老学者翻阅着手抄的文书
满阶的落叶到底比经卷为少

讲解员浮游在崖洞的甬道
花围巾和香音神的丝带一同在飘

舞蹈演员住房的烟囱口青烟飞绕
练功衣紧裹着古波斯的线条

举着照相机的女士在选摄洁白的巧云
敞开钮扣的登山服像红色的棉桃

穿和服的老人穿过丰收后的梨园
在壁画前把文化的源头细找

我的脸上泛起红叶般的微笑
勾勒出这一幅淡淡的素描

一九八〇年十月三十日至十一月十四日于敦煌
（选自《飞天》1981 年第 4 期）

敦煌二山

鸣沙山

不长一根头发的头颅
枕着沙漠与绿洲的战场
记忆比沙浪还多
时常发出沙沙地思考的声音

偶有所悟
便微睁开半只眼睛

激动地颤抖着
　　芦苇般的睫毛
人们叫月牙泉

你让游人的脚印
在风中失踪
又在风息时出现
不厌其烦地反复

夕阳说你是金色的
月光说你是银色的
彩虹说你是无色的
你从不争辩

任谁随意涂抹
有时陶醉在
　　画家的笔下
邻近的三危山
像沙海推出的鱼的化石
脊背上驮着坚硬的阳光
夜晚
偶尔派云来你的枕边
捎几句知心话

我无法窥见

你有没有坚实的内核
也许
一串汉简
和一枚波斯古钱
在其间举行着
　　不曾结束的婚礼

你的巨大而光秃的头颅
时时刻刻在问天问地
没有黏性
老是得不出结论

前来看你的我
忙于欢笑和傻笑
也难有成熟的思考

三危山

突起于沙海之中
难得你不染一尘
超然于岁月之外
并非是冷魄孤魂

为推动绿洲
向戈壁开进

你迸着火花

磨损了满身的齿轮

在你薄薄的古铜色的皮肤下

已经是瘦骨嶙峋

我清楚地听到了

你喘息的声音

和祁连山相比

你老得连白发也没有了

是不是已经感到

有些个力不从心

你将化作一座碑

那皱纹便是碑文

不为自己而刻

为昭示后代子孙

(选自《羊城晚报》1987 年 3 月 26 日)

欢迎你来敦煌(歌词)

在河西走廊的西方,

在古老丝绸路上,

烽火台点缀着沙漠的绿洲，
好一派壮丽的塞外风光。

三危山像紫色的长龙，
鸣沙山像金色的凤凰，
阳关、玉门关遥相对望，
翠绿的南湖神话一样。

莫高窟四海名扬，
满眼是艺术的宝藏，
四百多石洞五彩缤纷，
五千个飞天凌空翱翔。

棵棵红柳向你招手，
行行沙枣为你飘香，
优美驼铃把友谊歌唱，
让你的胸怀宽广舒畅。

啊，远方的朋友无限神往，
欢迎你早来敦煌；
离去的朋友无限留恋，
欢迎你再来敦煌。

（选自《阳关》1988 年第 5 期）

登上阳关

汽车轮子在沙窝中原地空转
我只好用双脚踏沙登攀
那头顶之外　蓝天之内
权把最高的烽火台看作阳关

一层层黏土一层层芦苇
把千年的故事夯实在里边
矗立在大戈壁的乳房上
像一顶遗失了的皇冠

登上阳关迷了双眼
难见全瓦难见整砖
不识故人不识新人
不辨从前不辨眼前

登上阳关醉了心田
天也无边地也无边
风也茫然云也茫然
沙也无言人也无言

登上阳关自然入禅
七情如云六欲如烟
静了空间停了时间

嘘
西部魔地是阳关

（选自《丝绸之路》1998年第4期）

沙水之恋

鸣沙山
　是沙垒的山
　　山形的沙
月牙泉
　是月牙形的水
　　水汪的月牙

沙抚摸着水
水亲吻着沙
天赐的良缘
地造的奇葩

万古的风
不能把山吹瘦
万古的雨
不能使泉变大

白日
　　鸣沙山
　　　　在阳光下唱心曲
夜晚
　　月牙泉
　　　　在星光下说情话

难相遇的相见了
一见就倾心了
不相容的相爱了
诠释了阴阳八卦

鸣沙山
　　柔情之笔
月牙泉
　　仙女之眉
全靠天工描画

（选自《丝绸之路》1997年第4期）

风中红柳

在戈壁大风中
它抡起红色的鞭梢

抽打干旱的进攻

抽打水的叛逃

在晴日微风中

它款款扭动着细腰

向沙漠夸耀翠裙

头上晃着步摇

在严冬的寒风中

它像火把样燃烧

温暖开拓者的心

照亮春天的通道

它没有飘落的花瓣

它没有折断的枝条

把根扎入深深的地层

避开赞美也无视嘲笑

不在高贵中寻找位置

不在山顶上展示自豪

待风中再不含一粒沙砾

她将去博物馆享受逍遥

一九九六年九月二十七日于饮马农场

（选自《丝绸之路》1997年第1期）

致沙枣树

遥远的沙漠

广袤的戈壁

橡胶椰子不敢想

牡丹芍药不敢去

而你　沙枣树

却挺身而出　昂首而立

一处处扎根

一代代繁殖

你的身材有点矮小

倒颇具坚实的魅力

那鱼鳞般的叶片儿

维护着富有曲线的腰肢

你的淡淡的小花

发出浓浓的香气

博得了桂香柳的雅号

被捧进无数个温馨的卧室

你的成熟的果实

不以红色炫天耀地

像一粒粒金豆

香甜里含一丝苦涩的记忆

你　丝绸之路的沙枣树

甘于寂寞的诗人

不怕干冷的勇士

远嫁边塞的美女

（选自《丝绸之路》1998年第5期）

净土之静

白杨抚摸着蓝天

牛羊浮云般悠闲

沙枣树默散着桂香

啤酒花自编着发辫

骄阳把古长城烤得瘫软

山峦的衣纹流畅而自然

长河落日是敲不响的暮鼓

大漠孤烟是飘不动的风帆

三危山成了不倒的木乃伊

莫高窟依偎在沙砾中安眠

祁连雪悄无声息地融化
芨芨草用鞭根探寻水源

魏晋墓将千言万语埋入地下
烽火台早已经忘记了狼烟
悬壁长城足够你苦苦思索
嘉峪关和现代人从不交谈

走廊深邃得如同海底
白天宁静得如同夜晚
熟睡的秦砖汉瓦都没有鼾声
沙沙作响的是我的笔尖

（选自《阳关》2000年第4期）

看藏经洞

我走进第17窟
身子失去了重量
头脑和洞窟一样空荡

一堵偶然穿透的墙
加上一个愚昧的道士
向全世界打开了敦煌

从三危山和鸣沙山之间

溜走了一百年的时光

藏经洞已无经可藏

能骗走的骗走了

盗去的开了天窗

至今不得回故乡

不管世上有多少道理可讲

在创造者的头上才有灵光

在保存者的手上才不会消亡

我走进第 17 窟

看藏经洞藏满了一个期望

今人要创造新的敦煌

（选自《丝绸之路》2000 年第 4 期）

月牙泉这样说

在盛不住雨水的沙漠里

我存一潭碧水给你看

在娶不来女人的荒滩里

我描一弯娥眉给你看

白天骆驼来迎客
　游人来惊叹
我是塞外的乐园
夜晚星光来闪光
　飞天来谈天
我是仙宫的庭院

鸣沙山的形状随风改变
对我的依恋千年不减
莫高窟的乐舞借风飘散
对我的诱惑从未间断

我是水做成的
用不着对镜装扮
我是山托出的
用不着修饰身段

映在湖中的月牙太虚
挂在天上的月牙太远
画在纸上的月牙无光
写在诗里的月牙常见

我本来就在地上
再没地方落
我本身就很完美

再不需要圆

目睹了我的容颜
深结了敦煌情缘
成为你心中的晶莹
牵住你不醒的梦幻

（选自《阳关》2003 年第 2 期）

望阳关

阳关的谜底在哪里
哪里是阳关的旧址
红柳摇头　戈壁无语
答不出尘封的难题

在烈日下闪光的
是不是波斯的银币
那些深深的小坑
是不是唐僧的马蹄

七十一座烽火墩
依然高昂着头
眼睛都已经紧闭

再没有烟柱升起

流沙一万次地流淌
埋不住辉煌的往昔
中华民族强大的消化力
不怕咀嚼历史的沙砾

有些真实没有文字
有些文字并不真实
学者们为了一角汉瓦
用满脸的皱纹苦思

其实知道是鹰就行了
不必细数它的羽翼
知道鹰飞到了何方就行了
管它在哪块岩石上栖息

谁能查清战死过多少壮士
谁能猜准盼老了多少妇女
只需将美好的留下
将残忍的抛弃

阳关和大道连在一起
大道和自由连在一起
当所有的关都关不住时

才能够畅快地呼吸

　　二〇〇三年八月二十九日于敦煌阳关

回望敦煌

冬天的白杨落尽了叶子
我眼中的敦煌仍在花季
时间和距离模糊了名字
只记得有许多超级的美丽

莫高窟和宕泉河形同针线
月牙泉和鸣沙山抱在一起
三危山是译不出的佛经
九层楼有悟不透的隐语

谁也别想留下脚印
柔情的细沙会把它无情地抹去
谁也别想能够忘记
飞天的飘带会一辈子把你紧系

回望敦煌
一个最近的远
一个最远的近

一场骄阳下的九色梦
一条沙海中的美人鱼

(选自《丝绸之路》1996年第3期)

敦煌不再遥远

兰州——夕阳　敦煌——朝阳
今晚——当代　明晨——汉唐
人们一觉醒来就实现了
一个生长在骆驼背上的梦想

像奔马荡开青铜的蹄子奔跑
像飞天撒开飘带贴着地面飞翔
烽火台伸长了脖子含泪张望
古长城列队在路旁热烈鼓掌
月牙泉睁大了微闭的媚眼
渥洼池捧出了千年的陈酿
瓜州城增大了瓜的甜度
莫高窟增亮了佛的灵光
沙打旺也兴奋得浑身颤抖
沙枣树甩舞红袖近乎发狂

阳关的关

玉门的门
都感觉复活了昔日的辉煌
一种丝绸古道上最悦耳的节奏
三危山鸣沙山发出二重的回响
一句从未使用过的神话语言
——本次列车到达敦煌
敦煌不再陌生　不再遥远
历史不再模糊　不再荒凉
西部大开发的交响曲
又演奏出一个华丽的乐章

（选自《甘肃日报》2006年5月15日）

敦煌记事

整整五十年前
我第一次来到敦煌
唯一的色彩
是挂在枯树上有求必应的红布
唯一的音响
是卖不出票的有气无力的秦腔
要参观莫高窟
需凑够二十五个人
一个星期才开车一趟

中外闻名的沙州城啊
只是些东倒西歪的土房

五十年中
我记不清来过多少回
用一首首小诗
记载着敦煌的沧桑
由火车而飞机而火车
从兰州从格尔木从新疆
每当我走进这片绿洲
每当我置身于艺术的殿堂
每当我抚摸着裸露的历史
我就像回到了心灵的故乡

戈壁的明月
提高了亮度
每一粒沙子
都增加了重量
新栽的钻天杨
在学张家界群峰的模样
华美的街道上
又出现了盛唐的繁忙
党河的流水
发出孩子般的嬉笑
飞天的飘带

越升越高越飘越长

玉门关外

开启了雅丹地质公园

惊叹感叹赞叹不绝于耳

古阳关下

建起了阳关博物馆

故人新人亲人看过难忘

鸣沙山生出了莲花

那是五大洲的脚印

三危山的佛光

是新世纪的朝阳

古敦煌　新敦煌

大敦煌　美敦煌

中国的敦煌　世界的敦煌

无价的黄金啊

永不褪色的金黄

二〇〇八年十月十六日

（选自《阳关新曲》2009年版）

一朵奇葩

——赞阳关博物馆

一朵奇葩

盛开在丝绸之路上

散发了

十五年浓郁的芳香

她就是阳关博物馆

吮吸着中华文化的甘露

沐浴着民族复兴的朝阳

阳关博物馆

立体了历史　复活了汉唐

滋润了戈壁　壮丽了敦煌

二〇一八年八月三十日

（《诗与远方　如梦敦煌——敦煌书画院

创建35周年、阳关博物馆创建15周年庆祝

活动纪实》2019年版）

蔡其矫

敦煌莫高窟

绝静的茫茫沙海
有一短线绿树
曾是戈壁中的绿洲
随着玉门关那阵春风
悄悄埋下瑰宝
这天人合一的洞府
在丝绸古道上沉睡千年
剥蚀的洞穴一度隐没
现在复苏的源头
向我兴会淋漓地展露

希腊雕像
渡海成印度佛的形体
又横贯沙漠
与西域中原智慧融合
产生东方壁画彩塑
象征性的城
蒙古包的帐顶
人首蛇身的女娲胸怀日月

伏羲手持木规墨斗
西王母与东皇分乘龙凤
扬幡持节的方士前引
脚踏覆钵莲花
观音温柔妩媚的神态
以唐代女子的光艳照我

一切又都是人间的折射
修眉大眼的男子
穿的是王者的服装
番兵番将战马成阵
民族英雄的出行
人世的威风胜过天国信仰
无遮大会是
尽日笙歌的帝王生活
幻想中的净土
举目都是琼楼玉宇
宝相花的毫光
普照神和人的居所

中国绘画的线条
表现动势变化的衣裙
手持莲花的女子仰天冥思
凛凛若神明
洞察一切的睿智浅笑

是对现世的超脱

悠然自得的伎乐天

飘动在雨花流云之间

那欢乐的想望

是思想的雨和雪

给荒芜以永久春天的洪流

半裸的雕像

对人体的颂扬

注入被压抑的心

以时空的永恒

弥补万物的距离和空虚

虽然种子尚在梦乡

因为现实太丑恶

所以神才美丽

热烈气氛有如狂迷

是音乐和声般的强烈音响

衬托庄严的主题

心的宇宙

醒神的风正在起落

让真实

从神话经典中解放

自一个无始无终的梦

一九八一年

（选自《蔡其矫诗歌回廊》2002年版）

阳 关

因为一首绝句
后来变成了歌曲
在送别时候反复叠唱

于是你成忆念
在一千年中
谁都对你想望

事实是一场洪水
不知哪一年
把你变成古董滩

不见经传
旅行者从你的废墟上
捡拾玉石和铜钱

到现在,只好从烟墩残迹
猜测你的方位
面对荒滩默然兴叹

这就是诗的力量
每一颗砾石中
遥远年代的回声在震响

眼前几十里的林场

给探寻者送来静默的清风

串串葡萄有如当年泪光

岁月老去

转化为儿童

原来时空永远在变

（选自《阳关》1982年第4期）

敏　歧

月牙泉

——月牙泉在敦煌城西南，嵌在一片大漠中间

跋涉在千里戈壁荒原，
是你拨亮了我惊喜的眼帘！
棕黄的大漠嵌一湾碧水，
悠悠地映着白云蓝天。

秋天，芦花正在放白，
晴空里有点点飞花扑面；
红柳掩着泉边的土屋，
浓得像一团紫色的烟……

当地人都叫你月牙泉，
因你形似新月一弯；
我倒觉得你更像一张弓，
时代的臂膀正在把你拉满。

那晶亮晶亮的泉水，
不就是一支鸣响的箭，

只要一声弦响,

大漠就绿了一片……

（选自《诗刊》1981年第12期）

陈佩芸

飞 天

惊异你那轻盈的肢体,
舞姿蹁跹,衣带飘飏,
轻摇着叮当的环珮,
飞向蔚蓝的天宇。
你那迷人的神采、仪容,
使幽暗的石窟发光。

你准是被希望唤起,
带着甜美的思绪,
升上色彩交错的长空,
采撷着长春花,在那
从未被玷污过的天庭。
然而使你栩栩如生的手笔,
怎知他们不是怀着难捱的忧虑,
一腔痛苦,沾着清泪,
描绘了你的欢愉?
揽来天宇的皓月银辉,
睁开惺忪的倦眼,
月月年年,以全部生命

给了你灵性!

最使我动情的
是你那纯洁的灵魂,
你撒下缤纷的花雨,
如同春日之神。

(选自《星星》1983年第12期)

月牙泉

一弯月牙,
沉落在金黄的鸣沙山间。

银白的水光,
那么清秀,
也许你显得太小了,
难以匹配沙山的磅礴,
但魅力
却如同万顷碧波。

顶戴着炎阳,
经过艰辛的跋涉,
周身汗津津,

无比燥热；
当一片死寂中，
看见了生命的跃动，
我怎能不贪婪地
投奔到你弓也似的臂弯。

你纯真地微笑着，
粼粼的柔波拍湿我的双脚。
又献上芦花的清芬，
溶化了空旷寂寥。

透过碧青的水草，
仿佛看见泉水向上冒，
那可是沙山在呼吸？
波纹，该是它跳动的脉搏。

怡然的我潜入你的怀抱，
鸣沙山里听着浪花的声音，
呵，你滋润了大戈壁，
使我沉湎在无比的欢欣。

一九八一年九月于敦煌
（选自《飞天》1982 年第 3 期）

瞿琮

戈壁行旅（组诗）

黑石滩

这里，不见了黄沙漫漫——
一望无际光秃秃的黑石滩。

不知是哪一位豪放的国画家，
西出阳关，把浓墨泼染。

车行一百二十里——
不见一眼井、一棵树、一片花瓣……

啊，夕阳辉映天底的帐篷，
地质队升起一缕袅袅炊烟……

西湖

一口月牙形的池塘，井泉如注，

它的名字起得多么好：西湖①……

没有逶迤十里的苏堤垂柳啊，
却茂盛地长着一圈沙枣树。

千百载严寒、酷暑，
流沙没有能够把它掩没。

谁说它像浓妆淡抹的西子，
从江南，搬来塞上居住？

红柳园

传说古代一位将军驰骋沙丘，
插下马鞭，长出满园红柳……

旧日烽火台的遗迹上
高矗着火车新站的大楼！

列车宛如呼啸的战马，
在广袤的戈壁滩疾走。

将军啊，你何时归来？

---

① 作者把月牙泉比作西湖。

西出轮台,东去凉州……

甜水井

为了打出这一眼井,
前后经历了多少年?

没有了眼泪,
在干渴的瀚海,一滴泪水也值钱。

分明是几代人的汗水啊,
汇成了这一小股清泉……

泪是涩的,汗是苦的……
换来这泉水却是蜜一样甜!

鸣沙山

都说这一座山,它会呼喊——
在风的黎明,在月的夜晚……

听得见金戈撞击、铁马嘶鸣……
一场抵御外侮的鏖战!

这几百年前的声响啊,

沙丘，它是录音的磁盘……

今天，我要对这山大声吟唱——
让它传给后辈戍边的儿男！

（选自《飞天》1982年第1期）

韩作荣

塞上曲(组诗)

啊,戈壁

日月,在驼峰上更替,
星星,在青石和马蹄间溅落。

戈壁,你海海漫漫的沙梁,
沙丘链像一群嘶叫的蛇,
　蜷曲、滑动,
吞噬着荒原的寂寞。

黄沙,烧焦了云絮,
弥漫着浓密的尘烟;
饮马冰河,水寒伤骨,
暗夜,冷风吹得石头炸裂。

啊,戈壁,是死海么?
这远古的紫塞、狼山,
只有骆驼刺,举着小小的绿色的旗帜,
向无边的赭黄挑战。

这就是你么，塞上的大漠，
就这样挂在游子的舌尖？

不，你看那治沙队的足印，
是飘洒在荒漠的花瓣，
一面旗帜在风中摇动，
是驶向瀚海的征帆。

树苗，你幼小的生命
却有着抽穗扬花的梦，
远处，防风林的绿浪
已卷向大漠的腹心。

戈壁，你要变了，明天，
绿荫和新城将不是梦幻……

丝绸之路

流沙卷走了时间，
却卷不走记忆。

我想起飞天的长裙，
和伴她腾飞的
　　五瓣的花朵，
丝弦、箫管，伴着胡乐笳声。

古道折柳，不须再滴清泪，
叮咚的驼铃，
摇着自由与欢欣。

大漠间，不只有厮杀与寂寞，
交错的马蹄、驼印，
踏破漠野的荒凉、凄冷，
沙浪，也似飞旋霓裳羽衣舞。

朱雀门外，不止是商旅、绢帛、胡姬，
　美酒和夜光杯，
还有目光与目光的交融，
　心与心的辉映。
丝绸是理解、通好的虹桥，
多一分光泽，少一分猜忌，
便多一分情谊与安宁……

（选自《飞天》1982年第1期）

郭同旭

阳关怀古（外一首）

残垣。断堞。漠漠荒丘。
炙风卷尽离人的满腔哀愁；
颓冢。衰草。迢迢驿道。
黄沙掩盖阳关的一代风流。

昔日忧伤的羌笛哪里去了？
是否还在埋怨晓风杨柳；
昨天溢金的楼宇哪里去了？
是否早已长眠于无涯沙洲？

逝去的是那些荒诞的古老传说，
挽回的却是风掀涟漪、路铺锦绣。
登上阳关一任我纵情放歌，
邀天下志士来此痛饮葡萄美酒！

丝绸之路

鸣沙器掩着驼铃的低唱，
漠风撩弄着商贾的锦裳。

历史在这驿道上艰难跋涉，
嘚嘚蹄声踏碎生命的春光。

意志在握，任凭匪患的胡笳喧嚣，
力量存胸，任凭狂虏的鸣镝飞扬。
巅荡的驼峰蓄着美好的友谊之梦，
给古老的波斯、罗马捎去繁荣汉唐。

今天，我来这儿观瞻凭吊，
脚步儿怎能蹒跚彷徨。
给未来的世界捎去一片锦绣，
"丝绸之路"在我们脚下延长……

（选自《飞天》1982年第1期）

唐祈

敦煌组诗

敦 煌

像一座藏满金珠玉宝的仙窟,
顺着沙漠金色的海洋漂来;
谁要是被你的魔指一点,
心就沉入了美的世界。

莫高窟

一排排神秘的洞窟,
在风沙的山上站立;
我想起一队队来朝觐的使者,
在举行它那无言的赞礼。

我们看不见喧哗的仪式,
金碧辉煌中活动着神的旨意,
每尊塑像含着微笑,
回忆当年繁闹的晨夕。

呵,当河流变成了一片沙砾,

四周的城郭向沙漠悄悄逃逸,
而莫高窟,披着阳光的碎金,
宣扬人的智慧,从古到今……

路过阳关

从古城雉堞上一抹夕照
我听见了历史无声的波涛
古西域的乐音在风中飘
我沉思如一棵静默的秋草

天边一队骆驼的剪影
把古城驮进了梦境
月亮的幽光,像大钟敲响
黑夜来了,我低下头想……

珍 珠

——赠临摹壁画的 H

你这样年轻,美丽,
总使我想起一颗
珍珠,沉在深深的海底。
幽暗的光线中
你汲取色彩,梦幻,神奇——
让所有存在过的美——

白鹿的角,翘起的象鼻,
英俊的异国王子,
胸脯丰满的供养人,
统统唤起自己的生命,
在新鲜的空气中
舒畅地呼吸。

呵,只凭你的手指间
　一支彩笔。

你仿佛从波斯的夏夜醒来,
又踩着恒河的浪花走来,
你白嫩的双手
牵着飞天飘舞的彩带……
满怀爱情的羞涩和惊悸,
呵,你描摹画中的飞天,
看飞天壁画的人在看你。

你低下头沉思,
沉得很深,
光线这么暗——
真像一颗珍珠,
在幽幽的海底……

一九八二年二月十五日凌晨三点定稿于西北民族学院

(选自《飞天》1982年第3期)

阳　关

月亮挂在阳关城楼的飞檐上，
夜顿时显得苍白、荒凉；
祁连山戴着雪帽微微弯下腰，
像个塞上老人在深情远望。

戈壁在悄悄谛听春的信息，
驼队也停住了无声的肉蹄；
烽火台在夜风中傲然屹立，
早吹断了它那狼烟滚滚的回忆……

啊，今天阳关变得年轻了，
当黎明披上绯红绚烂的霞衣，
柳色青青的客舍里，数不清
旅游者们纷沓匆忙的脚迹，
阳关在七彩胶片的影像中，
早已走进一个新的世纪。

（选自《阳关》1982 年第 1 期）

林 染

敦煌的月光

当那些
裸着双肩和胸脯的伎乐天
那些瀚海里的美人鱼
起伏的手臂摇动月光
我听见了她们的歌唱

银色的漠海情思澎湃
珊瑚形的红柳
一丛丛熊熊燃烧着
火焰是黑色的,浓黑色的

她们从沙丘舞向沙丘
飘带撩动星群
猩红色的星群在沉浮
我的三危山也在沉浮

她们会舞到我的山岩上
把我带进波涛下的花园
永远沉寂的花园

永远动荡的花园

美丽而冷酷的夜色
你不要褪去

一九八二年三月二十八日

敦煌，反弹琵琶伎乐天塑像

——给 S.T

一

在布隆吉尔荒野
袅娜的骆驼花嘱咐我
"不要怕满路的荆榛
赶着你的驼群勇敢地走吧"

在依莱柯戈壁
晶莹的启明星抚慰我
"不要怕深沉的黑夜
赶着你的驼群快乐地走吧"

哦！牧驼的孩子
从荆榛丛里走来

从戈壁茫茫的黑夜里走来
为了启明星和骆驼花的期望
为了爱

二

什么时候起
这只白天鹅不再收拢羽翼?

亭亭鹤立
微俯的胸脯
柔美的双臂是轻盈的翅膀
反弹的琵琶,淙淙,淙淙
溶溶的月光下
一条小溪流出了山峒
溪畔的野百合
和我一起幸福地战栗

这可是你曾应许为我弹奏的
那支梦幻曲?

三

南方的蛮姑哟
不要再呼号着追逐我了

已经很久了，这颗心
总是承受不了太多的纷乱
我已经痛苦地逃进
满被阴郁的戈壁滩

让我永恒地得救吧
你北国圣洁而深情的仙子呀
让我青葱地长在这里
或者让我在这里枯萎

哦！牧驼的孩子
从荆榛丛里走来
从戈壁茫茫的黑夜里走来
为了启明星和骆驼花的期望
为了爱

四

我们相会了
在绿洲
在敦煌街头
在欢乐的人流中
一把琵琶优美的乐思里

我沐浴着你温柔的目光

我沐浴着温暖的阳光
阳光,阳光多明亮呵
我被照得晕眩了

可是,我的骆驼呢
我的骆驼和它们驮着的淳朴
丢失在哪儿了呢

一九八二年九月二十九日于敦煌

敦煌飞天歌

我们是沙漠的女儿
我们寻找碧绿的世界

告别深黄色的风暴
告别驼掌下的荆刺与坎坷
告别幽暗而神秘的佛窟
我们飞动

我们飞动
每个人都带着自己的乐器
有泪斑的湘笛不是在回顾
羯鼓震颤着低沉的思索

竖琴婉转地爱着，质朴而美好
唢呐昂扬的希冀
是我们明朗的主旋律
我们协奏一支真挚的歌

还会有不测的风暴吗
即使太阳被刮得雀跃
我们也不怕风暴了
我们还带着那颗
熄灭过灾难的强劲驼铃

我们坚定地飞动
长长的飘带
宛如江河向远方招展
我们的波涛滚过山峡
滚过林莽与原野
滚过星海
滚过无数片新鲜晶莹的晨曦
这颗星球的每根草叶
这个宇宙的每一隅光明
每一隅黑暗
都能感觉到我们的激情

大朵大朵的鲜花在晴空里绽开

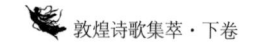

我们是沙漠的女儿

我们飞向无边的馨香与色彩

一九八二年三月二十九日

藏经洞的故事

史学博士斯坦因想笑

觅宝者斯坦因想笑

英帝国公民斯坦因想笑

他要三倍地大笑

二十九只宏伟的木箱

满盛东方的典籍与珍奇的画轴

满盛古长安深沉优雅的乐声

长生殿在这乐声里自如地浮沉

杨贵妃颤摇着

一枝芙蓉在舞蹈

满盛西夏缀有宝石的经卷

更多的是织绣品

丝绢裹着一条道路诱人的魅力

如今,这一切

只以二十四块马蹄银作代价

都是他的了

都是收集文明的大英帝国的了

而且

遥远的海岸上

欢呼声和一枚金质奖章的显赫

在等着归属于他

幸福的斯坦因走出藏经洞

他没有喝酒

却醉得很厉害

差一点跌下平稳的驼背

就要离开这片奇妙的土地了

他不由回过头

深情地看了最后一眼

博士突然一阵悚惧

一轮殷红的夕阳

正从大泉河西岸的灵岩上

从九层阁美丽的胸脯

从一个民族深深的伤口里

沉重地滴落

血光飞溅着涌来

染红了他和满载的驼队

一九八二年七月二十四日

黄昏，在鸣沙山上

落日，在玉门关上溶解了
夕光缓缓地、缓缓地
同烽燧、碱泽上的红柳
同我一起
在大漠浅褐色的神秘里
流动着

山谷，月牙泉
一把波光粼粼的梳子安恬地等待
党河玉女娘子就要梳晚妆了

悠悠的箫管。是从莫高窟
那幅天宫伎乐图上传来的
传来的还有释迦牟尼庄重的抒情
他正在花雨里说法

接着是一辆面包车
异邦的旅游者走进故事：
中国，敦煌
鸣沙山的黄昏……

一九八三年八月十八日

白龙堆

黑色，从环形的地平线上
无休止地涌来
所有的砾石都陨灭了
白龙堆
不是白色的

红柳把一丛寂寞的火焰
嵌进深秋的天空
阳光疲惫地摇晃着
找不到一片
可栖息的绿叶
只有驼背
只有正在变黑的
荒凉的驼背

拖着长长的白炽的渴望
追求者
就踏着这片冷酷的戈壁
一次也不回头地
向飞天神女
走去

一九八二年二月一日

答土屋尚

沿着我们的民族与纯洁的蚕
一起吐出的那缕
纯洁的丝和纯洁的心
莫高窟,带着纯洁的问候

迈进无星光的戈壁
跨上云朵里的冰雪
趟过深渊里波动的蔚蓝

走向黄的眼睛
　　灰的眼睛
　　蓝的眼睛
也走向你黑的眼睛

"敦煌的爱是遥远的"
你说得很对
土屋尚先生

附记:1981年7月底,我陪同一个日本访华团在敦煌参观。诗人、民俗学家土屋尚先生怀着对中国人民的深挚友谊,在我的笔记本上题了一首诗。因以此歌,答赠先生。

绿洲之歌

胡杨林向远野喷溅绿色阳光
云雀把一簇簇明媚带进云朵里
七月,这青翠得炫目的七月
从黎明起就开始激荡他的眼睫毛
而一颗怒放的心
同他的拖拉机
同五铧犁上翻飞的那只云雀
一起,也从黎明就开始
在三危山那三条峻峭的曲线上喧响

他是三危山的孩子
他诞生那天
三危山用四棵芬芳而酸涩的沙枣树
织成了他的小院和命运
一棵摇着母亲甜津津的谣曲
摇着善良的九色鹿的故事
小星星般的沙枣花装饰了他的童年
一棵是当美术教师的父亲
虔诚地以叶片
蘸着滚滚风暴作阴郁的画
渲染九层阁里释迦牟尼的威武
突然沙砾打秃枝条,父亲进入净界

111

而第三棵树便蓬松着头
向着遥远的戈壁流浪了
直到正孕育红果的第四棵树
把他从一片荒芜的驼背上找回
用和煦的秋风为他洗浴
濯去蓬刺和前额上的尘沙
然后把他扶到拖拉机上
让他在绿洲的七月
追着飞天的花瓣怡悦驰骋

"飞天,你美丽的绿洲女神
还是在红柳丛摇荡的儿时
我就被你的花儿迷住了
每当簌簌裙裾声从黑发上掠过
我便俯下天真的爱心
拣呀拣呀
拣那些鲜艳馨香的故事
编成小篮筐
让我的黑眼圈的小羊羔驮着
去熏染灰皮蜥蜴乱跑的沙丘
熏染疏勒河遗弃的那座古城堡
一杆绣绒枪在城头熠熠打闪
樊梨花阿姨曾在那儿练兵选将
我还要去遥远的雪峰
去玉门关外

去老巫婆呼呼吹出干热风的库姆塔格
熏染我知道的一切枯黄色的荒凉"
哦！他的小篮筐是那么美好
他真不愿让童年的梦失落掉

他真的有了"小篮筐"了
就在今天
他第一次握住了操纵杆
多么奇妙的景象呵
飞天的飘带
一万缕飘带流动着
一万朵鲜花：菜花、焉支花、雪梨花
编成他的拖拉机
编成五铧犁一样的疏勒河
疏勒河散着馨香犁向远处
哦，这是他的绿洲
这是他的四棵沙枣树生息的故土
酸涩而芬芳的树上结着岁月
岁月已凝成点点的红宝石
哦！这是他的绿洲
这是他历劫后重返的家乡
是他正耕耘正待孕穗扬花的无垠青春
哪里还有这样美好的土地！
哪里还有这样美好的夏日！
哪里还有这样美好的耕耘！

紫莹莹的野兰花遍野歌唱着：
受伤的爱情也会在这儿成熟
这儿是祖国，是亲爱祖国的亲爱一角
是飞天神女散花的地方！

一九八三年六月十一日

（以上八首选自林染诗集《敦煌的月光》1985年版）

敦煌之春

当消融祁连冰峰的四月风
裹挟来
到东方沙漠探春的旅游帽
和堪培拉、纽约、西柏林的照相机
一夜之间，古老的敦煌小城
突然发现自己
有点时髦了

摘下方格子头巾
开始流行红裙子
高嗓门的秦腔是电声伴奏
六层楼的宾馆学会了英语
在街心新辟的花园
塑起

反弹琵琶的有名姿态
虽然那塑像有点生硬
现代韵味
却十足十足

版面黑得刺人目光的
《深圳青年报》
也一张接一张进入
沙洲八景了
随便翻开哪一条街道
都会读出市民们
万花筒般缭乱的思索
关于致富
关于政治改革
关于价值越来越昂贵的自我
"我",不怎么安分了
纷纷从褪色的壁画中走出
要求
参与洞外的阳光
和活的春天

春天!春天!
遥远的玉门关之春
雄性激素
多么蓬勃狂放呵!

多卷的阳关道,展向

一重又一重

波斯菊袅袅娜娜的绿洲

呵!波斯菊的诱惑是不可抗拒的

敦煌,敦煌开阔的蓝天下

一个骑摩托车的年轻汉子

正开足马力,飞驰

飞驰成一朵

暴怒的火焰

(选自《阳关》1987年第1期)

土屋尚（日）
敦　煌

在天的边际坐落着
敦煌古城
那里有我要找的朋友

在天的边际坐落着
敦煌古城
它的爱是遥远的

（选自林染诗集《敦煌的月光》1985年版）

尧山壁

莫高窟

五百石窟，五百窗口，
洞开在鸣沙山岩壁上，
五百间艺术陈列室，
存放着历史的多少录像。

曾经轰动世界的艺术，
这不是文化的木乃伊，
泥土有活跃的生命，
颜料有深邃的思想。

英武的西汉，丰腴的盛唐，
丝绸之路商旅繁忙，
回忆到振奋人心的年代，
连泥菩萨也脸上有光。

五代的混乱，东晋的荒唐，
宝窟几乎被西方的骗子盗光，
说到历史的伤心处，
大泉河流成泪一行。

五百窗口，五百眼睛，
历史也一直从里向外张望，
含着期望，含着憧憬，
默默朝着太阳升起的方向。

终于五百双眼睛一齐发亮，
看到了祖国的烂漫春光，
它相信神话的极乐世界，
将不在西方，而在东方。

（选自《飞天》1982 年第 3 期）

鸣沙山

敦煌有沙山，风吹作响，因名。

屏住呼吸，闭上眼睛，
我用我的心谛听。
鸣沙，你唠唠叨叨，
有什么千年不散的冤情？
嗡嗡、嗡嗡、嗡嗡……

呵，听到了，听到了，
是商旅、马队、驼铃，
还有胡旋、琵琶、大筝。

被阻塞的丝绸之路，
被埋没的盛唐文明，
在底下怨恨、呐喊、不平。

我眼前巍巍沙山，
立刻变成一座金色的坟茔。
当年掀起铺天盖地的黄沙，
曾经是多大一场飓风，
我倒退三步，惊魂未定。

这沙山也压在我的心胸，
我颤抖的心弦，
和那底下的痛苦共鸣。
那沙纹好像一声声声波，
在我的耳膜上汹涌
嗡嗡、嗡嗡、嗡嗡……

我希望我们的时代，
能把大自然的问题纠正；
我希望我们的弟兄，
能学会劈山救母的本领，
为过去河西的繁荣，
为今天敦煌的复兴。

（选自《阳关》1982 年第 6 期）

沙　枣

你瀚海的珍珠，
在漠天的蚌壳里形成，
含辛茹苦多少日，
结晶了一腔痴情。

你凝固的风声，
在我们心壁上共鸣，
风吹沙打多少日，
成熟了一颗美的心灵。

在干风如火的塞外，
谁还能嫌你不够水灵，
你贡献给祖国大地的，
是一份没有水分的忠诚。

在春风不度的地方，
谁还能嫌你味道不浓，
含在嘴里细咀嚼，
是一种语重心长的叮咛。

在人迹罕至的地方，
谁还能嫌你果实太轻，

闪耀在我们的眼前,

一树沙枣是一天星星。

(选自《诗刊》1982年第3期)

郝明德

古谱的复活

——写在叶栋破译敦煌曲谱之后

几乎成了绝响，
留给民族一腔恋情，
一腔排遣不去的遗憾，
困扰着无数乐匠的心！

然而，一经复活，
像古莲子吐出新绿；
抑或是仙女飘出洞扉，
拨响心灵的竖琴。

十多个世纪蓦地惊退，
再现出大唐的歌舞升平；
也有春闺的幽怨，
丝竹绵绵到天明……

如高山清溪流泻，
一路叮咚，芳草如茵；

也许是梦入蓬莱,
晨光里百鸟啼鸣!

莫非是公孙大娘在长安,
起舞弄清影,醉倒诗魂?
莫非是江州司马泛轻舟,
琵琶一曲泪盈盈?……

啊,你寂寥了千年的敦煌曲谱,
历尽多少悲怆和艰辛!
而今,每一个音符都在欢笑,
歌唱霞光般璀璨的文明……

(选自《甘肃日报》1982年6月10日)

昌　耀
在敦煌名胜地听驼铃寻唐梦

是温暖的黄昏。远远的
铜锣钹的响鸣
忽忽与月光一起从沙山背后
浮出。……

——是谁们在那边款款奏着
铜锣钹呢？那么典雅而幽远，
像渔火莹莹……

我拎着鞋袜，赤脚踏着流沙，
记起初临沙山时与我偕行的东洋学者
曾一再驻足频频流盼于系在路口白杨树下的
那两峰身披红袍的骆驼——
美如江边的楼船……

然而，是谁们奏着铜锣钹呢？
我猜想此刻在月下的沙梁那边
一定有人如我似的拎着鞋袜，
沉吟着，审听着，在恍惚中期待着……

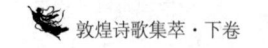

然而,那么富丽的,是谁们
在石窟那边款款奏着铜锣铍呢?

一九八二年九月十日初稿于敦煌

回 忆

白色沙漠。
白色死光。
西域道
汉使张骞凿空
似坎坎伐檀。
晋高僧求法西行,困进在小雪山的暴寒,
悲抚同伴冻毙的躯体长呼——命也奈何!

大漠落日,不乏的仅有
焦虑,枕席是登陆的
码头。

心源有火,肉体不燃自焚,
留下一颗不化的颅骨。
红尘落地,
大漠深处纵驰一匹白马。

一九八六年七月二十五日

(以上二首选自《昌耀的诗》1998年版)

浪　波

丝路彩笺（组诗）

哦，丝绸之路

——酒泉至敦煌途中所见

哦，丝绸之路！在我向往的梦里，
你曾是一路彩绸，沿途花雨；
出酒泉，过长城，向南、向西……
却只见漫漫沙海，茫茫戈壁！

千里无遮拦，骆驼双峰衔着夕阳，
万籁此俱寂，一行剪影缓缓游移；
——是大汉的使臣？是盛唐的商旅？
一步步，把我带到那遥远的世纪……

敦煌街头

——一幅时代的风情画

汉敦煌，唐敦煌，待何处觅寻？
在哪里？长安估客，波斯商人？

停演了！那乐府诗，那胡旋舞，
友谊宾馆，电子琴拨一串清音……

悠悠的日月从音符里跳过去了，
古老的丝路，又一番花雨缤纷：
崭新的敦煌，向世界敞开大门，
瞧！他来自纽约，她来自日本……

莫高窟一瞥

我是无神论者哟，我不信佛，
在这里，我却要唱一支颂歌；
彩塑丹青，果真是仙山佛国？
隋唐宋元，好一部史卷画册！

伎乐天，莫非是献艺的演员？
维摩诘，岂不是授业的学者？
而菩萨——这似喜似悲的女子，
是不是深锁禁苑的宫娥？……

哦！佛

——献给古代的无名艺术家

我朝你膜拜！我朝你顶礼！

（不要误解，先知先觉的释迦牟尼。）
你是我的尊师，我是你的弟子，
无名艺术家哟，我向你皈依。

哦！佛！你们才是真正的佛呀！
把无量的功德留在石窟四壁——
让祖国为此骄傲，让世界因之称奇，
千秋万代，给后人美的启迪……

飞天之歌

——赠一位当代画家

诀别了灯红酒绿的繁华市廛，
蛰居世外——却绝非"桃源"；
幽窟暗洞，四十年面壁独坐，
弹指间白了青鬓，凋了朱颜！

佛法禅理，夺不走你的信念，
彩笔画板，要摘取艺术王冠！
祥云瑞霭，天歌神破壁飞去，
那便是你哟——你就是飞天……

阳关访古

——在阳关故址,我拾到一枚"五铢钱"

哈!一枚"五铢钱",带我到西汉:
阳关城,阳关路口,阳关酒店,
捏着它,我问当垆的"女老板",
请问,您来自洛阳?来自长安?

她只是笑。想必听不懂我的语言!
接过钱,递来酒。我一饮而干。
哦!我是醉了?我是醒了?真个奇幻——
看眼前,却只有一片漠漠沙滩……

(选自《阳关》1982年第2期)

何生福

致敦煌流派的开拓者

引来清澈的月牙泉水,
把玉门关内外的原野,
浇灌得碧绿碧绿;
采来飞天仙子的万朵鲜花,
把昔日驼铃叮咚的万里古道,
渲染成五彩缤纷的长带。

诗人哟,
快放开你的歌喉,
谱一支阳关新曲;
开拓者哟,
快砥砺你灵感的铧尖,
耕耘出一片芳草如茵的园地!

(选自《阳关》1982年第3期)

嘉 昌

敦煌诗简(组诗)

写在彩塑前

用养育着世界的泥和草塑造
模仿着富人、穷汉、街邻、父老
用思维的阳光染出七色
多棱的情感,是雕刀

佛光像难蔽躯体的缕衣
人的光芒,却灼目地闪耀
在它的前面,亮着多少赞赏的目光
不是崇拜佛
是崇拜人的创造

月牙泉思

风,扫荡了几万个回合
沙,进攻了几千个晨昏
黄色的旗帜插满了四周
骄横的军队嘶声叫阵

——它,却像不怕狂浪扑打的岛
沉着而又宁静

人间的雷火向它打来
把美丽的故事葬入烟尘
甚至焚干了它的泪水
甚至烧瞎了它的眼睛
——它,却像不甘沉默的诗人
倔强地喷吐着激情

呵!月牙泉
铁背鱼成群嬉戏
七星草风似的飘动
你的形象如此倔强生动

问千手千眼观音

怎么,你也知道
外面,是一个新的世界?
——看,你只用一双手,一双眼
敷衍着面前的佛事
九百九十八只眼
却在焦急地盼望
洞外明朗的天地
九百九十八只手

急切地召唤着

清新的流荡的阳光

水晶般透明的空气

苍穹大风般豪壮的欢笑和歌

芬芳的音乐,温柔的花

春原上葱茏草木般奇丽的创造

(选自《阳关》1982年第4期)

莫高窟,假如……

假如没有沸腾的云朵

假如没有芬芳的蓝天

假如没有灰、褐和暗青色的远山

假如没有山间蛇一般滑行的银泉

假如没有暮色苍茫的原野

假如没有在风里抖索的草叶

假如没有展翅的孔雀、翩飞的鸟

假如没有鹿在飞驰,牛在犁田

假如没有拱背的石桥、黑沉沉的城市

假如没有空寂的草庐、喧闹的庭院

假如没有人:男女、老幼

假如没有轻绡里人的肌体

假如没有人的沉思、微笑和愤怒

假如没有透露心灵光芒的人的双眼

呵，假如没有这一切，我断言

这石窟内，便绝没有"红尘"的污染

没有烫发的女导游

没有蜂群般涌来的专家、游人

没有诗人的诗篇

人们虔诚地奔向佛国

心底探求的，却是人间

（选自《阳关》1987年第1期）

敦　煌（散文诗）

真是一个神奇的所在。你的魅力，正像你的名字。

你立足的瀚海，仿佛是传说中飘闪的神帕；你，则仿佛是海市蜃楼。是神和佛的光织成的吧？阳光下沙山般的明朗是经，春气中杏花雾般的朦胧是纬，呈现若隐若现的仙姿。

你山山水水都闪烁灵异的光。神和佛的世界！人们的眼睛、人们的思绪因而缭乱，有如诚惶诚恐的乐傅和尚，每根神经都悚然、肃然，因为你的多彩的神秘。

东有三危大圣，西有金鞍毒龙。你的山，沙粒都会歌唱；你的崖，劈一剑便冒出奇水；你的泉，那铁背鱼和七星草生息的泉，是一弯晶亮的月牙，岁月的刀斧难损其神形，泉边奔驰着来去无踪的天马；你的河，那滚滚北流的党水，原是玉女娘子，红唇，乌发，年轻美貌，春日乘白马从南山而下，"吐苍海，泛洪津，驾云辇，衣霓裙"，"喷骊珠而水涨，行金带如飞鳞"。更不要说那莫高窟，人间，天上，五彩云里，莲花丛中，飞鸽，恶鹰，九色鹿……整个世界都是佛的天国，飞鹰走兽都是佛的化身，可敬可怖地展现在人们的面前。

你，像沙滩一堆神妙莫测的菌子，艳丽如同小儿眼中的世界，芳香中似又包含着毒汁。

而当人在神和佛面前直起腰，一切遂变幻色彩。

你成了艺术博物馆。多奇怪！像捏泥人，折纸船，制造了许多玩具，人创造了神和佛，然后却神经病似的纳首跪拜。当一切都颠倒过来之后，人们才又带着拜佛的虔诚，欣赏自己的创造——这些艺术品。敦煌，你闪烁的是人的光辉呵！有多少画的和塑的神和佛，便有多少艺术展品；有多少殿堂庙宇，便有多少艺术陈列室；有多少神话故事，便有多少诗……

戈壁中的绿洲！施足了历史这有机肥和硝酸铵、过磷酸钙，浇足了汗水，你生长越来越茂盛的美，生长艺术的启示和生活的哲理，生长引力……

人们接踵而来，赞叹于人的劳动果实的复归，你却更忙着用小麦、包谷、李广桃、李广杏、白葡萄和紫棉花，用富裕文明的社会主义，向人们捧出新的魅力……

（选自《阳关》1985年第6期）

敦煌三章（散文诗选二）

鸣沙山

形体像木刻画一样分明，气韵像水墨画一样悠远；像阳光一样鲜亮、实在，又像青烟一样朦胧、飘忽……

鸣沙山，一座神奇的山！

一座神奇的山，由一粒粒细沙组成。没有冻凝，没有粘结。亿亿粒沙，组成一个整体，严肃而又和顺。每粒沙都那么严于律己，偶或滑落，总是匆匆旋升；每粒沙都那么舒畅如意，心声汇成了欢乐的奏鸣曲：时如雷隐隐，时如风萧萧，时如弦轻轻，时如琴铮铮。啊，看啊，山头轻飚的雾一般的飞沙，那该是奏鸣曲袅袅的余音……

听着鸣沙山的歌，谁能不感到动心呢？在理想的环境，沙粒也献出歌声……

烽火台情思

在空间造型，让时间凝烈千古——当烽烟散尽以后。

于是，尽管晴光有如马兰花般湛蓝、透明，融融的阳光有如浓浓的甜腻的橘子汁，暖暖的、流动的风把僵硬的枯枝也泡得变成了芳春的柔条，清明的空气让舒畅充满每一片肺叶，紫色的胡杨林和绯红的苹果林中飘出甜歌和啁啾的鸟鸣，新城的阳台上飞起的鸽子，把串串喜悦尽情地洒向蓝玻璃一样的天空。

啊，尽管你——烽火台，早已浸泡在欢愉、安谧的晴光里，然而，你绝没有被岁月风化。像一块无情的石碑，又像高高一摞惊心动魄的史书，你屹立！硬是不让人忘记：惨白的狼烟，淌血的鸣镝，刀枪相向的搏斗，霜夜城头征夫的悲笛……

为什么要忘记呢！安宁是对骚乱的记忆，忘记骚乱怎会安宁呢？

（选自《甘肃日报》1986年2月6日）

敦煌的蓝天

敦煌，蓝天
蓝得过于纯净
蓝得过于高远
蓝得让人目眩

鸣沙山漂浮起来
金色云，托着
佛和美音鸟和伎乐天

（选自《甘肃日报》1996年3月24日）

邵永强
去一个美丽的地方（歌词）

让我的歌声轻轻张开翅膀，
朋友啊，带你去一个美丽的地方，
那里有花雨铺洒的丝绸之路，
那里有天马驰骋的瀚海疆场。
古老的阳关，在那里伏卧沉思，
巍峨的祁连，在那里凝目眺望。
啊，那里是中华民族的一颗明珠，
她的名字叫敦煌，敦煌。

让我的歌声轻轻张开翅膀，
朋友啊，带你去一个迷人的地方。
那里有人间珍贵的神奇塑像，
那里有五彩缤纷的壁画长廊。
云中的飞天，在那里翩翩起舞，
动人的神话，在那里四处传扬。
啊，那里是伟大祖国的文明故乡，
她的名字叫敦煌，敦煌。

一九八二年四月二十八日

（选自《甘肃日报》1982年12月3日。原题为《美丽的敦煌》）

阳关柳（歌词）

悠悠塞上行，
最忆阳关柳，
烟雾葱茏一身秀，
俊俏又风流。

亭立古道边，
站在大漠口，
送走多少羌笛怨，
多少驼铃愁！

悠悠塞上行，
最忆阳关柳，
情丝缕缕趁温柔，
情浓意更稠。

年年看新装，
岁岁迎春秋，
盼着多少故人来，
多少游人留……

（选自《甘肃日报》1988 年 12 月 1 日）

长相思　在敦煌（歌词）

长相思，在敦煌，
万里魂飞意茫茫。
关山重重隔云海，
不见飞天着红妆。
一曲玉笛折杨柳，
神驰阳关欲断肠。
啊，长相思，在敦煌，
朝也思，暮也想。

长相思，在敦煌，
旧时凄凉问何方？
花雨飘飘洒故道，
轻歌曼舞唱汉唐。
难忘乘兴欲归去，
又尝李广杏儿香。
啊，长相思，在敦煌，
梦也长，情也长。

一九九一年三月二十七日

（选自邵永强词集《九色鹿》1993年版）

西去的路(歌词)

远去的使臣为谁辛苦奔波,
悲凉的胡笳为谁抚慰寂寞。
戍边将军,沙场征夫,
为谁梦度关山的冰河。

哦,问汉时雄关,
　　问秦时明月。
几千年的风云变幻,
可曾记得几多?

西行的商贾为谁驮运丝绸,
托钵的僧侣为谁寻求解脱,
佛窟工匠,壁画大师,
为谁留下永恒的寄托。

哦,问悠悠故道,
　　问匆匆过客,
几千年的历史沧桑,
可曾听人细说?……

(选自《甘肃日报》1996年5月19日。原题为
《塞上曲(歌词·外一首)》)

阳飏

边塞抒情诗（组诗）

她，是这块土地的主人

四月
她比四月更温暖
一条大红格子方头巾
在祁连雪峰银白的背景前
飘着
飘着，她更像疏勒河流过的
这块土地
一丛丛的红柳
一只云雀
又一只云雀
从骆驼车碾过的那条路上飞起

她的眼睛
似乎在说着什么

（这儿有波斯菊
这儿有白葡萄

虽然

这儿也有裹走牛羊呼唤的黑风暴

　　只有驼铃的叮当

　　叮当的驼铃）

四月

她比四月更温暖

一条大红格子方头巾

飘融了祁连雪峰

　　银白的寒冷

古战场抒情

初春，我来寻找

那朵

古边塞诗一样的凝云

五色石剥蚀的年轮

黑风暴裹走的

铜角、金鼓、铠甲的寒光

我想轻轻地抚摸

和孤烟、旄旗碰杯的

罗羽觞的醉意

然后，站在烽火台上

任夕阳、古战场遗落的

黯紫色的故事

将我点燃

初春，我来寻找
一行陇雁带远了我
比塞草先绿的诗行

敦煌夜情

上弦月
绷紧敦煌传说
月牙泉、鸣沙山、白马塔
更有使历史和今天
夜晚和白天
"西方净土"变壁画一样浪漫的
莫高窟

敦煌的夜
琵琶女琴弦上一串轻颤的下滑音
黑飞天明眸中的一次温柔

流星的箭矢
可是又一次告知遥远的旅人
  敦煌的爱
  是遥远的①

---
① 引日本诗人、民俗学家土屋尚旬。

风中的敦煌

飘荡着
遮住脸庞的敦煌姑娘
那一条条纱巾、方头巾
万国旗帜似的飘荡着
这是边塞哪个民族的妇女
套在裤子外面的衣裙
飘荡着
一眼分不清谁人
披发
鲜艳的服饰
飘荡着
照相馆、商店、工艺门市部的
墙壁上、橱窗里
一个又一个
美丽的黑飞天飘荡着
我、大街、整座城
都在飘荡中不由自主地飘荡着

呵,四月
风中的敦煌

写给莫高窟的创造者

我无法想象
和黯蓝的灯芯一起闪耀的
伎乐天、人非人
三只耳朵的兔子
同画工扭曲的身影
在暗黑的洞窟中
怎样闪耀着
当"东方蒙娜丽莎"的微笑
凝固了他们最后的姿势
凝固了调色盘里鲜艳的
靛青、栀黄、九色鹿的故事
莫高窟闪耀着
在波士顿博物馆
在伯希和的六大卷壁画集里
和善男信女虔诚的香烟
黑底绿字的横匾
大佛殿檐角的风铃
一起闪耀着
在"敦煌学"铺着红丝绒的会议桌上
在古香古色的挂毯
和烫金字的画册封面上
在游人穿越南北回归线的跋涉中
闪耀着

默默地

我从胸前摘下那枚精巧的纪念章

和飘落在地上的杏梨花瓣

和四月的春天

捧在一起

默默地,我

站在一座舍利塔前

像遥远的传说

遥远的,遥远的一个三危山的黄昏

(选自《阳关》1983 年第 1 期)

写给敦煌

敦煌

为什么一次次走进我的梦

是你那古老色调的传奇

还是千佛洞、月牙泉

或许

是街心花园那尊含情脉脉的"反弹琵琶女"吧

不会忘记

敦煌宾馆一位爱诗的年轻服务员

把他搜集到的描写敦煌的诗

工工整整抄在一个大笔记本上

（敦煌人独有的感情）

月牙泉边

陪伴着一泓柔情的一位三门峡老人

向我讲起他家乡河沟里的小鲫鱼

讲起四月细雨织出的一个遥远的村庄

讲起他牧驼的小女儿

和照耀着他生活的天上弯月的影子

（在他的额头

深深地印下了一道道波纹的

弯月的影子）

还有千佛洞那位十九岁的讲解员姑娘

可读到我写给你的那首小诗

敦煌

田地里弓着脊背的农人

骑在高高的骆驼上哼着歌谣的孩子

鸣沙山，舍利塔群

九色鹿的故事和大佛殿摇响阳光的风铃

全都成了记忆

又是春天了

我想把我的缠绵

一缕缕

全系在曾向我告别过的那株垂柳上

（选自《阳关》1983年第4期）

在阳关遗址

我不知道
骆驼刺怎样在七月
开出红色的小花
夕阳
日复一日地讲着
血、羯鼓、旌旗的故事
我和龙勒山一起
沉默着。沉默着
古董滩的秘密
透过一枚绿锈斑斑的小钱
我看到
风化的孤烟、羌笛
骆驼队拖长的斜影
和燃烧着绛紫色的烽燧
一起耸立着。我
和书包里沉甸甸的五色石
一同走进历史
走进塔克拉玛干的大沙漠的记忆

(选自《阳关》1982年第4期)

莫高窟和我的诗

莫高窟的蛊惑是金灿灿的,金灿灿的

一个世纪又一个世纪

一队又一队朝觐者

丝绸之路上的外国恶魔肆意的笑

肆意地踩碎了释迦金灿灿成串的泪珠

莫高窟的泪珠

一颗又一颗

漂洋过海,在异乡注册

一颗又一颗

成为遥远遥远的痛苦

在夜空闪亮

莫高窟啊

可是佛的旨意

把你放逐到这荒漠的一角痛苦

在痛苦中扭曲、扭曲

兔子在扭曲中长出又一只耳朵

水月观音在扭曲中丢失了一只眼睛

我寻找着什么

今夜

风铃一声声　一声声

像三只耳朵的兔子蹑足走过

像捂着一只眼睛的漂亮的女人蹑足走过

(选自《阳关》1985年第1期)

敦煌鸣沙山

那地方
沙是响的
佛们都住在这沙的一侧
念经的沙
月光照着
埋在沙下的苍白嘴唇

今夜，我在敦煌

天就要凉了
远方，有人赶着一群长毛绵羊——
一朵朵更大的棉花
靠近了今夜的敦煌

敦煌，你接受了温暖也就接受了
人间的寒冷和忧伤

（选自阳飚诗集《风起兮》2005年版）

菲　可

我来到敦煌

我来到这里

没有风沙

没有落日

没有古城墙上斑驳的焰火

幻梦般铺开的地毯上

骆驼高昂着头颅

扬起一个民族

牧女手中的铃铛

敲响凝固的音乐

壁画，这灿烂的首饰

摇曳在东方辉煌的阳光中

在风站立的地方

快乐地喧闹

我带走一尊雕塑

带走飞天

飘曳的裙带

一座彩色的太阳城

在我心上升起

（选自《阳关》1982年第4期）

杨 树

鸣沙山（外一首）

波的固定造型，
水的遗传性格；
的确是山呵，
又具有流动的特色。

攀登，严峻而柔和，
享受中年的快感；
滑降，新奇又欢乐，
重复稚气的童年。

虽然山上没有树的足迹，
也没有草的思念；
但是，鸣沙山呵，
你的的确确是：
我们祖国的一座名山！

月牙泉

一张微启的嘴唇

颤动着渴求的

少女的嘴唇

在等待，等待

那遥远的一弯秋月

吻合一个爱的残缺

（选自《诗刊》1983 年第 7 期）

在边塞行吟（组诗选二）

红　柳

在大自然最悭吝的地方，

偏偏焕发富有的生命；

给黄色的领地一片片绿叶，

簇簇红花燃烧炙热的风。

当土地的挚爱枯竭时，

你炫耀贴心的慰藉；

当人生的道路困惑时，

你倾注胜利的期冀。

一个坚贞少女的形象，

她所追求的——

是这么微薄,这么微薄!

一个顽强战士的形象,
他献出来的——
却这么许多,这么许多!

胡杨树

倔强的躯干迎击风沙,
根系深深地伸向碱土,
胡桐的伞盖,
杨柳的流苏。

青年男子的英俊,
妙龄女子的温柔,
因为拥抱太久终于成为一体,
生活在沙漠里同饮一杯苦酒。

它们的名字叫做:胡杨树。
虽在困境却无虑无愁,
日夜摇曳着爱的波涛。

它们含辛茹苦,姿态宽舒,
根须布满我的心头,
枝叶飞舞我的眉梢。

(选自《阳关》1982年第6期)

蒋兆钟

敦煌，美的旋律（组诗）

敦煌之晨

朝霞，蝉翼般透明温馨，
轻拂着莫高窟惺忪的眼睛。

三危山上，瑞气蒸腾，
浮出个雕檐画栋的幻境。

党河浪里，流着红润，
褶起袈裟上层层皱纹。

似乎，每束霞光，都是一尊佛像，
释迦牟尼，禁不住走出沉寂的石洞。

霎时，一掌绿洲，染成一盘胭脂，
抹掉了沙海与蓝天的界痕。

哦，真的，寻美——
该到敦煌，该去领略奇丽的风情……

飞天，爱的传奇

你要飞，企望乘风而去，
带看岁月的岚烟，古雅的神韵。

飘忽的玉带，系一颗莹洁无瑕的心，
变幻的姿态，裹着历史黎明的风裙。

彩墨淋漓，饱含日色月华，
凝聚着几乎被俗世遗忘了的天真。

爱的传奇，招徕着
大千世界投向这里的眼神。

你，使我想起了维纳斯，
东方，有一个人类文明的灵魂。

我真想走进壁画里，
化作一缕祥云，托起你的身影……

手的遐想

在敦煌壁画中，古代的画师们刻画下了上百双各种动态的手……

五缕雨丝，两道柔纹，

圆润的曲线网住一个广阔的角度。

任想象在肌肉里颤动,
任感情在指尖上奔流。

缓缓合拢,捏起一束惊叹的目光,
弹指轻挥,把历代风物点数。

捧着莲花,托给我一腔挚意,
若有所指,引我去把神秘探求……

运动和力量,铸成血肉的形象,
夸张和真实,融合得没有一丝皱皮。

生活,是个惟妙惟肖的胎盘,
劳动,有着千变万化的节奏。

在佛的世界里

此刻,我站在佛的世界,
慈祥的菩萨,庄重的释迦,微笑的弥勒……

一尊尊逼真的彩塑,
一个个优美的传说。

我不信佛,更不求超脱,

但真诚地感受到了故国的光泽。

彩塑，是臆象，也是真实，
文明和匠心结合了历史的杰作。

传说，是神话，也是生活，
真善美永远不会褪色。

我忘掉了顶礼膜拜的祈祷，
记住的，是艺术给我的哲学！

伎乐，会唱歌的小溪

披一身雾纱云絮，
踏一路柔风细雨。

舞姿，秋水里颤抖的涟漪，
歌喉，绿洲上云雀的鸣啼。

睫毛下，闪烁希望的光芒，
彩带上，浮动幻想的记忆。

生命的律吕凝在这一刹那，
留一代风骚的形象慰抚戈壁。

冻不僵的青春的流闻，

在岁月的风尘里更添魅力。

多少文人学者猜度寻觅,
彩蝶飞处,还看《丝路花雨》。

啊,伎乐,会唱歌的小溪,
啊,敦煌,一曲美的旋律!

(选自《阳关》1982年第6期)

李 新

莫高窟抒怀（组诗）

夜游莫高窟

白茫茫的河滩似铺了一层霜
亮晶晶的大泉河静静地流淌
墨绿色的林带像蠕动的长蛇
浓荫里忽闪出"莫高窟"牌坊

眼前的景物是如此的静谧
此时的心境竟莫名地惆怅
挺拔舒展的树干林梢呵
不该遮挡射进佛窟的月光

骤然间鸣沙山传来一声声吟唱
"鬼拍掌"① 拍出一阵阵奇妙的声响
如笛孔流泻的乐曲悠扬婉转
似琴键弹奏的旋律激越铿锵

---

① 鬼拍掌：一种高大挺拔的杨树。

何必时时触动柔情
何需处处留连徜徉
看不见的——权且遐思
看得见的——放眼展望

呵，夜游莫高窟本无所谓信仰
诚然，我自有我的期望

一轮旭日，千洞霞光

并非乐僔和尚虚幻的错觉
三危三峰射出了灿烂金光
望东方天际，一轮旭日喷薄而出
看鸣沙山崖，千洞霞光绚丽辉煌

霞光中，来自敦煌的解说员
一声声，娓娓地叙讲
那一幅幅瑰丽无比的壁画
那一尊尊巧夺天工的塑像

霞光中，来自兰州的老教授
一串串泪珠儿滚烫
忆起千百年莫高窟濒临的厄运
忆起旧中国研究敦煌学的凄凉

蓦回首，与外宾惊羡的目光相碰
我的心潮一如鸣沙山奔涌的沙浪
既感到自豪又不胜伤悲
既感到飘渺又充满希望

（选自《阳关》1982年第6期）

井上靖（日）

敦煌诗页（组诗选二）

残　照

像一日终末黄昏的来到，
——那思维捉着我。
此刻，
通过火红燃烧的土屋村落，
是那落日的残照。

像一日终末黄昏的来到，
我的生涯
黄昏也将要来到。

无人的小路上驴马在燃烧。
无人的十字路上骆驼在燃烧。
大车又一次驶进沙漠。
沙漠也在燃烧。

飞天和千佛

——二十年前我做过一个飞天的梦

那是一个深夜,
几百名天女舞着衣袖,
向着天边的一角飞升。
到最后一天女消失的时候,
从远处传来了,
风铎微微的音响和骆驼铃声。

(这是莫高窟疏林中生活了三十年的敦煌文物研究所 X 氏说的。他接着说)

——我还做过一个千佛的梦。
那是在六年前一个隆冬的黎明,
所有的佛都从洞中走出,
一半散在沙漠上,
一半在三危山的脚下,
有好几万名佛,
那时候,那时候是那样的静。

我屏住呼吸,
望着天女飞翔,看着千佛出洞。
我第一次地见到,

这样严肃且又庄重地
来叙述这漫长人生中发生的一件小事情。

柴门译自《丝绸之路》第二卷《敦煌沙漠的大画廊》
（选自《阳关》1982 年第 6 期）

盘脚弥勒

摸不透来自朔北的北魏民族的面目。
四世纪建树国家，定都大同，
雕凿那巨大的云冈石窟。
百年后迁都洛都，营造龙门石窟，
而在六世纪消失泯没
真的消失了——痕迹俱无。
倘若寻一件昔时的遗物，
应是那华饰的盘脚弥勒。
这双脚交叉成十字，
难以置信的现代姿势，
奇妙地驰想起天体的雷鸣、碧落、陨石。
或许是端坐星座里的丰姿。
那自然，它与民族同命运，
如星光般飞迸、溅落、消失。
它定然消失，
所以没能传入日本国。

千佛洞点画

不记得哪一窟，
荡漾着自由、安谧的气息，
我不禁环视四壁。
拜忏者未必知悉，
谁人凿洞？又为何目的？
只晓得——虽是当时的心思，
这儿是地上唯一的人造空间，
耆老的天文学家和年轻的恋人相偎倚立。
正尊笑容可掬，包涵万物，
两旁的迦叶、阿难慈祥容与，双眼目地，
两尊华装盛饰的菩萨轻扭腰肢，
对世间可悲而愚蠢的营求，
视而不见，兀然肃立。
四围的墙壁，
有胡乐涌出，
带着薄暮逼临的静寂。

郑民钦译

（以上二首选自《阳关》1983年第3期）

胡旋舞

胡旋舞，
在唐都长安何等风靡。
这胡族的舞蹈，
而今谁留下记忆？
从敦煌千佛洞的壁画，
仅可窥见那回旋风姿的瑰奇。
我立在壁前，
仿佛觉得，
身背大琴的伎乐忽然消失，
耳旁响起激越的鼓鼙；
而在鼓声的前头，
宛若有一股旋风凌逼。
是妩媚的胡舞女郎，
自身命运的回旋迅疾。

郑民钦译自《西域诗篇》

（选自《阳关》1983 年第 5 期）

葛佳映

飞天遐思

那在想象的
无边无际的长空
自由飞翔的是什么呢
乐声伴着花瓣纷纷而下
温暖了西北博大的心胸

哦，一个获得生命的幻想
幻想本来就有不死的生命

一朵披上舞衣的白云
白云的舞坛有日月的巨灯

一只会弹琴的飞鸟
飞鸟的歌已使山岩柔软湿润

一缕缠成长团的柔情
它本来在沙枣花上悄悄浮动

一片硕大而获得灵性的雪花

原本它就是无花戈壁的装饰

一颗飞离了诗人胸廓的心
本来这心正被凄凉窒闷

但绝不是
月亮抛给朔风的泪滴
沙粒敲打死云的呻吟
马莲花下渗出的苦碱
芨芨挂住的一片雁翎

不是雪
却有炸开冬天的威猛
不是水
却有浇灌天上雏菊的本领
飘飘飞天呵
人对神的原始的向往
这向往曾使世间被香烟迷蒙
也使历史抖开了沉重的翅膀
冉冉飞天呵
神对人间的眷眷之心
花瓣撒向渴望真善美的人世
歌声摇动着需要幻想的人心

本来就可以说

你是我,也是他,更是她

你是古人,是今人,更是后人

你是中华民族

除长城之外的另一个灵魂

另一个脱去戎装的灵魂

你曾在清清溪涧洗衣

你曾用"花儿"催赶羊群

你用葡萄酒灌醉夜风

你倚着黄昏等待过恋人

你在秋野播下一个个春

夜晚,当野蛮的风推着尘沙

封住了你石窟的家门

你可依然快乐地飞翔

搜寻着躲藏起来的星星

隆冬,当冷血的严寒带着冰锁

锁住了翅膀,锁住了绿色

你可依然用明亮的歌音

把阳光打扮得温顺可亲

我相信

你曾给托钵僧和商旅

把丝绸的路标点在天庭

更相信

你用舞袖遮挡住强光

用目光燃亮过绝望的心

娟娟飞天呵
你是南国的灵秀
还是北方的精灵
为什么你总是翱翔在
北风和荒漠的世界
在阳关内外计算行程
虽然你有山茶的娇媚
雨中芭蕉的潇洒
春风黄鹂的轻盈
像是出生于水乡渔村
是否大漠更需要你
天山和嘉峪关更觉亲近
胡杨和红柳更适合栖落
天池和月牙泉更加纯净
骑在烈马上的北方健儿
对你更有深挚的恋情

是的，蜃景需要真实的希望托起
大漠需要一个强烈的映衬
更需要一个追求的引路人
当哀鸣的雁
随着昨天的悲风
消逝在历史遥远的天穹

你仍用飘带

抛出半个项圈似的彩虹

当驼铃苦涩的尾声

跟着今天的夕阳

沉落在没有沙漠的大野

你仍会把幻想的花雨

撒向无数个明天

用飞船装饰了的晴空

(选自《阳关》1983年第1期)

熊召政

寄阳关

一

在祁连山的
风沙和冰雪织就的皱折里
在大漠孤烟逗起的
那一缕弱不禁风的乡愁里
当胡马的鬃毛,一次次
在秋风中拂动霜寒
当戍卒的相思之树,一夜间
竟被暴烈的狂风吹断
我看见
古阳关如一棵瑟缩的红柳
柳叶中
藏掖着漂泊的旅雁

二

啊,阳关
这是你在历史中的位置吗?

是死别的浊酒灌醉的驿站
是春闺的愁怨垒起的雉堞
是戈矛的寒光铺出的街面

甚至你的城门
也只能为筚篥和胡笳吹开啊

三

你甚至羡慕残月下的鸡声茅店
虽然清冷沉溶于枯瘦的山泉
也胜似边关柳色，只有战血浸染
你甚至羡慕江南的送客长亭
虽有别离之恸，毕竟还有一杯香茶
冲淡那岚雾般黏稠的心酸

可是这里呢？
属于樵歌弥漫的空间
却被空旷和寂寞填满
千尺长剑也不能斩断的浓厚战云
阻挡温柔的春风
去和羌笛中的杨柳会面

四

啊,阳关
那"多事"的王维,仅仅一句诗
就使人们听到你的名字不寒而栗
生发哀叹

正因为他的诗是千古绝唱
所以你才"千古蒙冤"

五

不要说
"西出阳关无故人"
怯懦者来到这里
当然是顾影自怜
而奋进者跨出阳关
每一步都有忠实的旅伴

大漠上蒸煮沙砾的骄阳
将蒸发你肝胆中的一丝阴寒
而夜来偶尔凝成的寒露
将把你的春梦滴得浑圆

从芨芨草的绿色中汲取力量

从海市蜃楼中洞察虚幻
流沙中崛起的驼峰雁翅
给你一个步步踩稳的希望
给你一个飞翔的勇敢

六

穿行于风沙中的丝绸之路
是一条青藤,一路开花
结出果实串串

阳关
是丝绸之路上的一架驼峰
耸起在赭黄色的泪浪中
含饥忍渴的驼铃
敲散了汉代的烽火,唐代的狼烟

它虽背负过顽石般坚硬的痛苦
却也背过
苜蓿的葱翠,葡萄的酸甜
它虽背负过鼙鼓撼动的惨烈
却也背来敦煌
同金字塔一样灿烂的洞窟
蒙娜丽莎一样魅人的飞天

七

当然，阳关还是有过悲哀的
但它们已经变成了化石
在历史的瀚海里沉淀

阳关内外，留下了
烈马的长嘶，烽子的呼号
但再也不能听见
晓角的凄厉，琵琶的幽怨
别离的笙箫不再为征夫吹奏
阳关外，一样有
远铺着葱青与柔媚的芳草
漂洗着眷眷莺啼的流泉

八

阳关三叠
如秋后的流萤
它的微光已经凋残

今日的阳关，是祖国的
永不凋谢的翠叶一片

（选自《阳关》1983年第2期）

何　来
翩然飘飞的思念

月牙泉边唯一的住户,是在三门峡水利工程建设中,由那里搬迁到敦煌的……

三门峡的砥柱
倾倒在隆隆的爆破声中
而砥柱活的灵魂
却穿过两千里河西走廊
住进了这片蛙声

谁理解他的思念
谁懂得他的感情

焦渴欲绝的漠风
从四周狂吮着雪白的云
黄河的涛声呢
被埋进沙山了吗
响得那样郁闷

啊,他思念着故土

只有月牙泉映着他的心
深夜，当他睡去
月牙泉便翩然飘上蓝空
又轻轻坠落下去
让三门峡的坝水
漫透整个的心身

然而，当它飘回来的时候
带回来却只有自己的羞容
黄河的爱太厚重了
总是被遗落在关中
不过，它也欣慰
是它勾来了早到中原的黎明

啊，三门峡眷恋着月牙泉
月牙泉思念着三门峡
而我，只有一首小诗
献给那位忠实的老人

（选自《阳关》1983年第2期）

宁　宇

敦煌梦

两度过阳关
匆匆来，匆匆去

不见敦煌面
敦煌却在我梦里

银色梦，一弯月牙贮泉水
闪闪烁烁，捎给驼队多少情意

金色梦，鸣沙山歌唱、喧哗
起伏大海生命的呼吸

绿色梦，钻天杨是笔直的剑
给旅人以抗击风暴的勇气

彩色梦，莫高窟展出历史画廊
古国文明是那样多彩绚丽

敦煌呵，我会前来看望你
诉说我的梦，又痛苦，又甜蜜

（选自《阳关》1983年第2期）

蔡国瑞

丝路拾诗（组诗）

飞天，拨动了怀中的琴弦

纤纤十指
只轻轻一拨，那边
就倾泻出淡淡月纹
旋律，被染绿了
流淌的涟漪里，映出
丝绸路上的对对倩影
哦
我那长长驼队
丁零，丁零
是醉了，是
渗进了你的音韵
唱着古
唱着今

飘吧，长长的裙带

凝集着智慧

凝集着追求

像一缕缕闪光的云彩

飘过重重山崖

上面写着一个古国的文明

每一根经纬

都织下了友好的未来

它

披在你柔情的臂弯

悬在你宽阔的胸怀

会给你讲一个遥远的神话

会召唤你跨越茫茫大海

那被风雨冲垮的路面

已经填平

崭新的丝绸

也铺天盖地而来

这里，有一千张容貌

是的，我记下了

记下了这一千张容貌

真难设想

偌大一个世界，在这儿

浓缩得如此之小

在每一张脸上

你可以任意摄下你的需要

有怒

有喜

有哭

有笑

那一双双说话的眼睛

在告诉你,路漫漫

千条万条

朝向何方。采撷吧

千佛洞

记录了千年风暴

夜间,我听到驼铃

夜间,我听到驼铃

一声声

在茫茫沙海里穿行

摇醒了点点繁星

摇醒了明月一轮

是去莽莽林海?

是去崇山峻岭?

撒下的深深蹄印

丈量着遥遥里程

难道,我们的祖先就是这样

难道,历史的轮轴没有破损

看

被压弯了的驼峰

正在告诉人们

沙路长，骆驼的负载呀

太沉

太沉

（选自《阳关》1983年第2期）

翼　华
　　从敦煌走向哨所（组诗）

我在阳关废墟上沉思

　　　透过五铢钱的方孔
　　　我寻觅
　　　烽燧报警的狼烟
　　　雉堞射下的箭镞
　　　喷着烟嚏的战驼
　　　断笛、残甲、血的河流
　　　沙丘般垒起的头颅……

　　　葡萄园的醇香
　　　飘来姑娘小溪的歌音
　　　林带的绿波
　　　泛起舟帆似的青舍红楼

　　　倏地，一道电光
　　　闪进我心灵的窗口
　　　南湖，不正是勇士生命遗留的财富？！
　　　在他们壮烈捐躯的一瞬

憧憬的眸子
依旧显现着绿色的宏图

撷下军帽
我在阳关废墟上久久沉思
不仅仅怀古
我在想着战士应有的情愫

弯下腰,我捡起五色石

默默弯下
父亲和祖国冶炼的
　我的坚硬的腰板
颤抖的手
　　捡起勇士灵魂的结晶
　　捡起血和泪的结晶
　　捡起废墟梦的结晶
　　捡起历史的结晶
我捡起一粒粒五色石
我捡起阳关

军绿色的挎包
深深勒进我的肩胛
沉甸甸的五色石呀
沉甸甸的阳关

我将走向哨所
　　走向理想和信念
掺和着青春和生命的宣告
我在墙壁镶下：
　　哨所
　　永不凋落的阳关

废墟，绽开一簇马兰花

阳关
萎缩着古铜色的身躯
颤颤抱起
充满青春和幻想的
淡紫色的娇女

淡紫色的微笑
淡紫色的柔情
迎着棕色的皮肤
迎着蓝色的眼睛
迎着我
　　风尘仆仆从哨所奔来的
　　绿色的思恋

多少向往一瞬间淡漠
我伏在阳关宽阔的胸膛上

淡紫色的香馨

缓缓地

    淌过我干涸的心田

废墟

绽开了一簇淡紫色的马兰

我从阳关

    走向辽远的边防线

（选自《阳关》1983年第2期）

邹荻帆
致戈壁

我走过阳关古道啊,
流沙湮没了我的脚迹。
而那一行行骆驼的脚印
烙印在荒沙上,
引起我胸中浩瀚的潮汐。

我的祖先啊
在远古的年代
当穷山远阻,
恶水难渡,
你怎么就在这没有运河的戈壁上
驾着这戈壁之舟
把黄河渭水连接向
里海、黑海、地中海而直达大西洋!

噢,在没有道路的地方
踏出一条骆驼路,
在没有人烟的夜晚
击打火石而举炊,

或者龙卷风掩埋了你的伙伴，
或者干渴饥饿置生命于绝域，
噢，当远方有城市楼台出现
你欣喜地狂奔而去
而那是蜃楼——
幻影在欺骗你……

寻找又探索啊，
比航海家哥伦布更早地
在瀚海中航行，
指南针在你胸中啊，
"绳锯木断""挥戈返日"，
你们的勇敢、坚毅，
着彩传神地写下了民族的古老的谚语。

戈壁滩啊，
哪怕你砺石如戈，
千里沙砾如赤壁，
我的祖先染着你沙尘的颜色
走着，走着，走着啊……
把那绀黄的茧绸
——他们的妻女在青油灯下机杼上的纺织，
展开为一卷漫长的相思之路
铺向大戈壁，
血汗和泪水啊

浸透了这没有河流的大地!

我也看见过戈壁道路边的烽燧,
遥想霜满弓刀,孤烟笔立
　　马踏飞燕,轻骑追击,
多少词人写出了边塞之思。
而我不想去论证
那战争是否正义:
　　　或者游牧民族破坏了农业定居,
　　　或者兄弟民族煮豆燃萁。
如果从月球上能见到
万里长城的雉堞起伏于我们这星际,
我十倍地赞美我祖先建筑的伟绩。

我也知道
在你的起点山海关
有哭断长城的孟姜女祠,
而我惊异于这终点,
在这只有粗沙砾石的戈壁
哪儿运来了砖瓦圆柱?
嘉峪关啊,你天下雄关矗立。

　　据说迟来的飞燕
　　因被阻于紧闭的城门外,
　　霜风把它们变成砾石,

193

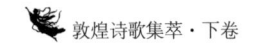

如今让砾石互相撞击，
　　仍听到燕鸣唧唧。

　　比纽约摩天楼
　　你早出现了多少个世纪！
　　如此地用原始的杠杆力学
　　如此地用传统的斗拱和拱门的结构
　　写下戈壁滩并非荒凉的历史。

　　而当我从这雄关漫步，
　　随着驼铃叮当
　　追赶鸣沙山的夕阳，
　　噢，传说这黄沙堆成的山冈
　　是因惊沙猛聚
　　埋葬过交锋中的熊罴虎将，
　　而风沙没有掩埋敦煌石窟，
　　给了我多少希望与幻想……

　　在南北朝纷争的年代
　　是怎样一个出家的和尚，
　　他坚信菩萨的莲花座
　　是苦海中普度众生的慈航。
　　不必嘲笑他理想的虚妄，
　　他是在人生的戈壁滩寻找道路
　　黑暗的岁月里他把萤火当作了灯光。

而艺术家们在断崖的石窟
一锤一錾刻凿出如来佛
一笔一画描出了力士健美、乐伎舞装……
一千六百年白马飞逝,
风沙没有吹落石窟里艺术的太阳。

当我夜宿鸣沙山,
三星眉月悬挂于西窗,
如梦如醉
我奔走于戈壁的画廊。
你好啊,婀娜飞天的少女
你把手中的花朵飞撒在这大漠上,
你好啊,乘坐白象的菩萨
你那鱼形愉悦的眼睛游进了我的心房,
你好啊,惊悸奔走的麋鹿,
你好啊,河边饮水的黄羊。

那割肉喂鹰的神佛坐在我身旁,
维摩诘辩论的眼神炯炯发光,
西域商旅结队在这儿遨游,
宋国夫人出行,鼓乐威武雄壮,
那二王子驰马还宫
树木惊风而欲倒,
那佛殿的伎乐天反弹琵琶
满壁风动,云裳飞扬。

纵马狩猎的射手,你好,
酿酒伐木的师徒,你好,
拉纤摆渡的摇到彼岸去吧,
斩首活埋的愿你们魂归荔枝乡……

于是我会见了
那些飞錾走笔的艺术宗匠,
他们无名无姓,破衣烂裳,
面色如同这戈壁一样饥黄。
我看见风沙扑面而来,
模糊了山岭,暗淡了太阳,
而你们艺术的心灵
执着于生活,
执着于理想,
火炬一样的笔在戈壁上写,
火炬一样的錾在石窟里亮,
写下了民族艺术惊世的画廊。
你们仿佛用斑斓的色彩
在大戈壁宣讲:
　　这里可以换新天,开沙荒,
　　要这里美景如画,
　　要幻想比现实更强。

大戈壁啊,
经历了多少个年代的风霜?

踏破了寻找真理的铁鞋多少双？
我终于见到了解放大军
如同红色流星在戈壁滩飞航，
他们要呼唤戈壁滩醒来，
要古丝绸之路披上红装，
马蹄抖落了沙尘的锁链，
掘墓者的锹声要把旧制度埋葬。

或许他们曾饥饿着吃骆驼草，芨芨草，
而他们为了理想，
奔驰射击中闪耀着人类的希望。
隆隆的炮声震惊了全世界，
看，中国起了火，
看，凤凰飞鸣于东方，
看，戈壁滩的日出奇观，红花怒放……

于是，我看到古丝绸路上
有了另一条真理之路贯穿于我父母之邦，
我看到在石窟艺术之外
有了另一座更伟大的艺术横空出世
那是在人们心胸中用青铜铸成的
有血有肉的革命者的英雄像。

我相信戈壁的风沙有情，
每一颗砾石都有明眸的春水一汪，

蕴涵着祖先的血与泪,
蕴涵着革命者的理想,
他们在呼唤我们啊
去披荆斩棘,种柳垦荒,
未来啊,应有无限的风光——
　　在大戈壁的处女地上
　　开创为全世界无产者联合的大会场。

大戈壁啊,
当我看到自动化采油机
扣响油田的玉门,
当我车过赤金大队
而知道钻井台上成长了新一代
——众多的标兵王铁人,
当我看见嘉峪关高举的不是烽火
而是钢铁厂的烟囱之林,
当我从安西古道送走夕阳黄昏
而见到酒泉夜校灯火通明
——你夜光杯般的工业不夜城……
我觉得物质文明和精神文明在互相渗透,
太阳和月亮在大戈壁滩互相辉映。

大戈壁啊,
尽管你有荒漠无垠,
却给了我永恒的信心。

有我们祖先遗留的铁錾和画笔，
有一双粗手建造过万里长城，
有摇响于风沙的不息的驼铃，
有革命者留给我们的弹火烧灼的红旗，
有奔走于风沙之夜的星火燎原的马灯，
全面开创社会主义现代化建设新局面
有亲爱的党把我们指引，
要大戈壁从睡梦中站立起来，
为了你，献给你啊，
我们的青春，我们的生命，
我们的不尽江河滚滚来的至诚的诗文……

（选自《人民文学》1983年第2期）

匡文留
来自浦江的导游姑娘

一

妈妈，还怨我吗？
小鸟丰满了翅膀儿
能不离开妈妈？

当彩色的星
把彩色的梦幻
慷慨地抖满浦江上下
我多想哼一支小曲儿
跑过外白渡桥
让甜丝丝的水波
亲一亲我的小脚丫

可是……怎么？如今
飘自三危山顶的奇妙霓霞
紧紧缠绕了我的笔尖
我洁白的素笺儿，会捎去
辉煌瑰丽的莫高窟情思
飞天舞袖掠过的婀娜光华

二

儿时，伴着浦江的涛声
妈妈送我一曲
古丝路的迷人童话——

夕阳隐入金色的波纹
驼峰间闪出牧女的红脸颊
悠悠云缕
载着"叮咚——叮咚"
挂上莫高窟逶迤的石阶长廊
挂上阶前那青青的白蜡树梢
挂上散花天女婆娑的长发

三

高高驼峰，托我
奇迹般闯入"三危揽胜"
嵌满千年瑰宝的迷宫

丰腴手臂托起一天璀璨繁星
琵琶银弦流淌古往今来
吟不断的优美乐声
飞天永远把迷人的笑
赠予川流丝路的商旅，宾客

难怪古丝路年年月月

春意盈盈

我笑了，撷朵飞天指端的白云

轻轻系在光洁的项颈

知道吗？妈妈，莫高窟

又诞生了位忠贞而年轻的飞天

一个美丽的生命

一颗追求美的心灵

（选自《阳关》1983年第3期）

马俊生

玉门关春色

她走来了
从美术学院的画室里
从南方的柠檬花香
和北方初绿的叶色素里
四月,她
橙色的纱巾,淡绿的滑雪衫
画夹,调色盘
和一行行北归的陇雁
走进玉门关

一个沙浪
又一个沙浪
扑打着春风不曾抚过的残垣
一声驼铃
又一声驼铃
摇摆着赶不走的雪意和轻寒

她笑了,画笔一挥
手中的一团绿色

飘上了残垣——
一棵年轻的翠柳
枝条被风牵曳着
伸向遥远的风沙线

四月，春色从一个姑娘心里
溢出玉门关

（选自《阳关》1983年第4期）

高　深

敦　煌

在无数的洞窟里
埋葬着千年万代

一幅幅陈旧的壁画
记载了人类天性的悲哀

说不尽的曲折故事
说不尽的人间憎爱

一双双善良的目光
把同情的眼泪久久期待

我披着沙漠热风而来
并不把观音菩萨朝拜

认识一个民族的起落
寻觅一个国家的兴衰

多少历史的光荣和耻辱

激动了每个游人的情怀

　　没有诅咒,没有恨怨
　　只觉肩头有沉重的装载

　　这里有历史的谴责
　　也有历史的信赖……

一九八三年八月于敦煌
(选自《高深诗选》2003年版)

杨　牧

汗血马

从古边塞诗的第一页
蹄声踏踏
一直驰进两千年后的草原之夜
你这汉天子梦求的良驹
你这波斯王艳羡的神骥
你这马,你这汗中透血的马
依旧虎脊一样的毛色

依旧虎脊一样的毛色
如天山石峰
风雪漂洗而不见淡褪
马毛蒸汗,马血腾烟
熏染了令人豪吟的激越
从青铜边驰过
从编钟前驰过
青铜铸进了你的啸音
编钟却敲不出今日的鼓乐
但你的蹄声敲得出。敲得出绿洲
不带一丝古韵的交响

敲得出草原
虽带古风，犹有新韵的日日夜夜
你是生命，你在演进
你不是模铸的古编钟
你的延续，是汗，是血

剽悍，强壮，洒脱，倜傥
因了血的灼沸而潮涨
炽情，励志，遐思，豪想
因了汗的流淌而奔泻
而那汗和血的交汇
一半洁亮，一半殷红
一半旭日出海曙
一半雪映天山月

于是有了草原上的姑娘追
爱情，也交给竞逐去优选
于是有了天山下的骑兵团
仇恨，也在狂奔中发射
而豪饮了马奶酒的民族
饮了汗，也肯流汗
饮了血，也肯流血
一切苍白无力的慵惰
都被马尾扫作残叶

你这汉天子梦求的马哟

你这波斯王艳羡的马哟

你这豪杰，你这精英

石窟中，你凸现而飞

史诗里：你永无定格

一九八四年四月十日

阳　关

无数诗句

郁结的离愁，线团似的

缠绕在夕阳的光晕里

丢不下的长亭短亭

撩不开的丝丝缕缕

末途苍茫的惶惶之心

把一个历史的怅惘点

砌筑在西行的人生之旅

　　　阳关，早已圮塌了
　　　阳关，却分明还在那里

游子，征夫

商贾，僧侣……多少年

挚情和幽怨
洒在频频回首的路上
灞桥的柳烟
系着一步一顿的坐骑
而饯别时的杯酒赠言
更为关隘涂下灰茫茫的色彩
一层层剥落,又一层层加厚
在稀释了的感情世界
坚固了一个忧郁的立体

  阳关,早已圮塌了
  阳关,分明还残留在那里

西去列车的窗口上
如果不再有迷漫的沙砾
东归的旅人,如果
也带回蛙声和稻絮
如果,夕阳,在边陲
也像在东海润泽而氤氲
如果前人留下的叹号
不再是驼铃摇响的孤寂
如果,阳关的阴面和阳面
都是明丽的调色板
如果东来西往的别情
找不到怅惘的回音壁

阳关,即使还立在那里

也是一种雅兴和神趣

圮塌一个历史的建筑

比刷新一个古老的历史更容易

一九八三年一月二十五日

玉门关

一

玉门关是玉做的关

关冰山为玉。关雪峰为玉
关祁连昆仑于黄河之西。
关长烟千年如玉龙孤吟。
关血凝如羊脂,泪洒如沙砾。
关关外征人夜夜夜夜听芦管。
关关内思妇打黄莺儿不教树梢鸣啼。
关一个落日孤城闭。
关多情文人悠悠万世吹玉笛。

在关为石。
出关为玉。

二

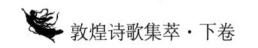

玉门关是玉做的门。

门外多神奇也多险峻。
门外多战栗也多豪吟。
门外多游魂多伟男子。
多玉石俱毁,多玉振金声。
小家碧玉出了玉门
也多大器;涨海市潮汐
攀蜃楼玉柱
化千年腐朽为万载神韵。

出门为玉。
入关为石。

三

玉门不关而长启。
玉门不固而长新。
玉门无门而楹联长在
  鄙侏儒之矮小。
  写巨人之人生。

一九八五年九月

(以上三首选自杨牧、周涛、章德益《边塞三人集》1993年版)

张 杨

敦煌的美学

——题敦煌反弹琵琶伎乐天雕塑

澄澈的眼波
　　深一层太凉
　　浅一层太烫
轻盈的舞姿
　　慢一点又柔
　　快一点又刚
反弹的琵琶
　　低一度嫌沉
　　高一度嫌扬
欲飞的仙子
你是一首朦胧诗
你是一曲轻音乐
你是一枝夜来香
哦　这就是美学
　　这就是敦煌

（选自柯岩、胡笳编《与史同在：当代中国新诗选》
2005年版）

胡丰传

美和文明的象征

——题敦煌城街心花园的塑像

尽管这里还只有
你这么一尊塑像,
但我还是由衷地感激,
感激当代的艺术巧匠:
把被掩埋的美和文明,
一起塑在这新拓的大街上。
反弹的琵琶也是独一无二的,
歌唱着久远,象征着东方。
音符联接时间和空间,
我听到激越的主旋律奏出:
——敦煌! 敦煌! 敦煌!

(选自《阳关》1984 年第 3 期)

鄢家发

西北序曲（组诗选二）

敦煌听乐

——唐·159 窟

歌伎们在歌

乐伎在吹奏

长笛横吹，琵琶反弹

琴弦上淌出月光

笛孔里飘出流云

一支支铜管里

奔出蹦跑的金鹿

拍板击打，击打出

莽原上的马群

纤纤的手指

如一个个柔和的音符

飞天们长长飘带和裙裾

舞起了一阵阵风雨

莲花舒开绿色的叶片

开着淡红纯净的花蕾

这音乐的风

这音乐的雨
一个古老遥远音乐的岁月
在吹奏和敲打中
我在谛听
在黄昏的三危山下
敦煌这部古老而又年轻
　　宏大的交响
莫高窟。唐·159窟
这段小小的神曲
　　如此悠远
　　如此神奇

三危山下

一轮塞上
粗犷的太阳
从黑色的三危山上
滑下
漠风在黄昏中
摇曳着一尊尊舍利塔
　　的石檐
古道上，驼队的篝火
和飞镝
那城墟上的烛火
已随岁月的落日一起陨落了

风从鸣沙山的石窟里吹来

琵琶乐雨中

个个裸着胸脯和

双臂的飞天，伎乐天

莲花座，猩红色的星群

清冽的月色呵

飘向漠野

飘向峻峭的三危

飘带和裙裾

舞动一片神奇

一片迷人的瀚海

此时，漠野和三危

捧出一轮寒彻的明月

冷酷而又美丽，此刻仿佛

三危山下，有一个

流着诗韵的伎乐天

呵，遥远的敦煌

在我古老而年轻古道上

矗峙着嶙峋的三危山

（选自《阳关》1984年第4期）

晏建中

宕泉河情思

宕泉河沿鸣沙山崖壁流过，
如托着莫高窟的一面明镜，
"波映重阁"。

每一个洞窟
都张着口
宕泉河的乳汁干了。

飘袅的香火
燃着梦，在菩萨
秀美的指缝间流逝；
无尽的风，摇动
蜿蜒流彩的河床，
滤出那凝固的记忆，
和铅一般重的沉思。
你，干涸了。
那苍劲的双臂
总紧抱着，
繁衍在怀中的

一代代骄子。

难怪，当人们走出石窟，
梳理胸中色彩的光束，
总爱步入你的怀抱。

拣起一颗颗五色石。
　　收进心的画夹，
　　让进美的舞姿；
　　埋入史家笔耘的田野，
　　磨砺哲人思想的双翅。
你裸露的胸膛，
可是一部未曾写完的史诗？

啊，干涸的河床上，
流着爱恋，淌着情思，
印下多少人蹒跚的影子。
——我归来
吮吸了宕泉河
丰美的乳汁……

（选自《阳关》1984年第6期）

刘湛秋

阳关，我没有见到你

童年，站在青石板的街心
我听过盲女弹唱过你
　　你，远的像星辰
　　你，一阵秋天的梧桐雨
迷惘而又凄切

　　爱和美
为什么常伴随离别
　　我想，会有一天
我会找到一颗情种
　　埋在你的沙砾中
或者坐在你的遗石上
遥想
　　时间的长河

我们一直没能见面
　　因为你很远很远
此刻我来到敦煌
我们挨得很近很近

我们还是没有见面
　　　　因为我不想见你

　　我——
　　　　不想再越过那沙砾
　　　　不想再经历那荒凉
　　不想看你仅存的一堆乱石
　　　　伴着无雨的干渴
　　更不想听那三唱三叠的歌声
　　　　再一次去勾动
　　我破碎了多次的心

　　　　阳关，我没有见到你
　　这才是我的心愿
　　　　我希望你仍远在天边
　　我希望处处
　　　　　是朝雨，是杨柳，是故人！

　　　　　　　　（选自《星星》1984年第8期）

苗得雨

到敦煌去

这样的闻名千世,
这样的闻名全世。
到敦煌去!
到敦煌去!

无一处路近,
幸有各种现代交通工具,
特快车跃步,飞机振翅,
不怕路遥千里万里。

猜是当年古人特有心意,
把一部作品写在这里,
看风沙能否将它埋没?
看千年后能否再遇到相知?

要有这样的勇气,
敢将作品留到后人面前评比,
我们会有新的敦煌,
因为有这辉煌的根基。

一九八四年八月二十日

写飞天

是谁第一个创造了
这美的形象中最美的形象？
创造了
民族美与女性美这样相融的形象？

看来古人比我们
有更多的想象，
有更多美的理想与梦想。

我们今天已经能飞，
可古人最早插上航天的翅膀。
飞天实际借舞绸在飞，
她是以优美的舞姿在飞翔。

她是一位天真无邪的姑娘，
她是一位爱唱爱跳的姑娘，
她是一位身段最美的姑娘，
她是一位最有文化的姑娘。

她没有经过虚假与做作的教养，
她没有经过人工的压缩与膨胀，
她散发着天然美的芳香，

她向着生活最美好的境界飞翔。

她是音乐之悠扬，
她是诗情之奔放
飞天，是古人的，
飞天，是我们的，
要创造，这民族美的形象，
要创造，这千古永新的形象。

一九八四年八月二十日

（以上二首选自《甘肃日报》1984 年 9 月 13 日）

严 辰

敦煌引（组诗）

敦 煌

一

为了却多少年长长的愿望，
冒几千里路酷暑风霜，
饥渴地，我来到敦煌，
来到莫高窟饥渴地瞻仰。
匆匆地、匆匆地一瞥，
又匆匆地、匆匆地走了，
满怀说不清的惆怅，
说不清还将缲出多少年长长的忆想。

二

穿过灰黄的无垠的沙漠，
登上灰黄的连绵的山梁，
走进灰暗的数不清的洞窟，
眼前突然呈现出一片异彩，

一片积储着异常丰富绚丽的宝藏！

这是一本卷帙浩繁的史诗，
一个不同凡响的神奇世界，
一部包罗万象的百科全书，
一座星光灿烂的艺术长廊。

三

三十多米高的大佛雄伟庄严，
涅槃的释迦牟尼，
如熟睡的美女宁静安详。
奔驰的天马闪耀着绸缎的光泽，
舟楫渡河，清波荡漾，
花花叶叶有露珠滴落，
刚收获的谷物发出清香。
纵有一万双耳目，
也顾不过来欣赏那些迷人的
琵琶和箜篌的袅袅余音，
裙裾飘飘的飞天在青空中翱翔……

四

这里是东西文化的结合部，
糅合了丰满的现实和缥缈的理想，

信仰和梦幻熔于一炉，
痛苦与欢乐汇成大江，
神圣和世俗立体交叉，
人间与天堂演奏起混声合唱。

五

这是何等出色的创造呵！
真是点石成金，手底生春，
仅仅凭了一支笔、一个调色碟，
小小的油灯发出半明不灭的微光。
我们不知名的匠师，
——有的甚至是卖身的奴隶，
竭尽了他们的智慧，
熬干了他们的汗水，
匍匐着、仰攀着，
从青春年少直到白发苍苍。
每一种线条、色彩、造型，
倾注了他们全部心血，
倾注了他们对尘世的留恋，
他们的追求和牺牲，
他们炽烈燃烧的爱情，
他们深沉而执着的希望……

六

就是那些默默无闻的匠师,
创造了这卷帙浩繁的史诗,
创造了这不同凡响的神奇世界,
创造了这包罗万象的百科全书,
创造了这星光灿烂的艺术长廊。

可是我匆匆地、匆匆地一瞥,
又匆匆地、匆匆地走了,
满怀说不清的惆怅,
说不清还将缫出多少年长长的忆想。

阳 关

没有朝雨,不用酒浆,
送我上路的是那支千古绝唱。

穿过瀚海,穿过荒漠,
但闻驼铃叮咚惊破寂寞。

登上山冈我四面远眺,
哪里去寻觅当年雄踞的城堡?

阳关已被无情的流沙掩埋,

留下的唯有这古老的烽火台。

可掩埋不了人们心中的历史，
请看中外游客纷纷接踵而至。

并非怀古，不为凭吊，
发掘一枚锈蚀的钱币、残缺的古陶。

发掘的是先人们开拓的坚毅，
和丝绸之路沟通的珍贵的友谊。

天 马

阳关南面的南湖，古称渥洼池，据传汉武帝刘彻喜爱的天马，即产于此。

一

祁连山的积雪，
锻炼它铮铮铁骨；
鲜嫩的水草，丰茂的苜蓿，
滋养它强悍的肌肤。

清泉洗亮眼睛，
黑夜里不会迷失方向，

高耸竹劈的双耳,
能捕捉远处细小的声响。

大漠风梳理鬃毛,
白云托起四蹄,
变化多端的大陆性气候,
磨砺它勇猛刚毅。

振鬣长啸,
倾吐满腔豪情,
大地的骄子呵,
惯在自由王国里飞腾。

二

一天,它被当作珍宝,
关进了帝王的御苑,
锦绣的鞍辔,华贵的装饰,
从此隔断了广阔的草原。
神骏、骅骝、游龙……
桂冠一顶高过一顶,
多少赞美的辞赋,
紧叮着它如同一群马蝇。

优渥销蚀了它的雄健,

闲散中它默默地憔悴，
引颈嘶鸣，
喷吐不尽怀乡的悲哀。

足踏飞鸟，天马行空，
神奇的传说使长安风靡；
那片养育生息它的土地，
却谁也不再记起。

一九八四年九月于敦煌。一九八四年十一月改于北京

（选自《人民文学》1985 年第 2 期）

张恩奇

牵驼人

据说,他祖祖辈辈
都是牧驼人,
他早年也拉过骆驼,
咽下的沙子,
比我们嚼过的米粒还多。

他的这几匹骆驼,
早已失去了对商旅
和甜水井的回忆;
长途坎坷,
拓印出身上斑驳的毛皮;
沙丘被绿风削平了,
驼峰也变低了。

牵驼人笑嘻嘻,
骆驼刺一样的胡须,
刮得铁青;
沙梁般起伏的皱纹,
浅了几许;

他招呼我们骑上骆驼，
他的脖子上，
挂着一架亮晶晶的
"美能达"照相机……

摄在他的光圈里的
是我们对历史的沉湎；
印在我们心灵底片上的，
是他对现实的惬意……

（选自《阳关》1985年第1期）

汉尚烈

敦　煌（歌词）

敦煌啊，敦煌
神奇的敦煌
山聚鸣沙，
泉映月光。
一曲琵琶弹古今，
长廊壁画写汉唐。
大漠深处藏绿洲，
烽火台畔驼铃响。
悠悠岁月雕塑你的形象，
迢迢丝路传播你的辉煌。

敦煌啊，敦煌
神奇的敦煌
飞天飘逸，
银燕翱翔。
天马池里唱渔歌，
戈壁滩上建工厂。
莫说塞外无故人，
四海友人旅游忙。

莫高依旧更添异彩奇光,
阳关迎新更加情深谊长。

(选自《丝绸之路》1997年第4期)

渥洼池

"天马"奔驰过的渥洼池,
武昌鱼在碧波中跳跃!
鱼鳞在阳光下闪烁,
碧波泛起阵阵欢歌。
当年荒漠的北国砂云,
洋溢着南国渔乡的欢乐;
边塞第一代新渔民,
掀开阳关历史画卷新的一页。
流连忘返的游客哟,
怎不赞美这诗一般的新生活?!

(选自《阳关》1985年第5期)

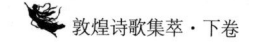

刘惠生

驼铃梦

在大漠的一角
我拾起一串驼铃
一串在岁月河中
深深沉淀的冷静

小叶杨回头了
骆驼草思绪纷纷
就此分手吧
不必远送

玉门关,冬与春的临界点
严酷禁闭的大门
锁住烈风、锁住色彩和春风
却拦不住执着西行的梦

不理睬凉州词投来的阴影
我们西行
赶着驼背上滴彩的深情
叮咚、叮咚、叮咚

可是，漠风暴戾地跳出刀鞘
刺向盛开的蜃景
刺向柔嫚而富于弹性的夕阳
斫断了丝绸映印的波纹

楼兰，被暗杀了
躺在浑浊的黄昏
罗布泊沼泽地
垂下黑天鹅的眼睛

……今天，又一支驼队
驮着绿风，摇醒一片黎明
叮咚、叮咚、叮咚
一个音符溅湿一颗星星

疏勒河畔，几个摘沙枣花的孩子
捧着一束馨香的梦
捡回失落在漠野深处的
金色的声音

（选自《阳关》1985 年第 5 期）

吴辰旭

阳关林场（散文诗）

这里集结着绿色的敢死队！

那在水渠打成的绿色的方格纸上，写着他们誓死不屈的挑战，写着咄咄逼人的攻坚方案，写着时代发动的一场旷日持久的战争的伟大部署。

塔克拉玛干和巴丹吉林，遥望这小不点儿如绿豆般大的营盘，发出轻蔑的嘲笑。

不久，他们发现这小不点儿还挺神气，他们至高无上的尊严被凌犯了，于是怒发冲天，卷起漫天风沙，南北夹击，妄想把这小不点儿连根拔起。

祁连山、阿尔金山、马鬃山、龙首山，都屏着气，翘首而望这场力量如此悬殊的格斗，手心里攥出了一把把汗。

然而，一次又一次，除了卷走了一些腐枝败叶和被虫蛀空了的躯体外，他们什么也没得到。

一棵棵树根下，堆积着风的无力的叹息；

堆积着大漠逃走时丢弃的残兵败将。

经过大风的摇撼，树的根扎得更深了，他们的枝头，挂着一片片胜利的微笑。

大漠躲在远处，不安地注视着这不断扩大着的绿色队伍。

春天来了，一批批披坚执锐的绿色敢死队向大漠腹地挺进！

荒漠的地平线上，画出一条条绿色的弧。

驼铃伴着《阳关三叠》走来，把对人生的理解，铺在阳关大道。

新生是不可战胜的！

（选自《飞天》1986年第2期）

黎焕颐

在古阳关遗址

奋飞的长城腾空而去……
千里戈壁宛如瀚海的沙滩。

嘉峪关、王门关、阳关,
在历史的走廊并非天险。
而历史在这里曾经跣足而行,
然后,转了几个弯……

这是古战场么?
平沙无垠,望眼欲穿;
伙伴们,如同士兵,
在荒原上,两两三三,
搜寻残存的秦盔汉甲……
不知暮之将至,幽思如拳。
而我,站在沙丘之上,
目断八荒,慨然于残堞残垣……

……哎!祖先哟!祖先
秦汉以来,你们马革裹尸——

"万里长征人未还"。
但,你们可曾料得:千载以后,
我们从天上地下坐上飞机,
坐上火车,次第凯旋?……

啊!我们不是带着
历史的残缺感,惆怅感,
而是揣上时代的兴奋感,团圆感,
在古阳关外,来和莽莽大漠,
无限江山,叙三千年以来
故国的大团圆之恋……

不是吗?——看,
明月出天山,苍茫云海间,
长风几万里,飞渡玉门关——
那一轮皎洁,敢不比秦汉以来
分外圆?……

(选自《阳关》1986年第4期)

王　爱

柽　柳

小鸟，失声于
　咸水的苦涩
　　梭梭，枯瘦于
　　　飞沙走石的暴虐
　　　　沙蓬无泪地呻吟着
　　　太阳的焦灼
唯有你——柽柳
火红的胴体不饮不渴

所有的旧邻都已在
　流窜的沙丘中泯灭
　　所有的伴侣都倒在了
　　无尽头的戈壁荒漠
　　　挺胸抬头
　　　　你壁立成最后的哨所
　　　　把远祖不倒的战旗
　　　　灿烂成枝头上的花朵
　　　蜷伏的风沙
　　在你的脚下

雕塑守护神一座

你是太阳的骄子

你是大漠的汉子

你是玉门关外三春的使者

一九八四年四月

（选自王爱诗文集《敦煌，我的香音神》2005年版）

牛　汉

汗血马

跑过一千里戈壁才有河流
跑过一千里荒漠才有草原

无风的七月八月天
戈壁是火的领地
只有飞奔
四脚腾空地飞奔
胸前才感觉有风
才能穿过几百里闷热的浮尘

汗水全被焦渴的尘沙舐光
汗水结晶成马的白色的斑纹

汗水流尽了
胆汁流尽了
向空旷冲刺的目光
宽阔的抽搐的胸肌
沉默地向自己生命的内部求援
从肩胛和臀股

沁出一粒一粒的血珠
世界上
只有汗血马
血管与汗腺相通

肩胛上并没有翅翼
四蹄也不会生风
汗血马不知道人间美妙的神话
它只向前飞奔
浑身蒸腾出彤云似的血气
为了翻越雪封的大坂
和凝冻的云天
生命不停地自燃

流尽了最后一滴血
用筋骨还能飞奔一千里

汗血马
扑倒在生命的顶点
焚化成了一朵
雪白的花

一九八六年八月

附注：传说汗血马飞跑到最后，体躯变得很小很轻，骑士把它背回家乡埋葬。

屠　岸

鸣沙山

站在鸣沙山　　向东望
塔尖从坡后升起
莫高窟中心建筑挣脱监控
投入诗人探求真相的视野，化为
大漠孤烟直

站在鸣沙山　　向南望
暗绿色树丛里房舍隐现，诉说
这里水味咸　　永远的苦涩
敦煌县城里水多么甜啊！
沙碛　　沙梁　　托举起莽莽苍苍
波涛般起伏　　消逝在远方的三危山
带走了所有的飞天
远上白云间

洞窟里彩绘文身　　佛经故事
由折光幻成海市蜃楼
孔雀　　鹦鹉　　野猪和野牛
构成翔舞的线条　　超越

毕加索驰骋的想象！
天宫伎乐　反弹琵琶　箜篌引
莲花上小孩天真的笑容……
千手观音的密度和对称
全沉淀在历史的底层——
　　顾恺之停笔叹息

王子萨埵以身饲虎救虎子
尸毗王割肉饲鹰救鸽子
裸身跳崖的姿态
　　如彗星掠过夜空　使得
北魏壁画的墙垣
摇摇欲坠　终教
坏壁无由见旧题

坐在鸣沙山下　闭目
菩提树叶坠落在飘带上
　　是谁　是谁呀　在吹箫？
歌声隐约在耳际响起
惟怜一灯影
　　万里眼中明

月牙泉边骑骆驼

跨上驼鞍
骆驼后腿起立
人身突然前俯拜谢地母
骆驼前腿又站起
人身突然后仰祝祷天父
驼铃叮当
驼队行进在地母的眼睛边

风势如刀削
鸣沙山被削成直线,削成弯月
人群如蚁爬向山巅
如苍天向大地撒一把黑芝麻
夕阳如血轮滚转
黑芝麻消融为暮霭织成的图案

跨下驼鞍前
骆驼前腿跪下
人身突然前俯再拜地母
骆驼后腿再蹲下
人身突然后仰再祷天父
脚踏大地　头顶苍天
天父指引　地母呵护

地母的眼睛月牙泉
映着天父的圣颜
我以天地间的至诚
扑向——拥抱月牙泉
——驼铃声声去远

戴安常

丝路秋情（组诗选二）

阳关秋兴

墩墩山的烽烟，
散作了晚霞；
古董滩上，
沉积着千年幽沙；
拾几枚古币，
捡几片碎瓦；
风流汉唐的体态，
已经飞天，
已经风化……

只有那支出关"三叠"曲，
依旧有情，
萦绕在敦煌女儿
怀中的琵琶！
呵，阳关，
没有汉唐的笑声，
历史呵，
今朝却有泪花……

一九八六年秋于敦煌

情别丝绸路

你向西去，
我往东行；
反弹的琵琶，
洒满花雨离情。

江南烟雨
红湿不了我的情感；
大漠风沙，
吹不进你的梦境。

我的心儿，
有你的思恋去干燥；
你的心上
有我防风沙的白杨林。

你是精神浮雕，
我是生活倒影；
这条爱的丝绸之路，起在我的心
——止在你的心。

一九八六年秋于兰州

（选自《人民文学》1986年第11期）

海 子

敦 煌

敦煌石窟
像马肚子下
挂着一只只木桶
乳汁的声音滴破耳朵——
像远方草原上撕破耳朵的人
来到这最后的山谷
他撕破的耳朵上
悬挂着花朵
敦煌是千年以前
起了大火的森林
在陌生的山谷
是最后的桑林——我交换
食盐和粮食的地方
我筑下岩洞，在死亡之前，画上你
最后一个美男子的形象
为了一只母松鼠
为了一只母蜜蜂
为了让她们在春天再次怀孕

一九八六年

（选自《海子的诗》1995年版）

漠　西
敦煌的留恋

就因为别时
喝多了三危山下的泉水
那轮秀容般的月亮
就永远搁置心的夜空了
时间之白昼
荡不去
许多记忆在乘车途中
将屁股压得酸疼

不该读那一本
关于敦煌的诗集
不该在子夜造访鸣沙山
不该为那些飘带摇荡
更不该把一段完满的恋情
交给验票口那一位
让她轻轻撕去一半

敦煌，如果你允许
我会依旧带着夕阳未曾消尽的

黄昏的凄楚投向你
待你用黑葡萄一样的眼睛
抚过我
沉静如水的日子

(选自《阳关》1987年第1期)

林　莽

正午，莫高窟

高原上直射的太阳
在这小小的绿色的腹地
蜥蜴在它浓荫的光晕上急行
正午的莫高窟
合上了智慧的眼睛

我徘徊于绿色的栏杆之外
记忆迷失于漫漫长途的沙原之中

三危山在正午的阳光下失去了清晨的神秘
它横卧在那儿
切开大漠流沙的圣灵之光
在它每一块褐色的石头上
停止了千里迢迢的寻游
大地宽广如巨大的海绵
把阳光、声音吸入它沉沉而眠的肌肤
低垂的草叶上没有风尘与沙暴的滋味
只有太阳直视着这小小的绿洲

多年的向往金黄闪烁

于深邃隐秘之中缓缓而升

当我垂首于这正午的宁静

岁月波涛悠悠散去

此刻的洞窟

静息如少女般恬静

（选自《诗刊》1987年第12期）

夕阳中的阳关烽燧

夕阳中

倾颓的阳关烽燧

如一位醉卧沙场的将士

微微昂起了低垂的头颅

他土红色的战袍

弥漫于无边无际的沙尘

阳关古城的灯火早已经熄了

千百年的日月更迭

屋脊碎为瓦砾

繁华隐于烟尘

那片绵延数里的文物滩上

盘起的旋风和摇曳的磷火

是戍边者的幽灵还是客死他乡的游魂

在春风不度的大漠戈壁上
我遥想西出关隘的古人
别情随酒意在狂风中撕裂了身心
那位唱出"西出阳关无故人"的诗人
袍袖中注满了西风
他目光所及的一座边城
迢遥地化为琵琶与羌笛中的海市蜃楼

古阳关烽燧依然是高大的
赭红色的沙砾如浸透了将士们的血
把苍凉和沉郁
注入了每一位凭吊者的心

渥洼池

在茫茫大漠中像一颗未熟的葡萄
一泓静水青涩地闪动

天马消失
化作天上驰骋的云
彩霞和雾霭的毛色

映出渥洼池中汉武帝的梦

阳关的烽火也已经消失了千年
当年竖起鬃毛倾听号角的天马
在北上的尘暴中踏响了震天的蹄声

池边的芦苇轻轻地摇曳
历史和传说微微地闪动

（选自《读者欣赏》2018年第9期）

李小雨

敦　煌

在那一片流沙的下午
梵文铺满戈壁的下午
白莲花为我而开

千莲怒放
有佛微微张目
有菩萨，半裸的深情的
有弥勒用各种坐姿
有九色鹿用摩尼宝珠
都为我讲
莲的故事

我的心便化为飞天了
那风便清凉凉的
那洞窟便渺远
那世界便淡而又淡
那檀香
那管弦

从三危山上俯瞰人生

该是一种什么境界呢

璎珞、卷草,垂幔的
神秘曲线啊
便醉我把一粒粒的
本生故事
都串成念珠
醉我以双耳听禅
醉我的肉体
生在东方
幻想
长在东方
灵魂
不灭在东方
醉我在你的胸廓里
寻找那一片逝水
睡成水中央的
那一朵莲

然而我的黑发
却贪恋洞窟外的斜阳
不知为什么
在千佛的指上
却越剪越长
越理越乱

(选自《飞天》1988年第4期)

曲　近

敦煌梦

敦煌梦
梦敦煌
西出阳关多苍凉
丝绸之路如愁肠
千绕百结通何方
红柳频频勤招手
驼铃殷殷伴晚唱
天当被
地当床
篝火繁星照无眠
白骨幽幽闪磷光
问我可否是同乡

晨钓朝暾
晚遣夕阳
漠漠荒野孤烟直
月牙一轮泉润嗓
鸣沙一粒金光闪
三桅高竖唤启航

烽火台
仍做着恪尽职守的瞭望

驿道嵌进深深的记忆
每粒沙子每寸土
都曾被马蹄急急叩响
都曾被马掌反复磨亮
蹄窝如树坑
种植了多少
伟岸的生命形象
丝绸的柔韧
瓷器的光泽
茶叶的幽香
萦绕成透明的翅膀
啊,飞翔的敦煌

飞天飞过头顶
如朵朵祥云追随太阳
琵琶把赞美诗
弹成花雨
撒落行者身上
赠一片绿洲的阴凉
朝觐或者探险
敦煌都是毕生的向往
信使的驿站

商贾的客栈

迎来送往

对谁都一样慈祥

这是宗教的善良

雄关耸峙

文化辉煌

你的月牙泉清凉清凉

我的向往梦滚烫滚烫

敦煌梦

梦敦煌

(选自《阳关》1990年第6期)

敦　煌（二首）

三危山

中国之船首

昂成西部高原

山，山，山

耸立三根桅杆

张信念之帆

借漠风之力
沿丝绸之航道
破浪向前

要凹就凹成盆地
要凸就凸成高山

三点一线最直
三点定角最坚
三桅上升起最快的速度
抵达彼岸

鸣沙山

是不是
沙子负痛的叫声
在脚下

沿沙山下滑
鸣叫声
总是被身后的人听去
开成他想象之花

沙子在脚下滑动如瀑

山的高度并无变化
漠风在攀登者身后
把滑下的沙子吹上山顶
保持一种不变海拔
——一座会唱歌的金字塔

踩不低的沙山
是因为风的鼓动
沙粒比人更艰难地
向上攀爬

(选自《阳关》1988年第5期)

阳关三吟(组诗)

让遗产不仅仅成为遗产

——写给阳关博物馆

许多年前,我一直梦想
有一种空间
能把阳关放进去
让它不失真失传
永远保鲜保险

让遗产不仅仅成为遗产

走近阳关博物馆
我惊奇地发现
曾经的梦想已经成真
一座古建筑外加简陋的栅栏
就装进了大唐和西汉
历史传递下来的烽燧的火炬啊
被阳关高高举起
等待思想点燃

被时空掩埋的信息密码
在每一段历史身上
在每一件文物内部
保持清醒和冷静
渴望在对视中
开口道破惊天的悬念
博物馆以博大胸怀
容纳天地
增值情感
埋伏下雄兵百万

烽燧夕照

阳光把冶炼了一天的黄金

全部浇铸在阳关身上
戈壁与沙丘
突然间增加了重量，金质的重量

烽燧，这座黄金打造的纪念碑
被历史支撑着
被目光托举着
闪烁它不容拒绝的光芒

比黄金珍贵的大墩烽燧
站立成敦煌文化的心脏
不管它跳动不跳动
都是颁发给西部的金质奖章

阳关遗址

不用挖掘
我已闻到了令人激动的气息
这历史的气息，文化的气息
被时光窖藏已久的五谷气息
穿过时空，进入我的内心
逼出敏锐
逼出感悟
让我脱口念出了一堆黄土的姓氏

古董滩上风过处

文物探出头来等待认领

每块陶片都深藏感人的经历

每粒沙子都隐含日月的秘密

二〇〇八年十月二十日于敦煌至乌鲁木齐火车上

陈新民

莫高窟群像（组诗）

之一：迦叶

抖落塔克拉玛干沙尘
你在狂暴的黑风中淬炼生命
拂去葱岭冰屑
你在冷酷的雪线上超越死亡
——脸，皱纹纵横勾画沧桑
——眼，注视空茫寻觅佛光
你笑了，笑的古怪，笑的惆怅
……无须再问为什么
不可言说，不可言说
那境界玄妙
那意味深长……

噢，迦叶
你这西域来的老和尚
谁使你魂灵永恒？
——西天佛祖
谁使你笑容久长？

——东土巧匠
原来，你的笑里
飘忽着佛国空灵的幻想
沉潜着人间深深的忧伤
于是，我明白了：
为什么你的神韵
如此浑厚又如此辉煌

之二：阿难

好一个潇洒的亮相
顷刻间赢得了千古风流
你翩翩大唐美少年
何缘留足莲花宝座边

跟我来吧，阿难
松动你凝固的笑脸
舞起你华贵的袈裟
噢，阿难，莫犹豫
佛祖应慈悲
佛法也须应人情
噢，阿难，莫为难
明镜从来照红尘
菩提也难断凡根
阿难，跟我来吧

千年的风雨吹打
千年的香火熏染
莫高窟九重飞檐
早已沟通天上人间
让羯鼓和箜篌奏出的妙音
把美的遐想送上三危白云
让窟中逝去的悠悠岁月
浓缩为饱满的青春
让狂热的胡旋
飞舞出生命的律动

(选自《阳关》1987年第3期)

苏锐钧

莫高窟咏叹

一

一切都黯然了，黯然了又怎样
在壁石和胶泥塑刻的偶像上
依然放射怒的恐吓笑的芳香
一切都剥落了，剥落了又怎样
在骨骼和肌肉组成的结构中
依然充满神的凝聚力的冲撞
一切都失色了，失色了又怎样
在色彩和线条展延的空间
依然流动韵的旋律美的飘荡
神秘的高大的完美的
有的藏身有的流落有的捐躯
风化的残缺的遗弃的
有的变形有的缩萎有的膨胀
画师哪里去了？问飞天问伎乐
佛光哪里去了？问力士问金刚
僧侣哪里去了？问雷公问风伯
香客哪里去了？问弟子问天王

轰轰烈烈诞生
又在沉寂中轰轰烈烈消亡
是迷茫的历史之过
是历史之迷茫

二

该告别的至今没有告别
寻找延续着，在飞天的宫阙在菩萨的殿堂
惊风拥沙漫漫无际
洞窟里如泣如诉是幽灵的徜徉
曾经有过色彩与色彩的争艳
曾经有过想象与想象的较量
磨不灭的是佛龛上镶着的民族骄傲
永不褪的是壁画中飘动的艺术灵光
千尊佛万尊佛人间恩怨尽收眼底
挂袈裟披天衣青史盛衰在袖中藏
沙途遥遥，迎胡音胡骑与胡商
西风阵阵，吹国度开明国门开放
六臂香音举一朝文明
非莲花碧池开几代盛强
不要再告别不要再寻找
莫高窟是历史开凿的一扇明窗
有阳光在，黯然了又怎样
有花雨在，失色了又怎样

有绿洲在,剥落了又怎样
这沙漠这西部这世界
我相信,将永远被莫高窟照亮

(选自《阳关》1988 年第 6 期)

我唱敦煌

我是敦煌人。
我唱敦煌,
唱我心中的敦煌!

黎明,我的歌从大漠飘起。
流云载着沉重的相思,
栖息在晨曦升起的地方。
溢彩的地平线,
绷直了我弯曲的梦境,
风的手轻轻垂下了,
拽出夜的期待和希望。
我涉过金色的沙海,
我走向列队的金色沙岗。
我站在鸣沙山,
躬身捧起金色的敦煌。
啊,敦煌——沙漠的太阳!

我唱敦煌,
唱我童年的敦煌!

虽然,年年代代的风沙,
埋去无数泪浸的梦想。
驼铃的叩问,
祖祖辈辈在沙柳枝头飘荡。
在曾经是波斯商人露宿的驿站,
在曾经是楼兰骑士拼搏的沙场,
我不懈地寻觅,
昔日陶瓷釉斑的色彩;
我不停地挖掘,
竹简尺牍铭刻的诗章。
我惊喜,兴奋地从沙碛锈迹下
捧出了敦煌的童年,
啊!散发稚气充满憧憬的敦煌!

我唱敦煌,
唱我青春的敦煌!

铁锄和驼犁,
开拓了岁月的洪荒。
赤子心眷恋着这片黄色的土壤,
不仅仅是壁画灿烂的图景,
不仅仅是飞天奇异的展翔。

我来到智慧和文明的发祥地,
吸引我的是开垦绿洲的欢唱。
我跳跃,在阳光下采撷
流沙撒满洁白的花瓣,
我把花瓣和绿叶
编织的爱郑重献上。
啊,敦煌——我心中骄傲的形象!

我唱敦煌,
唱我向往的敦煌!

今天,沙漠的金字塔下,
筑起了绿色的万里城墙,
但,谁能忘记,
大漠的风覆盖过,
一层层沉沙,
一层层足印,
一层层追求和理想!
此刻,我从春雨和秋风中走来,
带着大潮的气息和古老的阳光,
为你整容、
为你梳洗、
为你歌唱,
啊!我骄傲,我属于敦煌!

我是敦煌人。
我唱敦煌，
唱我心中的敦煌！

董培伦

敦煌新月

你是天外天飞来
徘徊在鸣沙山上
还是月牙泉里浴罢升起
迷失回归的方向
苦涩戈壁数你最甜蜜
眼波频送初秋的清凉

呵,可惜我来晚了
离去又如此匆忙
否则,我将骑一匹骆驼
踏过黄昏的迷茫
夜夜来到月牙泉边
啜饮你清新秀丽的容光

一九八八年九月二十一日于武威
(选自《诗刊》1990年第2期)

冯其庸

西域吟（节选）

我长途跋涉，第三次来到了敦煌
我不畏严寒，不怕辛苦
我在大雪纷飞中来到了你的怀抱
因为你是祖国的明珠，世界的瑰宝
神秘的月牙泉啊
你为什么长得那么美
你的色彩那么单纯而富丽
你的线条那么朴素而流畅

鸣沙山为你奏乐，万千芦苇为你相思白头
为你侧耳倾听，为你寻觅高山流水之音
庄严的莫高窟啊！我以虔诚弟子的身份
向你顶礼，你拈花微笑
祝愿大千世界永远吉祥

我第三次来到你身边的时候
一夜之间，突然天降大雪
三危山白雪皑皑，莫高窟洁白无瑕、晶莹澄澈
这是至高境界的象征，这是洁白心灵的象征

亲爱的人们啊，人的心灵理应一尘不染

我冒着危险，终于到了玉门关
那是戈壁深处，我四顾茫茫
天是圆的、地是圆的，天地之间，只有我是存在
但是，我找到了玉门关，我欢呼，我跳跃
大方盘、小方盘、汉长城、烽火台
一切都到了眼前，那举烽火的汉代芦苇
至今成堆放着，已成为文物
我对着迤逦无际的汉长城，深深行礼
你是我们民族的长城，是我们民族的化身

一九九一年一月三十一日

（原载《瀚海劫尘》）

雁　翼

阳关内外十四行（组诗选三）

戈壁小花

在石头不再乱走的大戈壁
风伴着我，观赏一种
一种惊人魂魄的
浅紫和深红
在骆驼草短硬的茎顶
凄苦的微笑
那美度那力度
即使高傲于宇宙的太阳
也要低头
野性十足的风
也温顺起来。于是
我双腿跪下了，向着小花
向着一种倔强的开放
向着所有苦等夫归的女人

只　愿

不愿作官不愿作神也不愿作鬼

只想作一条小溪

在大戈壁蜿蜒

和梭梭柴谈情

和红柳说爱，并且商议

怎样把根扎得更深

抗争风沙的侵害

在多弯多坎的道路上

训练筋骨和忍耐

乐时轻歌曼舞

悲时吞泪无语

即使自己浑身的脏污

也是为着

别人的清白

月牙泉

被天狗咬伤的半个月亮

逃到了这里

哭泣上帝私造的命运

风神用了十万年的疯狂

搬来一座又一座沙山，还是

没有把它埋葬

如壮志未酬者的心
孤寞而高傲的
跳荡

一个永不能团圆的梦
给强者的和给弱者的

　　　　　　　（选自《诗刊》1991年第3期）

吴淮生
黄昏，在丝绸之路上

  紫色帷幕降落了
  一队武士从远古驰来
   马背上是银
   铠甲上是金

  于是，从艺术家心灵之窗里
  流出花雨流出酒肆流出飞天
   令王昌龄王之涣们
    叹为观止

  驼峰举着憧憬举着乡愁
   举着发黄的岁月
   举着变色的丝绸
  穿过历史与地理交叉之喉
    缓缓而行

   通向死亡通向永生
   通向贫穷通向富有
    开杀伐之门

伸友谊之手
　　音书杳然信息交流
　　　通到春闺梦里
　　　通到龙荒坟头
　　　　叹资斧断绝
　　　饮葡萄美酒
　　　通往盛唐远戍
　　　通往现代旅游……

　　黄昏，在丝绸之路上
　　黑色路面铺起红绸
　　　　欢迎我——
　　　　历史的客人
　在红地毯上随意行走

莫高窟一瞥

从佛国撷来极乐世界
为何封闭在鸿蒙混沌里
　　这一片精湛的美
　　竟被红尘悄悄遗弃
　　佛门弟子，芸芸众生
几人能渡过瀚海到达圣地

人类走不出小小地球
飞天飞不出千里戈壁
　　艺术的精灵
　　也许与孤独同义
我佛在莫高窟里涅槃
是一出深沉的悲剧

（以上二首选自吴淮生诗集《漂泊的云》1991年版）

夜访敦煌月牙泉

一弯金月
一弯绿月

金月躺在绿月怀里
绿月浮在金色海上

我坐在金海的浪尖
我披着幽蓝的大氅

心儿在金月绿月间荡漾
遐思随飞天的飘带远翔……

（选自《诗刊》1992年第4期）

老　乡

在光芒深处

走到东方
再走　走进光芒深处
就是敦煌

大片辉煌　当你的两眼
再次被光芒惊醒
你可看清这是什么地方？
伸出手吧　伸手接一把金果
或者抚摩天堂

在这里　你可以随心所欲
与每尊大佛谈话
不过你要把耳朵
贴在他的肚脐眼上
热情招待你的
都是壁画上的人物
你可理解他们今天的忙碌？
殷勤的服务不收小费
只收湿润的目光

游客呵　你走不出千佛洞了

你两眼的目光

已被掏空

（原载《诗刊》1993 年第 10 期）

一只逃出壁画的鹿

不必追了　那只在壁画里

怀孕的梅鹿

早已逃回山林

被鹿闯开的荆棘之路

又被荆棘迅猛合拢

分娩时的痛苦呻吟　高于一切

幸福的尖叫

它使森林的绿毛　太阳的红毛

以及林野的每根毛发

哗地竖起　又缓缓落下

动物没有绯闻　无须草木

深层地掩饰

该掩饰的　而是它产下的鹿崽

那声非凡的啼哭

（原载《诗刊》2003 年第 1 期）

看见和看不见的

黑暗深处　总有一盏油灯

把天国照亮

天国里　端坐着一位

无名的画师

不愿画风　画风

须画弯腰的树

也不愿描绘被污染的水

画它　须画那些漂起来的鱼

死不瞑目的眼睛

看不见画师的思想　惟有

花枝招展的飞天

自洞穴倾巢而出

(原载《人民文学》1998年第9期)

开采云霞的工匠

石匠就是石匠　决不会

把石头上溅起的火星

当成光芒

语言只有　锤声丁当

开采乌云建造地狱
彩霞装修天堂
今天清晨　我已把大块云霞
裁得四四方方

——千佛洞的众佛不能永远
挤在一起
为改变神的住宿条件
必须营造新的敦煌

（原载《人民文学》2000年第8期）

阳关月

路过的太阳　曾在这里
接受检查
一切光明的使者均可证明
这里曾是　古道阳关

名胜老城遗址　要塞
老城土丘
今夜守护亡灵的闲官

只能是　一弯年迈的苍月
——花无人戴
酒无人劝　醉也无人管
年迈啊　苍老啊　弯月啊
由你守在阳关的关口
难　可想而知的
难

（原载《十月》1998年第5期）

严　炎

月牙泉（散文诗）

　　一弯月儿夜间悄悄从天上落在鸣沙山下长驻不走了，形成一股沙漠中的清泉。因为独立它便寂寞；甘于寂寞它便清纯。

　　一生都在恪守一种境界。

　　芦苇丛理解月牙泉的心境，悄悄地站成一圈圈栏杆围在月牙泉的身旁，免受风沙的侵害。月牙泉也许因此而历经几百年、几千年没被沙漠吞灭？

　　红柳树同情月牙泉的遭遇，默默地守护在月牙泉的左右，让月牙泉有邻有居，永不孤独。月牙泉可能因此才生活得格外瑰丽？

　　月牙泉甘于寂寞，它不需要任何同情和保护。所有的心事在清心静气中孕育一句话，说给鸣沙山听，说给骆驼听，说给飞鸟听，现在又开始说给游人听。尽管后一点不是它的初衷。

　　想与世无争，想与世隔绝，可没想到最后竟成为世人观览的热点、赞叹的话题！

（选自《阳关》1991 年第 6 期）

成　倬
泉边，不老的诗情（散文诗）

又是个清风徐来的夜晚。

鸣沙山撤走最后一抹晚霞，把冷却后的余热捎给消失在暮色中的驼铃。

忙碌了一天的月牙泉渐渐恢复了平静，水波不兴而蛙声幽鸣，荻芦无语而皓月有情。老柳摇曳着枝条，像是要为沉寂的沙湾添一分甜甜的音响。

我是专挑在这无人之际来感受月牙泉夜景的。赤着脚，高挽着裤筒，任细绵如绸的沙粒在趾缝间流动。

风也是流动的，带着戈壁旷野特有的骆驼草香。

山也是流动的，那清晰的沙线弯弯曲曲伸向遥远的天边，像缀在宝蓝色天幕上的古长城……

月牙泉晶莹如镜，一弯小月倒映泉中，在芦苇的陪衬下构成一幅天然别趣的水墨图。

此时的我，心静如山，心平如泉。忘情地舒张四肢，平展展躺在沙地上，全身心如同大自然融汇一体，像是倒退于原始的洪荒岁月。

天是那么悠远，泉是那么宁静，沙是那么纯洁，月亮是那么光明……我拥抱着天，拥抱着地，拥抱着月牙泉如诗如语的夏夜。

忽然，在泉的那边传来轻轻的击水声，伴之而起的是一曲委婉低徊的歌唱：

  不要说就这一回，
  清风徐徐，
  泉水悠悠，
  早把心儿陶醉。
  任春日融融，
  鸟语关关，
  剪一瓣玲珑小月，
  把你常相随……

  不要说就这一回，
  重山莽莽，
  杨柳依依，
  遮不住爱的花蕾。
  望来路匆匆，
  归影迟迟，
  丢一粒相思红豆，
  化作别时泪。

我蓦然回首，唱歌人在芦苇的疏影之中。这不是十年前初游月牙泉时写的那首歌么！没想到十年后的今天还有人传唱它，喜爱它。

哦，月牙泉，你这颗出生在大漠深处的相思豆，引来天南地北多少双爱的青鸟。

一九九二年五月

唐大同

月牙泉

一弯明月
竟掉在这通向西域的沙山脚下
是为了让来往的跋涉者照照风尘
用水花的透明碧蓝浇灌干渴的思情？

照穿多少岁月的风沙，朝代更替的云烟
骑着骆驼缓慢向前的历史也得到滋润
善良、丑恶，虚伪、虔诚，连西游记中的妖孽
都被清冽的明亮照见原形

而今这么多人来了，都想捧起喝它几口
是为了洗涤肮脏，洗涤尘世的艰辛
甚至从此抛弃功名利禄的诱惑
跟上玄奘那一程程坎坷的足印？

一弯掉下地的明月
一弯晶莹不锈的坚贞
你敢随时都揣在看不见的心上吗
照照那还被面纱遮掩着的人生？

（选自《诗刊》1993年第2期）

孙　谦

惊　鹿

——读敦煌莫高窟 209 窟壁画《惊鹿》

就这样
当无名画师刚搁下画笔
你就绷紧了全身的神经
回望的目光
蓄满了惊悸

你知道身后发生着什么
你听到滴溜溜的响箭
擦耳飞向草丛
你始终没有到清澈的溪水中
看看自己修美的身姿
没有察看过蹄下
曾开过好看的梅花

从远古的境遇起就这样站着
三条腿在危岩上
另一条腿抬向迷茫

草已停止波动

云朵飘来自由的神谕

而你倦怠的心灵

在向世界诉说着什么

（选自《阳关》1993 年第 1 期）

白　渔
阳关路上（组诗选二）

月牙泉

鸣沙山与你联袂
同是造化的子女
却有迥然不同的并存

我担心风沙蚕食
把这一弯古月
从初八退到初四

听沙粒鸣唱，嬉笑中
随游客滑向嫩绿
有句话噙在嘴边
朋友们
该如何回报她赐予的欢愉

来时，没带一颗草籽
离开，最好捎走泉边一掬沙碛

雪压白杨林

雪压白杨林，雪压白杨林
冻裂石头的时令
冻不僵细细的枝条
朔风中依然摇曳柔韧

翠绿的生机
在根须里蛰伏
还是沿主干潜行？

这一支绿色大军
已从泥土里起程
一丝一厘地向上挣扎
年年从深秋出发
穿过隆冬
攀向春的峰岭

十来米的路何其艰难
竟走了一百多个日夜
这看不见的壮举
在树内悄悄运行
借严寒
　　磨利锋刃……

（选自《阳关》1993年第4期）

洪元基
阳关颂

在那古老的丝绸之路上，
有一个悠久的驿站，
那便是美丽的阳关。
啊，阳关！
你曾用黄河的乳汁滋润天山，
你曾让漠北的驼铃回响在中原。
啊，阳关，多少年！
友谊的使者经过你从欧亚往返，
东西方文化的花朵在你身旁竞芳争艳。
啊，阳关，悠久的阳关！
在历史的长河中，
好像一颗珍珠永远光闪闪。

在那塔克拉玛干的东沿，
有一片富饶的绿洲，
那便是美丽的阳关。
啊，阳关！
你正用阿尔金的妆台梳整打扮，
你正用疏勒河的清流拨弄琴弦。

啊，阳关，看今天！
葱茏的林带绕着你朝远方蜿蜒，
金谷和银棉的浪花从你身旁涌向天边。
啊，阳关，美丽的阳关！
在无际的瀚海里，
好像一块翡翠镶嵌在金盘。

月牙泉歌

晶亮的泉，
月牙弯弯，
盛满繁星晓霞，
盛满薄雾轻烟。
晶亮的泉，
映着油城镍都，
映着瀚海雄关。
啊，月牙弯弯，
飘在高天，
又在人间。

清澈的泉，
碧波涟涟，
滋润仙草天马，

滋润鸣沙神山。

清澈的泉,

漾过金幡银莲,

漾过锦缎彩练。

啊,碧波涟涟,

多么悠远,

又在眼前。

(以上二首选自《洪元基诗词集》2004年版)

叶 舟
敦煌十四行

那秃头歌王黎明将尽时死去。
秋深了,十二张黄昏的豹皮把天空吹凉。

旧日的奶桶挂在心上人脸上。
萨黛特,一个牧主的女儿如今失去了荣光。

羊圈里走失的花朵是一架马骨。
门开启,一万根鞭子将井底照耀。

一双旧靴子分头寻找母羊。
小叶,敦煌如刀,七颗星座长眠山冈。

帕米尔之歌,三只筐子运来的水上屋梁。
迷途难返的人,对幼马高叫:"阳光太高——"

就在路上,经幡们把石头吹凉。
梦见,脊梁发光。

深夜如窟,埋下头颅的大水走向新娘。

一段美丽的清贫，使大雁回归，这神伤的北方。

（原载《中国诗歌》1996年第一辑。选自《中华人民共和国五十年文学名作文库：新诗卷》1999年版）

敦煌夜曲

——献给常书鸿先生

一

骨哨声下，十指难忘。

吹动。
秋风吹动。
一位裸露的飞天，静坐石窟。
黄昏骑住鹰隼
玉门关口，推开城门——
　　那集市的篝火早已熄灭。
　　那羊皮口袋里的婴儿已经长成。
而游移的更夫像爱情的小马驹
脊梁发光。

二

十万细沙，集体吹鸣。

看看，像是成吉思汗
刀剑归仓。
月光照临，这个青年。
月光照临一个草原帝国。
马头琴断
一堆豹子，和一场悄然的质询尚未来到。

就在泉边，一只经卷的木箱
敞开了歌谣——

三

"北斗七星高，
哥舒夜带刀。
至今窥牧马，
不敢过临洮"。

四

午夜的羔羊，犹如一个真理
他接下了牺牲的灯笼

走向黎明。

这是一个需要举意的时代。
午夜的羔羊，怀揣了
祭品和光荣——
梦见刀刃
梦见七枝饱满的青稞。

以及月光大地，旌幡浩荡。

五

风的深处
谁人？在高声作答——

"历史是民众进入了天命的工作
开始其历史的捐献"。

六

所有的指针都停在心上。
所有凿试，所有的工匠
都死里逃生。

只有敦煌洞开。

一千零一洞只向你颂扬。
当弯曲的世代成为灰烬,当凛冽的诗行
归于万籁的寂静——

但大地依然美丽。

七

"说出你,最热烈的愿望吧。"

羊脂灯下,这土印封严的书卷
　　——葬你于亲爱的北方
　　——葬你于月光
　　——葬你于故乡的敦煌

（节选自叶舟诗集《大敦煌》2000年版）

敦煌太守

我翻开名册　找见色目　突厥　吐谷浑
和匈奴诸人　我分发锅盔　告知纪律

城门开启　我替帝国守住贸易与秩序
典当行质押了一只狮子　听说来自埃及

玻璃是一种好东西　内外一致　却又
隔着一层太虚幻境　我急递长安　请皇上

签字收悉　偶尔　会邂逅喷火小丑
与杂耍艺人　娱乐大众　博人开心

我一律放行　春天时　弦子和霓裳
开始叩关　尘暴四起　天空失血

这时候必须筑坛做法　央求清明
六月里　西瓜从天边滚来　屁股后面

跟着葡萄　胡萝卜　番瓜和大蒜
我另有一只琵琶　凤头之造型

点灯入夜时　它往往让帘子后面的
家伙　忆起故土与哀伤　欲罢不能

秋天是一只碗　酒水无情　我蘸下
一滴思念　抄录了李太白和《心经》

弧形的边疆　在辽远的地平线一带
有我治下的麦田　水渠　戍卒与人民

白雪之季　我在旷野上勘察足印

有一些归顺 另一些逆袭 而更多的

都是于罡风中喘息的生灵 恩威并施
我纵容过它们 走私入境 因为

每一件生命绝非易事 守着敦煌
守着这一座石窟 我和墙上的般般

诸神 一同老去 天空婆娑不已
我一生与自己面壁 看日落月起

阳关三叠

牛贴膘 羊正肥 桃花春汛中的
鱼儿最美 使君 为何停箸不食
路途还长 阳关之外再无青韭和葱白

酒已酿 茶新焙 鹰笛阵阵
英雄和小丑共醉 使君 这广大的
人间 慢慢凉却 且痛饮一杯

刀将破 箭堪折 惟有这一身
骨骼踏遍山河 使君 来世少年的
时节 再作相见的盘算 就此别过

玉门关

如果玉石是一种暗语　如果
这个国家的君子们衣袂飘然　玉带
当风　那么我请求进入一试究竟

如果这一座关门　尚在游移
天山以远的大小王子们灯红酒绿
我将打开客栈　开始弘法宣喻

如果天空有了破绽　比如律令
和典籍出现了紊乱　我将舍命而去
带着仙鹤这一只古琴　一路向西

如果骆驼吃沙　天马捎来了
兵戈的止息　在一个晴朗的午后
我蘸下菩萨的泪水　报送和平

敦煌的月光（外一首）

奔跑而去的月光，照着今夜
今夜的羊圈和粮仓
在高高的玉门关下

称作敦煌

月光照耀,马头带走的新疆
今夜的一座村庄
今夜一把锈蚀的刀柄上,烂银闪亮
如水的天命下
一队举意的羔羊历史地捐献
仿佛身处伟大的异乡

这月光,马厩之上深深的井台
多像一束艰难的格桑
经卷打开着,复仇和爱情的故事
照着今夜的毡帐
篝火熄灭　琴声决绝　七星无限
萨黛特:我美丽而忧伤的新娘
犹如一堆漆黑的月光
顺水流淌
就在歌谣声中,迎向飞天,这只小小的母羊

月光,劲照千秋
鞭子尽头,那微笑和幸福
以及城楼下依次睡入的石窟,多么久长
月光照耀十三省
月光:强盗和主人秘密的珍藏——
今夜的更夫和邮吏

今夜的人间、码头和村镇
空空荡荡

看这奔跑而去的月光，只照着敦煌

让众人走开，带着杯子和肮脏
让我爱戴、目击、跪领和敬受——
今夜月光照耀，一行诗句，十万敦煌
而黎明的村寨里也只有月光照亮

玉门关下

万物归入的秋天，风吹不定。
风吹高高的城楼
风吹玉门关下——
牛铎黑暗
夜晚明亮
就像十三只恩情的大雁
挂在天上

就在这万马驶离的深深的草原上
风吹敦煌
风吹一座粮仓
一张黎明的羊皮，刚刚诞生
而秋日的神祇们坐满了天堂

风吹千年

石头冰凉

风吹新疆

天山流淌

当生命的笑容镌刻风上

当秋天的寺院飞行、吹鸣——

一道神明的功课,丰收且空虚

永远风吹

永远是血,内心激荡、奔跑与破碎

永远是云之祭坛,生命的天空倾倒弯曲

风吹秋天

大地美丽

风吹羊圈

歌声无限

风吹

风吹在叶舟的故乡

敦煌短歌(组诗)

咏　叹

白云悲伤么?白云的

悲伤不告诉我,因为
它身旁坐着佛陀。

鹰悲伤么?鹰的
悲伤看不见我,因为
它的翅膀披满了佛光。

石窟悲伤么?石窟的
悲伤已经熄灭,因为
鲜花和飞天在此出没。

我悲伤么?我的
悲伤显而易见,因为
大地寒凉,已是秋天。

……这高地,这永恒的使命,
却依旧滚烫。

石窟下的麦地

这一块麦地,属于人间。

要不,菩萨
也不会捡来露水
和风,让它们埋在冬季,

却在春天开口。要不，
佛陀也不会净手，
借来月光，
让它们秘密发芽，
说出上一世的缘灭，
以及今生的因果。
要不，一个少年
在禾穗中奔跑，
骨骼在拔节，
鹰隼提携，偶尔的
跌倒，像一次
勇敢的试练。要不，
让我把石窟喊醒，
把天下的麦子，
全部喊熟？灯下，
一家人围坐，
这个晴朗的少年，
原来是，我的父亲。

确　认

从壁画上下来，就再也
没能回去。

拾柴，吹火，煮粥。

到了正午,
又诞下一群儿女,
放入羊圈。
剩下的事情,就是
一灯如豆,
在傍晚穿针引线。

石窟是黑的,
人世上也没有一扇
轻松的门。
从壁画上下来的
菩萨,早已
是我的母亲

渥洼池中的天马

那一切,不过是倒影——

马在天上,
像一块巨石,
镇住云朵、罡风和星辰。
马驮着经书,
晾晒着世上的贫穷、
疾病与荒凉,
迟迟,不肯飞行。

马在啜饮，
如果熄灭的灯台，
是一群哑孩子，说不出
人间的秘密。那么，
天空将慢慢矮下来，
拆掉门槛，让他们
统统跑进佛陀的花园。

擦肩而过

去寺里点灯，将错过
天空的流沙，
掩埋石窟，封闭经书，
留待下一世的光阴。
沙州城外，
黄昏摇曳，将错过
玄奘一行，甚至忘了
打问莲花的消息。

如果明月初升，依旧
一贫如洗，
那么远在长安城内的
更声，照例错过了
敦煌以远的怅望与归义。
三将军犹如猎鹰，

盘踞城堞,
看见全天下的
虎豹、大象、狐狼和鸣禽,
依次错过了
立地成佛,
以及危险的和平,奈何!

在地平线的尽头,我错过了
菩萨,
和你。

造册:三危山

三危山的佛光,有两种颜色:
一个叫昼,另一个是夜。

佛光中,一共有两座庙:
一个叫人间,另一个是苦难。

春天的庙里,坐着两尊神祇:
一个哑巴,另一个聋子。

金面神祇,带着两位弟子:
一个叫佛子,另一个则是道士。

我来到的日子，有两种可能：
一个在农历，另一个是前世。

在前世，我开窟造像。
农历八月，开始顶礼，焚香。

（选自《诗与远方　如梦敦煌：全国敦煌诗文征选活动优秀作品集》2018年版）

刘德义

阳　关

你的历史
是一段用惜别的泪淋湿的时光
高举的酒杯里
沉淀着又圆又冷的月亮
轻盈而苍白的祝福
是一副重得背不动的行囊
生与死的距离
只能用信念的脚步丈量
像大雁翅膀般抒情的
仅仅是梦里闪烁的一丝奢望
沙漠般热烈喧闹的寂寞
是箭镞和狼烟穿不透的情网

一切都已远去了
只有垂柳的嫩枝
仍在王维的诗句里疯长
还有记忆的流星
已散落成古董滩捡不尽的沧桑
从渥洼池跃出的

已不仅仅是天马的奔放
结满家家枝头的
是比传说更为醇厚的幽香
这时候你的名字
已不再是一张渲染离愁的名片
而是一枚
被汗水滋润得
魅力四射的勋章

玉门关

鲜血映红的烽火
从你的神经末梢
一直燃烧到汉室的心脏
有时候
边关短暂的安宁
只需要一份排场的嫁妆
泥土和柴草夯筑的塞垣里面
涵养着一个民族的善良
于是对汗血马的需求
便成为一个国家的渴望

汉使的执着
终于说服了马背上的狂妄

积薪沉默的时候

　　文明和友谊

　　便开始在繁华的古道上流淌

　　精美的玉器和丝绸

　　在交相辉映中

　　放射着勤劳智慧的光芒

　　河仓城贮备的粮草

　　始终牵动着长安城内

　　无数洗衣女的柔肠

　　羌笛的幽怨

　　和着夜色从你的伤口涌出

　　一直蔓延到长满烽燧的远方

　　当和煦的春风

　　吹绿了疏勒河的梦想

　　只有静静伫立的你

　　默默昭示着昔日的辉煌

巴尔湖的变迁[①]

　　也许，从白垩纪开始

[①] 巴尔湖：位于敦煌市莫高镇八户村村畔，因最初有八户人到此拓荒、创业、定居并逐步发展，故湖称巴尔湖，村叫八户村。

蓝色的档案就已丢失
只有枯涩的风和悭吝的雨
粉饰苍白的简历
狼的凶残和兔的怯懦
在赭黄的封面上
点缀鲜红的插图

后来,有八户人
用枯瘦的手支起破烂的希望
扬起了八面炊烟的旗帜
怒吼的锄头掀起飓风
卷走了一段蛮荒的历史
牧羊女的鞭梢
甩绿了你的名字
又用目光抚摸男人
把你疼爱得名不副实

如今,铁牛的履带
已把这块土地
装订成一部厚厚的西部传奇

(选自《敦煌报》1995年2月17日)

追梦阳关

稻谷垂下头颅的秋天
喜悦和担忧开始在眉宇弥漫
马蹄声裹挟的寒光
总是在狞笑中吞噬
剪了又长的盘算
直到荒漠中
矗立起一座雄关
水坝和田埂边的乡音
才开始逐渐变得坦然

一枚小小的官牒
就可打开一扇
别开生面的空间
一壶醇香的老酒
就能卸下许多
装满行囊的羁绊
一串悦耳的驼铃
就会催开一片
文明友谊的花瓣
丝绸与瓷器的神秘
香料和玉石的诱惑
让一条洒满阳光的路

越伸越远

也许是肆虐的水
惊散了紫燕的呢喃
也许是幽怨的风
吹干了翠绿的情缘
斗转星移
沧海桑田
只有古董滩的记忆
诉说着昔日的悲欢

当玉门关的风悄悄变暖
渥洼池的水激起了微澜
一个咀嚼着唐诗长大的汉子
从飞天的故乡走来
将历史和传说的片断
连缀成珠
用执着和汗水
将一度丢失的梦
渐渐复原
山之北
水之南
那座古老的烽燧
终于绽开了灿烂的笑颜
让我们斟满浓烈的祝福

在阳关三叠的咏叹中

珍惜所有的遇见

（选自《诗与远方 如梦敦煌：全国敦煌诗文征选活动优秀作品集》2018年版）

周维平

古阳关印象

遥遥望去
那烽火台　还很年轻
像穿着风衣的西北汉子
默立着　傍着总是辉煌的天空
被粗犷罩着的戈壁
有了西北汉子的守候
泛出了生机

敦煌魂曲

敦煌　人生的驿站
容纳着我的梦境
几多春风秋雨
泛出朵朵心花
靠着你的胸膛
几度啜饮着圣洁的甘露

戈壁　绿洲
以宽容　温馨之美
给予我收获的期望
给予我虔诚之恋

心与心的震颤　交融
叠印着成熟的相思
藏在我心中的纯情　也许
是你胸中辉煌的旋律

飞　天

在我的世界里
你　给予我一个飞扬的梦
你那圣洁的微笑
为我带来春天的诗韵

于是　你飞来了
创造了一个彩色的梦境
你飞来了　粗犷的北凉飞天
　　　　　秀丽的隋代飞天
　　　　　潇洒的唐代飞天
　　　　　朴实的元代飞天

摇曳的飘带飘几朵柔情的云
有了你的微笑我才不会寂寞

我因此有了一个飞扬的梦
我把梦的情节吟成诗句
渲染我的人生

哦　飞天
我飞扬的梦
剪不断对你的曲曲恋歌
剪不断对你的片片深情

鸣沙落日

踩着轻盈的步履
你带着一派热忱
将一片柔情流泻在鸣沙山上
使鸣沙山有了从未有过的美丽
在同一个时辰
你叠起了云霭的朦胧
堆积了流沙的诗韵
在你深不可测的生命里
显现出橙红的深情

渐渐地

你将爱掩藏起来

为了孕育辉煌的未来

带着对明天的痴情

沉入一个长长的梦

（以上四首选自杨雄、周维平著《敦煌魂曲》1995年版）

查 干

静读月牙泉

夜气四盖
月牙泉在秋风下
屏住她隔代的呼吸
飞沙千年
总是填不满她
为民举起的这一杯
乳酒
权以浓香
覆盖这一地
悲壮

热力气球腾空而起
想把鸣沙山带入
烟雨空蒙的美妙境界
只是心力不足
仍落昨日梦幻

驼铃蜿蜒
蹄印也蜿蜒

驼队环绕处

似有警示猛长

轻薄的世人啊

请侧耳倾听

(选自《甘肃日报》1995 年 10 月 15 日)

月牙泉边说岑参

在没有胭脂的

新月下,一池的苇花睡着

宿鸟不再啁啾了

夜　谧静如水

在大宇宙的禅房里

大漠从无浮躁的梦

只有这一池的

甘露　为百姓支撑着

远飞的小鸿雁

饮也不是

不饮也不是

而今夜的马背诗人岑参

若闻羌笛一定会神经质

若睹随风乱走的一川碎石

定会捏碎夜光杯

　　君不见　远方

　　寓言似的红柳花　在此刻

　　不明也不白地

　　开了

（选自《人民文学》1996年第12期）

李茂锦

藏女敦煌情

数十年的风风雨雨
如今你已霜染双鬓
望着长大成人的儿女
望着活泼可爱的孙子
你开心地笑了
那深深的皱纹啊
像雪莲花一样饱含深情

当年你随母离藏逃荒
途中母亲不幸病亡
你像无家可归的小羊羔
在沙漠中哭得多么悲伤
突然来了一位拉驼的敦煌大伯
把你带回了他的家乡
你和他的儿子年龄相近
你们自然成了兄妹一样
清苦的日月　火热的心肠
你和他们感情一天天加长
就这样相依为命苦度日月

直到 1949 年解放

鸟恋旧巢啊人怀故土
可你竟成了铁石心肠
好心的大伯劝你返回西藏
你却深深地恋着敦煌
后来你和大伯的儿子相爱
组成了和睦幸福的家庭
你夫唱妇随种麦植棉
总忘不了毡包、牦牛、羊群
丈夫在室外搭了个毡包
你又觉得过于孤零
大伯干脆让你去湖滩牧羊
你和汉族姐妹自由欢畅
风风雨雨你爱着这个家
风风雨雨你恋着这方土
你说这里一切都遂心如意
就是一天不放羊总觉心里不舒服
你生命的乐趣
总和巴尔湖的羊群四季不离

数十年的风风雨雨
你的心儿已全部属于敦煌
如今，村上已奔上了小康
你家更是文明家庭的榜样

儿女陪你去拉萨访故

不到三天你嚷着要回敦煌

你说敦煌地好人也好

待久了也和西藏一样

你这朵美丽的雪莲花啊

在飞天故乡洒下不谢的芳香

一九九六年三月二十八日

敦煌棉歌

是天上白云落瀚海

是丰年瑞雪染碧野

敦煌的棉田

是秋天的佳色

是江河玉龙游阳关

是草原羊群挤田间

敦煌的棉车

是秋天的壮观

是祁连雪峰移沙州

是天山圣洁映蓝天

敦煌的棉山

是秋天的礼赞

棉田、棉车、棉山
汇成壮美的敦煌棉歌
点缀着飞天的故乡
点缀着丰收的十月

敦煌棉歌
是戈壁绿洲的奉献
品质优良情意深长
是敦煌农民纯真的情感

金风送爽棉歌飘荡
带着对祖国母亲的深情
飞出大漠,飞向远方
化作五彩缤纷的阳光

(以上二首选自《敦煌诗情》1999年版)

走向玉门关

一座古关
守望丝路两千年
一座古关

唐人绝唱美名传

一座古关

黄土夯筑安如山

一座国宝

因深厚的内涵积淀

荣膺世界文化遗产

千里寻访

它在河西走廊西端

敦煌茫茫大漠间

玉门关俗称小方盘城

早于嘉峪关和山海关

千年高耸饱经沧桑

千年不朽令人惊叹

丝路的海关、文化的遗产

竟是这样普通而又超凡

面对古关

高铁呼啸关山越

长风万里彩云翩

有人赞叹人力的伟大

在那人拉肩扛的年代

竟然完成这建筑的奇观

有人感叹民族的精神

自强不息守土有责

才有金瓯完美光耀人寰

（选自《玉门关诗词精选集》2019年版）

海　啸

再回敦煌

桥墩上的少女
煌煌的眼光看我
天上的舞
水中吐纳的鱼
是钟声　敲我
敲你　党金果洛河

八万里河东
三千里陇西
你是万年留守的风景
马头的竖琴
怎样弹奏你沉默的歌声

飞天，你这美丽的鸽子
在我生长过的这座城市
在某座异邦的广场
从母亲熟睡的孩子身边
轻轻翩起

（选自《阳关》1996年第2期）

李滋民

阳关怀古（歌词）

一曲羌笛一枝杨柳一队驮马，
告诉我班超的旧梦在哪？
千年积雪千年漠风千里黄沙，
告诉我西域的车辙在哪？
啊，古阳关，
不再是浊酒灌醉的生死驿站，
不再是倾诉乡愁的呜咽胡笳。
西进列车的汽笛，
催动着追赶时代的步伐。

一轮落日一缕炊烟一抹晚霞，
依然是王维的诗情图画。
一条纽带一路欢歌一路开花，
宽敞的大道连通欧亚。
啊，古阳关，
不再是海市虚幻故人难逢，
不再是春闺幽怨征夫白发。
一唱三叹的古曲，
乘着春风飘向天涯。

（选自《词刊》1996年第2期）

敦煌之恋（歌词）

轻轻地走进你的梦里

去寻找当年的五彩虹霓

徐徐地拨动你怀中的琵琶

琴弦上流淌出金色的涟漪

哦，敦煌

延绵不绝是无尽的心曲

唱着情，唱着意

千年不衰是腾飞的舞姿

醉了我，醉了你

轻轻地呼唤你的名字

淋漓着一次心灵的漫旅

静静地瞻仰你飘曳的裙裾

天空中依然有飘洒的花雨

哦，敦煌

联通世界是永恒的魅力

心寂寂，情依依

明净如水是心中的月光

融化我，融化你

（选自《上海歌词》1999年第1期）

月牙泉的呼喊（歌词）

我是月亮的女儿从天上飘落

牵动了多少诗人的魂魄

我是西行之梦开出的花朵

清清泉水是一本流动的诗册

也许我就要梦断黄沙

一泓碧波将成为往日的传说

请珍惜我最后的泪滴

不要让我干涸

不要让我干涸

我是海市蜃楼落户在大漠

吟唱着人间欢乐的歌

我是万千游子思乡痴情的寄托

清清泉水倒映出家乡的小河

也许我就要日渐干瘪

你的心是否会和泉水一起跌落

请珍惜我最后的泪滴

不要让我干涸

不要让我干涸

（选自《歌曲》2005年第8期）

卜 才

赤布僧伽梨

也许是红尘中男人的俗欲太多
他们都没有你体端臂修、俊美健硕
更不如你质朴典雅、含蓄超逸的丰神
不，你可不像是一位僧人

当人间的鸟儿都纷纷堕落
地狱沉沦更低之时
像你这么为信念而献身的男人
当然应该是菩萨了，怎么会是僧

你坐下都如此动人心魄
想你站起来，又该是怎样玉树临风
若是讲经说法，可能连三岁小儿
都会跟着你的指示动，奇妙莫名

赤布僧伽梨，北魏在敦煌的造像
令我百看不厌，难以置信
你怎不是男人的形象？我几乎把你
当成古朴少女，和蔼的母亲

也许灵魂是躯壳的纪念碑
一定有魂灵附在你的身上
你的微笑是敦煌开放的一朵昙花
你端坐的地方正浮现出美妙的梦境

(选自《阳关》1997年第1期)

秦川牛

阳关三叠

烽燧起烟火,
阳关生明月;
古董滩上埋白骨,
空留一支《大风歌》。

茫茫渥洼池,
天马常出没;
长啸一声动天地,
咸阳桥上《天马歌》。

清清泉中水,
甜甜园里果;
绿天绿地绿风雨,
多少惬意多少歌!

(选自《阳关》1998年第2期)

赵之洵

展　痕（组诗）

依傍阳关

依傍阳关
遐思无限
想起那些开边的戍卒
想起那些被贬的谪官
沙漠干旱
人生更其干旱

然而，正是经由阳关
张骞睦邻了西域
玄奘取回了天竺的经卷
马可·波罗领略了东方的神秘
左宗棠捍卫了中华的尊严
干旱中的红柳
是生命不屈的信念
每当季风吹来
沙漠里便有热情的火焰

依傍阳关
阳关是人与自然的胜利搏战
依傍阳关
阳关有葡萄和泉水酿就的诗篇

渥洼池

一脉大水，
浮起了雪山、红柳与黄沙，
来往的车尘，
是溅开的浪花。
好个渥洼池呀，
经历了世代的酷旱，
依然这样浩渺、博大。

盖地的碧波，
漫天的雾沙，
让我的思绪，
如白鹤腾上往昔的烟霞。

我钦佩那聪明的弆刑士，
靠一团人形的泥巴，
以逸待劳，
捉住了飘忽无踪的天马。

从此，壮了汉国的军威，
从此，固了边塞的篱笆，
从此，一个马踏飞燕的铜塑
铸造着强邦富民的童话。

渥洼池啊，
沙漠里的一个神迹，
历史上的一幅巨画，
大西北的一枝奇葩。

榆林窟

神奇的地方，
不被人注意的角落，
只有走到跟前，
才能发现那巨大的沟壑。

陡立的峭岩上，
暗廊连接着古老的佛国。
岁月过了一千多年了，
肌肤与服彩还这样多姿多色。

二十五窟的击鼓菩萨，
连脚趾都拍打着天堂之乐；
三窟的水月观音，

恬静得叫人不忍小声轻咳。

一座艺术的圣殿，
 一泓天界的湖泊，
本该让更多的信徒朝拜，
本该享受繁盛的香火。

可为什么要藏在地下？
饱经永世的清冷与寂寞。
也许从古到今，一切纯真和至美，
都在狭窄的夹缝中生活。

三危山

三危山，
像一尊硕大的酒爵，
斟满了水汪汪的月光。

那溢出来的醇味儿，
让游客们久久地驻足，
在夜的沙漠上站成了沉醉的白杨。

不管是为了美的愉悦，
还是为了生的信仰，
莫高窟都是令人痴迷的地方。

掬一把月色吧,

拿它当作一炷心香,

奉献给我诗魂的故乡——敦煌!

(选自《甘肃日报》1998年4月12日)

敦　煌

群山雪白,大地沙黄,

高塔巍峨,铁马鸣唱,

你把艺术亮给世界,

你把灿烂朝着太阳。

敦煌,百代圣洁的敦煌,

啊,一条绚丽的长廊:

飞天仙女抖开横空的飘带,

三危神山闪出净土的光芒。

你是我们民族的不朽骄傲,

你是我们中华的坚实脊梁!

琵琶反弹,箜篌竖响,

天衣飘举,环佩叮当,

我们用生命将你膜拜,

我们用豪情将你颂扬。

敦煌,百代圣洁的敦煌,

啊,一座智慧的殿堂:

遗书宝卷蕴藏历史的风烟,
壁画彩塑展现祖先的辉煌。
继往开来发扬光大,
雄奇的神采万古流芳!

(选自《甘肃日报》1999年11月14日)

林　野

遥望长城

胡笳悠远的一声长调
落在北中国
峰谷之间　韵律千年不散

脚踩着黄土　纵目眺望
我的骨骼错响
我的血液沸腾后凝固

古战场早已被春风几回回绿过
带血的箭头
在黄沙里做飞翔的梦

烽火台凉了许多个秋天
龋齿的堞口　咀嚼
飘浮无定的野云

草场　蠕动的羊嘴下醒着
跶跶马蹄声里醒着
这种地方　总适合民歌诞生

老城墙像根结实的绳子
串起　炊烟和屋居的剪纸
那盘桓青空的鹰鹞是谁寄出的家书

遥望长城
眼睛里升起一道风景
被北方的斜阳浸红

阳　关

曾被狼烟熏落的夕阳
就悬挂在大漠深处

眼睛不敢越过那句古诗
怕酒溢出来
洇湿驼铃荡起的心事

黄昏　在血液里剥蚀
丁丁瓦砾是数也数不完的历史

借晴空　草草构思饮风的鸣镝
烽燧像八月一样孤单无援

最终抵不住岁月的偷袭

塞声至今围困着马蹄
谁能将千年的迷魂招出

心灵褶皱出的古远伤痕
一叠　二叠　三叠
便是为秋天绝响的曲子

月牙泉断想

许多人梦里有过的一张画
许多画里有过的一只眼
许多眼里有过的一颗心
许多心里有过的一个梦
梦　醒了
月牙儿
仍不肯向大漠沉落

（选自林野诗集《灯》1998年版）

方健荣

在敦煌（组诗）

鸽　子

阳光的早晨
我坐在台阶上默诵唐诗
年迈的老人
在花园旁打拳跑步

天空发出声响
音符在我唇边
鸽子，在城市的脸颊上
闪烁成美丽的旋律

我灵魂里的咕咕鸣叫
永不跌落
在西部小城生活的我
喜欢它们像一群孩子
喜欢自己
是它们中洁白的一只

敦 煌

走廊的尽头
一条丝绸飘起的路
没有落下来
风沙细微的流淌在手指间
不停冲刷今天的马匹

远远的山更加明亮
灵魂一次次居高临下
俯视生命们
用翅膀传送春天的消息
小小的城
嵌进内心
脸庞容易贴近远旅的客人
水一滴一滴流进三危山的夜晚
佛的光芒随驼队渡向世间

在一本精美画册的里里外外
我的思想
是一尾尾鱼渴望水声的洞窟
阳光的日子
随你远去

阳　关

一声风的嘶鸣
在两千年以外

至今拾一枚断箫
仍听到袅袅余音
雪亮雪亮

风　景

独自驱车
带领早晨和野花
浅绿的草地上
我是最鲜活的内容

临近河水
深入浅出的鱼
发出光芒的圆圈
很多连续的树
像城市过渡到乡村的唯一路途
身后是高楼
前方是马匹和菊花

乡间小路引诱

很容易听到生命无言的倾诉

野风吹走草帽

急急地追上半天

却把自己丢失

(选自《阳关》1998年第1期)

边走边唱(组诗选四)

玉女河①

我的鞋子湿了

那么多人的鞋子都湿了

还走不出一往情深的思绪

夜晚总听到身后哗哗的流水

那是母亲的叮咛吗

月光一样流泻的话语

是我记忆中最美的时光

雪山挥动着清澈的飘带

铺展开一片绿洲的地毯

潮湿的风里奔跑的马驹、羊羔

是我和我的恋人

---

① 玉女河即党河,是敦煌的母亲河。

今夜无眠啊，玉女河
静谧的大漠遍地流银
远远的三危山，还有古老的城堡
敦煌闪动的星光灯火
那片站在风沙边的白杨林
青青的叶片哗哗地流淌
疼痛地流进了我的血液
玉女河啊秋天一样意味深长
葡萄般甜蜜的宝石戴在脖子上
让我干裂的双唇一个劲地亲吻吧
玉女河啊我的眼睛湿润了
我要追着绿草的脚步怀抱着故乡
告诉人们一千个关于春天的好消息

渥洼池

这是一只大漠的眼睛
两千年前汉武帝
与它久久对视了

于是天马腾空而出
血光闪闪的汗水淋湿了一条丝绸之路
那嘚嘚的马蹄声
在中华民族厚厚的历史书上
久久回荡

一首长啸的天马歌
至今让马们竖起耳朵
动不动就肃然起敬仰首苍天
却早寻不见天马神一般的踪影
只见渥洼池畔葡萄熟了
游人们甜蜜地品尝
糊涂地出入神话
还有一些羊和今天的马
在不远的草滩上自由散漫
抬头看云低头吃草
仿佛这片水洼就照亮了一生

苏干湖边

八月之末
我们停在苏干湖边
一片秋水
仿佛天之眼
静静蓝成阿克塞手指上一块宝石
优美的传说
悄悄在耳畔流淌
顷刻间哈萨克姑娘跳起舞
冬不拉或马头琴低吟浅唱
一碗青稞酒和朋友们的祝福
使哈萨克毡房里欢乐飘荡

我们在歌中翩翩而起
醉人的一幕幕无比依恋
阿克塞草原燃烧的篝火照亮笑脸
八月之末的一个夜晚
我们在苏干湖畔一夜未眠
烦恼一扫而光

编著注：苏干湖在阿克塞哈萨克族自治县境内，
该县古时属敦煌南境。

肃北草原

九月的秋草
又一次碰到马的嘴巴
星星一般的小野花
指出一条通往天堂的路
黄昏如风
吹过湿润的灯火和思念
帐篷下的家园
奶茶飘香的时候姑娘的笑声
和她满身的宝石同时响了

在肃北草原上
主人银碗里盛满美酒
一边唱着噻啰哩噻的歌谣

洁白的哈达飘起来

一起簇拥着祝福远方来的朋友

把我们围绕在至高的位置

最终亲人一样烂醉成泥……

编者注：肃北蒙古族自治县古时属敦煌南境。

（选自方健荣诗文集《天边的敦煌》2005年版）

阳关，大风（组诗选三）

阳关的风

早晨我们来到阳关

风是不是已来了一千年

吹啊，这满含着沙粒的胡言乱语

把我们拉进已逝的古代

风是这儿的常客

常常从早晨从夜晚走过

仿佛一条时光的河流

围绕着一座城仅剩的角墩

现在它驱赶着一万颗细沙

像为沙尘暴的诗集写下名字

青青的芦苇迎风浩荡
红柳开花燃烧一片火焰

吹啊，把举杯的王维吹醒
把来自远方城市的诗人吹醒
这野天野地莽莽荒原
高高地被举在早晨的头顶

一万年一千年地吹
把丝绸之路所有的丝绸吹响
把大汉的旗帜大唐的歌梦
都吹得片甲不留

吹啊，吹着今天静静思想的马
吹着背着空空行囊的那一个旅人
直吹进我深深的内心
吹到我生命里的一片湖泊

马

又一次看到马
枣红色的一匹好马
站在早晨的风中
安静的天空蔚蓝深邃
犹如云朵飘过一双双眼睛

西域高地的诗意阳关
一匹马被吹了一千次
它的身体和尾巴
都变成了风的形状
这像是生命最好的抒情
我们来去匆匆
和一匹马相遇的早晨
互相都希望合一张影
渴望这儿的大风
把烦恼吹得没了踪影

阳关脚下的村庄

绿水环绕着村庄
人们早出晚归
葡萄熟透的消息
传递给南来北往的微风

火一样的阳关热血滚烫
站在高处
让历史西传东渐
已是一位垂垂老人
只有王维和他相伴
在一首别离的诗中

村子里的女人孩子

纺织着葡萄藤一样纷繁的故事

游客们走进挂着灯笼的农家院里

总要端起一杯葡萄美酒

无数个白天夜晚

这个村庄暗暗地饱满芬芳

远方朋友总会如期到来

摘一串汲满阳光的紫葡萄

在村里小住的客人

向亲人发出静谧的信息

那时村里的人们悠闲乘凉

对他们的城市并不十分关心

(选自《诗刊》2007年10月号下半月刊)

致阳关追梦人

秋风吹动斑驳的阳关

候鸟南迁的翅膀凉了

一位四十开外的西部汉子

痛苦了一夜

煎熬了一夜

千思万虑后决心已定
把那首"渭城朝雨浥轻尘
客舍青青柳色新
劝君更尽一杯酒
西出阳关无故人"的诗掰开
前两句赠给来自内地的友人
后两句并一杯烧酒仰首喝下
一步步向那片戈壁高地走去
他必须叩问叩问阳关
听听两千年外的风声
会不会令今天的他疼痛
他的血液滚烫滚烫
以至于眼里漾起泪水

那一晚他就夜宿阳关
篝火哗哗啦啦烧着
他的脸庞被照得通红
天上星辰围绕着阳关
悄悄低语
此时此刻
他真的贴近了阳关
感到这个孤独的朋友
已在这里等他多年

他把要建造的那座城池

先画在一张纸上
然后让挟着沙粒的风
像递送一个申请
在早晨告诉阳关
他从阳关道上走过去
登临高处
阳关唯一的烽燧
和早晨火焰般的朝霞
成了他梦中城池的背景
——千年阳关寻梦
他吟出一句好诗

于是，再也离不开阳关
喜欢骑马伫望的他
开始在这荒凉的大戈壁上
逐梦
他把画在纸上的城池搬下来
一块砖一块砖地垒
垒出城楼，垒出兵营
垒出大汉的风度
垒出长风的豪迈
他把胸中所有感受
都通过一双巨手倾诉、表达
一座城
让他不停地倾注着智慧、

感情、快乐、苦涩
一块砖一块砖地倾注
砌进去一个男子汉永恒的
愿望

于是，旌旗猎猎、车马辚辚
战鼓擂动的黄昏
从阳关脚下喊杀出一支
全副古装的雄兵
那城楼上飘扬的旗子
让人联想到飞翔的箭镞
射中了匈奴的喉咙
这不是汉代的那座关城吗
这不是中国历史上那片
兵家必争之地吗
顷刻在他心灵上站起来
让人们仰望凝神
当惊叹、赞美簇拥来时
他又踏飞雪去了边塞
仍然那样虔诚地
像雕琢一件精美的玉器
寻找着最好的策划

他甚至令诗人王维执酒迎宾
令张骞骑马向西远行
从一页书上请出商旅、胡人

令他们会晤今天的游人
把阳关、玉门关
和丝绸之路全都融进一滴血
奔涌的脉搏里
流淌着几千年的文明涛声
古老的西域风情扑面而来
散发出浓浓酒香
有点冲有点醉人

他立志要一生守着阳关
用心灵
他用丝毯铺出的阳关道
迎候着远来的朋友
他用双手把阳关托起
像托起一件无价珍宝
高高地举过敦煌的头顶

今夜，让我用一首诗
也把阳关高高捧起
也把他高高捧起
这些单薄的汉字
像春天的祝福
祝他像一位骁勇善战的将军
建功立业，美名传颂……

（选自《阳关》2004 年第 2 期）

曲有源

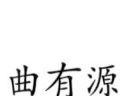

鸣沙山

感觉不出鸣沙山是女人的

你就不是男人

不信　当你

越来越贴近

那种丰腴

两腿以及膝盖都有些酥软

新奇　兴奋

同时又感到乏力的情景

使你微喘　流沙

簌簌在你指间流过

你怎么会

不感到那秀发的飞扬

和情爱的流动

是陶醉使你俯下身来

一次一次地下陷

还是老牌子的

从那贴在窗棂上的灯火来看

至少一千年

（选自《第二届鲁迅文学奖获奖作品丛书：诗歌》2002年版）

孙　江
敦煌：沙如雪

时光流转。八百里沙海
如雪，如人世最早的
一大块素洁丝绸
如佛光照耀下
历尽劫波回归的大无限
我们铭记住
纯洁的善与美　永远
初衷就是所有的愿望
和一生的经典
敦煌：不衰的象征
寻找归宿的人，不可茫然毁弃
内心的一架架天梯

羔羊和迷途之鸟
在自设的陷阱　泥潭
在黑漆漆的夜里抱住的
仍是噩梦缠绕的森森白骨
我在旧历某个祭神日
黯然于跌倒过一代代人的

荒芜之秋。荆棘与断翅依然
侵入我的呼吸

启示之鹰
让我们冲决局限
叩开一道道天籁之门
佛无法道出秘密的金石
扶着人类摆脱一个个噩耗的
是土中的根　土中的眼和热血
沙如雪，熬干等白了头的
热血。当我得以
窥见神灵的真面目，背叛命运
敦煌的如雪之沙
让作祟的心匪心魔
纷纷放下屠刀

鸣沙山下

辽远迫近，梦境聚拢
人与神安然相歇
夕阳长发纷披　一袭盛装
盈盈眼波凝望这个世纪
最后几年中的某个黄昏

一群只带来梦的行李的人

涉过尘世之河殊途同归的人

双手捧掬如雪的绵绵细沙

指缝间漏下归家的心情

多少好时光重新握住

月牙泉

收割千年而不钝的镰刀

一轮月　阴晴圆缺

一趟人生　悲欢离合

心的田园再也不会长出野蔓毒藤

异乡即吾乡，天下到处是

迷途同归的兄弟

（以上二首选自孙江诗集《横渡苍茫》1999年版）

敦煌沙数

这一个下午突发奇想

要在敦煌的沙漠

独自一人或行或坐

一次次捧起沙

从手指间漏下的
都是生和死

双手捧起沙
每捧一次都是感恩
生命何其不容易

如果沙漠是大海
敦煌就是一艘
巨大的船

沙漠比大海更波澜壮阔
敞开着通天大道
也隐藏万千玄机

佛祖沐浴的恒河上
驶过的一艘大船
与敦煌同名

在水中　在岸上
他看到众生
星星点点无穷无尽

不须一一清点
整个沙漠都是众生

每个生命是其中一粒

每个人都是沙漠
就看引来哪一缕水
播下哪颗种子

这一个下午突发奇想
在自设的绝境险情
整个世界一直围绕在身边

各种声音倾泻而来
全世界都会来帮助你
但不必做任何事

沙子、砾石、骆驼刺和我
眼前和心里的一切
全都是沙漠的一分子

一念如磐石
一粒沙子
包含整个世界

日暮阳关

在英雄的年代
人们投奔战场
多少人倒在路上
也有人侥幸
未必衣锦还乡

有一处叫阳关的地方
写满乡愁,写满慷慨
写满情同手足的名字
就在回头的刹那
一生滚滚而来
就此别过的
何止千生万世

落日:西去的骑手
扯云天为旗
借大地之力
以敦煌为坐标原点
循环往复地演示
生命的布局

无处不在的苍茫中

每一个举头相望的人
都在唐朝,都叫王维
哪怕此刻已是未来

张满隆

壁画上的弯把犁

耕过秦汉的雨,
犁过唐宋的风,
跋涉过多么漫长的历史的泥泞,
丈量了人间的昌盛与飘零……
感谢画家的妙笔,
把你从疲惫中牵来,
挂进敦煌的千佛洞。
伴着卧佛和站累的金刚,
开始做泥土一般松软的梦!

伟大的祖先啊,
请接受我对你的崇敬——
在实践与智慧的拥抱中,
孕育了弯把犁的诞生。
从此,便拉着我勤劳的民族,
和同民族一样悠久的贫穷,
一步步艰难地爬行。

而今,你已龙钟老态、伶仃瘦骨,

早就该佩戴红花,
领一张烫金的退休证。
然后走进博物馆,
化作一个劳苦功高的古董,
或者在玩具店里,
成为孩子们
感到遥远而陌生的图形!

然而,你纵然累弯了腰身,
还支撑着幅员广阔的大地
和半壁蓝空;
支撑着家家户户的饭锅,
和每一个餐桌的丰盛;
支撑着农民
高粱扬花般的希望,
和在黑色皮肤上,
与汗水一起泛滥的笑容……

我知道——在有的国度,
现代科学与技术,
正在麦田里傲慢地驰骋。
一个农民的手掌,
像托蛋糕一样,
能轻轻托起上百顷田垄!

我为此，焦急得血都流出了响声！
但我不气馁，
我不埋怨，
我只感到
力量要冲出我发达的肌肉，
厚厚的胸壁再也阻挡不住
心跳的雷霆！

因为我深深懂得——
要想使弯把犁
永远成为千佛洞里的壁画，
必须先把所有的
弯把犁都开出来，
进行一次自我解放的斗争！
深深地弓下腰去，
和弯把犁一样，
与地平线保持和谐的平行。
不是跟在拖拉机
卷起的烟尘后面，
而是用信念与汗水
拧成的绳索，
把机械化与现代化，
把繁荣与昌盛，
把彻底根除弯把犁的未来，
一步步，

有力地牵动！……

（选自《诗刊》1999年第4期）

石寿伦

阳关外的风声

我们是风的孩子
在风中集合
我们看到了列队而来的往事
战争的残烟还在山后升腾
和我们站在一起的
是早已老去的许多英雄

我已经把我写诗的毛笔
换成一杆子弹满仓的钢枪
在阳关以外的风中
父亲的嘱托声若洪钟
孩子　别忘了身后这片成熟的庄稼
在风中站岗
成熟的庄稼
庄稼地里痴情的女子
使我有足够的毅力抵御孤独

滚滚而来的黄沙
落满我绿军衣的肩头

欲静不能的嫩枝
无奈地辞别了太多的叶子
一次一次冲击我的心房
形成涌动不止的热泪

痴情的女子啊
我陪你去收割成熟的庄稼
然后
你陪我到阳关
听阳关外的风声

（选自《阳关》1999年第1期）

古 马

敦煌幻境

一

在一只铜镜中的敦煌
一片绿锈剥落
好像一个僧人的皮肤被空气擦伤

一粒沙呻吟
十万粒围着颂经

二

在一场大火中的敦煌
乌鸦的飞灰
使落日更像半册燃烧的经书

抬水的飞天
为何用鲜血浇灭鲜血
用眼睛祭祀星星

三

深水中的敦煌
衣带飘飘的飞天像是
游来游去的鱼儿

一尊趺坐于幽暗的石佛
因为一个梦想的呼吸
竖直的头发开始像水草柔软地招摇

四

月牙泉的木梳
一把断剑
簪在敦煌的发髻上

五

月亮的犁铧
敦煌深深的山谷里
青灯埋下种子

一个被犁掉了双腿的飞天
反弹琵琶,彻夜歌唱:光明的幼芽发育成大道
谁在自己的身上留下脚印,谁回到了敦煌的内心

(选自《诗刊》2000年第1期)

阳关，我捡到一枚汉代五铢钱

瀚海的月亮

真的太寂寞了

换一只黄泥埙吹给她听呢

还是买上半碗浊酒挡寒

一枚小钱

那锈在上面的戍卒的指纹

汉代掂量到现代

轻　把我掂量到重

一九九九年十月二十日

（选自《人民文学》2001年第3期）

胡　杨

大泉河一带

泉水连成一片，就看不出是泉水
人们说，那是溪流
溪流连成一片，就看不出是溪流
人们说，那是河

河兴奋得蹦跳，左突右冲
拐弯的时候，脱下了自己的花裙子
高大的白杨树、蝴蝶、蜜蜂
当然，还有青草和花朵

同样兴奋的，是一群释迦、菩萨、金刚
他们的女儿飞天
穿着河的裙子，把一条河的花瓣
撒向人间，撒向人的心间

人们说，这些泉
这些溪流
这河
就是敦煌

（选自《飞天》2007年第2期）

父　亲

扬起粮食的
是我的父亲
一粒粒金黄色的粮食
等落下来的时候
父亲就坐在了场边
抽他的烟
烟雾笼罩着的
是父亲整整一年的辛酸

父亲有赭色的脸
那是饱满的粮食
父亲有黝黑的手
那是丰沃的土地

父亲坐在田头上
眼睛透过密密层层的庄稼
很深很深的夜色
在他的周围
迷漫起来
在这样的夜色里
他能整夜整夜坐下来
听玉米拔节的声音

（选自《阳关》1989年第4期）

家　乡（组诗）

五　墩

普通的人
双手铲土
拿箭的人
点燃烽火

听不见厮杀的古战场
我被时间的箭矢伤害
被幸福的阳光刺痛

我不摘五个烽烟墩间的黄花
我不擦拭这细小的泪
我在五个烽烟墩的天空下
种植小麦和棉花
用劳动和爱情
认真度过和平的时光

普通的人
双手铲土
拿箭的人
点燃烽火

这是月光的宁静中
最后忘却的

新店湖

新店湖的沙枣林
看见
父亲的羊群从草中出来

草里的父亲
手拿一串十月的沙枣
熟透了的沙枣

父亲不懂，一串沙枣
一串幸福的颂歌
红遍树梢

新店湖，一支歌与另一支歌交替
幸福和苦难
干旱和涨潮
父亲在这两条路上
歇息和奔走
操碎了母亲
夜夜油灯下的
心和手

十月的新店湖

沙枣红遍树梢

甜水井

骆驼客

咽下你深井里的一口水

盖上你的盖子

骆驼客

走南闯北

奔波于荒芜地

像流动的沙堆

骆驼客

可以不进下一站的客店

必须住进甜水井的土房

必须在甜水井的土房外

看好风向

风中的骆驼客

沙漠里的好手

两行热泪

满身羊毛

盖好甜水井的盖子

继续西走

(选自《阳关》1992年第5期)

新店台

云雀嘴里掉下的种子
是你高粱的种子
党金果勒河流进
新店台的门户

高粱伸出的手
是新店台人的手
在沙漠中争夺土地
在盐碱中经受痛苦
是这样的手
在塔克拉玛干南缘
养育生命

牧羊人不是永远唱一个调子
他们在明亮的天空下
共同生活
在新店台的土地上
理想和信念
是两棵常青树

（选自《阳关》1993年第4期）

敦　煌（组诗）

山中寻泉

听说在高峻的石头上泉水喷出
蓬勃的水晶柱，像是昨天
壁画中的情景，像是西天飘落的云
又冲天而去

山中寻泉，山中的敦煌高耸金顶
我们只去那干枯的河道
想必一丛绿梭梭
会带去我们真诚的探寻

纵然是大山也难遮挡流水
山中的泉，在更艰险的石壁缔结绿苔
像是生命最初的沉睡
我们在它清凉的伞下
谛听山的心跳

泉水不会到达任何地方
浓重的树阴是泉水的再生
向上的波涛，绿洲一直延伸至敦煌
我们顿悟：悬泉，敦煌的泉

淘金人

妈妈，腰里的草绳被风吹断了
褡裢里的水喝完了
沙子里的灯，我挖出来了

妈妈，秋天的雨水
把我的眼泪打湿了
秋天的果子
我还藏着一只
如果找不见村口的河流
我会背回罗布泊的盐
冬天快来了
我双手握紧果子
无边的沙漠
我只剩下唯一的亲人

一座山峰

一朵莲花下
受孕的石头
有明亮的心脏

一棵白杨下
一群鸽子

像是神灵的翅膀

一座山峰
坐满菩萨、佛祖和敦煌
一口井里
挖出热泪、信仰和微笑

莫高窟的早晨
在山的阴影下
那样新鲜

红柳的原野

荒原的长子
如此俊秀
我拜谒它的一瞬间
恍入江南的橘林
脚踏干裂的碱地
才知道,那是我西部狂傲的笔
在贫乏的季节
写满火焰,初次见到它
是那不羁的恋人的吻

红柳的原野
羊群在茂密的花海中

只闻咩咩的轻叫

那马头上的彩饰被映红

牧女高悬的发髻也是啊

（选自《阳关》2002 年第 2 期）

有风的早晨

敦煌的田野

风的浮尘中

红色的纱巾一抖一抖

远处发青的树林

正在抽芽

很快就要迎来绿洲的春天

牛羊的叫声

逆风的一面听不见

骑摩托车的小伙子

看样子在说着什么

风轻了

红纱巾还在一抖一抖

播种的人们脸庞红润

沙丘上的霞光

像红纱巾一样红

沙漠边缘的沙枣树

穿过沙漠，看见敦煌
是一丛沙枣树在引导
多刺的枝，缀满银白的叶子
褐色皲裂的主干
把沙子推向半空
如同敦煌神秘的楼阁
浮出广阔的荒凉
敦煌的路上
很难叫出的名字
可能记住的名字
是沙枣树
树下站着的那个拉骆驼的姑娘
是时代的背景

在敦煌沙漠上

一位老人背柴
一道沙梁又一道沙梁上
他回来的脚印
被风抹平
每天，太阳升起的时候
敦煌西北的沙漠上
可以看见长城

可以看见一位老人

穿过长城

在沙漠上行走

这时，他的羊群

在河谷里吃草

有什么东西可以在沙漠上

像音乐一样动听

有什么东西可以在沙漠上

穿行自如

是这位老人啊

野麻湾

在水一侧

土庄子歪歪斜斜

一棵老柳树上

麻雀撒欢

如果有马队冲来

这里可能埋伏

刺刀和火炮

那茂密的草丛中

野兔子探出头来

老黄牛不慌不忙地叫了一声

远处的田野

有人在收割小麦

只听一个女腔高喊

你去到野麻湾

把羊赶回来

她的男人随即吆喝

野草摇动

浮出白白的一片羊毛

葡萄园中

我是骆驼客的后代

走过敦煌，在阳光的烽燧

埋下父亲，荒凉的大道边

没有一棵草

父亲手中

被汗水浸泡得发涨的种子

掉进了沙子

那是一场瓢泼大雨啊

下了整整一天

在短暂的潮湿的日子

一颗种子

发芽、成长

等待第二年的雨水

一年一年

梦想的雨水

撒满了葡萄园的芬芳
我看见那缠绕在一起的藤蔓
多么像父亲弯曲的身体

(选自《诗刊》2005年1月号上半月刊)

那一场雨

我们等待的那场雨来了
我们一直在高粱地里
长吁短叹,我们的身体
像高粱干枯的叶子,哗哗啦啦地
倒在地上,就在这时
一滴雨打在我们身上,我们一个激灵蹿了起来
接着,第二个雨点,第三个、第四个……
雨点小小的嘴唇,制止了我们的骚动
和整个高粱地的骚动

这是一个好日子
敦煌的高粱熟了

(选自《诗刊》2007年1月号下半月刊)

玉门关（组诗）

玉门关

是这戈壁
还是这戈壁

走过去的人
丢下的人
留着的人
像一片苍苍茫茫的雪

只有怀揣的一块石头
在紧贴肌肤的那一层

有了温度
有了肌肉的温润

最后，有了念想和思虑
顺口说出的每一句话都随风而去

"到家了，到家了……"
只有这一句
沉甸甸的

像自己的心跳

推开那一扇门
妻子的脸
温润如玉

在敦煌看汉长城

在我抵达的时刻,黄昏的光芒
掩盖着真相,荒芜的草
饱满而高雅,是一种光滑、洁净的绸子
沙子和碎石,渴饮那浓重的色彩
这时,有一列满载黄土的列车
驶出遥远的汉代
骑马喝酒的年代
铁的光,埋伏于这陈旧的黄土
似有一千个歌手
在合唱

玉门关附近的鹰

向西的人,把春天丢了
向西的人,像一座城堡
三面墙倒闭,只剩下一个臂膀

河水去年来过一次
都装在了今年的草根里
鹰去年飞走了
站在夏天的黄土上

风吹来
阳光如瀑布,埋住秋天的草
我身上的毛发,根根树立
仿佛每一根都是鹰的羽翼

汉代的天空

敦煌以西
把草丢掉
把树木丢掉
把庄稼丢掉

就剩这戈壁了
就剩这乱云飞渡的天空了

一些人把自己的骆驼
放养在这里,可他够不着
他在汉代

这些骆驼跟着稀疏的草

走了很远

走到我们看不见

仿佛汉代就在看不见的地方

沙子埋住一些人的骨头

又把他们全部献给

大雪迷茫的冬天

那些庞大的商队

那些荷戟的戍卒

层层叠叠的脚印

都在风中

只有黄昏的云

飘满金帛和丝绸

（选自《玉门关诗词》2019年版）

高　凯

苍　茫

一只苍鹰
把天空撑起

一匹白马
把大地展开

一条阳关大道
在一个苦行僧远去的背影消失

一粒金沙在天地尽头
高出戈壁

凝神眺望
就是敦煌

（选自《诗刊》2000年第10期）

寻梦玉门关

人人佩玉怀玉
大漠戈壁美玉遍地
成群结队在敞亮的玉石门洞之下
出出进进来来去去

谁说春风不度
不度的风恐怕不是春风
一条铺满丝绸的大路从门前经过
大汉风情万里

玉国之门
既是给自己开的又是给别人开的
不过从外面看是一个关隘
里面看是一件玉器

敦煌之梦玉成
连接大千世界同命运共呼吸
城关坚硬而又温润
平地显威仪

彭金山

鸣沙山之夜

当喧闹的游人追随夕晖远去
鸣沙山　驶进夜的港湾
枕着鸣沙　贴紧大敦煌暂歇的歌喉
今夜是唯一的纯净

肌肉溶进夜色
灵魂溶进夜色
与遥远的星辰对话
在纯净的夜色里
我只想做一颗沙粒

——多少年没看过银河了
轻风送来谁的叹息
仿佛从沸腾的大锅溢出的水滴
在这里我们找回了真实的自已

一粒沙一粒沙堆成这会唱歌的山
你的童年我的童年
邂逅于不再年轻的夜晚

就像沙粒与沙粒紧挤在一起
我们已没有白日的距离

银河那边一定也有
许多和我们一样爱做梦的孩子
你没有看见他们眸子的闪光?
只需轻轻掀开那层薄薄的纱幔
世界便是另一个模样

（选自《丝绸之路》2001年第10期）

阿　土

玉门关

一读到这个名字
那高贵的寒凉就让我倒吸口冷气
春风都不能度过的地方
我的行走将会怎样
石头和风雪分割着季节
眼前的景致是飞翔的雁群和孤立的边城
凝重的羌笛是西北的喘息
马蹄是踏响冰河的鼓锤
勇士撕裂鞭影
以异样的光亮和声音
敲击坚硬而华美的门
玉门　华贵的后面是一种雄浑
外面是一种精神

（选自《阳关》2001年第4期》

于 平

敦煌女孩（歌词）

鸣沙山下，敦煌城外
有一个漂亮的女孩
牵着骆驼，接送游客
像月牙泉一样热情可爱
风沙吹不掉她的神韵
岁月抹不去她的风采
噢！敦煌女孩，敦煌女孩
瀚海中的一朵玫瑰
花儿四季开，香飘云天外

月牙泉边，莫高窟外
有一个美丽的女孩
风雪无阻，遨游沙海
像莫高窟一样神奇豪迈
梦中常闪现她的靓影
心海总是为她而澎湃
噢！敦煌女孩，敦煌女孩
真想变做一峰骆驼
牵着你的手，感受你的爱

（原载《电脑音乐报》2002年第3期。选自《2002中国年度最佳歌词》2003年版）

弯弯的月牙泉（歌词）

浩瀚天空有一只月牙船

忽东忽西遨游在蓝色的银河间

我不知道月牙船何时来到大漠边

变成了一池月牙泉

噢！月牙泉　弯弯的月牙泉

苦思冥想解不开你的疑团

夜晚你在银河里尽情地玩

白天躺在大漠体验人间苦和甜

茫茫沙海有一池月牙泉

忽闪忽闪仿佛是大漠闪亮的眼

我不明白月牙泉为何飞上银河间

变成了一只月牙船

噢！月牙泉　弯弯的月牙泉

朝思暮想找不到你的答案

白天你在鸣沙山下迷人地笑

夜晚飞向太空洒下银辉一片片

（选自《词刊》2004 年第 4 期）

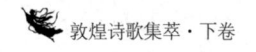

朱增泉

阳 关

一

一句千年古诗
在此西望戈壁大漠
关隘已成废墟
阳光依旧,遍地铺满往事

王维是位伤感诗人
友人即将西出阳关
走进沙漠那是走向寂寞啊
他将离情斟满酒杯
要将挚友灌醉
友人接杯在手,酒还没有喝呢
王维自己先就淌下两行清泪
从脸颊滚落到胸前
滴滴答答,湿了布衫

友人趔趄西行
漫天风沙遮断了望眼

王维手里捧着最后一杯好酒

一直站在这里苦等

从唐朝一直等到今天

还在苦苦等待好友归来

二

另一位诗人岑参

在阳关驿馆里失眠得格外清醒

听了一夜西行商旅的驼铃

西面刮来的风声里

有铮铮箭响嘚嘚马蹄

他的诗思追踪马蹄一路向西

第二天他起得很早

骑了一匹瘦马出关西去

曙色中,天边有几粒寒星

他的心情和诗情都很冷峻

走到吐鲁番的交河古城

岑参已经穷极潦倒

为了继续西行翻越长云压雪的天山

走向更僻远、更寒冷的焉耆、库车、轮台

他向吝啬的交河镇守史借了几斗马料

留下了一张欠条①

千年之后
镇守史的亡灵天天盯着这张欠条发愣
他怕岑参突然回来结账
这张欠条已经价值连城
究竟是谁欠谁的
已经很难说清

三

阳关是王维的终点
岑参则从阳关启程西行
一座古关
造就了两位唐朝诗人

西出阳关无故人
西出阳关有诗魂
我为寻访岑参西行
谁去搀扶王维东归？

(选自《第二届鲁迅文学奖获奖作品丛书：诗歌》2002年版)

---

① 据说，在吐鲁番交河古城废墟，曾出土过一张唐朝大诗人岑参向当地官衙借过几斗马料的欠条，现存新疆乌鲁木齐历史博物馆，已成稀世文物。

林　昌

月牙泉（歌词）

月牙泉，
你是沙漠水灵灵的眼。
望着太阳抛起绣球，
望着月亮划着小船。

月牙泉，
你是沙漠水汪汪的眼。
望着时光悠悠走过，
望着四季岁岁流转。

哦！月牙泉——
碧波涟涟，如梦如幻。
留住多少清脆的驼铃，
滋润多少干渴的心田。

哦！月牙泉——
素面朝天，美轮美奂。
记住多少宁静的黎明，
沉醉多少多情的夜晚。

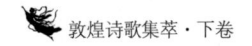

哦！月牙泉——
问你默默无言。
为了梦中的绿洲，
情愿把眼睛望穿！

（选自《词刊》2003年第9期）

梦"飞天"（歌词）

故乡有"飞天"，
婀娜舞翩翩。
"飞天"神女好，
只在梦里见。

故乡有"飞天"，
乡音琵琶弹。
"飞天"神女好，
花雨梦中散。

梦醒想"飞天"，
游子多思恋。
问声"飞天"好。
何日来身边？

带我漂过海。
带我飞过山，
带我追随北归雁，
与你回乡关。

啊，"飞天"
我的思恋，
扯——不——断！

（选自《甘肃音乐家协会通讯》2005年第1期）

亚　楠
西部变奏（散文诗四首）

夜宿敦煌

四月的阳光伴我进入敦煌。

那一年，我年轻的心，充满春的期盼。

我知道，敦煌是一部古老的神话，越咀嚼越有滋味。

那一年，我沉醉在这部神话里，每走进一页，都会感受到心的震颤。

我知道，关于敦煌的故事太多太多。

许多年之后，我们就在这样的传说里生活，又一天天在神话中老去。

这样的时刻，我们总会种植很多生命，然后再尽情地收割它们。

我知道，所有的生命都来去匆匆，就像太阳静静地来了，又静静地走了一样……

那一年，敦煌的星星总是透着朦胧的醉意。

清冷的风吹拂着枝头的嫩叶，我在落日的辉煌中想象着春天的美丽。

夜幕降临，喧嚣的城市渐趋宁静。

走在敦煌宽阔的马路上，一些不知名的鸟从我的头顶上匆匆掠过。

远处的鸡鸣狗吠，不知惊醒了多少人的春梦。

还有许多人正挑灯夜战，他们编织故事，演绎人生，文字的盛宴，让他们彻夜狂欢。

我独自享受着敦煌的那一刻静谧，我知道历史的尘埃早已落定。那些寻梦的人，那些追求爱情的人，都倒在了时间的前头。

我看见，一截截腐骨旁，遍地的山花开得正艳。

春天来了。

所有的生命都焕发出迷人的光彩，

所有的神话都活在我们的灵魂深处……

走近月牙泉

大漠深处，月牙泉是人类的一颗心脏。

万物凋零的时候，月牙泉点亮了无数盏生命之灯。

我怀着崇敬之情与月牙泉相遇。

一湾清水。一丛芦苇。一群小鱼。

它们紧紧地拥抱在一起，相依为命。

平静地享受生活。

淡泊名利。

远离尔虞我诈。

不去想那些纷繁的事情……

走在月牙泉潮湿的沙地上,我的眼前一片澄静。

迎风摇曳的芦苇如诗如画。

自由地舒展筋骨,尽情地呼吸清新的空气。

这就是美啊!

让我们平静地活着,并热爱生命,

就像此刻的月牙泉一样。

一弯新月升起来了,

遍地洒满了清辉。

西望阳关

渭城的朝雨淋湿了游子的衣裳。

在西望的凝眸中,我看见一个诗人醉倒街头。

醉卧沙场君莫笑啊!你瞧,自古征战,有多少人能够平安回归?

而此刻,阳关以西的大片沃野,山花娇艳,麦苗飘香。

成群的鸟歌唱着春天,牛羊们追求着自己的爱情。

行走在这样的丝绸古道上,悠远的情丝撞击着每一双渴望幸福的眼睛。

我本是一粒被风吹远的种子。

在那片叫做伊犁的土地上,生根发芽。

故人们都在忙碌着自己的事情,他们没有时间多看我一眼。

缘于一场黑色的风暴,我的命运改变了方向。

我不知道自己属于南方，抑或属于北方，

也不知道阳关离我的故乡还有多远。

很多时候，我都会看见一支驼队缓缓前行，他们餐风饮露，向西，向西……

夕阳辉映着古铜色的脸，那些坚毅的目光与红霞一般灿烂。

沿着太阳回家的路，他们消失在远天的夕阳中。

还是让我们再斟满这杯酒吧。

西出阳关多故人，

何必马革裹尸还。

飞 天

其实，飞天早已活在我们心里。

她以想象的翅膀，穿越人类难以抵达的圣地。

仿佛一部童话，读她的人，总是充满虔诚和童贞。

神灵般的琵琶还在空中飞翔，玉指轻弹

无数美妙的音符飞泻而出，顷刻间

沉睡已久的心田充满阳光。

大地上枝繁叶茂，百花争妍。

飞天是美丽的。

飞天是痛苦的。

被她洗礼的人，被她爱抚的人，此刻

心如止水。

还有许多追求幸福的人，正在路上。

他们静静地等待起飞。

天空辽远而苍凉。

在无底的幻梦中，那些渴望美的手还在飞翔。

乌云来了。好像尼采曾经说过

我无意间把一句谎言射向天空，

不料一个女人从空中掉下。

（原载《散文诗世界》2004 年第 3 期。选自《2004 年中国散文诗精选》2005 年版）

鸣沙山落日（散文诗）

一个落日熔金的黄昏，我与鸣沙山不期而遇。

骆驼缓慢行走着，大地沉浸在苍茫的暮色里，敦煌就像一首无言的歌。阳光照射在沙梁上，热浪袭来，我看见领头的那峰雄驼疲惫不堪。

一只鸟落在不远的沙丘上，它瞅着我，仿佛有许多话要对我述说。在这遥远的异地，我们如同他乡遇故旧一般，情真意切，却又相对无言。

夕阳渐渐落入山谷，晚霞还在天际若隐若现。

走在鸣沙山最后的落日里，仿佛走进一部古老的神话。

远古的风从东方吹来，月牙泉婉约而多情。

密密匝匝的苇花摇曳着,相互依恋,和睦共处。我知道,在黄沙蔽日的大漠,他们是相依为命的兄弟。

暮色降临,大地归于寂静。

此刻,只有鸣沙山还在发出神秘的微响。

若有若无,曼妙空灵。

(选自《星星》2007年第8期)

国　风
月牙泉

一

这是一个秋风瑟瑟的季节，
这是一个月光溶溶的夜晚，
我又来到了月牙泉，
来到了我梦萦魂绕的家园。

我是带着虔诚的心愿来的，
来祈求月牙泉的宽恕；
我是带着美丽的憧憬来的，
来寻找我失落的梦想。

当我手捧黄沙跪在你的面前，
月牙泉，你可记得，
可记得我们相逢时的喜悦，
可记得我们相爱时的盟誓……

二

记得我们初次相逢，
弯月正勾着山乡的脊背，
你捧着一个被露水打湿的梦，
落在我栖身的草坪……

我说，我终于找到了你，
你说，此生永不分离；
我说，月亮已经下去，
你说，朝霞就要飞临。

于是，两颗心在黎明后得到碰撞，
碰撞击破晓雾织成的云翳。
于是，两颗心在阳光照亮的大道上迅跑，
迅跑留下满路云锦……

（选自国风诗集《大地》2004年版）

巫 逖
敦煌，戈壁明珠（微型诗）

敦煌迎宾

一仰杯　一口
黄河之水天上来
滚烫着　悠悠赤子心

敦煌文化赞

千年戈壁上　摇响的
一面旗　东西文化精英于
旗帜下集合

敦煌人精神

一

以整个中华民族的脚力
在戈壁里舒展　根雕
无孔不入的春色

二

犁开板结的黄昏
沙漠也可筛出金子来

二〇〇四年春

于 进

雅丹地貌

何方雕塑大师
于穿越时空之树
炫耀其琳琅满目——
　　似熊　似豹　似虎
　　如蹲　如踞　如伏
森林消失了
绿色精灵在河边游弋飘忽

何来艺术巨擘
于皑皑雪峰之侧
挥洒世纪之舞——
　　像礁　像岛　像舟
　　或立　或卧　或扑
海水退潮了
搁浅的风樯在奋臂疾呼

造物主一不留神
时光之斧东杀西砍
一片原野惨不忍睹

（选自《飞天》2004年第4期）

杨海潮
月牙泉（歌词）

就在天的那边很远很远　有美丽的月牙泉
她是天的镜子沙漠的眼　星星沐浴的乐园
从那年我从月牙泉边走过　从此以后魂绕梦牵
也许你们不懂得这种爱恋　除非也去那里看看

每当太阳落向西边的山　天边映出月牙泉
每当驼铃声声掠过耳边　仿佛又回月牙泉
我的心里藏着忧伤无限　月牙泉是否依然
如今每个地方都在改变　她是否也换了容颜
看啊　看啊　月牙泉
想啊　恋啊　月牙泉

（摘自《词刊》2004年第9期毛翰《百年歌词佳作回望》一文）

刘向辉
弯弯月牙泉（歌词）

弯弯月牙泉，
美丽的丹凤眼。
大漠之夜仰望着天，
你为谁失眠。
昨天的回忆沉黄沙，
漫漫青春谁作伴……

默默鸣沙山，
守候着月牙泉。
将一个秘密埋心间，
谁穿针引线。
寂寞的敦煌不解情，
岁月琵琶轻轻弹……

（选自《词刊》2005年第3期）

万小雪
阳关：一个诗人的背影

来吧　都来阳关纵酒
那些被灌醉的野花
扯着诗人的衣襟
媚态百出

来吧　都来阳关　全天下的诗人
溢出河岸的男诗人和女诗人
都来我这里醉卧　这里
流泻着一望无垠的天堂

来吧　都来我的阳关　你看
那些琵琶和春风都来了
还有那一片小雪也来了
来了　我们就有现成的江山和红颜

来吧　在我细碎的褶皱里
两袖生风
成为快乐的尘埃
这时　你会品尝到我

斟满的那一杯明月

来吧　我的影子们
我就是故人
我远去了　我的背影还在
远道而来的诗人
不要怕踩疼我

　　　　　　　　（选自《飞天》2005年第8期）

崔吉俊

阳关叹

大漠把你送了一程又一程
黄沙把你盖了一层又一层
今天，我搂着你瘦削的肩膀
犹豫许久，怎么也不敢把你亲近

不忍心看你坍塌的废墟
不忍心惊醒你幽深的睡梦
我也算是西出阳关的征人吧
早已听惯了耳边瑟瑟的冷风
今日面对你的伤感和悲凉
竟然把多年积郁的泪水
扑簌簌滴入浑浊的酒盅

飞奔的驿马蹄声嘚嘚
不知是否看清你苍老的面容
急驰的汽车笛声嘶叫
不知能否给你留下一丝同情
它们在不同的时间坐标上奔跑
却给你留下同样的揪心和哀鸣

披汉唐雄风，你不愿回首
长安城里万家灯火，歌舞升平
享盛世太平，你不敢面对
杨玉环们笙箫横吹，霓裳飘红
你年复一年地向西张望
去寻找属于你的那份安逸和宁静

西征的战旗和你挥手
不知道何日才能凯旋关中
西行的商贾和你辞别
不知道能否带回西域的文明
只有你一直厮守在这里
还有陪伴你的无名戍边老兵

二零零五年五月

玉门雄风

玉门关前有一群士兵
那是我的先祖，我的弟兄

曾是大漠中的驼队
曾是疏勒河里的船篷
给玉门关带来繁荣和生命
曾是汉武雄师

曾是大唐长缨

让玉门关享尽千年殊荣

今天的疏勒河虽然枯去

玉门关前的兵士却依然年轻

他们褪去了冰冷的铠甲

却筑起钢铁般的堡垒

他们收起了刀戟弓弩

却让神剑更勇猛地呼啸翻腾

就是这张黝黑的脸庞

映出大漠遍地金星

就是这片绿色军营

为大漠挺起一座新的长城

就是这群蓬勃的生命

让玉门关常驻万里春风

望着这群不老的士兵

苍老的玉门关不禁泪水纵横

伴着这群顶天立地的士兵

斑驳的玉门关也荡满雄风

舞起征战的旗帜飞扬

唤起边塞的号角长鸣

二〇〇五年五月

（以上二首选自崔吉俊诗集《大漠飞歌》2005年版）

颜廷亮

阳关颂

西来的驼铃，

东来的和风，

驼铃叮当，那是佛陀深邃的智慧；

东风习习，播撒的是灿烂的中华文明。

于是就有了你，屹立在这片西陲热土；

于是就有了你，交通世界的西东。

滚滚的黄沙，

峥嵘的岁月，

黄沙滚滚，那是上天的神工磨炼；

岁月峥嵘，孕育的是不朽的精魂。

于是就有了你，西陲人永远的骄傲；

于是就有了你，雄挹文明的西东。

黄沙，岁月，

塑出了中华文化的一大奇迹；

驼铃，东风，

造就了人类心灵的亘古象征。

这就是你，我心目中的阳关；

这就是你，英名永在的又一座万里长城！

二〇〇八年十月二十三日于兰州

（选自《阳关新曲》2009年版）

倪长录

阳关，痛饮残阳如血（组诗）

阳关，结庐旷野之远

劝君更尽一杯酒，西出阳关无故人。

——王 维

大漠苍茫，云山浩渺
古董滩头，黄土板筑朝笏之地
我，踉踉跄跄而来
就成了阳关古隘
一声被遗弃的无韵驼铃

结庐旷野之远
听秋声继续塞满空旷的山谷
不覆唐宋韵辙，不弹阳关三叠
偏独倚黄昏，痛饮残阳如血
等一弯冷月照临

寒鸦绕树三匝
奚落篝火的写意

我如秣马的兵夫默听苍鹰的坠去
硬是把思念里漂流的故乡
读作挥之不去的阴影
抛弃身后的功名，抛弃相思的利器
抹一把络腮短须
便抹去了岁月里的牵挂
和生命中的忧虑

双耳灌满浊风
两眼遍布野草
向西　不见梦城遗恨的斑驳
不见苏武节被寒气裹挟的红缨
唯见看护烽燧的老者
像一尊跌破额头的烟村茅屋
给我荒原般的心灵
留几处踽踽青台的记忆

那一截汉长城

这一段征战年年箫鼓喧的长城
半夜火来知有敌的长城
没有睡着

这一段万里枯沙不辨春的长城
风吹秋更深的长城

没有睡着

尽管风沙轮番上阵
时间的流水也没有消停
但在西北以西
有一段草木与沙土夯筑的长城
仍苦吟满头白霜
扭动着历史蜿蜒的脊梁
毫不踟蹰地西行

大雁和月亮都已说不清楚
是一条河经过了你
还是你经过了一条河

在流沙几近淹没的记忆里
只记得有一眼名唤芦草的井
一路追随着你
深深，埋下旧了的水声

不屈的红柳和勇敢梭梭
就是你的筋骨和灵魂
一段老了的草木长城
一心想拴住戈壁上
最野又最年轻的风

2000 多年了

这里的风早已吹累了戈壁大漠
吹累了苍天落日和流云
而今，敌情远遁
战火消隐
只留下一段历史疲惫的身影
述说着秋风老将心

打开《汉书》这张被风干的牛皮

武威　张掖　酒泉　敦煌
河西四郡
四枚风中的纽扣
钉在河西走廊这件名叫辽阔的衣襟上

马蹄月冷　夜色寂静
握手远方就是一生
倾听自然密语
感受大漠英魂
他们是四个给落日和边关
站岗的士兵
接力晨昏
又像四个在丝绸的孤独中
落魄的流浪诗人

打开《汉书》这张被风干的牛皮

历史看透了汉朝的心事

也看透河西的心事

绾发照镜

站于公元前的一段残垣断壁上

眺望古今

归途漫漫，相遇无期

胡笳呱耳，鼙鼓惊心

大音希声

也许说的就是戈壁烈风

为了将西域凿空

追星赶月　海誓山盟

如今读来

《汉书》里的河西

仍是一面猎猎大旗

（选自《诗与远方　如梦敦煌：全国敦煌诗文征选活动优秀作品集》2018年版）

徐兆宝

走进敦煌

一

把灯点亮
一截木头迎面站立在眼前
半空中飘扬的旗帜如烟
高过屋檐

滑动的目光。穿过荒凉
缓缓而起的波浪宛如多年前画师勾勒的图像
在一堆尘埃中　若隐若现

面对佛像
我无言以对
只能用虔诚的目光注视
一个伟大的时代
在僭越时空的古朴中
悄然伫立

二

祖先的神态画在墙上
多少年了。沉睡在洞穴里
宛如隔世修炼的高人
把自己俊美的形象
匿藏

敦煌。一个神灵居住的地方
四面八方的信徒从远方来
驮运着粮食和思想
又去向远方

此刻　我站在你临近的城
感受到远古的气息
若一股股热浪扑面而至
而愚笨的自己
仿佛蹒跚学步的婴儿
用惊奇的目光注视着风尘仆仆的你
却无法把你辨识

三

佛光穿过内心的黑暗
隆起的光照耀在三危山上

远远望去

山前雕塑的玄奘兄弟

面朝河岸

虔诚地背对着荒漠

眼前流露出黎明的容颜

踩着文明的信念

行走在通向世界的大道上

(选自《诗与远方　如梦敦煌：全国敦煌诗文征选活动优秀作品集》2018年版）

石 凌

梦回敦煌（组诗）

寻梦阳关

梦想开始的地方，玫瑰停止
绽放。诗人笔直的目光
直抵远方
阳关，阳关
这灼热的字眼
千年不凉
采玉的，寻梦的，流放的，朝圣的
时光骑着白驹，烽烟渐远渐透明

大军驰过，群马远去
只留一些坚硬的诗歌
响彻大漠
长河映落日，落日熔长河
阳关，阳关
饮下这杯葡萄酒，继续前行
佩剑，御风

向远方更远处

诗与传说
这结实而甜美的干粮,在阳关
遍地生长

在阳关

狼烟化为云朵后,烽烟静卧
商贾,驼队,诗人,战士
脚印叠着脚印
一块块硌血的沙砾
镌刻着一个个显赫的名字

他们纵酒高歌
他们反目成仇

他们兵戎相见
他们握手言欢

呼啸而过的,不只是风声
张骞、卫青、霍去病……
那些比风还硬的骨头
铺成了道路

王维、岑参、王昌龄……
那些比剑还利的笔锋
写下了墓志铭
屹立千古

阳关除了风,还是风
这天马的化石
日日奔跑,夜夜歌哭

鸣沙山

风,吹过亿万年
吹过亿万年的风
刚劲如初
沙,鸣过亿万年
鸣过亿万年的沙
声声入耳

听沙,听天马飞奔的蹄音
听沙,听大风低沉的嘶吼
听沙,听无数朝圣者
彳亍跋涉的脚步声
听沙,听万千寻梦者
孜孜求索的呐喊声
听沙,听自己内心的泉流

逝者如沙，昼夜不息
这佛陀的箴语，清亮
如斯

鸣沙山，是躺下的佛
灼热，一如太阳
清凉，辉同月亮

（选自《诗与远方　如梦敦煌：全国敦煌诗文征选活动优秀作品集》2018年版）

成永军

八月的阳关

八月的阳关
如一位沧桑的老者
静默地坐在高坡上
晒着来自汉朝的太阳

他深沉的目光
投向了历史的天空
广袤而冷清的空气里
听得见一个诗人深情的吟唱

一杯千年都没有喝完的酒
今天还在喝
一支千年都没有唱完的歌
今天还在唱

带血的箭镞不懂这些
只和戈矛剑戟们为伍
身着斑驳的褐绿色外衣
躺在玻璃橱窗里享受着退休时光

老迈的汉简出奇的安详
冷静讲述着那些
因为久远而新奇的事情
喧嚣　打败了诗人的惆怅

八月的阳关
久经沙场的风掠过脸庞
游客们昂首感受着骑马的新奇
诗人们低头触摸着他每一寸肌肤的伤

一个穿汉服的姑娘
斜倚着残垣断壁照相
阳光像幸福一样洒下来
灿烂得和两千年前一样

我却从它无辜的脸上
发现了天大的秘密——
时光啊
从来都不慈祥

这里的每一寸土地
都让守边的壮士
写满了悲壮
又被多情的诗人写满了苍凉

来自汉唐的风
吹皱了我的思绪
我层层包裹的心
终于像骏马一样狂放

八月的阳关
撞开了我的心房
给它偷偷装满了
唐朝的豪放　汉朝的雄壮

（选自《诗与远方　如梦敦煌：全国敦煌诗文征选活动优秀作品集》2018年版）

李　璇

阳　关

我还是喜欢称你为阳关
当我喊出这一声时,
丝绸覆盖的城堡翡翠般的苍茫,
像星星滑过的彩虹
在嘶鸣的马背上,走出一片蓝

天空那么高,那么辽阔
耸立的阳光,吹燃无数金灿灿的灯盏
就像千年流动的心灯
在开拓一条沙漠中的路途
小鸟安静地躺在羌笛里
多么悠扬的节拍,我仿佛看见
一匹出使西域的骏马
踩着历史的鼓点,把大汉的旗帜
插上一个叫河西的疆域

我知道,我是过客
绝不能醉倒在你葡萄美酒的诗篇中
还要一路向西,乘上历史烽烟的翅膀
去寻找敦煌更壮美的天堂

鸣沙山

我和妻，行走在敦煌的春天里
只一会儿，我们在敦煌的鸣沙山
迷失方向。蓝天，山峰，月牙泉
流沙一次次漫过我的脚面
像一卷卷出塞的丝绸，柔软，细腻
就这样，我们肩并肩地在沙丘上行走
天空的大幕，一片辽阔
我们形同沙粒，内心的崎岖如此渺小
我想到，即使一个人的心灵有多空
也装不下眼前的浩瀚和无垠
那些泉水，是比我更早的寻春者
散在金光的镜面上，如诗如画
静静地，倾听一场更久远的诵经会
我惊异于这一场相遇
而我千里奔波，还有一路向西的旅程
就像鸣沙山的那弯新月，在我生命的宝藏中
迅速成为我多年追寻的缘分和修行

（选自《诗与远方 如梦敦煌：全国敦煌诗文征选活动优秀作品集》2018年版）

洪　烛

在敦煌

在敦煌，我用沙子洗手
然后捧读经卷
我用沙子洗脸，然后揽镜自照
作为来自南方水乡的朝圣者
走了太远的路，我终于站住了
用晒得滚烫的沙子洗脚……
全身上下干净得像一个新生儿

那比我先来的佛
在石窟里住了一千年
每天都这样：用飞扬的沙子洗澡
他看着我，就像看见初来乍到的自己
嘴角忍不住流露出
似曾相识的微笑

敦煌，闪光的沙子

敦煌即使在黑夜里也会发光

那是沙子在闪光，墙壁在闪光

画在墙上的星星和月亮在闪光

星星和月亮下面的人在闪光

画中人坐着的莲花，一瓣接一瓣地闪光

赤橙黄绿青蓝紫，七种颜色的光

颜料在闪光，图案在闪光

我习惯了黑暗的眼睛在闪光

手电筒在闪光。傻瓜相机在闪光

我也变成了傻瓜？头脑一片空白

敦煌：无论星星、月亮、墙壁

还是开在墙壁上的莲花

都是用闪光的沙子堆起来的

即使在画面中走来走去的人

也不例外

（选自《诗与远方　如梦敦煌：全国敦煌诗文征选活动优秀作品集》2018年版）

张继平

沙泉绝恋

一

没有我
她只是一湾普通的水
没有她
我也只是一片死亡的海
我们联在一起长在一起
她是一袭秀发
披散在我的胸口
于我便成为
全世界最温情的沙

二

她是一只鹿儿
我是一个猎鹿人
我与她
在河西这条著名的走廊中
狭路相逢

我把她含在口中
我把她捧在手心
是合法还是合理
是缘还是孽
这一遇见
从此，我们不关心人类
我们只管相爱

三

我爱她
我让流沙从山脚往山顶流
我爱她
我让流动的沙子唱最动听的歌
我爱她
我练就金石般的嗓音
千年不绝
她听着我的歌
笑成了一弯月牙儿
于是
人们把我叫鸣沙山
人们把她叫月牙泉

（选自《诗与远方　如梦敦煌：全国敦煌诗文征选活动优秀作品集》2018年版）

宗　海

天边的敦煌（组诗）

鸣沙山

聚集了所有的沙粒
才有了山的形状，海的波涛

一丛灰色的蓬蓬草
一棵低矮的红柳
一茎孤独的旱苇
在沙粒上摇晃，在海面上漂荡

载着游客的驼队
沿山脊游走
像一串汉唐的字符

鸣沙山呀，我也是你怀抱中
干净的一粒
被风吹疼
被风吹出铮铮铁骨的低鸣

莫高窟

流水远逝。崖壁上的洞窟里
住满了轻灵的飞天
和哑口的菩萨

——可以聆听
藤黄，青花和胭脂描绘的故事
——可以翻阅
经卷，文书和织绣叙述的过去

……再多的沙粒
也不能掩埋虔诚的信仰和多姿的艺术

大风去兮，乌云去兮
夕阳灿烂的光束
沐浴着安静而阔大的宕泉河谷

古阳关

炎阳高悬。钟表停止走动
所有的事物都陷入亘久的静谧

没有驿卒，马蹄，呐喊
看不到狼烟，羯鼓，旌旗

没有叮咚的驼铃
和穿梭往来的僧侣，商贾

唯有零星的柴草
装饰着宽阔而荒芜的滩涂

枯骨留存坐标，时间刻画函数
所有的刀，都弯向了自己
所有的故事，都已被历史陈述

大道通途。请举起夜光杯
举起葡萄美酒，再次为残存的角墩
和这片厚重的地理
吟哦一曲《阳关三叠》，春风普度

（选自《诗与远方　如梦敦煌：全国敦煌诗文征选活动优秀作品集》2018年版）

玉门关

一

蓝天，白云。空旷的戈壁滩涂
除了零星摇曳的骆驼刺、黑柴和芨芨草

还有那尚未远去的
边塞之开阔、悠远，和苍凉

一个人来到这里，沿着遍布的褐色沙粒
走进沉默的风景。走进自己的内心
走进那个高亢的时代
盘旋于大地之上的飓风

此刻，幻身一名怀抱刀戟的士卒
就感觉有箭矢嗖嗖飞过头顶
"百战沙场汗流血，梦魂犹在玉门关"
每个时代，都不会缺少自己的英雄
时间之羽还在飘落。玉门关
在风沙之中散尽了虚拟的财富
渐渐浓缩在旷野中
专治平庸、狭隘、娇气的一粒药丸

二

没有狼烟，没有驼铃，没有喧嚣
两千多年前的盛大关隘
早已丢失了昔日的辉煌
唯留几堵土墙，孤独站立于地表之上

成为历史标记的一个符号，一种象征

成为庞大帝国制造的一方条形码
成为汉唐文明
遗落在大漠深处的，一阕诗词

我来到此，不仅是为了观赏风景
更是一种践行与朝圣
命中早已注定，我与这座古老的城池
互欠一个迟到的拥抱

看不见塞北坠落的雪花和孤单的雁翎
我仍然愿意用单薄的臂膀
抱紧胸中涌动的豪迈，并不时摁住
内心的马匹，发出的赳赳之鸣

（选自《玉门关诗词精选集》2019年版）

葛晓伟

阳关，每一粒沙都经历了一场蜕变

不需要虚构春天，其实
阳关的瓜田，葡萄园
并不曾分庭于季节的悠远

在戈壁，阳关是沙海手心的一颗夜明珠
莹绿的光芒凝聚暗河
稠密的羊群把佛驮向云朵

思乡的杨柳遍布阳关路
西出阳关，烽燧早已丢失内心的狼烟
春风，把温婉的歌声撒遍石缝

果园的笑语　田畴的马灯
浇地的电机划破沉寂的历史
呼啸而过的动车升起一面旗帜

每一粒沙闪耀着希望的光芒
每一条路连接着幸福的梦想

柔弱又丰满的水草漫溢着安定

一朵雏菊打开沙漠的一盏灯
遍野的金黄,仿佛破土的灿烂
迎接盛世的心跳

(选自《诗与远方　如梦敦煌:全国敦煌诗文征选活动优秀作品集》2018年版)

魏 来

西出阳关

出了敦煌
一南　阳关
一北　玉门关
危坐于大漠中心的敦煌
天生着一双清亮的眸子

佛眼开启
悠悠的驼铃响彻古道
众佛的眼中噙着泪水
一牙清泉永不枯涸

在敦煌
贩夫走卒是佛
数以亿计的沙子是佛
轻盈曼妙的飞天是佛
藏经洞中的残缺的经卷是佛

佛眼开启
旷古的春风吹过敦煌

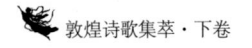

被盛世的一杯美酒唤醒
——西出阳关皆故人

（选自《诗与远方　如梦敦煌：全国敦煌诗文征选活动优秀作品集》2018年版）

苏美晴

丝路阳关

葡萄与美酒,被阳关盛满
西出阳关的故人,
就在柳绿花红之下
左手丝路,右手现代
以碑铭的样式,刻画古今的往来

泉水清清,荒凉在线装的书籍中
今夕的阳关戎装焕发,
以丝路的品牌
伺候赞美的字词,大气,壮阔
用幻想披挂一身铜制的阳光
让大漠浩然的诗画,
皆以阳关,卷帙浩繁地向前

恍若是一粒金色的沙子被攥出
历史的温度
烽燧墩台,孤鹜成地面上的飞翔
它们褪去色泽,在流动的沙海之中,
是乡愁的旧址
它们以阳关今日的秀丽,装订西域

风情的表奏
告慰天下：阳关，在一粒粒金色的光泽里
披金挂彩，用一串串葡萄把安居串起来
而成为新的乡愁，一块独居风情的词牌

我写下阳关，也写下了丝路
也写下了诗词里的故里
只不过是大漠浩荡，
出尘的念想辽阔了诗词的底蕴
只不过是驼队的铃声换成鸟语，
在泉水淙淙里，滴落
只有丝路精神，"一带一路"传承
走出阳关或者走进阳关
都是一次心路的历程
让我在一首诗里，含服昔日阳关的凄凉
让我在一首诗里，腾挪今日阳关的锦绣

只有那浩浩荡荡的驼队，
那异域风情的招呼
像一幕幕历史的光景，
在阳关展播碑铭永录，
把阳关三叠重新谱写
每个字词，
都是一位阳关的故人

（选自《诗与远方　如梦敦煌：全国敦煌诗文征选活动优秀作品集》2018年版）

小　　青

阳关二重奏

阳关：千年一梦

一枚锈迹斑斑的古币苏醒了
收买了盛唐的驼队
西域的江山
也成为八方游客通用的门票

一柄折戟沉沙的短剑苏醒了
或许就是醉卧沙场被夜光杯镀亮的
那一把
骨头折断了
还有钢铁般不屈的魂

千年沉寂的沙海忽然苏醒了
化作绿洲的清波捧出葡萄的珍珠
度过玉门关的春风
在这里开花生根

一条伤痕累累的古道苏醒了

在"一带一路"的怀抱里获得新生
构筑起富民的天堂强国的长城

阳关新叠

其实我就是染青客舍的
那一枝多情的垂柳
送君千里　还在风沙弥漫的旅途上
其实　我们都是贪杯者
渭水河畔的琼浆
醉倒了多少佳人才子
化作边关的明月　戈壁的绿洲

其实　那一场清清爽爽的雨
打湿的不只是咸阳故城
还有一部流芳千古的历史
一条铺满丝绸的古道

（选自《诗与远方　如梦敦煌：全国敦煌诗文征选活动优秀作品集》2018年版）

柴剑虹

咏《敦煌诗选》

一部沉甸甸的《敦煌诗选》，
从汉武唐宗唱到新纪元。
两千年丝路咽喉的歌声，
汇成华彩乐章耳际回旋。

一曲《阳关三叠》别情离怨，
从渭城荡漾到鸣沙山边。
渥洼池天马的仰天嘶鸣，
应合着民族交融的琴弦。

三危霞光映照下的甘泉，
滋润多少代沙州人心田。
礼佛尊儒崇道兼容汇流，
造就敦煌文化深厚积淀。

敦煌是恢宏磅礴的诗卷，
引得无数诗人折腰钦羡。
莫要停止您手中的彩笔，
蘸满豪情挥写佳作联翩。

二〇〇八年十一月十四日于北京六里桥寓舍
（选自《诗与远方 如梦敦煌：全国敦煌诗文征选活动优秀作品集》2018年版）

王 英
忆阳关

我做好了千般准备,
回到阳关,
却依然逃不开,
泪两行的怅然。
如久别的孩子,
扑进母亲的怀里,
委屈而又悲伤。

阳关,我最爱的阳关,
黄沙漫漫里,
埋着我最无忧的岁月。
曾拽着爷爷的白马,
让它带我去找寻天马;
挨了父亲的打,
躲在芦苇里听他们四处呼喊。
晴朗的日子,
去梅花泉里摸鱼;
飘雪的日子,
去渥洼池里溜冰。

也曾和父亲在野麻湾里抓野鸭,
也曾和老师在阳关烽隧看日落,
也曾和同学在阳关道上赛跑,
也曾和伙伴在古董滩里寻宝。
……
匆匆岁月里,
所有的快乐,
都是沙里闪烁的金子,
是人生路上捡到的奇石古币。

阳关,我的阳关,
记忆里最美好的所在。
心海里最威武的雄关。
小时候,
听老一辈剿匪的故事,
去崖壁的山洞里探险,
我们学会了勇敢无畏!
看父母春种秋收年复一年,
会走路就开始下地干活,
我们学会了吃苦耐劳!
长大后,
看阳关人在各自的阵地上打拼,
把所有的青春酿成奋斗的美酒,
我们学会了拼搏奋进!
阳关人,用自己的双手,

给阳关的梦想筑起靓丽的风景!

阳关,
孤独的烽燧,
千年驻守一方。
阳关人,
一路前行,
心里住着——
阳关一样不屈的灵魂!

(选自《问道阳关　逐梦诗乡:第三届秋韵敦煌采风作品选》2019年版)

天泉一眼

是上天悲悯吗?
为世人流下一滴泪,
遗落在沙窝。
一汪秋水,
眉眼弯弯,
仿若沙漠的眼。

睁一只眼,
在戈壁边缘,

看夕阳绰绰，黄沙漫漫，
看过客匆匆，驼队悠然，
看胡杨灿灿红了半边天。

睁一只眼，
在沙山怀抱，
看红尘滚滚，烟花璀璨，
看纸醉金迷，半城纷扰，
看西风猎猎空余手中沙。

只一只眼，
看尽世事沧桑，
千年一瞬。
只一只眼，
看透人间悲喜，
百年一梦。

且用，
一只眼的单纯，
面对，
一生的繁杂千变。

（选自《玉门关诗词精选集》2019年版）

张宏勋
拜阳关王维石像有感

当初啊
朝雨初歇
碧玉新妆
短笛弄晴
西域事，长安亭
一曲渭城万重山

后来啊
盛唐远去
客舍颓圮
古道荒废
雁过尽，无消息
明月难照故人还

现在啊
丝路新生
白鹭戏水
野马饮湖
梦幻片，神奇地

葡萄架下老农闲

摩诘啊
元二在此
诗酒在此
斯是故乡
化石像,不肯回
无愧千载唱阳关

(选自《问道阳关　逐梦诗乡:第三届秋韵敦煌采风作品选》2019年版)

秦作方

问道阳关

曾几何时
梦里几度看到你的身影
巍然挺立　虎视龙盘伫立墩山顶上
曾几何时
日暮乡关　迎来送往
车马欢腾　长行万里
款款地行走在古道驿站

渭水东流　天马西行　大雁南飞
垂柳依依　千里送君
从这里，跨入三十六国　去往都护
元二先生
这一去何时才能归来啊
马队　驼铃　襟带　身影
随着风　模糊了视线　消失在古道尽头

极目远望　踏入这浩瀚的国度
探索未知的疆域
那一潇洒地踏入　慷慨凌风地踏入

放下了儿女私情　卸下重重的包裹

千年的风雪里多少无尽的夜晚
寂寥的白昼下烈日炎炎
孤立大漠
一去就是千年
不动　不变　一等就是千年

遥望啊　终于看到了你依稀的影子
亘古的残垣　翘首盼归
吱呀的车轴沿着那车辙
马队　驼队都归来了
俯躺在你的怀里　哭了　笑了
苜蓿花开了
石榴花开了
开在关内　开在了中原
开在富有的盛世

时光斗转
今日阳关村落
万顷果园笑迎四方来客
醉卧炉火旁　家国豪情
枯枝点绘沙地　绸缪夜空下
问道这太平盛世
问道阳关大道

千年马蹄已然苍劲地跃起
使节的矛穗已经指向西方
壁垒高筑　锦旗迎风噼啪作响

载歌载舞
羌笛奏响
恰逢今日里
吟诗作画
共绘万里长卷

（选自《问道阳关　逐梦诗乡：第三届秋韵敦煌采风作品选》2019年版）

杨虎玲

阳关怀想

一条古老的丝绸飘带
飘过荒漠　飘过沙海
一路驼铃悠扬
一路花雨芬芳

曾经的盛衰兴亡
曾经的别苦离殇
也许只有古董滩上
这千年的烽燧
能依稀过往

如今的阳关
金柳拂风　清泉流淌
早已不见旧时的模样
天马腾空
载着新时代的辉煌与梦想
酒已斟满　茶已泡香
来阳关寻梦的游客们啊
阳关的葡萄
会把你们甜醉在诗乡

（选自《问道阳关　逐梦诗乡：第三届秋韵敦煌采风作品选》2019年版）

曹姿红

仰望，阳关

在裸露的戈壁之上
阳关永远是灵魂的高地
静默地站在视线高处
像一位智慧的长者
让一片绿洲为之倾倒

荒芜的古董滩
那些捡拾不完的宝藏
任凭过往的旅人
沐浴万里长风
怀想张骞，怀想远嫁的公主
怀想丝绸、马匹和骆驼

那些被历史的长河
涤荡千年万年的沙砾
承载着昔日金戈铁马，浓浓的乡愁
一只歇脚的山雀，啁啾鸣唱

而今，我们仰望阳关
这贴满文化标签的符号

这铺满汉唐丝绸锦缎的关隘

处处杨柳春风

处处葡萄美酒

那些迁徙至此的候鸟

正在碧波粼粼的渥洼池

栖息，高翔

天空湛蓝，一架飞机轰鸣而过

王维高高举起的酒杯里

盛满淡紫色的幸福

（选自《问道阳关　逐梦诗乡：第三届秋韵敦煌采风作品选》2019年版）

沧桑玉门关

来到玉门关，不需要多少话语

载入史册的辉煌

已让她站在灵魂的高处

这沉寂千年的关隘

需要用心灵去触摸

雨后的戈壁

和天空一样干净

土黄色的"城堡"静静矗立

偶尔，会有一两只飞鸟在这里歇脚

风沙越过沧桑

剥开沉睡千年的故事

烽火台的狼烟，离人的眼泪

在斑驳的汉简里叹息

雷雷战鼓，马群的嘶鸣

从汉长城的残垣上响起

玉门关，这面历史的长河打磨出的镜子

映照着昔日长长的驼队

映照着消失的古楼兰

以及汉关遗址的千年孤独

于是，我们把疏勒河捧在手心

把候鸟栖息的湿地，捧在手心

把大片的胡杨林，高高举起

夕阳下，悠然的普氏野马

反刍的野骆驼

淡紫色的罗布麻花

一笔一笔，勾勒岁月静好

风，走向辽远

秦时的明月，依旧

在玉门关

静静地升起……

（选自《玉门关诗词精选集》2019年版）

张　辉

秋日读阳关

曾经我以为
阳关就是渭城曲
一唱千年不改忧伤
酒味浓烈前路茫茫
幸运的元二被封印在诗里
每唱一次三叠
他就出来让人哭一场

这个美好的秋日
我追随诗人的脚步
带着干粮和渴望
带着美酒和梦想
走近阳关
准备好大哭一场

摩诘像前的垂柳
为我舞蹈为我歌唱
金丝边的柳叶被秋色梳妆
我端着酒杯却迷失了忧伤

故人就在近前,
欢聚何必等待在远方?

通关文牒是必须要有的
把它揣在最贴近心脏的地方
不论你走多远
心里都装着家国
都不会迷失方向!

走向古阳关的路
弯曲坎坷沙石滚烫
远远地看到古阳关烽燧
一种羞耻感萦绕心房
千年的坚守他仍信仰如钢
我们却物欲横流目光忧伤

古阳关下
早已良田万顷
那条阳关道
是不是能寻见元二的行囊?
那座独木桥的尽头
是否可找到孤独跋涉的成长?

"阳关之眼"能洞见未来
我站在眼里瞭望

渥洼池水碧波荡漾

万亩葡萄串串飘香

勤劳的人们把绿洲

延伸到温柔的向往

把酒倒满把歌欢唱

婀娜的舞姿装满眼眶

快来阳关

一起走吧

背着干粮背着美酒

带上初心带上梦想

阳关道上一路奋进

大醉一场

翻开阳关这本书

阳关是一本书

沙丘山梁是书脊

碎石小道是填字的横格

张骞和班超的脚印

是写在字里行间的执着

翻开阳关这本书

刚毅的古烽燧题在扉页

狼烟、悲凉、别离、思念
是扉页上的逗点
记录着千年的传说

翻开阳关这本书
高举酒杯的王摩诘
给大书浸透了醇香的底色
这杯敬给元二的美酒
早已化成感叹号
让读他的人忍不住高歌

翻开阳关这本书
家国安全和百姓康乐
是书中最强的脉搏
沿着阳关大道
走出了汉唐辉煌
走出了泱泱大国

翻开阳关这本书
历史的记忆从未磨灭
瓜果飘香绿水柔波
一排排杨柳把尊贵的客人
变成书里崭新的段落

翻开阳关这本书

蓝天可爱古燧巍峨

新长征的阳关道上

等待你我用坚实的脚印

把敦煌的故事续写

(选自《问道阳关　逐梦诗乡：第三届秋韵敦煌采风作品选》2019年版)

抚沙听泉

一面澄澈如镜的湖水

照见世间纷纭万象

一片连绵起伏的群山

温柔地呵护心中至爱

泉水清冽，沙山赤诚

任凭年华老去

泉水沉默，沙山无语

一串串深深浅浅的脚印

探寻沙与泉的千年奇缘

轻抚流沙

看芳华从指缝间倏然流逝

闭目听泉

驼铃悠远，边关近在眼前

羌笛低回，乡愁把酒杯装满

这是丝路上你我独享的盛宴

（选自《玉门关诗词精选集》2019年版）

陈思侠

敦煌九章

阳关落雪

坚硬的冬天！西风收尽大地烟火
内心的血，心脏，被禁锢在凛冽的
早晨。像迷途的、昏沉的宿醉后
我听到太阳和出圈的羊群
在雪地上咩咩叫

一坨黄土，有时候被西风剪成了
黄苍苍的沙尘暴
有时候，就在沟壑间堆积
雪打在大地上，打在一粒沙粒上
甚至听不到一声叮当响
羊群完全被白色覆盖了
散开的时候，落了一地盐

村庄会苏醒，隔年的葡萄藤
挥舞鞭子，或许抽打烦闷
或许在念一场辉煌的曲子词，佛经

但是不需要晨钟暮鼓了
通往城市的道路上，
牧羊女的红纱巾
大野上的一面旌旗，
呼呼飞过了黄土

白马塔

香客：
为操劳的神灵，再敬一炷香
这是解脱，是一场隔世对话

橙黄的塔砖下，我走了一圈
白马安眠，听不到咀嚼青草的声息
几百年了，甚至没有摇响一次塔铃
这沉默时光
经卷，已经过了敦煌和西凉

离你而去的鸠摩罗什，还在法坛上
经书里每一个字，都是你的灵魂四方广大，
那吟诵者，聆听者
莲花一样开了一遍又一遍
这孤独的、宏大的召唤，多像
空无一语的大地，酝酿了
比河流更浓稠的葡萄汁！

香客：
此时的祈祷只为一匹白马
此时的白马属于你的灵魂

飞　天

衣袖飞扬，散花的兰花指尖
放飞了一个春天饱满的笑靥

敦煌盘旋路，一尊反弹琵琶
身姿婀娜，据说经过的司机
都会行注目礼
鼓荡的琶音，据说三千里河西路
一支支驼队踩着流沙舞蹈

321洞窟，满壁风动的飘带和舞姿
据说是佛国的迎宾曲
那种俊美和飘逸的神采
能让俗世的人生飞翔一次
心灵就有了无限开阔的自由

我伸手接住了一朵花
花瓣上露珠沁凉，哦，你听
盛唐的音符，我们内心绽开了菩提

西　湖

嘘——
一朵，又一朵
亚麻花打开了花铃
褐红的蜻蜓，围着一片花瓣交谈
葡萄园，哈密瓜，啤酒花，枸杞园
小小背囊里满是新鲜

拨开草没马背的芦苇
一群斑头鸭，很不情愿地嚷嚷：
又不是搞传销，谁这么打击呢
我知道它们在开会
一个拖家带口的计划
就要在下个月旅行

踱步的普氏野马，要是打了领带
你以为是参加论坛的领袖呢
据说议题是拯救人类
在沙漠三面围城的敦煌
这个议题不虚不空，也不偏

三危山

有一束光亮，就有一个世界

昨天，来自欧洲的一个背包客
在这里遇到了百年未遇的雷雨
他以中土的下跪礼仪
向天地叩了三个响头

我听见他嘴里喃喃有词
是不是阿弥陀佛我不知道
是不是主啊拯救我的灵魂吧
我也不知道

但他虔诚的心野，一定能
安放一束敦煌的沙枣花

渥洼池

一湾碧水，
在库木塔格沙漠的掌心间
怎么看，都是一颗滚动的珠玉
像灵魂里的一个琴键
素手一抚，就泛起心海的波澜
来自南阳的暴利长，
他的笼头挽好了
他的陷阱布局在白云梳妆的碧水之野
一群天马恣肆的遨游地
汉武大帝豪气酣畅的天马歌

我竟连一声马蹄都没听到
树梢上两只麻雀，
吐出嘴角的葡萄皮
这是哪辈子的谎言？
那年行者鲁青到此一游
连文字都没有留下一颗

我掬了一捧碧水，清凌凌的
面影，像一颗融化的文字

雅　丹

西风削铁如泥！

喏——
这是西海舰队，千帆过也
这是孔雀，云南走失的那一只
这是城池，拱门、鼓楼、寺院
这是你和我，相爱时牵手的
一个剪影。在黄昏

心里有佛，这是西天净土
心怀叵测，这是魔鬼之城

西风之手梳理的迷宫

一个孤单的孩子，离家出走的孩子
说出内心的童话：
妈妈，请带我流离荒原的肉体回家

九色鹿

九色鹿复活了！凄迷的眼神
连草木也发出呦呦回应

敦煌画家陆永玲
把 2015 年仲夏讲述得细致
那时候画布，挂在一堆颜料中间
那时候小姜，拉着一车游客观揽
一静一动，艺术和生活的核心区
这对夫妻让敦煌心中有灵

初唐的菩萨等待最后一道工序：
开眼
面目越来越清晰，越来越慈祥
这时候九色鹿的眼神
含了春风和秋水

我默默收起这幅卷轴
这是敦煌，是亚欧大陆的江山
一个画家笔下，一个导游心底

它干净，尊贵，不染一粒尘埃

葡　萄

璀璨的敦煌星，春天和白霜之间
包裹了一个世纪的奶和蜜

葡萄架下，月光夜莺一般歌唱
美丽的仙子憩落在枝头
赭石红、宝石蓝、石榴紫
斑斓的色彩涌动党河的浪花

这是敦煌供养的佛珠
是寻常百姓家的经书

一颗葡萄开口说：
黑夜发光的，只有葡萄
白昼歌唱的，只有葡萄

（选自《诗与远方　如梦敦煌：全国敦煌诗文征选活动优秀作品集》2018年版）

度　牒

枯黄的都市，驼队拉长的影子
过了龙门客栈
悬挂的灯笼，熄灭了红
昨晚的胡旋舞娘眼光迷离
蒙起的面纱，在冰冷的走廊里
充满出关的暖色和匆忙

乌孙、吐火罗、匈奴的王庭
骆驼的匹练起伏
像风干的河床，一截移动的城墙
那个草原部落的酋长
呼哨尖利，狼烟一般笔直
毫无生气的赶驼人
为什么热泪盈眶

阳关，玉门关。开阔的疆场上
此去经年，谁能执掌天涯利刃
谁能惦记温暖故乡
巴扎喧闹，在漫长丝路上
一张出关的度牒，让绿洲在舌尖
甜得像葡萄
瀚海在脚下，成搁浅的舟船

遥远的商道，玉器和丝绸
是内心挽起的花朵
是时间设伏的炼狱
日子白云一样轻
跋涉白纸一样空

度牒，这头驱赶命运的怪兽
啸叫、沉睡、吐露焰火
像昨夜的狂舞
黑暗中的鲜血
枯黄的都市啊，我的骆驼
是划过你瞳孔的星辰

凿 空

哦，匈奴辽阔的草原
雪花打着呼哨，鹰狼遍野翻飞
它们扑闪、腾挪，漫无边际
像飞矢，扎得人心口疼

固城到阳关，阳关到西域
沙漠、山谷、盆地、雪峰
十三年过去了，就像脊骨上

蜕去了十三层皮
哀号，一直在心里奔涌流淌

祖国！汉节的流苏飘散了
而坚硬的骨头还在
对，这是张骞喉咙里
狮子一样的呼啸，在寒夜，在太阳
照亮了荒原的早晨

大宛外交辞令空了
乌孙马队已经远走
你听，汗血马在塞地刨蹄嘶鸣
一个孤独的行走者
用脚丈量了每一寸山河
一个孤独的思想者
用坚守的节操照亮了山河

"张国臂掖"博望侯
毅然凿空了一条通途——
丝绸之路，汉廷的皇家大道
匈奴的茫茫雪原
融化在你思归的热泪里
葱岭重重复重重的峰峦
不过是脚下的泥丸
葡萄、苜蓿、石榴、胡桃、胡麻

从天山南北，从中亚和西亚赶来
它们开放出异域风情
它们融合成华夏锦绣
凿空，以这样的方式命名——
博望之地，是天马的乡野
博望之地，是血沃的劲草

玄　奘

葫芦河冰冷的湖面，芦苇
搭起了一只木兰舟
玉门关烽燧的傍晚，红柳
一丛丛遮蔽了你疲倦的身影
从洛阳至敦煌
虔诚，能叩开每一扇紧闭的关门
能温暖每一颗迷失的心
河西走廊，当春天赋的色
未被冰雪雕塑成草木的形状
当疏勒河的涛声，在流经的
游荡型河段上，再次堆积了祁连的
宽厚肩膀
玄奘，像一粒流沙在经卷上
吟诵了最美的年华和坚硬的思想

塔尔寺的钟声响了，锁阳城
街衢里人潮涌动
商队里的吐火罗人、粟特人
合掌而立
佛法的盛会，开讲的坛场上
玄奘，心如止水，言如莲花
九色鹿引颈
石磐陀泪涌

高昌王献上葡萄和蜜瓜
佛寺林立的国度
玄奘与王结为兄弟
人性的光彩，让钴蓝的天空下
多了一段佳话
在西域，中土大唐，成了一个
信仰里辽阔的界限，坚实的基座
祈祷的浪涛归于大海

这是使者的命运和荣耀
苦痛消散，信念弥坚
一叶一菩提
一沙一世界
玄奘，贝叶经的气息
丝绸一样温馨，青瓷一样敦厚
甚至，历史的沉疴向薄如一页纸

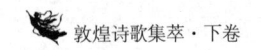

让一个诗人的吟唱
止于出发的一个词

一粒黄土,在天涯

太阳西沉,木简折戟沉沙
泼墨,写尽了人间凄凉

穿梭于荒丘和红柳
巡查兵士在临河的草甸
解开了烟袋和乡愁
光景里,大雁们
飞往遥远的南山之南

去年的都尉换了,走马灯
营盘却没有一点空寂
红缨在握,出关入关通牒
依旧鲜红如血

从西汉骏马到盛唐驼队
玉石东来,茶瓷西去
粟特翘胡子和乌孙毡帽
都带了敦煌方言

见面时行礼和好

唯有兵士是孤独的
这些散落于马厩的草芥
在关隘和要道上
找不到归家的路

时光太久了，太久了
一个老去的兵士，能不能
垒起一堆黄土呢
如果春天来临，会不会有
新鲜的芦苇替他遥望故乡

（选自陈思侠诗集《凿空》）

于　刚
月色里的飞天

夜色这么浓，衣带飘飘的飞天
破壁而出的美人，在今年的春天里
你依然吐气若兰，你裸着的手臂上
跳跃的月光，多么新鲜自由
多像在花草和海子间
撒欢的小小羔羊

你柔软的衣带，凝露的花瓣
和骑着马的月光，让我额头的夜色
不再苍茫，歌声不再孤单
让邻家少年的睡眠薄了又薄
埋在古籍里的旧情复燃

月色里的飞天，在星辰间舞蹈
在沙丘和红柳丛中，踮着脚尖旋转
修长的手臂，把山冈交给牛羊
把善良和爱情交给人间
把寂静的敦煌
交给更远的远方

（选自《河西走廊当代边塞诗选》2019年版）

曹建川

敦　煌

将十万只驼铃还给大漠
将十万场风沙还给远方

将十万条弱水还给江河
将十万朵阳光还给太阳

将十万次抵达还给出发
将十万次情仇还给遗忘

将十万个情人还给爱情
将十万个孤儿还给故乡

将十万滴眼泪哦，
还有十万声叹息
将十万束欲火哦，
还有十万颗珠宝
统统都交还出去
不打折扣
不留伏笔

不得窝藏
归零，清仓
我就成了我
成了站在你面前的模样
一无所有——
正好匹配对你的十万次呼喊和千万次梦想
——敦煌

（选自《读者欣赏》2019年第9期）

文晓村

西北行散章

一

一只歌鸟
终于　展开了翅膀
自东南的海岛
飞向遥远的远方
那是母亲的大西北
梦与画卷的敦煌

二

在鸣沙山的山坡上
我用双脚写诗
因为写不成句
月牙泉坐在山坡下
以她那美丽的眼睛
偷笑

三

莫高窟
蹲在鸣沙山的砾岩上
不发一语
却能吸引八方的游人
攀山爬崖
争睹风采

四

而我
只是爬了几个洞窟
在手电筒的灯光下
看到几幅模糊的壁画
和一个飞天的女子
便已经深感满足

五

在大自然的冲杀下
汉唐的阳关　已经失守
寻幽探胜的诗人
只能骑一匹租来的马
在梦想的阳关道上

扬扬鞭子　故作风雅

六

真正教人过瘾的
则是阳关林场
那一望无际的葡萄园
晶果闪闪　等不及酿酒
就让我妻的相机
馋了个够

七

胡杨　左公柳
如今　都已黯然退隐
为由善终扎根的白杨
以插天的雄姿
立在道路两旁
构成新的风景

八

这是九月
千里平沙　一片宁静
只有诗人的心灵

能够听到来自土地

渴求喝水的呼声

在深深的午夜

九

从敦煌向东

穿过八百里的沙漠

在酒泉　看到林染的胡子

看到南方的雪山

我更确信　大西北与水

千年的宿命　必须改变

二〇〇二年十月十二日

（选自台北市《葡萄园》诗刊 2002 年冬季号）

台　客
　　　丝路之旅（六首选二）

神秘的月牙泉

漫漫鸣沙山脚下
隐藏着一口新月般牙泉
千百年风沙吹袭
它却永不枯竭干涸

神秘的月牙泉里
生长着一种铁背鱼
小小鱼儿在湖里游着
月光下游成另一种神秘

沙漠之舟

漫长的丝绸道路上
谁是商旅得力助手
只有那忍饥耐渴
一匹匹沙漠之舟

如今牠们或站或蹲

盘踞在书桌上望我

仿佛我又重回大西北

置身于茫茫漠野

后记：我从大西背回几只大小不一的骆驼布偶。

二〇〇二年十月十四日

（选自台北市《葡萄园》诗刊 2002 年冬季号）

红　帆

丝绸古道

一只瓷碗　碎在丘荒
一堆瓦砾　长满苍凉

一圈白骨　结怨烽火
一堵矮墙　横卧沙冈

大地敦煌
开放一朵小花
千年的胡杨讲述着古老村庄
一匹汗马　嗒嗒
飞出　一个古韵汉唐

黄沙漫漫　戈壁茫茫
阳关城墩
挺立着一个王朝自信身影
坚守着一代帝王拓土开疆

张骞出使　班超从戎
公主和亲　高僧取经

萋萋芳草　马帮驼铃
边关饯酒　浓稠悲凉

客栈　斜挑酒旗
驿厩　瘦马鬃长

古道长影里
走来一队队驼商

丝路的语言　词汇
播撒在这里　长亭外
古道旁　从四面
到八方

白天　和黑夜
胡杨　和村庄
湖泊　和蓝色
灯火　和梦想

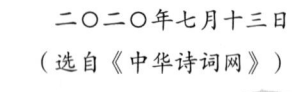

二〇二〇年七月十三日
（选自《中华诗词网》）

陈　勇

大道阳关

一

在阳关，玛瑙酒杯刚一碰到日头
无数条道路便摇着驼铃卷土而来
历史的乡愁囤积在此，绵亘千年
一只蚕的流涎里横贯着欧亚大陆

我以一支竖笛的节拍，把风尘轻拭
把阳关高昂的石碑举过时光的地平线
从长安、汴梁到顺天府，
从唐诗、宋词到永乐大典
所有的盛世都在小夜曲里荡过秋千

所有文明的关牒，都不吝于把干戈化为玉帛
把通天大道和闯海码头收入阳关的布袋里
即使百代之后再度出发，也要见证这复兴之旅
怎样让一个几度强盛的古国，重新伫立在
珠峰之巅

二

月朗之夜，胡马的嘶鸣，把我从一首边塞诗中揪醒
故国的烽烟只剩下凭吊的废墟，玉器堆满了胡床
兵戈鸣镝埋进了沙砾，将军换了朝服
挂满宫灯的城阙上，贵妃的醉意俯视着能见度最好的山河

这妆奁了和平的镜像里，一条摆渡于
时光穿梭机的丝绸之路
从阳关的肩头飘过，在大漠雄鹰的瞳孔中留下倒影
你好，请把波斯、暹罗、雅典、罗马的城门打开
让郑和的船队驱使任意一朵浪花，开遍沿途的岛礁
就像史册里驰行的高铁，一条接近于起飞的蚕
用轻柔的丝巾在大地上轻轻地挽一个结
面包与馅饼、热狗与比萨之间的冷漠或疏离
便在同样的味蕾上迅速和解，万众归一

三

这是在驼峰上汇聚着无限热能的阳关
东来西去的商贾，运载着布匹、丝绢、瓷器
把无数驼印摁进古都的喧嚣和繁华
让饥饿、贫穷与战争在文明的酒幌前打烊

这是被友谊的大道反复印证和签注过的阳关
陌生的面孔正变脸为故人,握手有了温度
一团和气的贸易让秤星懂得了谦让
任何敌视和对立只会令饱胀的欲望两手空空

这是庄严的界碑不再筑起门槛的阳关
美酒、茗茶和咖啡的香味弥散在同一扇窗前
当友好往来不再浅唱于外交辞令,那也不妨
在琳琅的店铺与街衢之间坐落为一种俗套

四

这是大道起于阳关而通于世界的复兴之梦
每一个星座都把漂流瓶写上中国的名字
所有的花都摊开掌心,被正午的阳光所加持
被敏锐的时尚追逐的旗袍,可以将 T 台直译为丝绸之路
我在昼与夜的切换中对视着这个世纪之梦
我在一粒细胞的渺小中推算着伟大之大
如同阳关以石碑为准星,校正四通八达的大道
如同一匹丝绸,足以调动任意一条陆路或海路的神经

世界,我来了!带着历朝历代出土的名片
一面是驼铃摇曳、轻纱遮面,一面是渔歌唱晚、绿岛浮浅

大道阳关之上，筑梦的中国正破空归来

千年丝路醒转的一刻，正是花枝春满、天心月圆

（选自《诗刊》2017年10月号上半月刊"旗帜·砥砺奋进的五年"栏目）

陈大贵

敦煌的早晨

敦煌的早晨从鸣沙山的山顶升起
阳光慈祥
依次抚摸娇美动人的月牙泉
包浆深厚的阳关玉门关
又折回来，把神仙居住的洞窟点亮

一声嘹亮的啼哭
点燃敦煌城里的人间烟火
生动的日子如约而来
合汁，驴肉黄面，红柳烤肉
每一道美食盛大开放
李广杏，葡萄美酒，夜光杯
秋风胡马强秦盛唐小康社会
在敦煌微笑的早晨
伴着黄金般的历史次第打开

在阳光明媚的敦煌
美丽的心情扑面而来
小个子的敦煌

举世闻名的敦煌

透亮的早晨

和人生一样平凡生动

二〇二〇年七月二十三日

（选自《中华诗词网》）

阿　丑
丝绸古道

当长安的钟声
碰撞大雁塔诵读的佛号
一支商旅远道而来
满载羊皮经卷和牛骨
遣唐使，匍匐在大唐城下

丝绸，轻若鸿毛的物质
充当了贵重的友谊
和陶瓷一起，自江南水乡走出玉门关
逶迤在大漠深处

驼队和马帮，穿越雪山和沙漠
在三千年历史和万里征途
踩出一条古道
用脚步建筑起商贸大陆桥

这是人类的力量
和平的力量，文化的力量
楼兰古国的沧桑，敦煌飞天的优雅

犹如月牙泉，流淌在沙漠心窝

　　芳草青青，古道复活
　　时代的铁轮，又一次踏破葱岭
　　中国敞开国门，锻造中国梦
　　用双手，把握世界的脉搏……

二〇一七年六月十九日于武都
（选自《中华诗词网》）

怡然自得

站在阳关的烽燧上

风,漫过视野
漫过点燃希望的那片葱绿
翻阅着时光里
刀光剑影和离情别意

黝黑的沙粒
力透岁月的厚重和纷杂
把滩上的古董
和故事的辛酸一揽入怀

烽燧在历史的驼峰上
震颤。狼烟熏染过的大漠
直率、苍凉而老成

一条大道柔肠百转
顺着阳关伸进沧海桑田
将驼铃悠扬
演绎成丝路花雨

墙垣层叠起伏
用柳条、雨丝
和一杯酒的柔情
记录每一个西出的回望

二〇二〇年十一月三十日
（选自《中华诗词网》）

Jia mi

敦煌，杏花吟颂的春天

缘一路三月，春阳正酣
我欣然，游走在月牙泉边
看缕缕杏花吟颂的春天
花雨纷飞又迎来一簇簇浪漫花仙

迎雪而生，迎寒而绽
三月杏花，晕染了三春最浓的乡恋
迎霜而红，迎阳而繁
杏花三月，总又迷恋敦煌偌大的春天

在还没有蜂蝶喧闹的季节
捧一腔春给的爱和所有温暖
无惧风撕花衣，冷袭尘面
即便新萌的花蕊，被打落一半
依然不避伤痕累累的倒春寒
更不屑朔风夜夜发难
你依然迎春而侍，恃春而艳
霜落后，更郁郁纷纷向天而炫

诵读敦煌三月的杏园
给春以红，给夏以甜
给三秋如怡的期望和思念
诵读敦煌盛开的春天
一地杏花，七分如诗三分如歌
更有十二分不依宿命的摇曳灿烂
一片芬芳里，总又是红里透黄的笑颜

送一束敦煌三月的杏花吧
消一缕春愁微寒，添万千春色盎然
落霞辉映了温柔千年的鸣沙月泉
三月的敦煌，总会让君痴恋在
杏花盈香的无上春园

二〇一九月四月九日

（选自《中华诗词网》）

秋酿醇酒

大漠敦煌

我多想带上装满梦的行囊
牵一只骆驼去那风沙弥漫的远方
我多想沿着遥远又遥远的古道
寻找我梦中的大漠敦煌
穿过祁连山的六月飞雪
走进炎风吹沙的大漠
我寻一把先人遗留在那里的石斧
看它是否还能劈出四千多年的火光
追赶丝绸之路落下的夕阳
跋涉在曾经鼓角争鸣的河西走廊
我想找到三苗人留下的陶器
让它盛满历史的冷热和苍茫
我想听到羌笛穿透千古的余音
在荒原的夜空里哀怨悠扬

借着大漠的冷月寒光
我多想找回乌孙人失散的牛羊
在漫漫狂野中赶路
我多想举起月氏人的宝刀将夜空划亮

我望见浩瀚的沙海如血的残阳
远处传来铁蹄铮铮烈马奔腾的轰响
一支剽悍的胡骑消失在流沙的尽头
远离了草原和毡房

我望见张骞出使西域归来的马队
马踏飞燕的嘶鸣声扬四方
我望见汉武的狼烟扬起旌旗遮日的豪壮
飘逝在风萧萧路漫漫的边关
那鸣沙山千年不绝的鸣响
每一声吟唱
都是英雄泯血长笑的悲壮
那月牙泉甘冽清澈的水塘
每一个眼神
都曾凝视过扬鞭的牧人拓荒的农夫
玉门关的残垣断壁
望断多少远行的商队往来的使者
阳关三叠的千古绝唱
又有多少故人更尽一杯酒从此不见回故乡

我站在汉长城古烽燧遗址上
似乎还能听到
一腔长风万里的呼啸
我站在魏晋隋唐的古墓旁
似乎还能看到

边塞诗人雪山长云孤城遥望的豪情和惆怅

几度春秋风与火
东来西往的驼队穿过大漠莽莽
曾经几载云和月
边城要塞通向了海纳百川的大唐
我的大漠我的敦煌啊
你已不是金戈铁马厮杀遍野的战场
你丝绸铺路
你名声远扬

追踪远古消失的绿洲
注视大漠不朽的胡杨
我寻着崖壁上的佛光
看见风卷僧衣的乐僔和尚
在石壁上开凿了第一个洞窟
在穷荒中点燃了第一炷香火
一代代虔诚的僧侣随他而来
创造出佛洞悬空的圣堂

天空移动的云彩
遮不住三危山的金黄
莫高窟这座千佛神奇的宝藏
在沙漠中沉睡了一千年岁月的寒暑
剥蚀了多少绚丽的画卷珍贵的佛像

屈辱的年代
劫持了多少无价之宝流落他乡

尽管大漠景象如此苍凉
尽管丝绸之路如此漫长　神秘的敦煌啊
你玄妙神奇的经书　壁画令人心驰神往
你举世闻名的《丝路花雨》让人沉醉
难忘美丽的敦煌啊
流光溢彩的故事有你大漠落日的悲怆
灿烂辉煌的历史有你光辉夺目的一章

我多想借反弹琵琶的神韵止住千年黄沙
我多想用飞天飘逸的梦想擦去百年彷徨
我多想牵来一股溪流为你栽上一排胡杨
我多想乘春风度玉门让梦露宿在你的身旁

二〇一八年十月二十二日

（选自《中华诗词网》）

教 主

玉门关

萧索西风吹瘦你裸露的脊梁
漫漫黄沙掩埋你曾经的梦想
大漠孤烟的凄凉
长河落日的雄壮
凝固成心中永远的伤
你的爱凋零在何方

你的青丝染成霜
卷起枯草尘沙乱飞扬
我的心事化成殇
原来你已变了模样
不见狼烟遮天多少征程被遗忘
塞北的雪花寂寞在绽放
冰冷了你的心
冰冻我热泪几行

七尺伟岸残缺成一座雕像
我伏在你消瘦的胸膛
听依稀马蹄声响

吹响战歌嘹亮
几段残梦被惊醒
我轻抚你风蚀刀刻的脸庞
温暖你凄冷已久的心房

你依旧执着那片苍凉
任岁月苍老你鬓染风霜
我掬一抔黄沙将你埋葬
千年之后
携一缕思念驼铃声响
寻一段残梦
吹绿春风梦回汉唐

二〇一四年五月七日
（选自《中华诗词网》）

时建华

敦煌的召唤

大漠的风
召唤着骏马的踢踏
大漠的沙
延续着匠心的攀爬
大漠的烟
缠绕着无韵的芳华

是谁的长箫
吹落了西天的晚霞
是谁的石头
是点亮佛国的火把
是谁的目光
惊艳着反弹的琵琶
是谁的眼泪
洗涤着坠地的月牙

高高的石窟
隽永着心灵的云崖
阵阵的驼铃

摇晃着丝路的情话

不死的胡杨

穿越着亘古的教化

检点断壁的残瓦

听一听

经典蹂躏的脚丫

推敲厚重的古门

闻一闻

金戈交错的厮杀

寻找妩媚的色彩

看一看岁月的涂鸦

将我尘封的欲望

轻轻地放下

用洒落的遍地的油彩

浸染我绝世的袈裟

闭上双眼

隔绝早已厌弃的繁华

双掌合十

沉寂我空明的灵塔

(选自《玉门关诗词精选集》2019年版)

梁积林

月牙泉

多么像我的生日呀
端端的，五啊，初五的那个眉呀
我宁愿把它还原成一条党项河
还原成一个水草丰茂的河湾
还原成一场绝世的爱

我心已静，无须梵音
每一粒沙子都是一座雷音

一队驼铃，漫上了黄昏的沙岭
丝绸的沙漠，让我爱得绝望的沙漠

今夜，我不带走什么
打着芦苇的火把
月牙泉呀，你就是我找到的，
千年前丢失的那一印
天地之吻

（选自《诗与远方 如梦敦煌：全国敦煌诗文征选活动优秀作品集》2018年版）

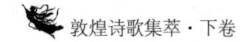

张自智
静坐在汉唐敦煌的酒肆里

在月光映上鸣沙山的夜晚
党河的水已经沉睡
冬瓜灯笼的串串红光
掩埋了郡城一天的清愁
远方，驼铃叮咚而来
那是我一位晚归的兄弟
我不记得是哪位兄弟
只记得他不停地从驼背上
卸下于阗的白玉和楼兰的美酒

我就静坐在北府的一个酒肆里
聆听袅袅的禅音
入迷地看胡姬的翩翩起舞
四周喝彩不断
但我沉默无语
我不记得是汉、唐还是宋代
我只记得有一双凄美的眼神
让我今生永记

有几个潇洒的白衣飘飘而来
我们热情地拱手寒暄
然后狂饮不止
那些西域的葡萄酒
让我们激情迸发
有一个家伙忍不住挥毫草书
我不记得是张芝还是索靖
只记得那飞舞的笔墨闪亮划过夜空

我是在醉意中走出那里
吟唱一首《隐士歌》踽踽独行
身后，远去的一切
如风如雾如雪又如梦
我看到月光渐渐消失
前面，高楼林立，车水马龙
霓虹闪烁中
我又一次蓦然回首
看到了，花坛中反弹琵琶的英娘

（选自《玉门关诗词精选集》2019年版）

张海峰
玉门关之夜（外一首）

这大漠之上，清冷的明月
许是？懂你
寂寞的心事
一支低沉的泥埙
肯定吹不到多雨的江南
还是，斟一杯甘冽的浊酒
挡一挡雪山的夜寒

城楼上，一明一灭的烛火
是谁在巡游呢？
捡起的一枚锈迹铜钱
印着至今
没有寄出的乡愁
掂在手中很轻
搁在心底很重

这玉关的夜
这月夜的关

玉门关

每次读玉门关
我都不忍心看它的沧桑
怕随意一瞥
就成一生的负担

空旷了千年的戈壁
早以无险可守
长风吹响的笛孔
曾让多少游魂战栗
那些立在城头
仰天长啸，以气杀人的英雄
如今，会是
哪颗昭示的石头
风沙虚掩的城门
该把通关文牒放在谁的手中
仅剩的残垣断壁
正伴着一群滩羊在啃食
岁月的记忆
夕阳坠下，像一块
染血的和田美玉
在地平线上遥遥对望

关内，一架银色的大鸟正在升起

（选自《玉门关诗词精选集》2019 年版）

杨喜鹏
阳关古道

一首缠绵的边塞诗韵

自渭城历史的黎明　吟起

便以其无法拭去的伤感　千百年来

在驿路的城阙上

降下丝丝寂凉

阡陌纵横成新绿

阳关古道

每每为历代来往的商旅

镀上一层苍凉的古意

想的是　如何

从时代的喧嚣中

流淌出一些新诗

告慰　远去的故人

（选自《玉门关诗词精选集》2019年版）

陈冠军

玉门关

天山的第一轮明月
照亮李白的豪情
西域的第一缕春风
吹散王之涣的幽怨

绿柳如笔
白杨似椽
彩云当墨
高天为案……
一挥手
绘就大唐春天
又挥手
点染万里河山
再挥手
泼洒正气浩然
再再挥手
写下唐诗四万

春风如客

玉门是风的客栈
岁月如诗
雄关是诗的盛宴

来吧,来吧
弹一曲《杨柳枝》
唱一首《关山月》
喝一碗太白酒
与君同饮玉门关

酒醉处
给我八百铁骑
借浩荡春风
梦回大汉
找回霍去病
再封"冠军侯"
饮马瀚海
决荡祁连山

(选自《玉门关诗词精选集》2019年版)

赵德举

用你的名字照亮敦煌

我和我的祖先
从长安出发
一路向西
几千年
才走到了阳关脚下

大诗人王维
就在这儿等我
他一手端着酒
踉踉跄跄
站在浩瀚的风里
等我
几千年
吟着一首诗
其实他早已醉了
醉了几千年
醉成了一块石头
一块吟诗的石头
一块巨大的石头

我在亘古的风中听到
他在醉醺醺地骗我
说什么
劝君更尽一杯酒
西出阳关无故人
于是
我也多喝了一杯
我也醉了
和许多诗人一样
头枕一块石头
一块在风中吟诗的石头
我也变成了一块石头
变成了
一块吟诗的石头

阳关脚下
诗人们都醉了
醉成了一块块石头
一块块在风中吟诗的石头
阳关用自己的苍凉壮美
醉倒了
无数的文人骚客
却也用自己诗意的名字
照亮了
一条西去的丝绸大道

也照亮了我的故乡
一个璀璨的名字
世人皆知
她叫敦煌

（选自《玉门关诗词精选集》2019年版）

王国良

逐梦玉门关

一抹仲夏的艳阳

砸落在玉门关苍老的肩上

黄褐色的夯土夹杂着枯竭的麦秸

激起静寂千年的沙尘

一直没有停止的季风

把它抛向更远的地方

延伸着视线的长度

片刻间

被遗弃在滚烫的戈壁里

安静下来

长在城墙缝隙里的

骆驼刺

挣扎着

不想让无情的烈日

榨干它最后的汁液

用尽全力蜷缩着深绿色的毛孔

死亡再次吹响威胁的号角

它只是微笑着

把那褐色的根系
奋力向下扎得更深

苍茫茫的残云
收了所有夕阳的影子
那被时间淹没的历史
早已被大漠的风吹干
黄沙深处
一支商队
在驼铃声中渐行渐近
孤寂的玉门关
在一曲幽怨的羌笛声中
罗列着远去的记忆
如今
千年的商队又回来了
丝路
又通了

（选自《玉门关诗词精选集》2019年版）

徐贤良

遇见月泉·遇见你

那盏月

是你回家的导航

今夜，星空绚烂

流沙吟唱

云轻柔，舞动缥缈霓裳

离家的日子久远而孤寂

一万年，云路逶迤

相思绵长

——月泉

是遗落在故乡的

一弯奁镜

拂去千年浮尘

又遇见你

绝世的容光

（选自《玉门关诗词精选集》2019年版）

周尚润

我的同学是敦煌人

一

他姓祁
祁连山的祁
典型的西北汉子
喝酒的时候,先把自己喝醉
然后和沙漠里的蜥蜴一样
扯开了嗓子唱不出声
栽了跟头不怕疼——不怕疼

二

夜里,聊得最多的是敦煌
混合着神秘和寂寞的言辞

我看见他的眼睛和漫天的黄沙一样暴力
烈日里的魔鬼城宏大而且无情
疲惫的祖先再也挪不动脚印
等待着风沙,一起流浪

我看见他的眼睛和月牙泉一样纯净

夕阳下的莫高窟金光闪闪

英勇的祖先盘腿而坐

耳畔优美的梵音——溪流——欢歌笑语

多年后的相聚

聊到高兴处,拭去眼角的沙粒

多年后的夜里

聊到最后,还是敦煌

一杯接着一杯

吞咽——一轮明月的凄凉

(选自《玉门关诗词精选集》2019年版)

黄冬冬

我也要飞天

给我一双翅膀
我也要飞天
脚踏着望不尽的黄沙
从月牙泉走进鸣沙山

莫高里的姑娘如何懂得驾驭云彩
用一朵朵祥云挽住九天的飘带
两千年的风沙岁月没能挡住
你的美丽一直翻飞在沙海云海

不是黄沙不讲情面
而是因为我们与她有着不解之缘
除了孩提时代的飞翔梦想
我们仍是未展开的童年

我曾经多次看见
你羞赧的容颜
无需经过大漠上的冷风
我的心早已震颤

风可以刮走石头

心还是没有走远

飞到天上的时候

情还系在地面

即使没有翅膀

我也要飞天

为了你璀璨的美丽

我一定要追求到天边

（选自《玉门关诗词精选集》2019 年版）

庞艳荣

玉门关

我在大漠深处的戈壁
捧着一轮明月思念你
星星不停地眨眼
替你　吻去我眼角的泪滴
空旷的荒野里
只听见你在风里轻声细语

我在烽燧的墙角边等你
忍受着骄阳对我的亲近偎依
海市蜃楼的影子
替你　不停地变换岁月的痕迹
遥远的天际
如雪的芦花在漫天飞舞地约你

我在丝路的古道上等你
悠远的驼铃轻轻地略过我的耳际
过客的吆喝声里
替你　出关送别了无数的回忆
杨柳上的水酒

爬上衣袖悄悄地隐藏在了心里

漂洋过海来看你
只因春风得意走不出你
却能送出丝绸和温润的玉
不忍你独自在风里哭泣
我愿站成千年以前的你
繁华落尽依然　等你

(选自《玉门关诗词精选集》2019年版)

黄治文

漠上月

一千匹骆驼走过
闪光的，是祖先的骨火
漠上皎洁的月光
驼铃一声声敲碎的银子
月光寂静，骆驼剌剌穿了麻鞋的脚印
剌穿了烽烟卷起的孤独

漠上月光的空灵
一面映照西域历史钩沉的铜镜
除了你的清冷与苍茫
还沾染了长安的些许富丽繁华
为你染指的金缕曲
为你染指的琵琶行

于是，月色呈现丝绸的柔软
抑或汉曲唐韵里的幽怨
轻轻地，从夜半的帐篷里流出
大漠，阳关，矗立的胡杨
月色不再煞白

久而久之的丝绸古道

捆绑了一个民族佛光般的灵魂

漠上月,你把最深情的一弯

留在了千古敦煌的沙幔中

(选自《诗与远方　如梦敦煌:全国敦煌诗文征选活动优秀作品集》2018年版)

古关,长风落日下的一曲悲歌

春风早已度出了关隘

这曾经流放肉身的地方

现在,只流放灵魂

流放酒与边塞诗

这里,适合将所有的汉字写成繁体

并将繁体的方块

与笨拙的秦砖,浑厚的夯土

码成同一个高度

与一截白骨,半柄断剑

铸成同一种硬度

箭镞飞过朝代更迭的壁垒

角鼓依然回响于西域长空

美人情长，怀揣的玉珏
唤醒南飞的雁鸣
其间，有泪，有胭脂
英雄气短，戍边的遗像
高过历史的尘埃
其间，有酒，有血性

玉门关，阳关
对于生命或是友情或是爱
瞬间让人肃然起敬
烈日下的凭吊，让我
想起烽火，想起一身铠甲
想起琵琶，想起一曲出塞
抵达此境，很难做到心如止水
于是，一把黄沙，一缕域外来风
一壶酒，一袭月光清辉
我便与古人同醉

剑戟沉沙，寒芒仍然醒着
羊皮死去，文字依旧活着

（选自《玉门关诗词精选集》2019年版）

徐贵保

玉门关遗址

因为敦煌的璀璨，我认识了
河西走廊；因为内心的渴望
我记住了玉门关。历史的
画卷，犹如秋风中疏勒河的水波
舒缓地展开，让探寻的目光
随着碧绿的草甸一步步开阔

长城下：战旗猎猎，万马嘶鸣
弹指间：两千个春秋已在戈壁黄沙间
绝尘而去。枉留春风秋月唏嘘嗟叹

阳光柔软，秋野里的一株胡杨
在荒漠中从容流转，让我芜杂的内心
珍藏一抹纯净、感动和温暖

逶迤的驼铃，矜持，浑厚
但我再也听不到了，它早已
化作一泓清泉，隐入浩渺的岁月

（选自《玉门关诗词精选集》2019年版）

张得雄

玉门关

风沙敲响驼铃
亘古有了回声
手持旌节的使者穿过大漠
在澄澈的天空飘扬虔诚
长安的五彩丝绸
舞动玉门关绚丽的黄昏
西域奉上美玉,诉说
疏勒河流淌的温情

烽火台上狼烟飘起
长枪刺穿天空
残阳如血,战马嘶鸣
大漠里落满坚硬的骨骼
风,须是北方的大风
吹落白雪,慰藉漂泊的灵魂

玉门关,从唐诗走来
仗剑吟哦的诗人
在大漠里书写苍凉

书写永远站立的历史

在孤独的落日里

残垣断壁,立起悲壮的纪念

打开玉门吧,用寥廓和粗犷

拥抱长风中扑来的深情

白雪,在祁连山呼唤远方

那松软的绿洲上

文人骚客,挥毫诗句

让古城楼的风铃,吟诵千年

倔强的戈壁,站满风骨

那轮又大又圆的边关月

悬在古城的上空

那是汉时明月

奔走玉门的梦想

(选自《玉门关诗词精选集》2019年版)

张海霞

飞 天（外一首）

我不想错过你的每一个舞姿
不想错过
你御香而行的每一次

你手拈清风
把云和花朵，都放到千年壁画里
四海如春
哪些徘徊，必将被你忽视
哪些等待，必将被你错过
哪些站立，必将被你慈悲

如果我轻盈如水
必然是正好碰触到了你翻飞的衣袂

月牙泉

月光从山头滑下来，落进泉水里
落进眼睛里
谁在山脚下梳晚妆，披着一身轻纱

风吹来吹去，吹来五色沙粒
满山谷的依米花
开在神话里
开在绵滑如绸的日子里

如痴如醉，坐在山头的人
看这感动和被感动的
正好是
鸣沙山和月牙泉之间的距离
正好是驼铃和沙漠之间的距离

（选自《玉门关诗词精选集》2019 年版）

郑洪利
玉门关,胡杨是你的骨头

谁说春风不度玉门关
其实,玉门关只是春风西去旅途上的一个驿站
唐代王之涣的那首《凉州词》还没出世
就已被汉朝张骞的马背驮过了天山
一条丝绸之路在他的马蹄印里,
长出了两千年的春天

汉长城驼背在你面前,烽燧衰老得锈迹斑斑
戈壁还抱着那把古琴,曾弹落了多少古道落日
拨动过古今多少仁人志士的心弦
仿佛遥远的商队驼铃,又扣响了你的门环

你抚摸过许多的美玉,也篆刻进汉武帝的竹简
敦煌曾蹲在你的铠甲后面
长戈凋谢成历史灶台里的一缕炊烟

今天,你还端坐在那里,给过往的春风做向导
煮沸疏勒河的水,沏一壶大漠长天
"长风几万里,吹度玉门关"

以茶代酒，举杯邀约诗仙李白为你的雄姿做代言

骆驼刺趴在你的脚下，陪你度过无数暑寒
无数根刺像无数把利剑，守护着你的尊严
因为根系吸收了玉门关的血液
在贫瘠和干旱中，它的基因才蓬勃地绵延

戈壁胡杨树在你身边站立了几千年，看尽世事变迁
玉门关的骨头里也长着胡杨，根深深扎进大漠的法则里边
活了，千年不死
死了，千年不倒
倒了，千年不烂……

（选自《玉门关诗词精选集》2019年版）

李阳阳

夜枕玉门关

一

劲风总在午后,翻动起无垠的沙浪
跟随着僧人和商队的步履
我把我的视线,铺展得遥远又遥远
一座名为玉门关的关隘,在狭窄的丝绸之路
与我对视。我的瞳孔里,溢满
踟蹰在黄沙里依然坚实的墩台,
依然硬朗的墙垣
那城,那河,那砖,那沙
是刻在史册上,雄浑的符号

二

玉门关,今夜请让我与你共眠
在一棵枯瘦的老树下。夜风撩人
朗润的月华,清冷而又高远
我枕着清辉,闻着胡笛
用唐诗的豪情,用宋词的委婉

嫁接上一抹黄沙的粗犷
将你一遍又一遍在心壁镌刻

三

我听见驼铃的声音，透过朦胧的月夜
从遮天覆地的漫漫黄沙里婉转而来
我的玉门关，此刻，我只想轻柔地
抚平你的道道疤疮
然后书一封长长的情书
遥寄溢满我心域的，无限眷恋
——寄往那轮皎洁的明月
——寄往涛声绵绵的天涯海角

四

如果，有一天我突然老去
请把我的躯体，在玉门关安放
我将化为，一片残砖
一道断墙，一轮弯月
一粒黄沙，一声哀鸣
成为玉门关的亿万分之一
永沐边关

（选自《玉门关诗词精选集》2019年版）

纪福华
敦煌，盛得下几千年华夏史

"敦，大也；煌，盛也"
连在一起，盛得下几千年华夏史

就连敦煌的风，吹的也是艺术
它吹的是古风
艺术的韵脚，趟出文化的魂
俨然汉高祖的《大风歌》
顺着流年徐徐吹来

盛大的沙海涌起的沙浪
宛如一匹匹丝绸
一直铺展到西域，到中亚、欧洲

游牧的牧民，垦荒的农夫
剽悍的胡骑，操戈的汉卒，
虔诚的僧侣，远足的商队，
来往的使者……
刮起的则是国风

流沙鸣响天籁之音
鸣沙山一定是大神的风琴
只有双脚踩进沙漠
想象成曼陀罗上飘出的音符
想象成史诗
才能感受到神功运作

月牙泉,恰似沙漠的大眼睛
神人撕下天幕,洗得湛蓝湛蓝的
再挂回空中;星星们跳下来
月牙泉肚里盛满了神话
便通了神

千百年的轮回,大漠
埋下了多少故事
多少风物风流风化为传说
沙漠之眼依然睁得大大的

它看透的红尘
凡人几个能参透
就像凡人想参透它

(选自《玉门关诗词精选集》2019年版)

李守鑫

玉门关，一方金印

这一枚方方的金印
经过岁月的打磨
经过风霜雨雪的雕刻
辛劳和风尘浸染
酒醉和泪别浸透
还有多少星星不眠的夜
还有黄昏与晚霞
还有幽幽的羌笛
荡荡的春风离离的野草

终于治成一方印中极品
钤记在每个人身心的书画上
于是，大汉出色
于是，盛唐溢彩
于是，印泥如血脉红艳

曾经的辉煌与繁华
就用长长的丝路绾系
到今天，还好好的
保存在我的家国里

（选自《玉门关诗词精选集》2019年版）

于菊花
羌笛悠悠，吹奏出玉门关的梵音

那是最后一缕春风
吹醒疏勒河边的杨柳
在苍茫戈壁，葳蕤出的一抹诗意

那是气壮山河的落日
点燃古城垛上的烽火
在金戈铁马的岁月，遗落的一枚印章

那是戍疆将士开启的美酒
伴着猎猎朔风，嗒嗒马蹄
在镇守边关的寒暑里，祭奠失散的兄弟

那是清冷的月光抚摸一块美玉
入关的商贾，出关的驼队
在繁华落尽的苍凉中，沉重地叹息

那是坚硬的一把砂石
凝聚在小方盘城的遗址上
坚守着丝绸之路的门户

那是从莫高窟传出的诵经声

沿着千年佛教史的足印

缓缓开启的文明之路

旧诗新词，羌笛悠悠

吹奏出玉门关的梵音

在复苏的记忆里

回荡着历史文化名城的旋律

（选自《玉门关诗词精选集》2019年版）

月牙泉边，我捧起一滴千年的泪

我在一条路上，已跋涉千年

穿越四季的风口

伴着清脆的驼铃，在落日之前抵达鸣沙山。

侧耳倾听

倒流的沙粒，雷鸣般的吼声

旌旗猎猎，战鼓擂擂

英雄的魂魄，化为鸣沙山的传说

在苍茫戈壁，每一粒沙子

都是一部记录人间沧桑的史书

关于敦煌,我有太多的牵挂
那大漠孤烟,那古道残阳
那千年不朽不倒的胡杨
传达出一种西部精神
在丝绸之路上绵延不绝

莫高窟,千佛洞,飞天壁画
博大精深的佛教文化
这里,是震惊世界的东方艺术殿堂
是闻名于世的,佛教圣地
被强掳,被劫掠
这场中国文化史上的空前浩劫
让我们深深地懂得
国家复兴,民族强盛
才能让我们的家园,免于涂炭

每一次的触摸和仰望
都让灵魂经受着一次洗礼
我们的大敦煌啊
那流传千古的经书
每一页,都蕴含着无穷的神力
指引着我们,一路向前

月牙泉边,我对镜梳妆
在那面一碰就碎的镜子里

捧起一滴千年的泪。滋润我
干渴的喉咙，干裂的红唇
反弹琵琶的琴音
伴着飞天仕女曼妙的舞姿
一种辽阔，在肺腑间荡气回肠

（选自《诗与远方　如梦敦煌：全国敦煌诗文征选活动优秀作品集》2018年版）

郑金城

故垒沧桑

凝视阳关玉门关的断壁残垣
故垒沧桑叫我浮想联翩……
遥想两关当年
曾有多少屯兵戍边
曾有多少烽火狼烟
曾有多少父母妻儿望眼欲穿
曾有多少征人未还……
峥嵘的岁月哟
离我们已有多远

凝视阳关玉门关的断壁残垣
故垒沧桑叫我浮想联翩……
遥想两关当年
曾有多少驼队载货往返
曾有多少汉夷商贾通商交换
曾有多少丝绸瓷器运往西方
曾有多少西域特产进贡中原……
繁荣的日子哟
昌盛了多少年

凝视阳关玉门关的断壁残垣
故垒沧桑叫我浮想联翩……
再看两关今天
有多少美酒酿自这里的葡萄园
有多少游子在这里参观博物馆
有多少笛声随这里春风飘扬
有多少故友在这里重逢欢宴
无故人的年代哟
从改革春风到这里再不复返……

（选自《玉门关诗词精选集》2019年版）

仁谦才华

敦煌：为谁怀梦

月牙儿眨着
眼睛里滚不进一粒沙子

几丝云飘进去
像唐朝女子的衣袂
更像佛堂里伸出的灯舌头

一粒沙，向高处匍匐
背上蹲着一匹甲壳虫
它一次次走动的声音
像是在唤醒沙子里的传说

风吹敦煌，遥远一场梦

月光的女子
像一盏夜光杯
杯子里溢出王维的诗句
今夜，为谁怀梦

（选自《诗与远方　如梦敦煌：全国敦煌诗文征选活动优秀作品集》2018年版）

包文平

大敦煌（组诗）

大敦煌

此刻的敦煌，是一个名词
怀揣经卷从时光深处走来。
该知道的你都知道了：
比如一个途经西域的僧人，
在驻马顿足的瞬间
不禁回首，看见佛光乍现；
比如一个个洞窟就是一只只眼睛
金刚怒目，佛祖拈花，迦叶微笑；
比如此刻，我的灵魂就栖息在
飞天壁画长袖甩出的流畅当中……

在敦煌，风是一个乐手。
这是我的独家比喻，
因为我明明看见
莫高窟在沙漠之中，就是一把任风吹响的
排箫。在西北风中，
为飞天的舞蹈女子伴奏……

月牙泉

是月亮的另一半,跌落人间
镶嵌在西北的沙漠之中。
跌落在飞天女子长发飘飘的梳妆台前
仿佛一面玉镜,黄沙缓缓地涌上来,
铸上古色古香的花边。
走近月牙泉,你的前世与今生,
统统收入镜中。
走近月牙泉,世间奔波困乏的旅人
将满身疲惫卸在了鸣沙山下
任蓝莹莹的泉水盥洗你内心纷繁复杂的尘埃。
月牙泉,是谁深蓝的眸子
睁开在佛陀途径的路上?
月牙泉,是谁将打开的舍利
安顿在西北大地的额堂?

鸣沙山

鸣沙山,是看着莫高窟睁开眼睛的。
看着千年风沙折叠的山体上
一道佛光乍现,佛陀安详;
看着一个一个内心虔诚的沙弥
开凿出莲花底座,众神归位;
看着飞天的袖子从洞窟甩出

装订整齐的纸页上镀上金字；
看着搬运出洞的经卷，沉重的内心
在大漠戈壁压下深深的车辙
绵延十万八千里的伤痛，从东方一直到西方……
鸣沙山，它体内的沙粒碰撞的音符
是惊奇也是不安，是欣喜也是长叹。
鸣沙山——
一只巨大的古埙，立在敦煌的门口
让途径西域的风，打开经卷
吹出袅袅梵音，木鱼声声……
唵。嘛。呢。叭。咪。吽……

敦煌的抒情

说起敦煌，说起一颗舍利，
照亮在甘肃的额堂
说起佛陀拈花打坐，菩萨会心微笑
说起时间，说起洞窟，
说起壁画上的飞天
说起反弹琵琶的女子……

说起，月牙泉是一艘搁浅在沙漠的帆船
说起赶赴西域的僧侣，顿马驻足的瞬间，
佛光乍现。
说起忧伤，说起王道士，说起

开启的洞窟是金刚怒目，洞穿世事

翻开尘世，翻开月光
怀揣经卷的羊群行走在鸣沙山上
不说来生，不说今世
不说赶来敦煌朝拜的人，四肢摊开的瞬间
卸下了多少命运的重量

（选自《诗与远方　如梦敦煌：全国敦煌诗文征选活动
优秀作品集》2018年版）

吕晓文

阳关雨

阳关
迈着轻盈的脚步
羞涩地
来了一场
淅淅沥沥的雨
我在雨中
掐了几缕翠绿的苜蓿
找到了阳关的嫩芽
揪了几片柳树的绿叶
闻到了阳关的气息
麻雀的欢悦
孩子的笑声
唤醒了
阳关的艺人
一位木雕大师
正在枣木上
描绘阳关的清新
一位刻葫芦高手
正在葫芦上

雕绘阳关的故事
淅淅沥沥的雨
把阳关
润湿　擦亮

（选自《诗与远方　如梦敦煌：全国敦煌诗文征选活动优秀作品集》2018年版）

祁谢忠

寻梦阳关

时间,一江沧浪之水

天地为壳
大漠是珍珠层
上面生长着
阳关一颗

它的光芒
来自驼铃和弓箭
来自诗词和经卷
最炫的一缕来自日月

烽燧耸立,乳房丰满
喂养着绿洲、雪峰和沙漠
也喂养着寂寞的古董滩——
人世间一个小小的悲剧

水草已远去
流沙掩城,天子的女儿

掩面，只露出耳目
朝着敦煌
此生匆忙，但一定要去阳关
看看飞沙静下来的模样

（选自《诗与远方　如梦敦煌：全国敦煌诗文征选活动优秀作品集》2018年版）

李少君

阳关新曲

白云常投影于雪山之巅
美人会迷恋镜中的映像

戈壁中，马蹄回音重复地回响
深谷里，潭水循环不停地流淌

我深知自己最易被阳关之美诱惑
边疆寄托了一个湖湘书生的英雄幻想

关外古城墙，野花摇曳，落日镕金
逍遥剑客一壶浊酒一骑沙尘扬长而去

大漠孤烟呼唤新时代的边塞雄风
黄河远上延展中国梦的
辽阔　境界　情怀

阳关曲啊，千百年来一直弦歌不绝
恰如一轮明月悬挂于胸怀天下者的心头

（选自《诗与远方　如梦敦煌：全国敦煌诗文征选活动优秀作品集》2018年版）

吴天鹏

过阳关

一粒沙跟着一粒沙
一阵风裹着一阵风
吹薄迟暮
吹黄落日
吹断遥望阳关的凝眸
手捧紫霞的诗人
用忧郁和愤懑聚积成诗
用闪着寒光的铁衣
沾满鲜血的征袍
岩层生锈的箭镞
平平仄仄
仄仄平平
堆垒成一道关
一道阻隔胡骑弯刀的关
一道冷月寒月抵达的关
面对你被月光舔瘦的躯干
我几乎没有心绪去触碰
折戟成沙的热血已经凝固
烽墩下的剑刃已经结冰

烈阳的火舌舔黑戈壁

大漠苍凉

托起苍穹流霞

横阵的大雁将阳关叠起

口含悲戚哀鸣离去

远山空茫时光老去

千年之后

沿着走出阳光的影子

怀揣戍边之志

追逐着拔节的芨芨草

枯萎的骆驼刺走过阳关

黄沙飞扬处

一抹绿洲

在匈奴飞骑经掠处

葱茏成一道

我西望阳关时

安卧夕阳下的残垣烽燧

月牙泉

沙子不开花

大漠只培植烈阳和落日

月光走下夜空

水一样的银白

迸溅着倾泻着汇聚着

成就一枚弯月的夙愿

做一个寂静的女子

散发月白的香

心捧一泓清泉

把梦停泊在半个月亮里

也许在不经意间

风就经过了沙梁

当一个人远去

荒芜的春天就有了空白

可以放下花草虫鸣

鸟的翅膀裹挟着风声

从远方归来

落雨从沙粒间破壳

成就一眼荒漠甘泉

风在带走也在放下

穿越火苗里摇曳的芨芨草

舔着岩石的舌头推敲沉默

端坐在月牙泉边

感觉风吹散过往的一切

又卷来更硕大的寂静

河西走廊

翻过乌鞘岭

走过华藏寺

我望见一只白牦牛

在月光下反刍

天亮时

一个月亮剩下了半张脸

风掀动一块石头

像打开的梵文经卷

芨芨草抽出怀抱的锋刃

马兰花摇出个紫茵茵的天

飞天的仙子反弹琵琶

风口的沙粒会说话

小小的阳关

伤了所有经过人的心

左公植柳

难道是怕找不到湘江的源头

玄奘取经

带回的佛经点化了多少信众

戈壁滩没有春天

一粒沙跟着一粒沙

一阵风赶着一阵风

我站在月牙泉望见敦煌

被鸣沙山的沙子吹响

河西走廊是我落脚的地方

离家时间太长

我差点忘了

红柳编成的筐里

还放着雷台出土的铜奔马

（选自《诗与远方　如梦敦煌：全国敦煌诗文征选活动优秀作品集》2018年版）

谷　均

阳关之约

千年的阳关
在一幅古画里
重叠出隐秘而璀璨的时辰

古丝绸之路，一头连接世界的记忆
像一页页阳关的珍藏
让我在遗失中寻觅

远古之声，回响着
记忆，这神奇的源头
打捞那些失散的驼铃声
我紧锁的目光，品味
一丝轻柔，一缕婉约
还有阳关一些我不曾知道的秘密

阳关先民们的辛酸、劳苦
点点滴滴跳动着
耳旁回响着唐朝王维那首千古的吟唱

我忽然觉得自己好似风筝

无论走出多远，无论贫富贵贱

都走不出对它的深深牵挂

（选自《诗与远方　如梦敦煌：全国敦煌诗文征选活动优秀作品集》2018年版）

沈 漓

三危远眺

一

女娲炼石补天的熔浆，化为
赭红色石涛，向炽热的苍天汹涌
我身恰是一只朝圣的小船
拼力颠簸，
一直划到红云蒸腾的危崖之上
泊于峰顶，因为此地绝妙
可观赏李商隐"无限好"的风景
向南眺望，鸣沙山率大小佛尊
于夕照中默祷
三危山之下
茫茫大漠，千里寂静
沙浪无声，自然无声
我向西南寻找辉光闪耀的阳关
想把小船划到阳关去
在那里，目送奔赴世界的浩荡商旅
斜阳告诉我，
中华文明早已随丝绸之路上的驼峰

传遍了世界——西出阳关皆故人！

须臾，山风渐劲
吹散了唐朝的大漠孤烟
吹干了脸上两行热泪
可是吹不灭
脑海中一首诗
心中的一团火
我收回目光，向下看
世人脚下最微小的沙粒
可成沙海，也可承载永恒

二

忽然从头顶上飞掠而过
一大群黑色燕子，黑色的精灵
带着啸声，翅膀剪裁历史光影
你们曾在大唐雄风里飞来飞去
燕子啊，
也许正是你们轻盈飞舞的潇洒
不经意间，给了画师电光石火般地一击
灵感涌来，时光从十六国时期流逝到初唐
飞天终于取材自中华女性
从此敦煌有了华夏女神飞翔
飘曳漫天彩霞的裙裾

晚霞潮涌，乘着天风
我要赶紧把小船划到莫高窟去
好好再看一眼，为了永远记住飞天
——东方宗教画中最动人心魄的造化
婀娜丰盈，含蓄之美
灵魂也闪耀着慈善雍容的光辉

（选自《诗与远方　如梦敦煌：全国敦煌诗文征选活动优秀作品集》2018年版）

陈志仙

莫高窟（外一首）

佛的慈悲，纵使在洞窟里埋藏千年，纵使沧海变为桑田，终究是为普度苍生而来的。

佛光里，衣带飘飘飞向极乐世界的梦想，那么远，又那么近。

那么斑斓，又那么悲凉。

如果那繁盛与灿烂，那绝代风华，就那样藏身于大漠风沙，就那样藏身于历史的风烟，不曾发生掳掠，不曾背负骂名，这一世是否算得上功德圆满？

那位古稀之年的老人，用半个世纪的光阴，从大上海的女儿化身为敦煌的女儿，守着大漠风沙，守着寂静年华，把数字化的世界文化遗产，交还给了世界：人的一生不过百年，我希望莫高窟还能再传世一千年。

——她懂得佛的慈悲，懂得飞天的疼痛，和世间万物终将消逝的疼痛。

问天。

奔月。

环宇。

当航天员在太空捧出几片绿色的生菜，捧出吐丝成茧的蚕儿，我不再问佛，如何能够放得下这颗蓝色星球上的毗邻纷争，亲如一家；如何能够放得下红尘恩怨，身轻如燕。

月牙泉

漠北的风再一次吹来，你便再向我近前一步。

我再一次在疼痛与逼仄里，向你绽放出春意：让最后的草木汲足我体内的水分，开始发芽，长出绿叶，甚而开出花朵。

我知道，你的痛楚和爱怜，深埋在心底：你每走近我一步，我便会消失一分。

紧紧相拥在一起，这是让我们多么向往又多么疼痛的梦啊！

漠野的风狂野、刺骨，漠野的夜空深邃、寂寥。千百年，唯有你放弃富饶与丰茂，聚沙成山来到我身畔，陪伴我所有的孤单落寞。

——上天弃我于荒漠，唯你捧我于心头。

人们说，我是你的眼。却哪里知道，你是我今生唯一的依靠。

当我爱上你的时候，我决定永生永世与你不分离。

直到我们紧紧相拥在一起，直到我消失在你的怀里。

（选自《诗与远方　如梦敦煌：全国敦煌诗文征选活动优秀作品集》2018年版）

皇　泯

敦煌诗简

敦　煌

仅仅一捧金沙，
璀璨了中华文明的奇珍异宝
仅仅一勺月光，
洗亮了中华儿女千万里的相思
从这里——
丝绸之路，走出阳关，
走向大千世界
在这里——
莫高窟飞天，
塑造出民族复兴的伟大梦想

月牙泉

王维一句西出阳关无故人
嫦娥，滴下一颗巨大的泪

吴刚，泼洒半杯桂花酒

醉迷了世人上千年

我跋山涉水来访，捧喝月牙泉
没有了泪的咸，没有了酒的烈

只有历经千辛万苦，才知甘和甜

鸣沙山

来到鸣沙山
我不相信，
汉军和匈奴全部掩埋在黄沙中
我不相信，
玉皇大帝的宝库淹埋在黄沙下

聆听鸣沙山
我分明听到，飞天祈福的梵音
在月光中流淌银色的安详
在阳光下闪烁金色的灿烂

（选自《诗与远方　如梦敦煌：全国敦煌诗文征选活动优秀作品集》2018年版）

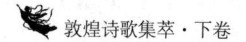

唐兴爱

阳关　阳关

阳关　阳关
不见烽火狼烟，回望
狼藉一片
一粒沙卷起的尘暴
笑谈渴饮之间

阳关　阳关
策马向西　踏一朵祥云
以英雄迟暮的心态
过戈壁　拜三危　听梵音
检阅历史的壮观

阳关　阳关
三叠的咏唱　不见殷红窦绿
锁阳，留下一地梦幻
让渭城客舍的游客
终究天涯孤旅　泪流满面

阳关　阳关

让长河落日点燃
历史的心灯
一带一路的航船
乘风破浪　勇往直前

（选自《诗与远方　如梦敦煌：全国敦煌诗文征选活动优秀作品集》2018年版）

雪落汐湄

梦在月牙泉

你一袭红衫
孤寂无言
长风将发丝吹散
斜阳正暖

谁在荒漠那端老了容颜
我跋涉千里
捻断手中牵念
让爱在你的裙摆凌乱

我洗尽铅华
将风沙揽入心间
借一颗红豆煮酒
换取离愁万般

黄沙漫漫
烟波流转
驼铃悠悠
与你梦醉月牙泉

只愿

琼楼那端的那根红线

伴着风沙

在梦里阑珊

(选自《诗与远方 如梦敦煌:全国敦煌诗文征选活动优秀作品集》2018年版)

敦煌研究院文化弘扬部
集体创作

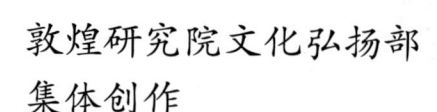

心归处　是敦煌

——赞"敦煌的女儿樊锦诗"

你是江南水乡的囡囡
瘦弱、朴实、倔强
北大学子洋溢青春光芒
怀揣为国奉献的崇高理想

你乘着萧瑟秋风、披着一程烟雨
停驻在九层楼前凝望
莫高窟檐铃叮咚作响
在大漠中悠悠回荡

敦煌，曾一度被历史遗忘
却镌刻出千年营造的辉煌
敦煌，曾一度被风沙掩藏
却藏不住中古文明的乐章

一年，十年，六十年

有人畏却、退缩、彷徨
也不乏有志者一生坚守
成了"打不走的莫高窟人"

在昏黄的油灯下
在坍塌的洞窟中
在残缺的塑像前
在简陋的宿舍里

保护、研究、弘扬
未有一时松懈
坚守、奉献、开创
未有一刻停歇

择一事，终一生
你未曾踟蹰不前
砂石不摧，无惧骄阳
风吹不折，无畏冰霜

你已是敦煌忠诚的女儿
戈壁绿洲顶天立地的白杨
和所有以梦为马的前辈一样
你接过火炬，举旗定向

此火为大，指引着后人不眘微芒

和所有以梦为马的工匠一样
你用火炬照亮黯淡已久的希望
此火为大，梦里梦外都是敦煌
因你，莫高窟要重现往昔的繁华
而你，青丝变为华发依旧芬芳
你无暇顾及远方的亲人
你用整个青春抱住了光芒

未雨绸缪制定保护条例
井然有序旅游开放
殚精竭虑筹建数展中心
妙趣横生游客赞扬

兢兢业业编撰考古报告
文明遗迹须真实传唱
高瞻远瞩探索数字化技术
石窟珍宝绵延万年长

人力未有穷尽
天地岂能夺仁人理想
逆顺成败之事
万世闪耀是智勇光芒

这是与岁月的角逐
这是与未来的较量

这是莫高窟人最深沉的爱
这是鸣沙山崖不灭的灵光

我们年轻一代身处这里
和您一样守护石窟宝藏
披荆斩棘，栉风沐雨
勠力同心，奋楫笃行

我们年轻一代身处这里
沿着您的脚步前行开创
坚守大漠，甘于奉献
开拓进取，勇于担当

我们年轻一代身处这里
在您的呵护下不断成长
不忘初心，牢记使命
只争朝夕，韶华辉煌

一代一代的敦煌儿女
向前辈莫高窟人效仿
向您——敦煌的女儿致敬
众心归处——依然是敦煌

许楠　执笔　二〇二三年七月七日

后记

在阳关博物馆创建 20 周年之际，我们坚守弘扬敦煌文化的初心，在 2008—2018 年先后出版了《敦煌诗选》、《敦煌文选》和《诗与远方　如梦敦煌：全国敦煌诗文征选活动优秀作品集》的基础上，又搜集了近十几年新创作和发表的描写敦煌的诗歌作品，进一步扩充了现存敦煌诗歌的数量，并加以对比精选，精心编辑了这套《敦煌诗歌集萃》上下卷，奉献给广大读者，希望能对大家认识敦煌、解读敦煌、弘扬敦煌文化有所助益。

在这套书的编辑过程中，敦煌图书馆方健荣馆长为前期的资料收集提供了方便与支持；胡杨和陈竹松老师参与了稿件的审阅并推荐了部分作品；王海卫、殷建忠同志也参与了稿件的审阅和校对；中国书籍出版社总编辑刘向鸿同志、责任编辑尹浩同志也为此书的编辑出版付出了辛苦和努力，谨在此向他们致以诚挚的谢意。

在此，还要向那些同意将诗作和照片选入本书的作者表示谢忱和敬意。之前已有联系方式的作者，我们将援例在本书出版时寄上样书以示酬谢；其他至今未能取得联系方式、尚未联系上的作者，期盼获知本书出版信息后与我们联系（电话：13519376001），我们将为您寄送样书致以谢忱。

编　者

2023 年 6 月 26 日

敦煌诗歌集萃

【上】

纪忠元
纪永元　主编
武国爱

中国书籍出版社

图书在版编目（CIP）数据

敦煌诗歌集萃.上卷/纪忠元，纪永元，武国爱主编.--北京：中国书籍出版社，2023.8
ISBN 978-7-5068-9484-5

Ⅰ.①敦… Ⅱ.①纪…②纪…③武… Ⅲ.①诗集—中国—当代Ⅳ.①I227

中国国家版本馆CIP数据核字(2023)第127128号

敦煌诗歌集萃·上卷
纪忠元　纪永元　武国爱　主编

责任编辑	尹　浩
责任印制	孙马飞　马　芝
装帧设计	闽江文化
出版发行	中国书籍出版社
地　　址	北京市丰台区三路居路97号（邮编：100073）
电　　话	（010）52257143（总编室）　（010）52257140（发行部）
电子邮箱	eo@chinabp.com.cn
经　　销	全国新华书店
印　　刷	北京市白帆印务有限公司
开　　本	710毫米×1000毫米　1/32
字　　数	386千字
印　　张	15.5
版　　次	2023年8月第1版
印　　次	2023年8月第1次印刷
书　　号	ISBN 978-7-5068-9484-5
总 定 价	160.00元（上下卷）

版权所有　翻印必究

本书由中国敦煌石窟保护研究基金会资助出版

▲ 敦煌三危山　孙志军摄影

▲ 雅丹地貌　赵红云摄影

▲ 敦煌汉长城遗迹

▲ 悬泉置　杜雨林摄影

▲ 1907年玉门关遗址

▲ 阳关烽燧　　　　　　　　　　　▲ 鸣沙山月牙泉

▲ 党河大峡谷　刘旗摄影

▲ 今日莫高窟前

▲ 20世纪初莫高窟残景

▲ 莫高窟 第158窟 涅槃佛像

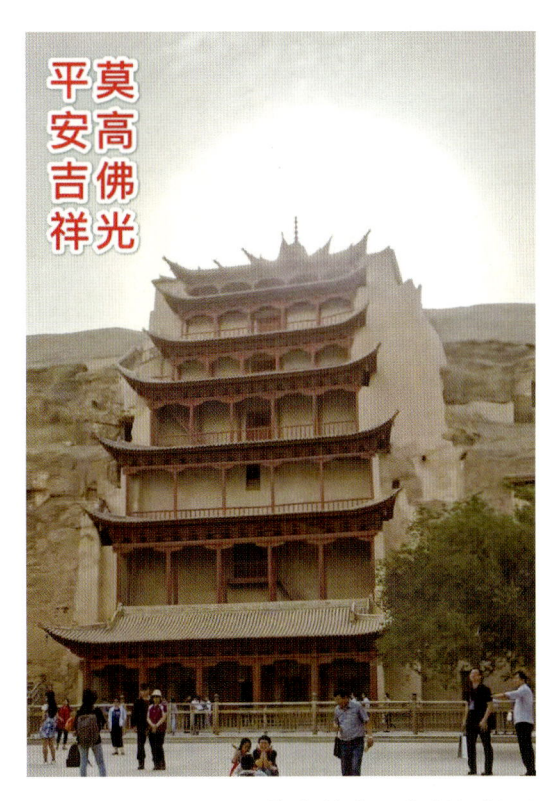

▲ 莫高佛光　柴剑虹摄影

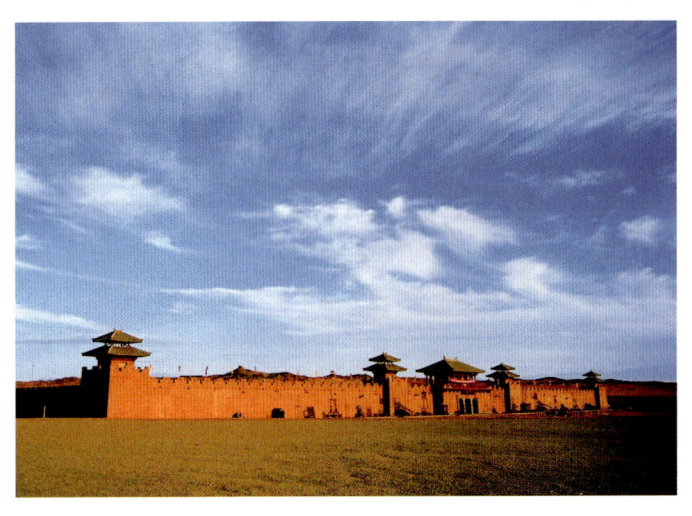

▲ 阳关博物馆　李成摄影

▲ 今日党河风情线

▲ 阳关旭光

【序】

柴剑虹

敦大煌盛，丝路文明举世瞩目。岁月如梭，两关风物日新月异。阳关博物馆即将迎来建馆二十周年庆典。作为阳关博物馆的创始人，几十年来一直孜孜不倦地传承弘扬敦煌文化艺术的文博工作者，纪永元先生在经受了新冠疫情的磨难、考验与损失后，为向建馆庆典献礼，在他和兄长纪忠元研究员以及武国爱先生多年来辛勤搜集整理、编辑出版敦煌诗歌的基础上，发来他们主持新编的《敦煌诗歌集萃》（以下简称《集萃》），嘱我审订并写序。十五年前，我也曾为忠元、永元兄弟主编的《敦煌诗选》（以下简称《诗选》）撰序；这次书稿由我联系中国书籍出版社立项出版，并有幸获得中国敦煌石窟保护研究基金会的资助，我是基金会理事之一；鉴此前因后缘，故不揣简陋，遵嘱拟就此序。

2008年出版的《诗选》（中国文联出版社）编入自汉代敦煌建郡至20世纪初500多位作者（包括佚名作者）创作的古体诗940首、新体诗398首，其实已堪称收编敦煌诗歌的一部总集。这次新编，忠元、永元、国爱他们先是按原计划将书稿诗作扩充到1500首，同时为避免与《诗选》做重复工作，又考虑到读者可自行查阅工具书，省却了原稿中的不少"说明"、"注释"文字；后来采纳我的建议，觉得新书还是要进而体现"集萃"的特点，便委托本人和出版社责编对增补作品后的初稿做筛选工作。于是，我们根据《敦煌诗选·编辑前言》中对"敦煌诗歌"这个术语的解释，即"写敦煌的诗和敦煌人写的诗"；而"敦煌人"是除敦煌本土人士外也在某个时期旅居敦煌、服务敦煌的人士，他们写的诗"原则上仅选其中写敦煌的诗"（当然在文学史上有一定影响、并非写敦煌的少数诗作例外），做了略加删减的工作；同时，为有助于读者的阅读、理解，也请编者恢复了少许必要的说明文字。

敦煌诗歌在中国文学史及至整个文化史上的意义，忠元、永元昆仲及阳关博物馆的同道多年来孜孜不倦收编这些诗歌所付出的辛劳和获得的成果，在《诗选》中谢晃、李正宇两位先生所撰写的两篇序言里，有十分精当的说明和称道；我也曾在该书拙序中谈了自己的浅见与感受。本文不再赘述，而只就新近的一些体悟略叙一二，敬求识者指正。

"诗言志，歌永言，声依永，律和声。"（《尚书·舜典》）据传是我国上古虞朝时期记载舜帝对夔所说。到汉代，大儒董仲舒针对各家对《诗经》的解说纷纭，提出"《诗》无达诂"之论；后来便引申扩展为"（凡）诗（均）无达诂"。而前引舜帝之论，仍然不仅成为儒家学者对诗歌内容、作用与形式特点的经典诠释，也为历朝历代众多诗歌评论家所尊同，堪称十二字箴言。其实，诗歌要反映丰富多彩、纷繁复杂的社会生活，既可以叙事、抒情、咏物，又可以感怀、议论、讽喻，其创作目的、内容、功能，是不能仅用言志、永言来概括的；其声律要求与特点，也无法用依永、和声涵盖以尽。我以为这才是对"诗无达诂"准确、完整的理解。我们看林林总总的敦煌诗歌，无论是精心构思的佳篇力作，或是一挥而就的即兴杂咏，即便是许多借景抒情、咏物借喻、叹古讽今、兴致所至的诗作，恐怕与"言志""永言"也还有相当大的差别和距离，既不能刻意深究拔高，当然也不宜轻易曲解贬低。记得大诗人郭沫若先生曾向毛泽东主席探问《浪淘沙·北戴河》中"秦皇岛外打鱼船，一片汪洋都不见"的寓意，主席答曰：当时所见，就写进去了，没有什么深意，须知这是写诗。（参见《启功说唐诗》中所附拙作《怎样读古诗》，人民文学出版社，2023年）我认为，今天我们赏读敦煌诗，重要的是拉近自己与敦煌及丝绸之路的距离，将个人的心得体会与诗人的所见所闻和感受融会贯通，读懂敦煌，热爱敦煌。我想，这也是以传承敦煌文化为己任的阳关博物馆奉献这本《集萃》的一个目的吧。

至于谈到诗词歌赋的"声依永，律和声"，即声律音韵要求，不但因时代、地域的声韵差别而有所区别，也会受到作者的语言文字学养、用方音写作与阅读习惯的影响而宽严皆有（如敦煌莫高窟藏经洞所出的一些诗歌作品颇受西北方音的影响），当然也常有创作中不愿因韵律害意的因素在起作用。如大家熟知的唐代大诗人杜甫有一首《观公孙大娘弟子舞剑器行》，开头两句为"昔有佳人公孙氏，一舞剑器动四方"，析辨其声律，竟是"平仄平平平平仄，平仄仄仄仄仄平。"即便是歌行体诗，也很不合律，恐怕就是诗人不愿用格律来限制内容的表达罢了。不合声韵之诗，在《集萃》上卷的部分古体诗中也有所体现，而在《集萃》下卷的新体诗部分最为明显。有些新诗（包括散文诗），几乎全篇无押韵的"痕迹"，给人感觉只是一些分行排列的文字。对此，我的理解是：作为"韵语"体裁，虽然"押韵"是其基本条件，但诗词歌赋中的"有我"或"无我"之"意境"亦至关紧要。如果作品有诗词意境，不管是缘情写景还是触景生情，或浓或淡，或浅近或深远，都可以弥补在韵律上的缺憾。我想这也是部分不押韵作品能在报刊上发表并编入《集萃》的原因吧。诚然，如果作品既不符合韵律要求，又无意境（即"诗意"）可鉴识，就会成为编者不入选《集萃》的理由了。

  我曾经听到过这样的赞叹：敦煌是孕育诗歌的宝地，真是"诗之摇篮"。确实如此。眼前这本《集萃》就是一个明证。因为书中选编的近现代诗作，应该只是现时大量创作存世的敦煌诗歌中的一小部分。十年前，甘肃人民美术出版社曾出版方健荣、郑宝生选编的《敦煌的诗》一书，收编120位作者歌咏敦煌的新诗270多首（据该书"编者小语"云，该书"选编诗人与作品的视野与尺度是开放和挑剔的"），其中有些这次也并未编入《集萃》之中。2018年4月至7月，阳关博物馆与敦煌市文联承办了"诗与远方·如梦敦煌"全国诗文征选活动，短短三个月就征集到383位作者的古体诗词和新体诗1151首，并于当年出版了《诗与远方　如梦敦煌——全国敦煌诗文征选活动优秀作品集》（敦煌文艺出版社），其中收入获奖诗词261首，只占参评作品的一小部分，可见当代敦煌诗歌创作的热度。记得我曾参加了该作品集首发式后举办的座谈会，听取了众多作家、学者和文学爱好者热情洋溢的发言，对敦煌诗歌创作的传承、创新与繁荣畅抒己见。其中特别提到近些年在拾风诗社和敦煌诗词楹联学会的组织推动下，诗歌队伍快速壮大，常年坚持举办各种采风创作活动，并出现了许多高质量的作品。同时成功创建了"中华诗词之乡"。这是新时代敦煌文化繁荣的一大亮点。当时纪永元馆长的一句话打动了每一个参会者："敦煌文化的博大精深是举世公认的，每一个敦煌文化的追寻者，所付出的都是一生。"我也联想起了2005年美国前国务卿基辛格博士参观阳关博物馆后的题词："The more I see in China great past, the more I be lieve in its glorious future（我对中国的伟大过去了解得越多，我就越加相信中国会有光辉的未来）"。座谈会上，甘肃省作家协会名誉主席、诗人高平即席朗诵了他的短诗《一朵奇葩——赞阳关博物馆》，我回京后即勉力将其翻译成俄文，又请我的一位学兄、研治英美文学的黄震教授将它译成了英文，以此寄托能进而通过外译让敦煌诗走向世界的期望。我国现有诗词作品以著名地域为吟咏对象者，除了涵盖敦煌的西域、丝绸之路外，如长江、黄河、泰山、黄山、庐山、三峡、西湖、青藏高原等，恕我寡闻疏漏，它们的数量都似不及敦煌诗之多。探其源流，析其缘由，恐怕不仅是中国诗歌史上一个值得研究的课题，也应该是多民族文化交流史中耀眼的闪光点。可以说，《集萃》的编辑出版也为敦煌学研究的拓展与推进，为敦煌文化的传承与弘扬提供了丰富的文学资料，我乐意继续为此鼓与呼。

2023年5月于北京

前言

阳关八月，金秋送爽，阳关博物馆迎来了她的第20个灿烂的秋天。在此喜庆时刻，我们编辑出版《敦煌诗歌集萃》这本诗集，奉献给社会，希望能为敦煌诗歌的传扬、发展贡献一份力量。

早在2008年阳关博物馆五周年庆典的时候，阳关博物馆推出了敦煌历史上第一本《敦煌诗选》，并且邀请国内一批知名诗人和专家学者举行了出版座谈会，受到了一致好评和鼓励："这是迄今为止我们所知所见的收录时间跨度最长、所收诗体最广、总体篇幅最大、作者人数最多、代表性也最全面的一本关于敦煌的主题诗选。"（文艺评论家、诗人谢冕语）

从那之后，特别是近十年来，敦煌诗歌研究、创作、出版活动空前活跃起来。全国性的敦煌诗文征选活动和敦煌诗歌创作座谈会接连举办；相关诗社、协会相继成立并经常性地组织开展采风笔会创作活动，写作队伍迅猛壮大；敦煌诗歌作品集密集出版，群众性诗歌吟诵活动此起彼伏；2019年，中华诗词协会授予敦煌"中华诗词之乡"的荣誉称号。所有这一切，极大地激发了敦煌诗歌创作者和爱好者的创作热情和灵感，敦煌诗歌在数量上和质量上迎来了继 20 世纪 80 年代后的又一轮井喷式增长。

正是在这种有利局面下，我们着手编辑新的敦煌诗选。编选的宗旨不变，依旧是弘扬敦煌诗歌优良传统，繁荣敦煌诗歌创作。目标是在第一本诗选的基础上提炼、增订和刷新。

我们所收录的"敦煌诗"，简而言之，指的是写敦煌的诗，写敦煌的山川人事的诗，涉及敦煌自然地理、政治、经济、社会、军事、科学、文化、艺术、宗教、民俗等各个方面，而不管作者是中国人还是外国人，是敦煌本地人还是外地人。我们紧扣这条主线选题，且在这次选编中去除了一些与敦煌关系不是很紧密的篇什。一般只选实写敦煌的诗，借用敦煌、阳关、玉门关等词语抒写某种意境的仅有少量代表性诗作入选。作为例外，诗选中也收录了少量并非写敦煌的诗篇，如唐代诗人韦庄的《秦妇吟》等，出自莫高窟藏经洞写卷，与敦煌有特殊关联，我们在书中都作了必要的说明。

在编辑加工上，这次不同于第一本诗选，一般没有给出作者简介和作品背景说明，一则考虑到现时信息发达，检索比较方便；二则希望尽可能多地增加原作容量。考虑到这样做势必给读者带来一些不便，我们在部分作品中也作了一些说明和注释。

这本诗选共收录古今 600 多名作者的古体诗 1000 余首、新体诗 400 多首。选诗的时间跨度从敦煌汉代建郡至今 2100 多年。诗篇基本上按写作或发表年代编排，希望起到以诗证史、鉴史的效果。细心的读者会注意到，敦煌历史上所有的重大事件，几乎都有诗篇可以印证。研读这些优秀诗篇，等于打开了敦煌历史画卷，从中可以领悟敦煌历史的沧桑巨变和敦煌文化的博大精深。

需要申明的是，在古体诗部分，我们收入了一定数量的词和少许赋作，新体诗部分也收了少量歌词。这些作品本来可以用附录形式编排，但为避免敦煌历史这条主线的分割，还是不顾体裁上的抵牾，将之与诗篇排在一起。希望读者理解这种权宜处置。

敦煌是历史文化名城和闻名天下的旅游城市，在敦煌诗歌中，总体上看，歌颂敦煌和敦煌文化、凭吊历史文化遗迹和赞美神奇自然景观的这三类诗篇居多，这是很自然的。从这次编选的诗篇来看，在题材的深度和广度上都有所拓展。我们希望有条件的诗歌作者，尤其是敦煌诗人，能更多地关注敦煌的经济和社会活动，关注当代敦煌人的生活实践和精神面貌，尽可能多地学习、了解一些敦煌历史文化知识，写出更多更好无愧于时代的敦煌诗篇。

20年来，我们在收集、梳理、选注和出版敦煌诗歌的过程中，受到了诸多专家学者和诗人作家太多的厚爱和帮助。第一本诗选拜受季羡林先生题词、冯其庸先生题签，承蒙李正宇先生审定，谢冕、李正宇、柴剑虹先生赐序。这本集萃由柴剑虹先生初审书稿，提出了指导性意见，并不吝赐序。胡杨和陈竹松先生审阅书稿，增添了一些诗作。尤其令人感动的是，谢冕和高平先生现在都是九十高龄的诗歌界前辈，谢冕前些年两度跋涉敦煌主持诗歌活动，高平从阳关博物馆开馆之日起一次不落地出席五年一度的馆庆活动。他们所展现的不仅仅是对年轻后进事业的无私支持，而是彰显了献身诗歌事业的责任和执着。

阳关博物馆经过20年的摸爬滚打，现在俨然像一条大步行进在西北荒原上的健壮汉子，正在发挥其博物、保护、旅游、学术研究多重功能，为敦煌文化的传承和发展持续贡献自己的力量。此刻，渥洼池畔又传来了好消息：汇聚国内众多著名敦煌学专家治学心得的"阳关大讲堂"已经陆续开讲！这可谓是一支号角，播扬着阳关新曲，标志着应运而生的阳关博物馆，在历经新冠疫情之后，正以崭新的姿态，迈步在阳关大道上。

编者谨识

2023 年 5 月 18 日

目录

【汉魏晋南北朝时期】

刘　彻　太一天马歌 … 002
左延年　从军行 … 002
郭　璞　三青鸟 … 002
佚　名　教诲诗 … 003
陶渊明　三青鸟诗 … 004
马　岌　题宋纤石壁诗 … 004
杨　宣　宋纤画像颂 … 005
李　暠　述志赋 … 005
鲍　照　建除诗 … 007
温子升　敦煌乐 … 008
　　　　凉州乐歌 … 008
庾　信　重别周尚书 … 009
　　　　咏莫高窟屏风画 … 009

【隋唐五代北宋时期】

来　济　出玉关 ⋯ 012

卢照邻　关山月 ⋯ 012

王之涣　凉州词 ⋯ 012

王昌龄　从军行（七首选二）⋯ 013

王　维　送平澹然判官 ⋯ 013
　　　　送刘司直赴安西 ⋯ 014
　　　　送元二使安西 ⋯ 014

李　白　关山月 ⋯ 014
　　　　塞下曲（六首选一）⋯ 015
　　　　从军行 ⋯ 015
　　　　折杨柳 ⋯ 016
　　　　子夜吴歌 ⋯ 016
　　　　边　思 ⋯ 016

高　适　和王七玉门关听吹笛 ⋯ 017

杜　甫　送人参军 ⋯ 017

岑　参　敦煌太守后庭歌 ⋯ 017
　　　　玉门关盖将军歌 ⋯ 018
　　　　题苜蓿峰寄家人 ⋯ 019
　　　　玉关寄长安李主簿 ⋯ 019
　　　　寄宇文判官 ⋯ 019

释无名　无名歌※ ⋯ 020

佚　名　阙　题（自从塞北起烟尘）※ ⋯ 021

卢茂钦　阙　题（偶游仙院睹灵台）※ ⋯ 021

目录

皎　然	张伯英草书歌 … 022	
佚　名	献忠心·蓦却多少云水※ … 022	
	凤归云·征夫数载※ … 023	
	天仙子（二首）※ … 023	
	洞仙歌·华烛光辉※ … 024	
	渔歌子·洞房深※ … 024	
戴叔伦	塞上曲 … 024	
	闺　怨 … 025	
耿　沛	送王将军出塞 … 025	
戎　昱	塞下曲 … 025	
李　益	塞下曲 … 026	
	边　思 … 026	
佚　名	从军行※ … 026	
	从军行同前作※ … 027	
	阙　题（少年凶勇事横行）※ … 027	
	阙　题（塞上无媒徒苦辛）※ … 027	
	阙　题（万里城边一树花）※ … 028	
	阙　题（夜闻孤雁切人肠）※ … 028	
	阙　题（去时河畔柳初黄）※ … 028	
	阙　题（故人闻道雁传书）※ … 028	
	阙　题（春来春去秋复秋）※ … 029	
	别望怨※ … 029	
令狐楚	从军词 … 029	
张仲素	天马辞 … 030	

张　祜　听　歌 … 030

张议潭　宣宗皇帝挽歌五首（选二）※ … 030

悟　真　悟真受牒及两街大德赠答诗合钞（选五）※ … 031

杨庭贯　谨上沙州专使持表从化诗一首※ … 033

温庭筠　定西番·汉使昔年离别 … 033

薛　逢　凉州词 … 033

翁　绶　白　马 … 034

许　棠　塞　下 … 034

唐彦谦　咏　马 … 034

居　遁　龙牙和尚偈 … 035

张　俠　贰师泉赋 … 035

韦　庄　秦妇吟※ … 037

胡　曾　玉门关 … 043

宋家娘子　秦筝怨※ … 043

　　　　　春寻花柳得情※ … 044

佚　名　敦　煌※ … 044

　　　　寿　昌※ … 044

　　　　当敌何须避宝刀※ … 045

　　　　张淮深变文末附诗七首（选二）※ … 045

　　　　阙　题（三十年来带玉关）※ … 046

　　　　童　谣※ … 046

佚　名　菩萨蛮·敦煌古往出神将※ … 047

　　　　望江南·敦煌郡※ … 047

　　　　赞普子·本是蕃家帐※ … 048

目录

佚　　名　敦煌廿咏※… 048

佚　　名　仙岩题咏并序※… 054

张延锷　　延锷奉和※… 055

氾瑭彦　　瑭彦不揆荒芜聊申长行五言口号※… 055

张文彻　　龙泉神剑歌※… 056

　　　　　七言三首（选一）※… 058

张　　永　白雀歌※… 059

佚　　名　卢相公咏廿四气诗（选四）※… 062

　　　　　赛马毬（拟题）※… 063

　　　　　月　赋※… 064

　　　　　玩　月※… 065

　　　　　草书歌※… 065

佚　　名　菩萨蛮（三首）※… 066

　　　　　西江月·女伴同寻烟水※… 066

　　　　　山花子·去年春日长相对※… 067

　　　　　望江南·天上月※… 067

　　　　　南歌子·悔嫁风流婿※… 067

　　　　　生查子·三尺龙泉剑※… 067

　　　　　鹊踏枝·叵耐灵鹊多满语※… 068

　　　　　捣练子·堂前立※… 068

　　　　　何满子·平夜秋风凛凛高※… 068

翟奉达　　钞《新菩萨经》题诗※… 069

孙光宪　　酒泉子·空碛无边… 069

佚　　名　陷蕃诗十二首※… 070

5

　　　　　上道清法师诗二首※ … 075

　　　　　阙　题（宝像嵯峨面正东）※ … 075

道　真　重修南大像北古窟题壁并序※ … 076

张盈润　题敦煌千龛窟并序※ … 077

佚　名　望江南（二首）※ … 078

　　　　　谒金门·开于阗※ … 078

　　　　　佚调名词（三首）※ … 079

佚　名　敦煌学郎诗六首※ … 080

　　　　　阙　题（敦煌西裔是临边）※ … 081

　　　　　店铺叫卖口号二首※ … 081

　　　　　方角诗 … 082

　　　　　十字图五言诗 … 083

　　　　　垂幌挂幡形离合诗图 … 085

　　　　　叠字诗二首 … 087

胡　宿　塞上曲 … 087

贺　铸　捣练子·砧面莹 … 087

苏　轼　书林次中所得李伯时归去来阳关二图后 … 088

黄庭坚　题阳关图（二首） … 088

【南宋元明清时期】

陆　游　题阳关图 … 090

李俊民　阳关图 … 090

孙　蕡　送翰林典籍张敏行之官西上 … 090

戴　弁　玉关来远 … 091

目录

陈 柴	阳 关 … 092
	玉 关 … 092
李先芳	送王侍御巡甘肃 … 093
汪 滽	敦煌怀古（六首）… 093
	城工告成（四首）… 095
	登沙州城楼 … 096
	出郊看千佛洞墩台 … 096
	游千佛洞 … 097
	黄墩堡 … 098
	双塔堡 … 098
	踏实堡 … 099
姚培和	千佛洞 … 099
	沙州送汪临亦二首 … 099
佚 名	敦煌郊望 … 100
	瓜沙道中 … 100
陈 瑜	薤谷石室 … 101
常 钧	题鸭子泉屋壁 … 101
朱 坤	鸣沙山歌 … 102
	月牙泉歌 … 103
赵学诗	偕友游西云观 … 104
张美如	咏张芝 … 104
蔺元泽	观 傩 … 105
朱凤翔	鸣沙山 … 105
	月牙泉 … 106

杨若桐　登敦煌旧城吊古 ⋯ 106

　　　　月牙泉 ⋯ 106

苏履吉　次王青厓《沙州竹枝词》原韵八首 ⋯ 107

　　　　敦煌八景 ⋯ 110

　　　　同马参戎进忠游鸣沙山月牙泉歌 ⋯ 112

　　　　留别敦煌父老士民 ⋯ 113

　　　　创修《敦煌县志》 ⋯ 115

　　　　偶　题 ⋯ 115

　　　　前岁甲申，余刻送淑芳归里诗，有赵木匠工于刀笔，其妇能拓墨本，索余诗笾，书以赐之，已见前集中。迄今八载，其妇以旧笾缴还，复索新笾，并乞书前诗。适淑芳重来，再回前韵并书以赐之 ⋯ 116

许乃縠　千佛岩歌并序 ⋯ 117

雷起瀛　敦煌八景 ⋯ 119

韩赐麟　月牙泉怀古 ⋯ 121

雷起鸿　敦煌八景 ⋯ 122

　　　　己巳岁和韩玉符邑侯留别敦煌父老 ⋯ 125

杨昌浚　左公柳 ⋯ 125

景　廉　月牙泉歌 ⋯ 126

蒋其章　游千佛洞得诗三十韵聊以疥壁 ⋯ 127

谢威凤　游月牙泉诗并序 ⋯ 129

萧　雄　出　塞 ⋯ 130

　　　　阳关道 ⋯ 130

陆廷栋　千佛洞怀古 ⋯ 131

【民国时期】

刘遵榘　四月八感怀 … 134

　　　　会馆团拜 … 134

杨巨川　敦煌怀古 … 135

　　　　游千佛洞 … 137

　　　　登鸣沙山 … 138

王国维　题敦煌所出唐人杂书六绝句 … 139

周炳南　月牙泉歌 … 141

吴　钧　和周炳南静山原歌 … 141

张　志　敦煌吟诗（五首）… 142

　　　　敦煌八景 … 143

　　　　赠敦煌教育研习会诗（二首）… 145

那波利贞（日）　为《梁户考》论文完成而作（五首选二）… 146

于右任　敦煌纪事诗（八首）… 147

　　　　骑登鸣沙山 … 148

　　　　万佛峡纪行诗四首 … 148

高一涵　敦煌石室歌 … 149

易君左　敦煌石窟歌 … 151

　　　　敦煌千佛洞杂咏（十二首）… 152

　　　　月牙泉 … 155

　　　　鸣沙山 … 155

　　　　赠宋荣议长 … 156

张庚由　金缕曲·敦煌纪事 … 156

　　　　卜算子·侍于公赴玉门关外道中 … 156

任子宜　少卿先生以所著《敦煌县志》稿见示，拜读之余，钦
　　　　其材料丰富，体例谨严，书此志贺 … 157
张大千　月牙泉 … 157
　　　　别榆林窟 … 157
范振绪　题榆林窟 … 158
沈尹默　致谢稚柳 … 158
　　　　观张大千临摹敦煌壁画展 … 159
罗家伦　游敦煌千佛洞 … 159
　　　　前韵咏曹延禄妻子于阗公主画像 … 159
　　　　玉门关故址赋 … 159
陈秉钧　状敦煌 … 160
王　炬　题故友张鸿汀《敦煌石室访古图》
　　　　（三首选二）… 160
水　梓　莫高窟中四绝 … 161
　　　　玉门关中秋四绝 … 162
　　　　河西归来 … 163

【中华人民共和国成立以来时期】

叶剑英　玉　门 … 166
冯国瑞　莫高窟杂诗五十首（选九）… 166
彭德怀　参观莫高窟题词 … 168
张蕴钰　深入不茅 … 169
　　　　菩萨蛮·过白龙堆并附记 … 169
　　　　观古龙城 … 170

	开屏村 … 170
水源渭江（日）	读林谦三教授见寄《敦煌琵琶谱研究》赋此道谢 … 171
邓　拓	赠常书鸿 … 171
罗哲文	两关情思 … 172
饶宗颐	题敦煌写卷云谣集杂曲子（用道路忆山中韵）… 173
	敦煌学百年盛会 … 174
	重到鸣沙山 … 174
潘重规	间　唱（三首）… 175
	门人卢永俊为治一印，文曰"敦煌石室写经生" … 176
	巴黎国家图书馆藏敦煌《论语义疏》卷子，卷端残损，用贞明九年文籍托裱。近年馆中重装，揭开文籍，乃知为一卖儿契也。怃然掩卷 … 177
陈祚龙	唐代两京印书 … 177
	旅次展诵石禅潘先生航简附诗因书四十字 … 178
	讴歌光融敦煌学 … 178
袁宝华	由肃北去敦煌途中 … 179
于忠正	莫高窟 … 180
常书鸿	危岩千窟对流沙 … 180
窦景椿	步唐人李商隐七言诗原韵 … 181
阎　纲	玉门行 … 181
肖　华	参观敦煌 … 183
刘白羽	敦　煌（二首）… 183
赵朴初	敦煌飞天赞 … 184

11

　　　　　汉俳二首 … 184

　　　　　汉俳三首 … 185

　　　　　陇行题咏二十一首（选三）… 186

　　　　　忆江南·敦煌博物馆索题 … 187

启　功　唐人写经残卷赞三首 … 188

　　　　　西域书画社征题 … 189

　　　　　题敦煌石窟 … 189

史苇湘　赠池田温教授 … 189

王　力　观舞剧《丝路花雨》… 190

马少波　观舞剧《丝路花雨》… 191

阎丽川　敦煌咏叹 … 192

周笃文　八声甘州·敦煌 … 192

　　　　　敦煌石室书怀 … 193

凌国星　一剪梅·出玉门 … 193

孙艺秋　云仙引·登玉门古垒 … 194

　　　　　过玉门 … 194

　　　　　过阳关 … 195

李　超　西江月（二首）… 195

王伯敏　莫高窟即兴三章 … 196

　　　　　祝贺段文杰先生治学五十周年 … 197

袁第锐　阳关遗址 … 198

　　　　　云仙引·登玉门古垒·和孙艺秋原韵 … 198

　　　　　阳关赋 … 198

李正宇　初到莫高窟 … 200

　　　　　　莫高窟咏 … 200
土屋尚（日）　河西走廊三题（选二） … 201
鲁　言　鸣沙山 … 201
　　　　　月牙泉 … 202
裴　慎　游敦煌月牙泉 … 202
　　　　　敦煌南湖道中 … 202
　　　　　南湖林场 … 203
刘天怡　哀月牙泉 … 203
杨　坚　题阳关块土 … 204
孙其芳　望三危山 … 204
　　　　　玉门关怀古 … 205
张翰勋　阳　关（二首） … 205
　　　　　鸣沙山纪游 … 206
闻　山　敦煌二首 … 207
星　汉　游莫高窟 … 207
　　　　　鸣沙山 … 208
　　　　　月牙泉 … 208
　　　　　吊阳关故址 … 208
　　　　　戊戌秋再游莫高窟 … 209
　　　　　月牙泉书所见 … 209
　　　　　重到阳关 … 209
　　　　　渥洼天马吟 … 210
　　　　　渥洼池 … 210
胡若嘏　阳关曲 … 211

吴丈蜀	访莫高窟二首 … 211	
	敦煌登沙山访月牙泉 … 212	
	访阳关二首 … 212	
叶元章	阳关吊古 … 213	
	敦煌莫高窟 … 213	
胡国瑞	阳关烽燧墩残筑 … 214	
聂文郁	西游阳关（古风十韵）… 214	
	莫高窟（古风九韵）… 215	
霍松林	自敦煌乘汽车游古阳关，缅想丝绸之路，口占八句 … 215	
	登古阳关废垒 … 216	
	游敦煌千佛洞 … 216	
张思温	阳　关 … 217	
卢豫冬	甲子夏末访阳关 … 217	
	甲子夏末暮访月牙泉 … 217	
李国瑜	敦煌曲 … 218	
马骥程	游敦煌 … 218	
郭晋稀	甲子登敦煌莫高窟感怀 … 219	
柯与参	莫高窟 … 219	
魏际昌	丝绸之路史诗一束（其三）… 220	
	到阳关 … 220	
杨植霖	丝路忆往 … 221	
	莫高窟古今 … 222	
吴绍烈	阳　关 … 222	

目录

朱金城　敦煌杂咏六绝句（选二）… 223
陈祥耀　自兰州赴敦煌并访阳关遗堡，北望玉门得绝句十首
　　　　（选五）… 223
羊春秋　丝绸之路 … 224
孙轶青　敦煌莫高窟三首 … 225
丁　芒　西部吟存选（选六）… 225
涂宗涛　敦煌莫高窟（三首）… 227
　　　　阳关怀古 … 227
谢　宠　出　塞 … 228
　　　　敦煌旅游驼 … 228
彭锡瑞　沁园春·阳关故址 … 228
　　　　阳关故址 … 229
　　　　月牙泉 … 229
康务学　敦煌道中 … 230
赵　越　丝路咏绝五首（选二）… 230
薛德元　七绝六首（选四）… 231
蔡厚示　夕抵敦煌 … 232
林从龙　阳关行 … 232
柴剑虹　题敦煌莫高窟 … 233
　　　　在伦敦参加"敦煌百年"研讨会有感 … 233
陶尔夫　汉宫春·柳园至敦煌途中见海市蜃楼 … 233
　　　　霓裳中序第一·莫高窟藏经洞 … 234
　　　　法曲献仙音·阳关墩墩山烽燧 … 234
　　　　忆旧游·敦煌月牙泉 … 235

15

白　坚	河西行七绝（选四）… 235
李汝伦	兰州、敦煌参加唐代文学会四首 … 236
	满江红·望祁连山 … 237
	敦煌市 … 237
	莫高窟 … 238
	去鸣沙山 … 238
	骑骆驼走鸣沙山 … 239
	捧骆驼 … 239
龚克昌	烽燧颂 … 239
	月牙泉 … 240
侯孝琼	沙漠绿洲二首 … 240
	赴敦煌 … 241
	月牙泉 … 241
	沙　枣 … 241
徐定祥	过古阳关 … 242
	题古阳关烽燧遗址 … 242
毛水清	丝路杂咏八绝（选五）… 242
李济祖	莫高窟观壁画 … 243
孙映逵	渥洼歌 … 244
雷树田	敦煌四吟 … 244
	游敦煌鸣沙山月牙泉（三言古诗）… 245
王和生	咏丝绸之路 … 246
秦中吟	河西走廊 … 247
	鸣沙山与月牙泉 … 247

	冒雨购夜光杯 … 247
成 倬	过瓜州 … 248
	明驼颂 … 248
陈剑虹	莫高窟 … 248
	观《敦煌古乐》… 249
田 园	游览敦煌鸣沙山月牙泉 … 249
尹 贤	敦煌月牙泉 … 249
李 准	登鸣沙山 … 250
	访阳关 … 250
唐 凌	月牙泉 … 250
	莫高窟 … 251
林 锴	莫高窟壁画临摹 … 251
汪 都	阳关颂 … 252
魏传统	访月牙泉 … 253
	沙山明月 … 253
周中仁	石州慢·敦煌 … 253
潘絜兹	敦煌忆旧 … 254
胡 绳	莫高窟（二首）… 256
	阳 关 … 256
	渥洼池 … 256
池田大作（日） 敦 煌 … 257
高 平	敦煌女画家 … 261
	敦煌行（六首）… 265
马福民	历史的纪行（五首选三）… 267

刘兴义	敦煌写意 … 268	
王良旺	七律·戈壁书怀 … 270	
光未然	丝路短歌（十首选四）… 270	
冯其庸	题古阳关 … 273	
汉国萃	敦煌行（三首）… 273	
王　渊	在墩墩山烽火台 … 274	
宋谋玚	敦煌莫高窟 … 274	
张曼西	敦　煌 … 275	
应中逸	敦煌诗五首 … 275	
刘　征	鸣沙山玩月 … 277	
	访渥洼池 … 278	
王充闾	阳　关 … 279	
	沙海蜃楼 … 279	
姚文仓	咏鸣沙山月牙泉五首（选三）… 280	
	咏阳关 … 281	
	咏玉门关 … 281	
	咏敦煌雅丹地貌 … 281	
	赠日本小渊惠三先生 … 282	
	赠日本访华团并序 … 283	
	观莫高窟法事活动并序 … 283	
陆　浩	敦煌三首 … 284	
王沂暖	鹧鸪天·敦煌莫高窟四首 … 285	
洪元基	南湖新曲三首 … 286	
阎文儒	为敦煌研究院五十周年题辞 … 287	

任震英	敦煌研究院五十周年志庆	… 287
颜廷亮	敦煌研究院建院五十周年书此以贺匪敢云诗聊寄余怀已尔诗云	… 288
高占祥	绝唱逢生	… 289
吕　澄	敦煌二首	… 289
赵维斌	敦煌十景赞	… 290
冷冰鑫	敦煌诗页（四首）	… 291
张友仁	墩墩山烽燧	… 293
南飞燕	阳关博物馆咏	… 293
郭占法	阳　关	… 293
郑宝生	登鸣沙山	… 294
沈国辉	忆十年修建党河水库	… 294
布　赫	河西走廊	… 295
尔　邑	唐多令·敦煌	… 295
	鹧鸪天·观白马塔	… 295
	如梦令·月牙泉	… 296
	鹧鸪天·西云观	… 296
周峙峰	敦煌绝句四首	… 296
徐子芳	敦煌吟	… 298
李鼎文等	敦煌历史名人赞诗十一首	… 299
甄载明	敦煌千佛洞二首	… 305
王　渊（小）	阳关随想	… 306
郝春文	再游敦煌感怀三首	… 306
何光第	再咏敦煌并序	… 307

　　　　　咏敦煌莫高窟并序 … 308

　　　　　玉门关怀古 … 309

　　　　　汉长城遗址 … 309

　　　　　三过阳关 … 309

　　　　　神奇雅丹 … 310

　　　　　访阳关渥洼池并序 … 310

　　　　　阳关博物馆怀古 … 311

　　　　　再咏敦煌 … 311

殷明辉　兰陵王·由安西赴敦煌游鸣沙山谒莫高窟倚声 … 312

　　　　　夜游宫·吊阳关 … 312

　　　　　捣练子·阳关小唱二首 … 313

　　　　　南歌子·阳关小唱 … 313

　　　　　烛影摇红·吊玉门关 … 314

　　　　　鹊桥仙·玉门关怀古 … 314

　　　　　望远行·吊河仓城 … 314

　　　　　念奴娇·吊敦煌汉长城 … 315

　　　　　莺啼序·由敦煌出玉门关往游雅丹地貌倚声 … 315

许嘉璐　赠阳关博物馆诗 … 316

　　　　　题鸣沙山 … 317

张　仲　贺阳关博物馆成立 … 317

张庆和　敦煌览胜 … 318

　　　　　敦煌藏经洞 … 318

　　　　　登月泉阁 … 319

　　　　　咏鸣沙山月牙泉 … 319

林家英	敦煌行六首并序	… 320
黄瑞云	阳关曲	… 322
刘健生	阳关行	… 322
	莫高窟	… 323
	鸣沙山月牙泉	… 324
	玉门关	… 325
朱果炎	阳关赋	… 325
李树喜	西域诗（组诗选三）	… 327
熊召政	访阳关故址	… 328
乔树宗	敦煌故城书怀	… 329
	敦煌莫高窟	… 329
邓世广	月牙泉	… 330
	登敦煌古城	… 330
翟泰丰	西行随吟（五首）	… 330
孙　钢	敦煌诗三首	… 332
王玉福	月牙泉	… 333
	贺敦煌铁路建成	… 334
张德芳	望海潮·贺《敦煌研究》刊载百期	… 334
刘　章	过玉门	… 335
	莫高窟睡佛	… 335
芦　管	月牙泉放歌	… 335
高财庭	清平乐·阳关	… 337
	月牙泉	… 337
	己亥九月敦煌诗乡评估验收，并祝敦煌荣膺中华诗词	

之乡 … 337

老　舟　阳　关 … 338

　　　　七言古绝·玉关魂 … 338

　　　　追念班超 … 338

　　　　玉门关落日 … 338

　　　　破阵乐·玉门关抒怀 … 339

刘志英　阳关偶拾 … 339

陈竹松　咏敦煌 … 340

　　　　阳关寻迹 … 340

　　　　踏莎行·反弹琵琶 … 340

　　　　巫山一段云·玉门关（二首） … 341

　　　　金缕曲·锁阳城怀古 … 341

　　　　阳关踏青 … 342

　　　　春回玉门关 … 342

　　　　赏　杏 … 342

邓星汉　七律·月牙泉 … 342

王林侠　阳　关 … 343

李文强　咏阳关 … 343

谭俭方　七律·游阳关感咏 … 345

关山月明　沁园春·敦煌赋（中华新韵） … 346

绿萝婉兮　七律·阳关咏 … 346

王一一　又见阳关 … 347

杨忠仁　望海潮·敦煌咏 … 347

于少华　念奴娇·梦回阳关 … 348

鲁鸿武	咏敦煌 … 348	
	叹阳关 … 348	
王　英	眼儿媚·阳关葡萄 … 349	
	一剪梅·春日咏怀 … 349	
张　辉	长相思·敦煌咏 … 349	
	浪淘沙·阳关秋韵 … 350	
李常国	阳关秋吟 … 350	
张森茂	壬寅暮春阳关有寄 … 350	
朱生玉	访阳关拜摩诘有感 … 351	
王志伟	夜　岗 … 351	
付　虎	沙岭晴鸣 … 351	
	两关遗址 … 352	
肖正平	浣溪沙·阳关 … 352	
田遇春	阳关大漠落日怀古 … 352	
	月牙泉 … 353	
	鸣沙山 … 353	
段巨海	阳关咏 … 353	
于　衡	六州歌头·阳关 … 354	
蒋明远	敦煌党河 … 354	
	游敦煌月牙泉 … 355	
李国雄	春游敦煌 … 355	
范诗银	阳关歌 … 356	
李国谅	月牙泉（新韵）… 356	
	游敦煌魔鬼城（新韵）… 356	

徐　奇	沙州吟 … 357
黄彩枝	阳关礼赞 … 357
	雅丹魔鬼城 … 357
徐　杰	出　塞 … 358
黄玉庭	过敦煌 … 358
萧雨涵	水龙吟·敦煌 … 359
	阳关吊古 … 359
	水调歌头·玉门关 … 359
佟丽娟	行香子·春游敦煌 … 360
	河西行吟 … 360
黄义成	梦横塘·莫高窟 … 360
	月牙泉 … 361
	阳　关 … 361
	玉门关 … 361
褚钟铭	沁园春·山河恋 … 362
	寄河西 … 362
	鹧鸪天·阳关随想 … 363
陈乐道	敦煌赋 … 363
谢　宣	巫山一段云·渥洼池 … 364
	长相思·月牙泉 … 365
庞艳荣	高阳台·玉门关 … 365
	青玉案·观《又见敦煌》有感 … 365
应绿霞	题阳关 … 366
	题月牙泉 … 366

王传明	咏玉门关 … 366	
许　明	八声甘州·玉门关 … 367	
刘国芹	月牙泉 … 367	
靖万里	甘州遍·敦煌 … 368	
寇星野	如梦敦煌 … 368	
程良宝	丝路敦煌咏叹 … 369	
	题敦煌月牙泉 … 369	
	题敦煌鸣沙山 … 369	
	玉门怀古 … 369	
吴　春	鹊桥仙·咏敦煌 … 370	
	长相思·望玉门关 … 370	
刘　军	念奴娇·敦煌寄怀 … 371	
	莫高窟寄怀 … 371	
	玉门关寄怀 … 371	
程越华	水龙吟·敦煌莫高窟书怀 … 372	
	鹧鸪天·敦煌月牙泉写意 … 372	
王会东	玉门关怀古（新韵）… 373	
	敦煌月牙泉抒怀（新韵）… 373	
徐守民	梦　境 … 373	
廖　原	玉门关 … 374	
	月牙泉 … 374	
吕绳振	玉门关怀古 … 375	
	阳关感叹 … 375	
	暮赏月牙泉 … 375	

	敦煌遗韵 … 376
沈忠辉	咏玉门关 … 376
哈声礼	水调歌头·月牙泉 … 377
刘建国	月牙泉 … 377
文　涛	玉门关怀古（新韵）… 378
	月牙泉（新韵）… 378
曹树造	题鸣沙山月牙泉 … 378
冉长春	玉门关 … 379
郭洪日	鸣沙山 … 379
	月牙泉 … 379
	玉门关 … 380
	莫高窟 … 380
承　洁	题鸣沙山 … 380
	题月牙泉 … 381
	题玉门关 … 381
王银海	敦煌白杨诗赞（新韵）… 381
	登鸣沙山有感 … 382
罗建明	敦煌莫高窟 … 382
	鸣沙山月牙泉 … 382
冷迎春	敦煌民居 … 383
丁星凡	玉门关 … 383
	月牙泉 … 384
曹姿红	长相思·敦煌初雪 … 384
	踏莎行·反弹琵琶 … 384

	临江仙·玉门关抒怀	385
	赠王维	385
金嗣水	鸣沙山	385
	月牙泉	386
成文生	沙州怀古	386
	莫高窟	386
	月牙泉	387
	玉门关	387
	阳　关	387
周胜辉	念奴娇·敦煌畅想	388
叶艾琳	一剪梅·观《丝路花雨》	388
李支柱	鹧鸪天·敦煌鸣沙山	389
	鹧鸪天·三危山	389
张建平	月牙泉	389
雍晓升	赏月牙泉有作	390
	吃榆钱有感	390
	赞李广杏	390
赵美新	游月牙泉（新韵）	391
	鸣沙山（新韵）	391
荣西安	西江月·月牙泉	391
罗永珩	鸣沙山	392
	月牙泉	392
	过敦煌	392
翁钦润	沁园春·咏莫高窟	393

27

	咏月牙泉 … 393
宋　彬	夜过月牙泉 … 394
朱士举	满庭芳·走近敦煌 … 394
林贵增	蝶恋花·月牙泉诗会 … 395
杨业胜	玉门关 … 395
邓建秋	旅次敦煌 … 396
	观看《又见敦煌》… 396
	过阳关 … 396
	访莫高窟 … 396
	月牙泉 … 397
廖正荣	月牙泉有寄 … 397
	梦游月牙泉 … 397
刘远玲	踏莎行·沙州之春 … 398
	鹧鸪天·初夏雨后步行党河风情线 … 398
	党河白莲咏 … 398
何玉新	春回故郡 … 399
张生霞	清平乐·芒种时节 … 399
	捣练子·游党河风情线 … 400
陈斯高	玉门关遥想 … 400
	敦煌夜思 … 400
郭子栋	玉门关感怀（二首）… 401
郭廷瑜	阳关咏怀 … 401
赵　明	登阳关 … 402
	玉门关感怀 … 402

	蝶恋花·春到月牙泉 … 403
	夏夜鸣沙山 … 403
张立芳	鸣沙山 … 403
	月牙泉 … 404
肖建春	水龙吟·登玉门关有感 … 404
王智华	咏玉门关 … 405
王颖秀	浪淘沙·端午感怀 … 405
苏　俊	鸣沙山 … 406
代晚霞	登鸣沙山 … 406
黄昌振	访月牙泉 … 406
杨树林	敦煌鸣沙山月牙泉 … 407
唐中华	游鸣沙山月牙泉 … 407
张秀绢	鹧鸪天·大敦煌 … 407
张丽明	多丽·大美敦煌 … 408
陈启荣	咏月牙泉 … 408
侯转运	玉门关抒怀（四首）… 409
袁人瑞	玉门关 … 410
	月牙泉 … 410
	鸣沙山观日出 … 410
仇恒儒	八声甘州·诗意月牙泉 … 411
宋国贤	谒阳关 … 411
	月牙泉 … 411
	玉门关 … 412
李晓光	游鸣沙山·月牙泉 … 412

张大泽	月牙泉 … 412
郭　宏	玉门关 … 413
	游三危山登南天门 … 413
高银交	过玉门 … 414
马瑞新	月牙泉 … 414
	鸣沙山 … 414
朱殿臣	敦煌梦 … 415
缪秉峰	西江月·重游敦煌 … 415
	题莫高窟 … 415
	题月牙泉 … 416
刘志刚	月牙泉 … 416
	鸣沙山 … 416
	阳关葡萄园 … 417
王宝琛	雅丹地貌 … 417
郑瑞霞	临江仙·鸣沙山（新韵）… 417
	浣溪沙·月牙泉（新韵）… 418
苏些雩	减字木兰花·月牙泉 … 418
	减字木兰花·鸣沙山 … 418
马新明	古城晚眺 … 419
徐　毅	玉门关 … 419
强明侠	敦煌文博会 … 420
康顺义	永遇乐·丝路重起 … 420
谢良喜	玉门关 … 421
	莫高窟 … 421

	鸣沙山 … 421
	月牙泉 … 421
张金英	浣溪沙·月牙泉 … 422
	浪淘沙令·鸣沙山 … 422
	月下笛·敦煌玉门关怀古 … 422
	思远人·阳关别情 … 423
岳松林	忆昔日游敦煌古阳关旧址 … 423
王军平	玉门关 … 424
刘妙仙	玉门关 … 424
赵力纪	月牙泉 … 425
	敦煌鸣沙山 … 425
束红平	咏玉门关 … 425
	月牙泉 … 426
李金明	夜游鸣沙山 … 426
郭增吉	玉门吊古 … 426
	玉门关今咏 … 427
詹建荣	南乡子·沙州元夜 … 427
张正聪	玉门关怀古 … 427
	阳关怀古 … 428
丛延春	沁园春·万里长城十三关之玉门关 … 428
武立胜	小方盘城忆事 … 429
	过阳关故道 … 429
刘庆霖	问敦煌 … 429
	敦煌夜市与友人畅饮 … 430

赵清莆　到阳关 … 430
　　　　访阳关 … 430
张桂兴　雅丹地质公园 … 431
　　　　鸣沙山 … 431
刘爱红　玉门关听琴 … 431
　　　　汉长城 … 431
魏义友　莫高窟 … 432
李稳贤　鹧鸪天·敦煌雅丹 … 432
徐耿华　【双调·水仙子】游古阳关 … 433
　　　　敦煌雅丹魔鬼城歌 … 433
闫云霞　贺新郎·莫高窟 … 434
霍庆来　游敦煌沙州古城闲吟 … 435
　　　　锁阳城遗址感吟 … 435
耿　杰　阳关怀张骞 … 436
　　　　月牙泉 … 436
尹彩云　鸣沙山月牙泉 … 436
　　　　阳　关 … 436
曹初阳　由南昌转机兰州赴敦煌，落地后作 … 437
　　　　登鸣沙山 … 437
张孝玉　敦煌春柳 … 437
段　维　玉门关遗址 … 438
　　　　敦煌雅丹魔鬼城 … 438
王海娜　水调歌头·敦煌女儿樊锦诗 … 439
刘能英　月牙泉 … 439

游完月牙泉返回途中即兴 … 439
钟　波　月牙泉 … 440

汉魏晋南北朝时期

刘　彻
太一天马歌

太一贡兮天马下，沾赤汗兮沫流赭。
志俶傥兮精权奇，䇲浮云兮晻上驰。
体容与兮迣万里，今安匹兮龙为友。

左延年
从军行

苦哉边地人，一岁三从军。
三子到敦煌，二子诣陇西。
五子远斗去，五妇皆怀身。

郭　璞
三青鸟

山名三危，青鸟所憩；
往来昆仑，王母是隶。
穆王西征，旋轸斯地。

佚　名

教诲诗

日不显目兮黑云多，月不可视兮风非沙。

从恣蒙水诚江河，州流灌注兮转扬波。

辟柱槙到忘相加，天门徕小路彭池。

无因以上如之何！兴章教诲兮诚难过。

说明：这是写在敦煌汉简上的一首诗，该简是1914年3月斯坦因在敦煌玉门关外马圈湾与后坑之间的临要燧（斯坦因编号T.11烽燧）西南侧灰堆中出土的。本诗采自吴礽骧、李永良、马忠华编《敦煌汉简释文》（甘肃人民出版社1991年版224页，2253号简）原抄失题，张凤先生归入"风雨类"，后有学者遂名之为《风雨诗》。李正宇先生据其内容，取其末句"兴章教诲"意，改拟题为《教诲诗》。

此诗句句为韵，繁音促节，与西汉《柏梁诗》、曹丕《燕歌行》同。所用韵字，"沙"读莎、"加"读歌、"池"读陀，与"多""河""波""何""过"同属歌部，为汉魏古音。由此推其创作年代当在汉魏之际。

陶渊明

三青鸟诗

翩翩三青鸟,毛色奇可怜。

朝为王母使,暮归三危山。

我欲因此鸟,且向王母言。

在世无所须,惟酒与长年。

马 岌①

题宋纤②石壁诗

丹崖百丈,青壁万寻。

奇木翁郁,蔚若邓林。

其人如玉,惟国之琛。

室迩人遐,实劳我心。

---

① 马岌:(生卒年不详),十六国时期前凉张骏时任酒泉太守。
② 宋纤:(约273—355),字令艾,十六国时期敦煌人。前凉著名学者和教育家。著有《论语注》及诗、颂万余言。一生不愿为官,隐居酒泉文殊山,讲学授徒,潜心著述,凡三十余年,受业弟子三千余人。

杨　宣[①]

宋纤画像颂

为枕何石？为漱何流？
身不可见，名不可求！

李　暠[②]

述志赋

涉至虚以诞驾，乘有舆于本无。禀玄元而陶衍，承景灵之冥符。荫朝云之菴蔼，仰朗日之照煦。既敷既载，以育以成。幼希颜子曲肱之荣，游心上典，玩礼敦经。蔑玄冕于朱门，羡漆园之傲生；尚渔父于沧浪，善沮溺之耦耕。秽鸱鸢之笼吓，钦飞凤于太清；杜世竞于方寸，绝时誉之嘉声。超霄吟于崇岭，奇秀木之凌霜；挺修干之青葱，经岁寒而弥芳。情遥遥以远寄，想四老之晖光；将戢繁荣于常衢，控云辔而高骧；攀琼枝于玄圃，漱华泉之渌浆；

---

① 杨宣：（生卒年不详），前凉时人，前凉张骏、张重华、张祚时均任敦煌太守。在任时保境安民、兴修水利，颇有建树。
② 李暠（351—417），字玄盛，小字长生，陇西狄道（今甘肃临洮南）人，汉李广之后。十六国时西凉建立者，谥号为凉武昭王。北凉段业时，李暠始为效谷（今甘肃敦煌市东北）令，后任安西将军、敦煌太守、领护西胡校尉。东晋安帝隆安四年（400），建西凉国，定都敦煌，后迁酒泉。

和吟凤之逸响，应鸣鸾于南冈。

时弗获彰，心往形留，眷驾阳林，宛首一丘；冲风沐雨，载沉载浮。利害缤纷以交错，欢感循环而相求。乾扉奄寂以重闭，天地绝津而无舟；悼贞信之道薄，谢惭德于圜流。遂乃去玄览，应世宾，肇弱巾于东宫，并羽仪于英伦，践宣德之秘庭，翼明后于紫宸。赫赫谦光，崇明奕奕，岌岌王居，诜诜百辟，君希虞夏，臣庶夔益。

张王颓岩，梁后坠壑。淳风杪莽以永丧，缙绅沦胥而覆溺。吕发衅于闺墙，厥构摧以倾颠；疾风飘于高木，回汤沸于重泉；飞尘禽以蔽日，大火炎其燎原；名都幽然影绝，千邑阒而无烟。斯乃百六之恒数，起灭相因而迭然。于是人希逐鹿之图，家有雄霸之想，暗王命而不寻，邈非分于无象。故覆车接路而继轨，膏生灵于土壤。哀余类之忪蒙，邈靡依而靡仰；欲求专而失逾远，寄玄珠于罔象。

悠悠凉道，鞠焉荒凶，杪杪余躬，迢迢西邦，非相期之所会，谅冥契而来同。跨弱水以建基，蹑昆墟以为墉，总奔驷之骇辔，接摧辕于峻峰。崇崖岠嵼，重崄万寻，玄邃窈窕，磐纡嶔岑，榛棘交横，河广水深，狐狸夹路，鸺鹠群吟。挺非我以为用，任至当如影响；执同心以御物，怀自彼于握掌，匪矫情而任荒，乃冥合而一往，华德是用来庭，野逸所以就鞿。

休矣时英，茂哉隽哲，庶罩网以远笼，岂徒射钩与斩袂！或脱桔而缨蕤，或后至而先列，采殊才于岩陆，拔翘彦于无际。思留侯之神遇，振高浪以荡秽；想孔明于草庐，运玄筹之罔滞；洪操槃而慷慨，起三军以激锐。咏群豪之高轨，嘉关张之飘杰，誓报曹而归刘，何义勇之超出！据断桥而横矛，亦雄姿之壮发。辉辉南珍，英英周鲁，挺奇荆吴，昭文烈武，建策乌林，龙骧江浦。摧堂堂之劲阵，郁风翔而云举，绍樊韩之远踪，侔徽猷于召武，非刘孙之鸿度，孰能臻兹大祜！信乾坤之相成，庶物希风而润雨。

岷益既荡，三江已清，穆穆盛勋，济济隆平，御群龙而奋策，弥万载以飞荣，仰遗尘于绝代，企高山而景行。将建朱旗以启路，驱长毂而迅征，靡商风以抗旆，拂招摇之华旌，资神兆于皇极，协五纬之所宁。赳赳干城，翼翼上弼，恣馘奔鲸，截彼丑类。且洒游尘于当阳，拯凉德于已坠。间昌宇之骖乘，暨襄城而按辔。知去害之在兹，体牧童之所述，审机动之至微，思遗餐而忘寐，表略韵于纨素，托精诚于白日。

鲍　照

建除诗

建旗出敦煌，西讨属国羌。
除去徒与骑，战车罗万箱。

满山又填谷,投鞍合营垒。
平原亘万里,旗鼓传相望。
定舍后未休,候骑前敕装。
执戈无暂顿,弯弧不解张。
破灭西零国,生虏郅支王。
危乱悉平荡,万里置关梁。
成军入玉门,士女献壶浆。
收功在一时,历世荷余光。
开壤袭朱绂,左右佩金章。
闭帷草《太玄》,兹事殆愚狂。

温子升

敦煌乐

客从远方来,相随歌且笑。
自有《敦煌乐》,不减安陵调。

凉州乐歌

路出玉门关,城接龙城坂。
但事弦歌乐,谁道山川远。

庾　信

重别周尚书

阳关万里道，不见一人归。
唯有河边雁，秋来南向飞。

咏莫高窟屏风画

三危上凤翼，九坂度龙鳞。
路高山里树，云低马上人。
悬岩泉溜响，深谷鸟声春。
住马来相问，应知有姓秦。

隋唐五代北宋时期

来济

出玉关

敛辔遵龙汉，衔凄渡玉关。

今日流沙外，垂涕念生还。

卢照邻

关山月

塞垣通碣石，虏障抵祁连。

相思在万里，明月正孤悬。

影移金岫北，光断玉门前。

寄言闺中妇，时看鸿雁天。

王之涣

凉州词

黄河远上白云间[①]，一片孤城万仞山。

羌笛何须怨杨柳，春风不度玉门关。

---

① 此句一作"黄沙远上白云间"，是说沙漠辽阔，远望黄沙与白云相接。

王昌龄
从军行（七首选二）

其 四

青海长云暗雪山，孤城遥望玉门关。

黄沙百战穿金甲，不破楼兰终不还。

其 七

玉门山嶂几千重，山北山南总是烽。

人依远戍须看火，马踏深山不见踪。

王　维
送平澹然判官

不识阳关路，新从定远侯。

黄云断春色，画角起边愁。

瀚海经年到，交河云塞流。

须令外国使，知饮月支头。

送刘司直赴安西

绝域阳关道,胡沙与塞尘。

三春时有雁,万里少行人。

苜蓿随天马,葡萄逐汉臣。

当令外国惧,不敢觅和亲。

送元二使安西

渭城朝雨浥轻尘,客舍青青杨柳新。

劝君更尽一杯酒①,西出阳关无故人。

李　白

关山月

明月出天山,苍茫云海间。

长风几万里,吹度玉门关。

汉下白登道,胡窥青海湾。

由来征战地,不见有人还。

---

① 　此句一作"劝君更进一杯酒"。

戍客望边色,思归多苦颜。

高楼当此夜,叹息应未闲。

塞下曲(六首选一)

其 五

塞虏乘秋下,天兵出汉家。

将军分虎竹,战士卧龙沙。

边月随弓影,胡霜拂剑花。

玉关殊未入,少妇莫长嗟。

从军行

从军玉门道,逐虏金微山。

笛奏梅花曲,刀开明月环。

鼓声鸣海上,兵气拥云间。

愿斩单于首,长驱静铁关。

折杨柳

垂杨拂绿水,摇艳东风年。

花明玉关雪,叶暖金窗烟。

美人结长恨,相对心凄然。

攀条折春色,远寄龙庭前。

子夜吴歌

长安一片月,万户捣衣声。

秋风吹不尽,总是玉关情。

何日平胡虏,良人罢远征。

边　思

去年何时君别妾,南园绿草飞蝴蝶。

今岁何时妾忆君?西山白雪暗晴云。

玉关去此三千里,欲寄音书那可闻。

高 适
和王七玉门关听吹笛

雪净胡天牧马还,月明羌笛戍楼间。

借问梅花何处落,风吹一夜满关山。

杜 甫
送人参军

弱水应无地,阳关已近天。

今君渡沙碛,累月断人烟。

好武宁论命,封侯不计年。

马寒防失道,雪没金鞍鞯。

岑 参
敦煌太守后庭歌

敦煌太守才且贤,郡中无事高枕眠。

太守到来山出泉,黄沙碛里人种田。

敦煌耆旧鬓皓然,愿留太守更五年。

城头月出星满天，曲房置酒张锦筵。
美人红妆色正鲜，侧垂高髻插金钿。
醉坐藏钩红烛前，不知钩在若个边。
为君手把珊瑚鞭，射得半段黄金钱。
此中乐事亦已偏！

玉门关盖将军歌

　　盖将军，真丈夫，行年三十执金吾，身长七尺颇有须。玉门关城迥且孤，黄河万里白草枯，南邻犬戎北接胡。将军到来备不虞，五千甲兵胆力粗，军中无事但欢娱。暖屋绣帘红地炉，织成壁衣花氍毹，灯前侍婢泻玉壶，金铛乱点野驼酥。紫绂金章左右趋，问着即是苍头奴；美人一双闲且都，朱唇翠眉映明眸；清歌一曲世所无，今日喜闻《凤将雏》。可怜绝胜秦罗敷，使君五马谩踟蹰。野草绣窠紫罗襦，红牙镂马对樗蒲；玉盘纤手撒作卢，众中夸道不曾输。枥上昂昂皆骏驹，桃花叱拨价最殊；骑将猎向城南隅，腊日射杀千年狐。我来塞外按边储，为君取醉酒剩沽；醉争酒盏相喧呼，忽忆咸阳旧酒徒。

题苜蓿峰寄家人

苜蓿峰边逢立春，胡芦河上泪沾巾。
闺中只是空相忆，不见沙场愁杀人。

玉关寄长安李主簿

东去长安万余里，故人何惜一行书。
玉关西望堪断肠，况复明朝是岁除。

寄宇文判官

西行殊未已，东望何时还？
终朝风与雪，连天沙复山。
二秋领公事，两度到阳关。
相忆不可见，别来头已斑。

释无名

无名歌 ※

天下沸腾积年岁,米到千钱人失计。

附郭种得二顷田,磨折不充十一税。

今年苗稼看更弱,枌榆产业须抛却。

不知天下有几人,只见波逃如雨脚。

去去如同不系舟,随波逐水泛长流。

漂泊已经千里外,谁人不带离乡愁?

舞女庭前厌酒肉,不知百姓饿眠宿。

君不见城外空墙匡,将军只是栽花竹。

君看城外凄惶处,段段茅花如柳絮。

海燕衔泥欲作巢,空堂无人却飞去。

编者按:以下凡诗题后标有 ※ 者均指该诗出自敦煌莫高窟藏经洞文献,不另说明。

佚　名

阙　题 ※

自从塞北起烟尘，礼乐诗书总不存。
不见父兮子不子，不见君兮臣不臣。
暮闻战鼓雷天动，晓看带甲似鱼鳞。
只是偷生时暂过，谁知久后不成身。

卢茂钦

阙　题 ※

偶游仙院睹灵台，罗绮分明塑匠裁。
高绾绿鬟云髻重，平垂罗袖牡丹开。
容仪一见情难舍，玉貌重看意懒回。
若表恳诚心所志，愿将姿貌梦中来。

皎　然
张伯英草书歌

伯英死后生伯高，朝看手把山中毫。

先贤草律我草狂，风云阵发愁钟王。

须臾变态皆自我，象形类物无不可。

阆风游云千万朵，惊龙蹴踏飞欲堕。

更睹邓林花落朝，狂风乱搅何飘飘。

有时凝然笔空握，情在寥天独飞鹤。

有时取势飞更高，忆得春江千里涛。

张生奇绝难再遇，草罢临风展轻素。

阴惨阳舒如有道，鬼状魑容若可惧。

曹公酒垆兴偏入，阮籍不嗔嵇亦顾。

长安酒榜醉后书，此日聘君千里步。

佚　名
献忠心·蓦却多少云水 ※

蓦却多少云水，直至如今。涉历山阻，意难任。早晚得到唐国里，朝圣明主。望丹阙，步步泪，满衣襟。　生死大唐好，喜难任。齐拍手，奏乡音。各将向本国里，呈歌舞。愿皇寿，千万岁，献忠心。

凤归云·征夫数载 ※

征夫数载，萍寄他乡。去便无消息，累换星霜。月下愁听砧杵，凝塞雁行。孤眠鸾帐里，枉劳魂梦，夜夜飞飏。　想君薄行，更不思量。谁为传书与，表妾衷肠？倚牅无言垂血泪，暗祝三光。万般无那处，一炉香尽，又更添香。

天仙子（二首）※

一

燕语莺啼三月半，烟蘸柳条金线乱。五陵原上有仙娥，携歌扇，香烂漫，留住九华云一片。　犀玉满头花满面，负妾一双偷泪眼。泪珠若得似珍珠，拈不散，知何限？串向红丝应百万。

二

燕语莺啼惊觉梦，羞见鸾台双舞凤。天仙别后信难通，无人问，花满洞，休把同心千遍弄。　叵耐不知何处去，正是花开谁是主？满楼明月夜三更，无人语，泪如雨，便是思君肠断处。

洞仙歌·华烛光辉 ※

华烛光辉,深下屏帏。恨征人久镇边夷,酒醒后多风醋。少年夫婿,向绿窗下左偎右倚,拟铺鸳被,抱人尤泥。　须索琵琶重理,曲中弹到,想夫怜处,转相爱几多恩义。却再续衷情鸳衾枕,愿长与今宵相似。

渔歌子·洞房深 ※

洞房深,空悄悄,虚抱身心寂寞。待来时,须祈祷,休恋狂花年少。　淡匀妆,周旋少,只为五陵正渺渺。胸上雪,从君咬,恐把千金买笑。

戴叔伦

塞上曲

汉家旌旗满阴山,不遣胡儿匹马还。
愿得此身长报国,何须生入玉门关。

闺　怨

看花无语泪如倾，多少春风怨别情。

不识玉门关外路，梦中昨夜到边城。

耿　沣

送王将军出塞

汉家边事重，窦宪出临戎。

绝漠秋山在，阳关旧路通。

列营依茂草，吹角向高风。

更就燕然石，行看奏虏功。

戎　昱

塞下曲

汉将归来虏塞空，旌旗初下玉门东。

高蹄战马三千匹，落日平原秋草中。

李 益

塞下曲

伏波唯愿裹尸还，定远何须生入关。
莫遣只轮归海窟，仍留一箭定天山。

边 思

腰垂锦带佩吴钩，走马曾防玉塞秋。
莫笑关西将家子，只将诗思入凉州。

佚 名

从军行 ※

侠少翩翩驰铁骑，白羽插腰弓在臂。
战胜未蒙天子知，功成却使将军忌。
十年辞魏阙，征战犹未歇。
容颜久犯胡地霜，肝胆长悬汉家月。
愿得总王师，灭却匈奴也不疑。
何图祇取班超印，不愤空传窦宪碑。

此怀犹未惬，举目愁云又重叠。

试听胡笳一两声，归心便碎榆关叶。

从军行同前作※

十四五年在金微，身上何曾解铁衣。

搅旗乍觉山河转，走马回头草树飞。

边庭三月仍萧索，白日沉沉映沙漠。

关中春色始欲来，塞上寒风又吹却。

频到朞庭斩首还，即今刀上血犹斑。

欲觅封侯仍未得，却令羞见玉门关。

阙　题※

少年凶勇事横行，欲击单于不用兵。

塞外不辞弓甲冻，山头月照宝刀明。

阙　题※

塞上无媒徒苦辛，不如归舍早宁亲。

纵令百战穿金甲，他自封侯别有人。

阙　题 ※

万里城边一树花，愁来相对几谘嗟。
旅客只今肠欲断，春光何时到流沙？

阙　题 ※

夜闻孤雁切人肠，忽忆征夫在远乡。
直为关山多屈滞，造得寒衣谁与将？

阙　题 ※

去时河畔柳初黄，灞岸桥边桃李香。
思君昔日行恩处，独坐春江空断肠。

阙　题 ※

故人闻道雁传书，雁去雁来音信稀。
一抱远戍阳关外，白发逢秋未□归。

阙　题 ※

春来春去秋复秋，不知征战几时休。

闺阁红颜谁作主，沙场白骨没人收。

别望怨 ※

征客戍龙沙，倡楼晓望赊。

宝筝红拂袖，香褥翠屏遮。

有使从边塞，传书到狭斜。

为君横吹急，更作落梅花。

令狐楚

从军词

暮雪连青海，阴霞覆白山。

可怜班定远，生入玉门关。

张仲素

天马辞

天马初从渥水来,郊歌曾唱得龙媒。

不知玉塞沙中路,苜蓿残花几处开?

张　祜

听　歌

十二年前边塞行,坐中无语叹歌情。

不堪昨夜先垂泪,西去阳关第一声。

张议潭

宣宗皇帝挽歌五首(选二)※

其　二

忆别西凉日,来朝北阙时。

千官捧銮殿,独召上龙墀。

宠极孤臣惧,恩深四表知。

无由殉灵驾,血泪自双垂。

其　五

七载朝金殿，千秋遇圣君。

九夷瞻北极，万国靡南熏。

盛烈排轩后，崇凌压汉文。

岂知河陇士，哭断高乡云。

悟　真

悟真受牒及两街大德赠答诗合钞（选五）※

悟真未敢酬答和尚故有谢辞（悟真）

生居狐貊地，长在碛边城。

未能学吐凤，徒事聚飞萤。

依韵奉酬（辩章）

生居忠正地，遥慕凤凰城。

已具三冬学，何言徒聚萤？

感圣皇之化有敦煌都法师悟真上人持疏来朝因成四韵（建初）

名出敦煌郡，身游日月宫。
柳烟清古塞，边草靡春风。
鼓舞千年圣，车书万里同。
褐衣持献疏，不战四夷空。

奉赠河西真法师（栖白）

知师远自敦煌至，艺行兼通释与儒。
还似法兰趋上国，仍论博望献新图。
已闻关陇春长在，更说河湟草不枯。
郡去五天多少地，西瞻得见雪山无？

上缺　悟真辄成韵句（悟真）

敦煌昔日旧时人，虏丑隔绝不复亲。
明王感化四夷静，不动干戈万里新。
春景氛氲乾坤泰，启（？）煌披缕无献陈。
礼则宛然无改处，艺业得传化塞邻。
羌山虽长思东望，蕃浑自息不动尘。
迢迢远至归帝阙，口口听教好博闻。
莫辞往返来投日，得睹京华荷圣君。

杨庭贯

谨上沙州专使持表从化诗一首 ※

流沙古塞没多时,人物虽存改旧仪。

再遇明王恩化及,远将情恳赴丹墀。

温庭筠

定西番·汉使昔年离别

汉使昔年离别,攀弱柳,折寒梅,上高台。　千里玉关春雪,雁来人不来。羌笛一声悲绝,月徘徊。

薛　逢

凉州词

昨夜蕃兵报国仇,沙州都护破凉州。

黄河九曲今归汉,塞外纵横战血流。

翁绶

白马

渥洼龙种雪霜月,毛骨天生胆气雄。
金埒乍调光照地,玉关初别远嘶风。
花明镜檐垂杨下,露湿朱缨细草中。
一夜羽书催转战,紫髯骑出佩骍弓。

许棠

塞下

胡虏偏狂悍,边兵不敢闲。
防秋朝伏弩,纵火夜搜山。
雁逆风鬐振,沙飞猎骑还。
安西虽有路,难更出阳关。

唐彦谦

咏马

崚嶒高耸骨如山,远放春郊苜蓿间。
百战沙场汗流血,梦魂犹在玉门关。

居　遁

龙牙和尚偈

扫地煎茶并把针，更无余事可留心。

山门有路人皆去，我户无门那畔寻。

张　侠

贰师泉赋

昔贰师兮仗钺专征，森戈矛兮深入虏庭，伐不宾之獯鬻，射芒角之狼星。

才登乌岭，始誓众而前行；初涉大河，愁落日之西倾。于是，北出雁门，崎岖峡斜；长城黯黯，漠漠平沙。指燕山而难进，陟眇邈之天涯。既而，经过狼峤，乃渡金河；铁门险峻，玉岭嵯峨。跋李陵之战所，思陈汤之止戈。

直趋瀚海，掩袭雕窠。纵貔貅之百万，围十角于天罗。周獐點房，败衄而星驰。既乘胜而奔逐，擒名王之禄蠢。卤生俘而回捷，献赤刀于彤墀。

于是，回戈天堑，朱夏方兼。经敦煌之东鄙，涉西裔之危阽。皑皑大碛，穹窿岩岩。前无指梅之麓，后无濡缕之沾。三军告渴，涸困胡髯。枯山赤坂，火薄生炎！

我贰师兮精诚仰天，拔佩刀兮叱咤而前。想耿恭之拜井，思夫人之濯绵。刺崖面而霹雳，随刀势而流泉。山裂地吼，鬼哭神趑，虫狼嗥叫，毒蛇吐烟。三危震而嶷嶷，泉水涌而潺潺。军吏大噉，相谓而言："我将军之神武，使枯鲈而复鲜。"一队队饮，一队队穿。人马多而溢涌，人马少而涓涓。

　　于是振旅东去，神功永传。煞白马以旌信，酬圆盖而飨乾。铭常乐之乐石，纪灵通于万年。

韦　庄

秦妇吟 ①※

中和癸卯春三月，洛阳城外花如雪。

东西南北路人绝，绿杨悄悄香尘灭。

路旁忽见如花人，独向绿杨阴下歇。

凤侧鸾欹鬓脚斜，红攒黛敛眉心折。

借问女郎何处来，含嚬欲语声先咽。

回头敛袂谢行人，丧乱漂沦何堪说！

三年陷贼留秦地，依稀记得秦中事。

君能为妾解金鞍，妾亦与君停玉趾。

前年庚子腊月五，正闭金笼教鹦鹉。

斜开鸾镜懒梳头，闲凭雕栏慵不语。

忽看门外起红尘，已见街中擂金鼓。

居人走出半仓惶，朝士归来尚疑误。

---

① 《秦妇吟》为唐长篇叙事诗，作者韦庄，字端己，京兆杜陵（今陕西西安）人。乾宁元年（894）进士，官至右补阙，后入蜀为王建书记。王建称帝后，庄为宰相，死于蜀。诗写于唐僖宗中和三年（883）春三月，之前广明元年十二月（881年1月）黄巢起义军攻入长安时，韦庄因病滞留京都。本诗以写实手法，完整叙述了黄巢起义军进入长安前后的情况，对唐王朝的腐败与官军的残暴进行了有力的揭露和鞭挞，但对起义军的形象和某些行为，也作了一些不实记叙、恶意渲染甚至中伤诋毁。当时长安以东防线为杨复光部，王建是其部下，其所作所为正与《秦妇吟》所记相符。后韦庄仕蜀为王建臣下，忌讳此事，便自禁《秦妇吟》，致使其弟在为其编辑《浣花集》时避而不收，终致失传近千年。直到敦煌藏经洞文书发现《秦妇吟》写卷，这篇古代叙事诗的杰作才重见天日。这也是敦煌遗书对于中国文学史的又一项重大贡献。

是时西面官军入,拟向潼关为警急。
皆言博野自相持,尽道贼军来未及。
须臾主父乘奔至,下马入门痴似醉。
适逢紫盖去蒙尘,已见白旗来匝地。
扶羸携幼竞相呼,上屋缘墙不知次。
南邻走入北邻藏,东邻走向西邻避;
北邻诸妇咸相凑,户外奔腾如走兽。
轰轰崑崑乾坤动,万马雷声从地涌。
火迸金星上九天,十二官街烟烘烔。
日轮西下寒光白,上帝无言空脉脉。
阴云晕气若重围,宦者流星如血色。
紫气潜随帝座移,妖光暗射台星坼。
家家流血如泉沸,处处冤声声动地。
舞伎歌姬尽暗捐,婴儿稚女皆生弃。
东邻有女眉新画,倾国倾城不知价。
长戈拥得上戎车,回首香闺泪盈把。
旋抽金线学缝旗,才上雕鞍教走马。
有时马上见良人,不敢回眸空泪下。
西邻有女真仙子,一寸横波剪秋水。
妆成只对镜中春,年幼不知门外事。

一夫跳跃上金阶,斜袒半肩欲相耻。
牵衣不肯出朱门,红粉香脂刀下死。
南邻有女不记姓,昨日良媒新纳聘。
琉璃阶上不闻行,翡翠帘间空见影。
忽见庭际刀刃鸣,身首支离在俄顷。
仰天掩面哭一声,女弟女兄同入井。
北邻少妇行相促,旋拆云鬟拭眉绿。
已闻击托坏高门,不觉攀缘上重屋。
须臾四面火光来,欲下回梯梯又摧。
烟中大叫犹求救,梁上悬尸已作灰。
妾身幸得全刀锯,不敢踟蹰久回顾。
旋梳蝉鬓逐军行,强展峨眉出门去。
旧里从兹不得归,六亲自此无寻处。
一从陷贼经三载,终日惊忧心胆碎。
夜卧千重剑戟围,朝餐一味人肝脍。
鸳帏纵入岂成欢,宝货虽多非所爱。
蓬头垢面眉犹赤,几转横波看不得。
衣裳颠倒言语异,面上夸功雕作字。
柏台多士尽狐精,兰省诸郎皆鼠魅。
还将短发戴华簪,不脱朝衣缠绣被。

翻持象笏作三公，倒佩金鱼为两史。
朝闻奏对入朝堂，暮见喧呼来酒市。
一朝五鼓人惊起，叫啸喧争如窃议。
夜来探马入皇城：昨日官军收赤水。
赤水去城一百里，朝若来兮暮应至。
凶徒马上暗吞声，女伴闺中潜失喜。
皆言冤愤此时销，必谓妖徒今日死。
逡巡走马传声急，又道官军全阵入。
大彭小彭相顾忧，二郎四郎抱鞍泣。
沉沉数日无消息，必谓军前已衔璧。
簸旗掉剑却来归，又道官军悉败绩。
四面从兹多厄束，一斗黄金一升粟。
尚让厨中食木皮，黄巢机上刲人肉。
东南断绝无粮道，沟壑渐平人渐少。
六军门外倚僵尸，七架营中填饿殍。
长安寂寂今何有？废市荒街麦苗秀。
采樵斫尽杏园花，修寨诛残御沟柳。
华轩绣毂皆销散，甲第朱门无一半。
含元殿上狐兔行，花萼楼前荆棘满。
昔时繁盛皆埋没，举目凄凉无故物。

内库烧为锦绣灰，天街踏尽公卿骨。
来时晓出城东陌，城外风烟如塞色。
路旁时见游奕军，坡下寂无迎送客。
霸陵东望人烟绝，树锁骊山金翠灭。
大道俱成棘子林，行人夜宿墙匡月。
明朝晓至三峰路，百万人家无一户。
破落田园但有蒿，摧残竹树皆无主。
路旁试问金天神，金天无语愁于人。
庙前古柏有残桡，殿上金炉生暗尘。
一从狂寇陷中国，天地晦冥风雨黑。
案前神水咒不成，壁上阴兵驱不得。
闲日徒歆奠飨恩，危时不助神通力。
我今愧恧拙为神，且向山中深避匿。
寰中箫管不曾闻，筵上牺牲无处觅。
旋教魔鬼傍乡村，诛剥生灵过朝夕。
妾闻此语愁更愁，天遣时灾非自由。
神在山中犹避难，何须责望东诸侯！
前年又出杨震关，举头云际见荆山。
如从地府到人间，顿觉时清天地闲。
陕州主帅忠且贞，不动干戈唯守城。

蒲津主帅能戢兵，千里晏然无戈声。
朝携宝货无人问，暮插金钗唯独行。
明朝又过新安东，路上乞浆逢一翁。
苍苍面带苔藓色，隐隐身藏蓬荻中。
问翁本是何乡曲？底事寒天霜露宿？
老翁暂起欲陈辞，却坐支颐仰天哭。
乡园本贯东畿县，岁岁耕桑临近甸。
岁种良田二百廛，年输户税三千万。
小姑惯织褐绐袍，中妇能炊红黍饭。
千间仓兮万斯箱，黄巢过后犹残半。
自从洛下屯师旅，日夜巡兵入村坞。
匣中秋水拔青蛇，旗上高风吹白虎。
入门下马若旋风，罄室倾囊如卷土。
家财既尽骨肉离，今日垂年一身苦。
一身苦兮何足嗟，山中更有千万家。
朝饥山草寻蓬子，夜宿霜中卧荻花！
妾闻此父伤心语，竟日阑干泪如雨。
出门惟见乱枭鸣，更欲东奔何所处？
仍闻汴路舟车绝，又道彭门自相杀。
野色徒销战士魂，河津半是冤人血。

适闻有客金陵至，见说江南风景异。

自从大寇犯中原，戎马不曾生四鄙。

诛锄窃盗若神功，惠爱生灵如赤子。

城壕固护效金汤，赋税如云送军垒。

奈何四海尽滔滔，湛然一境平如砥。

避难徒为阙下人，怀安却羡江南鬼。

愿君举棹东复东，咏此长歌献相公。

胡　曾

玉门关

西戎不敢过天山，定远功成白马闲。

半夜帐中停烛坐，惟思生入玉门关。

宋家娘子

秦筝怨 ※

玳瑁秦筝里，声声怨别离。

只缘多苦调，欲奏泪还垂。

妾意如弦直，君心学柱移。

暂时停不弄，音调早参差。

春寻花柳得情 ※

美人林里趁鸦儿，银甲花间不觉遗。

连忙借问娇鹦鹉，鸟鸟衔将与阿谁？

佚　名

敦　煌 ※

万顷平田四畔沙，汉朝城垒属蕃家。

歌谣再复归唐国，道舞春风杨柳花。

仕女上梳天宝髻，水流依旧种蚕麻。

雄军往往施鼙鼓，斗将徒劳猃狁夸。

寿　昌 ※

会稽碛畔亦疆场，迥出平田筑寿昌。

沙漠雾深鸣故雁，草枯犹未及重阳。

狐裘尚冷搜红髓，绨葛那堪卧冰霜。
邹鲁不行文墨少，移风徒突托西王。

当敌何须避宝刀 ※

忽闻犬戎起狼心，叛逆西同把险林。
星夜排兵奔疾道，此时用命总须擒。
雄雄上将谋如雨，蠢蝎蕃戎计岂深？
自十载提戈驱丑虏，三边犷悍不能侵。
何期今岁兴残害，辄尔依前起逆心。
今日总须摽贼首，斯须雾合已沾沾。
将军号令儿郎曰："克励无辞百战劳。
丈夫名宦向枪头觅，当敌何须避宝刀！"
汉家持刃如霜雪，胡骑天宽无处逃。
头中锋芒陪垅土，血溅戎尸透战袄。
一阵吐浑输欲尽，上将威临煞气高。

张淮深变文末附诗七首（选二）※

自从司徒归阙后，有我尚书独进奏。
持节河西理五州，德化恩沾及飞走。

河西沦落百年余，路阻萧关雁信稀。
赖得将军开旧路，一振雄名天下知。

阙　题 ※

三十年来带玉关，碛西危冷隔河山。
十里时闻蜂子叫，花间且喜不辞难。
元戎若交知众苦，解继频□暂展颜。
遥愧敦煌张相国，迴轮争敢忘壹飡。

童　谣 ※

二月仲春色光辉，万户歌谣总展眉。
太保应时纳福佑，夫人百庆无不宜。
三光昨来转精耀，六郡尽道似尧时。
田地今年别滋润，家园果树似搽脂。
河中现有十硙水，潺潺流溢满沟渠。
必定丰熟使物贱，休兵罢甲读文书。
再看太保颜如佛，恰同尧王似重眉。
弓硬力强箭又利，头边虫鸟不能飞。
四面蕃人来跪伏，献驼纳马没停时。

甘州可汗亲降使，情愿与作阿耶儿。

汉路当日无停滞，这回来往亦无虞。

莫怪小男女哎哆语，童谣歌出在小厮儿。

某承□阿郎万万岁，夫人节劼石不倾移。

阿耶驱来作证见，阿娘也教作保知。

优赏但只与一锦，令某作个出入衣。

佚　名
菩萨蛮·敦煌古往出神将 ※

敦煌古往出神将，感得诸蕃遥钦仰。效节望龙庭。麟台早有名。　只恨隔蕃部，情恳难申吐。早晚灭狼蕃，一齐拜圣颜。

望江南·敦煌郡 ※

敦煌郡，四面六蕃围。生灵苦屈青天见，数年路隔失朝仪，目断望龙墀。　新恩泽，草木总光辉。若不远仗天威力，河湟必恐陷戎夷，早晚圣人知。

赞普子·本是蕃家帐 ※

本是蕃家帐,年年在草头,夏日被毡帐,冬天挂皮裘。　语即令人难会,朝朝牧马在荒丘。若不谓抛沙塞,无因拜玉楼。

佚　名

敦煌廿咏 ※

仆到三危,向逾二纪。略观图录,粗览山川。古迹灵奇,莫可详究,聊申短咏,以讽美名去尔矣。

一、三危山咏

危山镇群望,岫崿凌穹苍。
万古不毛发,四时含雪霜。
岩连九陇险,地窜三苗乡。
风雨暗溪谷,令人心自伤。

二、白龙堆咏

传道神沙异,喧寒也自鸣。
势疑天鼓动,殷似地雷惊。

刀削棱还峻,人跻刃不平。
更寻掊井处,时见白龙行。

三、莫高窟咏

雪岭干青汉,云楼架碧空。
重开千佛刹,旁出四天宫。
瑞鸟含珠影,灵花吐蕙丛。
洗心游胜境,从此去尘蒙。

四、贰师泉咏

贤哉李广利,为将讨匈奴。
路指三危迥,山连万里枯。
抽刀刺石壁,发矢落金乌。
志感飞泉涌,能令士马苏。

五、渥洼池天马咏

渥洼为小海,伊昔献龙媒。
花里牵丝去,云间曳练来。
腾骧走天阙,灭没下章台。
一入重泉底,千金市不回。

六、阳关戍咏

万里通西域,千秋尚有名。
平沙迷旧路,眢井引前程。
马色无人问,晨鸡吏不听。
遥瞻废关下,昼夜复谁扃?

七、水精堂咏

阳关临绝漠,中有水精堂。
暗碛铺银地,平沙散玉羊。
体明同夜月,色净含秋霜。
可则弃胡塞,终归还帝乡。

八、玉女泉咏

周人祭瑶水,黍稷信非馨。
西豹追河伯,蛟龙遂隐形。
红妆随洛浦,绿鬓逐浮萍。
尚有销金冶,何曾玉女灵。

九、瑟瑟咏

瑟瑟焦山下,悠悠采几年。

为珠悬宝髻，作璞间金钿。
色入青霄里，光浮黑碛边。
世人偏重此，谁念楚材贤。

十、李庙咏

昔时兴圣帝，遗庙在敦煌。
叱咤雄千古，英威静一方。
牧童歌冢上，狐兔穴坟傍。
晋史传韬略，留名播五凉。

十一、贞女台咏

贞白谁家女，孤标坐此台。
青蛾随月转，红粉向花开。
二八无人识，千秋已作灰。
洁身终不嫁，非为乏良媒。

十二、安城袄咏

板筑安城日，神祠与此兴。
一州祈景祚，万类仰休征。
蘋藻采无乏，精灵若有凭。

更看雩祭处，朝夕酒如渑。

十三、墨池咏

昔人精篆素，尽妙许张芝。
草圣雄千古，芳名冠一时。
舒笺行鸟迹，研墨染鱼缁。
长想临池处，兴来聊咏诗。

十四、半壁树咏

半壁生奇木，盘根到水涯。
高柯笼宿雾，密叶隐朝霞。
二月含青翠，三秋带紫花。
森森神树下，祈赛不应赊。

十五、三攒草咏

池草三攒别，能芳二月春。
绿苔生水嫩，翠色出泥新。
弄舞餐花蝶，潜惊触钓鳞。
芳菲观不厌，留兴待诗人。

十六、贺拔堂咏

英雄传贺拔，割据王敦煌。
五郡征般匠，千金造寝堂。
绮檐安兽瓦，粉壁架虹梁。
峻宇称无德，何曾有不亡。

十七、望京门咏

郭门望京处，楼上起重闉。
水北通西域，桥东路入秦。
黄沙吐双堠，白草生三春。
不见中华使，翩翩起房尘。

十八、相似树咏

两树夹招提，三春引影低。
叶中微有字，阶下已成蹊。
含气同修短，分条德且齐。
不容凡鸟坐，应欲俟鸾栖。

十九、凿壁井咏

尝闻凿壁井，兹水最为灵。

色带三春渌,芳传一味清。

玄言称上善,图录著高名。

德重胜铢两,诸流量且轻。

二十、分流泉咏

地涌澄泉美,环城本自奇。

一源分异派,两道入汤池。

波上青蘋合,洲前翠柳垂。

况逢佳景处,从此遂忘疲。

佚　名

仙岩题咏并序 ※

巡礼仙岩,经宿届此。况宕泉圣地,昔傅公之旧游;月窟神踪,仿中天之嶷(鹫)岭。三危峭峻,映宝阁以当轩;碧水流泉,绕金池而泛艳。中春景气,犹布同云,偶有所思,裁成短句。

三危极目耸丹霄,万里□家去且遥。

满眼同云添塞色,报恩终不恨征辽。

今日同游上碧天，手持香积蹈红莲。

灵山初会应相见，分明收取买花钱。

张延锷
延锷奉和 ※

南阳一张应天恩，石壁题名感圣君。

功臣古迹居溪内，敦煌伊北已先闻。

东流一带凝秋水，略尽横山地色分。

从此穿涉无房骑，五年勤苦扫风尘。

氾瑭彦
瑭彦不撰荒芜聊申长行五言口号 ※

宝阁卜云崖，灵龛万户开。

涧深流水急，林迥叶风催。

香露凝空下，祥花雪际来。

诸公燃圣烛，荐福益三台。

张文彻

龙泉神剑歌 ※

龙泉神剑出丰城，彩气冲天上接辰。

不独汉朝今亦有，金鞍山下是长津。

天符下降到龙沙，便有明君膺紫霞。

天子犹来是天补，横截河西作一家。

堂堂美貌实天颜，□德昂藏镇玉关。

国号金山白衣帝，应须早筑拜天坛。

日月双旌耀虎旗，御楼宝砌建丹墀。

出警从兹排法驾，每行青道要先知。

我帝金怀海量宽，目似流星鼻笔端。

相好与尧同一体，应知天分数千般。

一从登基未逾年，德比陶唐初受禅。

百灵效祉贺鸿寿，足踏坤维手握乾。

明明圣日出当时，上膺星辰下有期。

神剑新磨须使用，定疆广宇未为迟。

东取河兰广武城，西取天山瀚海军。

北扫燕然葱岭镇，南尽戎羌逻莎平。

三军壮，甲马兴，万里横行河湟清。

结亲只为图长国，永霸龙沙截海鲸。

我帝威雄人未知，叱咤风云自有时。
祁连山下留名迹，破却甘州必不迟。
金风初动虏兵来，点甑干戈会将台。
战马铁衣铺雁翅，金河东岸阵云开。
募良将，拣人材，出天入地选良枚。
先锋委付浑鹞子，须向将军剑下摧。
左右冲突搏虏尘，匹马单枪阴舍人。
前冲虏阵浑穿透，一段英雄远近闻。
前日城东出战场，马步相兼一万强。
我皇亲换黄金甲，周遭匝布阴沉枪。
着甲匈奴活捉得，退去丑竖剑下亡。
千渠三堡铁衣明，左绕无穷援四城。
宜秋下尾摧凶丑，当锋入阵宋中丞。
内臣又有张舍人，小小年内则伏勤。
自从战伐先登阵，不惧危亡□□身。
今年回鹘数侵壃，直到便桥列战场。
当锋直入阴仁贵，不使戈铤解用枪。
堪赏给，早商量，
宠拜金吾超上将，急要名声贯帝乡。
军都日日更英雄，□由东行大漠中。

短兵自有张西豹，遮收遏后与罗公。

蕃汉精兵一万强，打却甘州坐五凉。

东取黄河第三曲，南取雄威及朔方。

通同一个金山国，子孙分付坐敦煌。

□番从此永归投，扑灭狼星壮斗牛。

北庭今载和□□，兼获瀚海与西州。

改年号，挂龙衣，

筑坛拜却南郊后，始号沙州作京畿。

嗣祖考，继宗枝，

七庙不封何飨拜？祖父丕功故尚书。

册□□，□尊姻，

北堂永须传金印，天子犹来重二亲。

臣献□歌流万古，金山缭绕起秦云。

今朝明日罗公至，搦起红旗似跃尘。

今年收复甘州后，百寮舞蹈贺明君。

七言三首（选一）※

匈奴初到绕原泉，白马将军最出先。

慕容胆壮拔山力，突出生插至马前。

张　永

白雀歌 ※

伏以金山天子陛下，上禀灵符，特受玄黄之册；下副人望，而南面为君。继五凉之中兴，拥八州之胜地。十二冕旒，渐睹龙飞之化；出警入跸，将成万乘之彝。八备萧韶，以像尧阶之舞，承白雀之瑞，膺周文之德。老臣不才，辄课《白雀歌》一首。每句之中，偕以霜雪洁白为词，临纸恒汗，伏增战悚。三楚渔人臣张永进上。

白雀飞来过白亭，鼓翅翻身入帝城。
深向后宫呈宝瑞，玉楼高处送嘉声。
白衣白韐白纱巾，白马银鞍佩白缨。
自古不闻书不载，一剑能却百万兵。
王母本住在昆仑，为贡白环来入秦。
汉武遥指东方朔，朕感白霞天上人。
紫亭白岭白狼游，为效祯祥届此州。
昔日周王呈九尾，争似如今耀斗牛。
白旗白绂白旄头，白玉雕鞍白瑞鸠，
筑坛待拜天郊后，自有金星助冕旒。
白岩圣迹俯王都，玉女乘虚定五湖。
白广山巅云缭绕，人歌圣德满长衢。
金鞍山上白牦牛，摆撼霜毛始举头。

绕泉百匝腾空去,保王社稷定徽猷。
白山堤下白澄津,一道长河夹岸春。
白雪梨花连万朵,王向东楼拥白云。
东苑西园池白蘋,白渠流水好阳春。
六宫尽是名家子,白罗婵约玉颜新。
平河北泽白龙宫,贺拔为王此处逢。
昨来再起兴云雨,为赞君王瑞一同。
嵯峨万丈耸金山,白云凝霜古圣坛。
金鞍长挂湫南树,神通日夜助王欢。
山出西南独秀高,白霞为盖绕周遭。
山腹有泉深万丈,白龙时复震波涛。
白楼素殿白银钩,砌玉龙墀对五侯。
雉尾扇移香案出,似月如霜复殿幽。
白牙归子白镣炉,倚障虬蟠衔白珠。
青衣童子携白绂,宫官执持银唾盂。
应须筑殿白金栏,上禀金方顶盖圆。
白玉垒阶为蹬道,工输化出大罗天。
白衣殿下白头臣,广运筹谋奉一人。
白帝化高千古后,犹传盛德比松筠。
白衣居士写金经,誓弼人王不出庭。

八大金刚持宝杵，长当护念我王城。
白坛白兽白莲花，大圣携持荐一家。
太子福延千万叶，王妃长降五香车。
楼成白璧钻珠珍，五部龙轩倚桷新，
万拱白牙红镂顶，白龙行雨洒埃尘。
白旌神纛树龙墀，白象衔珠尽合仪。
春光驾幸东城苑，雅乐前临日月旗。
百官在国总酋豪，白刃交驰未告劳。
为感我王洪泽厚，尽能平虏展戎韬。
白裾曳履出众群，国舅温恭自束身。
罗公挺拔摧凶敌，按剑先登浑舍人。
白雪山岩瀚海清，六戎交臂必须平。
我王自有如神将，沙南委付宋中丞。
白屋藏金镇国丰，进达偏能报虏戎。
楼兰献捷千人喜，敕赐红袍与上功。
文通守节白如银，出入王宫洁一身。
每向三危修令得，唯祈宝寿荐明君。
寡词陈白未能休，笔势相催白汗流。
愿见金山明圣主，延龄沧海万千秋。

颂 曰

白银枪悬太白旗，白虎双旌三戟枝。

五方色中白为上，不是我王争得知。

楼成白璧耸仪形，蜀地求才赞圣明。

自从汤帝升遐后，白雀无因宿帝廷。

今来降瑞报成康，果见河西再册王。

韩白满朝谋如雨，国门长镇在敦煌。

佚 名

卢相公咏廿四气诗（选四）※

咏春分二月中

二气莫交争，春分两处行。

雨来看电影，云过听雷声。

山色连天碧，林花向日明。

梁间玄鸟语，欲似解人情。

咏立秋七月节

不期朱夏尽，凉吹暗迎秋。

天汉成桥鹊，星娥会玉楼。

寒声喧耳外，白露滴林头。

一叶惊心绪，如何得不愁。

咏寒露九月节

寒露惊秋晚，朝看菊渐黄。

千家风扫叶，万里雁随阳。

化蛤悲群鸟，收田畏早霜。

因知松柏志，冬夏色苍苍。

咏冬至十一月中

二气俱生处，周家正立年。

岁星瞻北极，舜日照南天。

拜庆朝金殿，欢娱列绮筵。

万邦歌有道，谁敢动征边？

赛马毬（拟题）※

时仲春，草木新，初雨后，路无尘。

林间往往临花鸟，楼上时时见美人。

相问同情共言语，闲闷结伴就毬场。
侍中手执白玉鞭，都史乘骑紫骝马。
青一队，红一队，轲皆玲珑得人爱。
前回断当不盈输，此度若输没须赛。
脱绯紫，著锦衣，银镫金鞍耀日晖。
场里尘灰马后去，空中毬势杖前飞。
毬似星，杖如月，骤马随风直冲穴。
人衣湿，马汗流，传声相问且须休。
或为马乏人力尽，还须连夜结残筹。

月　赋 ※

阴之精，月之体，初出海中净中洗。
半轮已挂剑山头，一片仍嵌汉江底。
山头江底何瞳眬，坐见风尘飘已空。
光浮万里关河外，影入千家户牖中。
天既青，月弥荧，夜未阑兮北斗正。
睹此光晖胜魏珠，照兹肝胆胜秦镜。
亭亭兮秋夜，皎皎兮新秋。
鹊飞爱绕千年树，蟾影偏宜百尺楼。
自怜遘疾独歌卧，耳闻寒蝉心欲破。

岁时总向愁边抛，风月偷从病中过。
城下捣衣声彻天，百忧从此更相煎。
所恨不如台上月，徘徊常能到卿前。

玩　月 ※

玉兔当空云不遮，雪山西面照长沙。
重轮岂是乌孙圣，皎洁分明为汉家。

草书歌 ※

草书四海共传名，变得千般笔下生。
白练展时闻鬼哭，紫毫挥处见龙惊。
收纵屈曲如蛇走，放点徘徊似鸟行。
遥望远山烟雾卷，寒光透出满天明。

佚 名

菩萨蛮（三首）※

一

霏霏点点回塘雨，双双只只鸳鸯语。灼灼野花香，依依金柳黄。　　盈盈江上女，两两溪边舞。皎皎绮罗光，轻轻云粉妆。

二

清明节近千山绿，轻盈士女腰如束。九陌正花芳，少年骑马郎。　　罗衫香袖薄，佯醉抛鞭落。何用更回头，谩添春夜愁。

三

枕前发尽千般愿：要休且待青山烂，水面上秤锤浮，直待黄河彻底枯。　　白日参辰现，北斗回南面。休即未能休，且待三更见日头。

西江月·女伴同寻烟水 ※

女伴同寻烟水，今宵江月分明。舵头无力一船横，波面微风暗起。　　懒棹乘船无定止，拜辞处处闻声。连天红浪浸秋星，误入蓼花丛里。

山花子·去年春日长相对 ※

去年春日长相对,今年春日千山外。落花流水东西路,难期会。西江水竭南山碎,忆得终日心无退。当时只合同携手,悔相背。

望江南·天上月 ※

天上月,遥望似一团银。夜久更阑风渐紧,与奴吹散月边云,照见负心人。

南歌子·悔嫁风流婿 ※

悔嫁风流婿,风流无准凭,攀花折柳得人憎。夜夜归来沉醉,千声唤不应。　同顾帘前月,鸳鸯帐里灯,分明照见负心人。问道些须心事,摇头道不曾。

生查子·三尺龙泉剑 ※

三尺龙泉剑,匣里无人见。落雁一张弓,百只金花箭。　为国竭忠贞,苦处曾征战。未望立功勋,后见君王面。

鹊踏枝·叵耐灵鹊多满语 ※

叵耐灵鹊多满语,送喜何曾有凭据!几度飞来活捉取,锁上金笼休共语。　比拟好心来送喜,谁知锁我在金笼里。欲他征夫早归来,腾身却放我向青云里。

捣练子·堂前立 ※

堂前立,拜辞娘,不觉眼中泪千行。"劝你耶娘少怅望,为吃他官家重衣粮。"　辞父娘了,入妻房,莫将生分向耶娘。"君去前程但努力,不敢放慢向公婆。"

何满子·平夜秋风凛凛高 ※

平夜秋风凛凛高,长城侠客逞雄豪。手执钢刀亮如雪,腰间恒垂可吹毛。

翟奉达

钞《新菩萨经》题诗※

三危圣迹实嵯峨,至心往礼到弥陀。
宕谷号为仙岩寺,亦言漠(莫)高异名多。

敦煌□人凭此法,毳毳圣瑞接云霞。
愿其再同尧舜日,使主黎人拜国家。

孙光宪

酒泉子·空碛无边

空碛无边,万里阳关道路。马萧萧,人去去,陇云愁! 香貂旧制戎衣窄,胡霜千里白。绮罗心,魂梦隔,上高楼。

佚 名

陷蕃诗十二首 ※

陷蕃诗：陷蕃诗指的是唐朝身遭吐蕃拘禁的汉人所写的一批反映拘禁经历的纪行诗，共71首，载于法藏敦煌遗书 P.2555 和俄藏 Дx3871 缀合卷（共载诗210首，文2篇，赋1篇）。

冬出敦煌郡入退浑国朝发马圈之作

西行过马圈，北望近阳关。
回首见城郭，黯然林树间。
野烟暝村墅，初日惨寒山。
步步缄愁色，迢迢惟梦还。

至墨离海奉怀敦煌知己

朝行傍海涯，暮宿幕为家。
千山空皓雪，万里尽黄沙。
戎俗途将近，知音道已赊。
回瞻云岭外，挥涕独咨嗟。

青海望敦煌之作

西北指流沙，东南路转赊。

独悲留海畔，归望阻天涯。

九夏无芳草，三时有雪花。

未能刷羽去，空此羡城鸦。

梦到沙州奉怀殿下

一从沦陷自天涯，数度恓惶怨别家。

将谓飘零长失路，谁知运合至流沙。

流沙有幸逢人主，惟恨无才遇尚赊。

日夕恩波沾雨露，纵横顾盼益光华。

光华远近谁不羡，常思刷羽抟风便。

忽使三冬告别离，山河万里城难见。

昨来魂梦傍阳关，省到敦煌奉玉颜。

舞席歌楼似登陟，绮筵花柳记跻攀。

总缘宿昔承言笑，此夜论心岂暂闲。

睡里不知回早晚，觉时只觉泪斑斑。

望敦煌

数回瞻望敦煌道，千里茫茫尽白草。

男儿留滞暂时间，不应便向戎庭老。

白云歌

予时落殊俗，随蕃军望之感此而作。

遥望白云出海湾，变成万状须臾间。
忽散鸟飞趁不及，唯只清风随往还。
生复灭兮灭复生，将欲凝兮旋已征。
因悟悠悠寄寰宇，何须扰扰徇功名。
灭复生兮生复灭，左之盈兮右之缺。
从来举事皆尔为，何不含情自怡悦。
殊方节物异长安，盛夏云光也自寒。
远戍只将烟正起，横峰更似雪犹残。
白云片片映青山，白云不尽青山尽。
展转霏微度碧空，碧空不见浮云近。
渐觉云低驻马看，联绵缥渺拂征鞍。
一不一兮几纷纷，散不散兮何漫漫。
东西南北任驱驰，上下高低恣所宜。
　影蔽池水莹见底，光浮绿树霰凝枝。
欲谓白云必从龙，飞来飞去龙不见。
欲谓白云不从龙，乍轻乍重谁能变？
一重未过一重催，一畔萦岩一畔开。

栾巴噀酒应随去，子晋吹笙定伴来。
披襟引袖遽迎风，欲将吹云置袖中。
云飞入袖将为满，袖卷白云依旧空。
雷殷殷兮雨濛濛，成阴润下云之功。
倏然云晴销四极，所润宁知白云力。
大贤济世徒自劳，一朝运否谁相忆？
不知白云何所以，年年岁岁从山起。
云收未必归石中，石暗翻埋在云里。
世人迁变比白云，白云无心但氤氲。
白云生灭比世人，世人有心多苦辛。
旋生旋灭何穷已，有心无心只如此。
当须体道有贞素，不用浮荣说非是。
望白云，白云缭绕满空山。
高低赋象非情欲，余遂感之心自闲。
望白云，白云天外何悠扬，
徒悲出塞复入塞，应亦有时还帝乡。

途中忆儿女之作

发为思乡白，形因泣泪枯。
尔曹应有梦，知我断肠无。

至淡河同前之作

念尔兼辞国，缄愁欲渡河。
到来河更阔，应为涕流多。

被蕃军中拘系之作

何事逐飘蓬，悠悠过凿空。
世穷徒运策，战苦不成功。
泪滴东流水，心遥北鬻鸿。
可能忠孝节，长遣困西戎。

青海卧疾之作

数日穹庐卧疾时，百方投药力将微。
惊魂漫漫迷山路，怯魄悠悠傍海涯。
旋知命与浮云合，可叹身同朝露晞。
男儿到此须甘分，何假含啼枕上悲。

哭押牙四寂

哀哉存殁苦难量，共恨沦流处异乡。
可叹生涯光景促，旋嗟死路夜何长。
空令肝胆摧林竹，每使心魂痛渭阳。
缧绁时深肠自断，更闻凶变泪沾裳。

晚　秋

戎庭缧绁向穷秋，寒暑更迁岁欲周。
斑斑泪下皆成血，片片雪来尽带愁。
朝朝心逐东溪水，夜夜魂随西月流。
数度恓惶犹未了，一生荣乐可能休。

上道清法师诗二首 ※

自到敦煌有多时，每无管领接话希。
寂寞如今不请说，苦乐如斯各自知。

思量乡井我心悲，未曾一日展开眉。
耐得清师频管领，似逢亲识是人知。

阙　题 ※

宝像嵯峨面正东，千龛灵圣数万层。
前投流波碧涧水，常光夜现照今容。

道 真
重修南大像北古窟题壁并序 ※

偶因团聚，思想仙岩，诣就观瞻，龛龛礼谒，推沙扫窟之次，忽睹南大像北边一所古窟，摧残岁久，毁坏年深。去戊申岁末发其心愿，至己酉岁中方乃修全，以兹推沙扫窟，崇饰功德。所申意者，先奉为龙天八部，拥护河湟，梵释四王，安人静塞。伏愿当今帝主，永坐蓬莱，十道争钦，八方慕化。次为我府主令公，长隆宝位，命寿延年，为绝塞之人王，作苍生之父母。荣同舜日，化布尧时，继叶临人，承祧秉世。观音院主道真等十人，悟四大而无实，睹丘井以悬腾，虑□地以火风，恐强象而煎逼。道真等为见牛车，火宅空然，劝时侣发无上之善心，誓坚修于胜果。今因作罢，略述数行，拙解铺舒，用留于壁。余才亏翰墨，学寡三坟，不惮荒芜，辄成芜句。

  人生四大总是空，何个不觅出樊笼。
  造罪人多作福少，所以众生长受穷。
  坚修苦行仍本分，禁戒奢华并不同。
  今生努力勤精炼，冥路不溺苦海中。
  日逐持经强发愿，佛道回去莫难逢。
  为报往来游礼者，这回巡谒一层层。

题壁诗

  白壁从来好丹青，无知个个乱题名。

三途地狱教谁忍，十八煎铜灌一瓶。

镌龛必定添福利，凿壁多曾证无生。

为报往来游玩者，辄莫于此聘书题。

张盈润
题敦煌千龛窟并序 ※

润忝事台辈，载佐驱驰。登峻岭而骤谒灵岩，下深谷而钦礼圣迹。傍通阁道，巡万像如同佛国；重开石室，礼千尊似到蓬莱。遂闻音乐梵响，清丽以彻碧宵；香烟满鼻，极添幽冥罪苦。更乃游玩祥花，谁不割舍烦喧？观看珍果，岂恋世间恩爱。润前因有果，此身得凡类之身，休为色利，无端率徒于火宅之内。今见我佛难量，拟将肝脑涂地，虽则未可碎体，誓归释教。偶因沁从，辄题浅句。

久事公门奉驱驰，累沐鸿恩纳效微。

昨登长坡上大坂，走下深谷睹花池。

傍通重开千龛窟，此谷昔闻万佛辉。

瑞草芳芬而锦绣，祥鸟每常绕树飞。

愚情从今归真教，世间浊滥誓不归。

佚　名
望江南（二首）※

一

曹公德，为国托西关。六戎尽来作百姓，压弹河陇定羌浑，雄名远近闻。　尽忠孝，向主立殊勋。靖难论兵扶社稷，恒将筹略定妖氛，愿万载作人君。

二

龙沙塞，路远隔烟波。每恨诸蕃生留滞，只缘把截寇仇多，抱屈争奈何？　皇恩溥，圣泽遍天涯。大朝宣差中外使，今因绝塞暂经过，路径合通和。

谒金门·开于阗 ※

开于阗，绵绫家家总满。奉戏生龙及玉椀，将来百姓看。
尚书座客庆典，四塞休征罢战。但祝阿郎千秋岁，甘州他自离乱。

佚调名词（三首）※

一

大王处分靖烽烟，山路阻隔多般。寒风切切甲衣单，行路远，止见一条天。　　愿我早晚越山川，大王尧舜团圆。自今以后把枪攒，舍金甲，陈唱快活年。

二

大丈夫汉，为国莫思身。单枪匹马抢盘阵，尘飞草动便须去，无复进家门。　　两阵壁，隐隈处，莫潜身。腰间四围十三指，龙泉宝剑靖妖氛。手将来，献明君。

三

离却沙场别却妻，教我儿婿远征行。宁可鞴鞍替汉去，大王不容许女人妆。　　女人束妆有何妨？妆束出来似神王。宁可刀头剑下死，夜夜不便守空房。

佚　名
敦煌学郎诗六首 [1]※

今日书他纸，他来定是嗔。
我将归舍去，将作是何人。

可怜学生郎，骑马上天堂。
谁家有好女，嫁与学生郎。

三端俱全大丈夫，六艺堂堂世上无。
男儿不学读诗赋，恰似肥菜根尽枯。

读诵须勤苦，成就如似虎。
不辞杖棰体，愿赐荣躯路。

白白天上云，父母生我身。
小来学里坐，今日得成人。
今日写书了，合是五升麦。

---

[1] 敦煌学郎诗：在敦煌遗书中，保留有一批唐五代宋初敦煌各类学校中青少年学生传抄或创作的诗歌，被称为敦煌学郎诗。这些诗歌多以题记或杂写形式出现在作业本、经卷和课本上，内容丰富生动，反映了学生童子的生活、学习、兴趣、爱好、希望和烦恼，天真自然，亲切感人，语言质朴，个性鲜明，堪补我国文学史上古代儿童文学作品之稀缺。

高贷不可得，还是自身灾。

阙　题※

敦煌西裔是临边，四塞清平扫狼烟。
令公加节拾万年，沙府园境小长安。

店铺叫卖口号二首※

其　一

某乙铺上新铺货，要者相问不须过。交关市易任平章，买物之人但且坐。

其　二

某乙铺上且有：橘皮胡桃瓤，桅子高良姜，陆路诃黎勒，大腹及槟榔；亦有莳萝荜拨，芜荑大黄，油麻椒祢（蒜），河（荷）藕弗（佛）香；甜干枣，醋（酢）齿石榴；绢帽子，罗幞头；白矾皂矾，紫草苏芳；籹糖吃时牙齿美，饧糖咬时舌头甜；市上买取新袄子，街头易得紫绫衫，阔口袴，斩（崭）新鞋，大跨（胯）腰带拾叁事。

方角诗

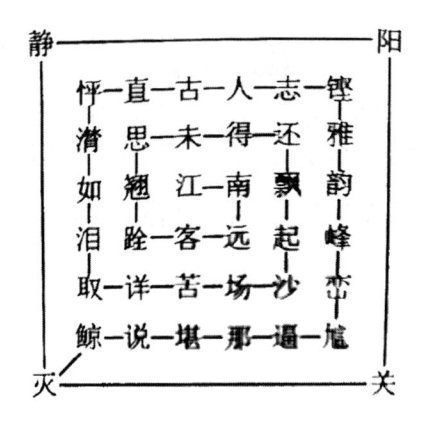

```
静─────────────阳
│怦─直─古─人─志─铿│
│湝  思 未 得 还 雅│
│如  翘 江 南 飘 韵│
│泪  跧 客 远 起 峰│
│取─详─苦─场─沙─峦│
│鲸─说─堪─那─逼─尶│
灭─────────────关
```

江南远客跧，翘思未得还。

飘起沙场苦，详取泪如湝。

怦直古人志，铿雅韵峰蛮（峦）。

尶逼那堪说，鲸灭静阳关。

说明：在敦煌遗书中，见有将一首诗的文字排列成一定的图形供人解读，如十字形、垂幌挂幡形、方角形等多种，被称为"敦煌诗图"。这些诗图为唐宋以来诗式、诗格、诗图、诗话之类著作所未载。作为诗歌史上的一种失传体裁，可为我国诗歌补缺备遗，在诗歌史上具有独特的价值。

此诗图载敦煌遗书 S.5644 卷，系唐代作品。其抄写方法是由中心向外顺时针旋转，是一首五言八句诗。这首诗歌颂了来自江南的将士不顾边塞军旅的艰辛和亲人思念的愁苦，守边御敌、保家卫国的高尚情怀。

十字图五言诗

```
        天
        阴
        逢
        白
日 照 仁 卿 霜 开 僻 文 王
        寒
        路
        结
        为
```

天阴逢白雨，寒露结为霜。

日照仁卿相，雨开僻文王。

说明：这首十字图五言诗载于敦煌遗书 P.3351 卷背面，其正面抄《妙法莲花经》及《般若波罗蜜多心经》。从写经及诗图的题记判断，诗当抄于北宋开宝七年，即公元974年。抄写者为敦煌金光明寺沙弥王会长。

附录：阳关十字图诗

1990年3月，敦煌市志办公室编辑张发仁告诉李正宇先生，50

年代末曾在南湖乡红山口以南泉把湾一所古庙的大殿东间北壁，见一首类似十字图诗，作者及创作年代均不详，亦无诗题，其形式如下：

<pre>
        唐
        到
        西
动 马 人 山 见 日 光
        水
        流
        长
</pre>

这首十字图诗图式与上述者无异，但读法不同。它既有回文诗的一般特点，又巧妙地运用了顶真辞格，读来头尾蝉联，上递下接，生动有趣。李正宇释此诗为七言四句，应读为：

唐到西山水流长，长流水山见日光。

光日见山人马动，动马人山西到唐。

垂幌挂幡形离合诗图

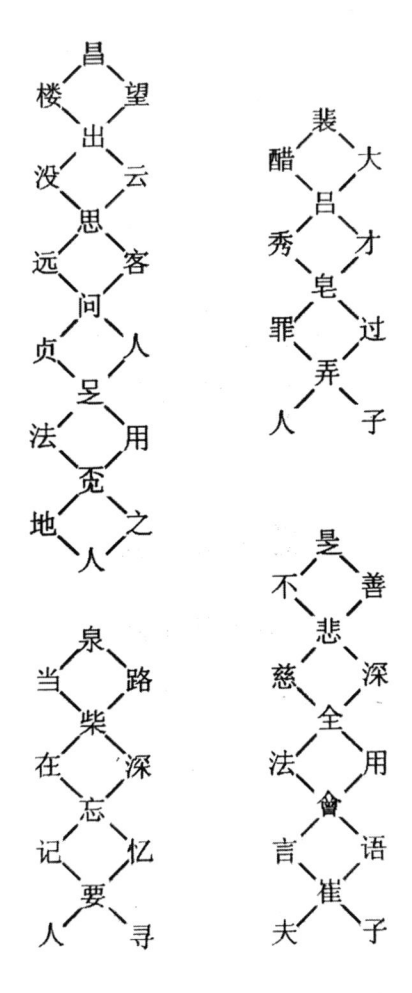

```
    昌
  楼   望
    出
  没   云
    思
  远   客
    问
  贞   人
    呈
  法   用
    冤
  地   之
    人
```

```
    大
  裴   吕
    秀
  醋   才
    皂
  罪   过
    弄
  人   子
```

```
    泉
  当   路
    柴
  在   深
    忘
  记   忆
    要
  人   寻
```

```
    是
  不   善
    悲
  慈   深
    全
  法   用
    会
  言   语
    崔
  夫   子
```

说明：此类诗图共有 4 首，均载于敦煌遗书 S.3835 卷背面。诗名及作者名均不载。据诗图后题记及诗图前所抄文书推断，诗图年代当为宋淳化二年（991）。此外，P.3597 卷诗歌抄卷中所录

085

的第六首诗，恰为第一图解读后的正常书写格式，说明该离合诗至迟于晚唐僖宗时(874—888)已在敦煌流传。

解读：以上各图中间一行，每字先离析读为二字，再相合读为一字，共得三字，如昌字读为"日曰昌"。据此李正宇先生对诗图作了解读。

第一图，尾部衍一"地"字，"之"当在"地"的位置，"人"当在之的位置。全诗五言六句：日曰（谐音月）昌（谐音娼）楼望，山山出没云。田心思远客，门口问贞人。口之足法用，不见觅之人。

第二图，五言四句：白水泉当路，此木柴在深。亡心忘记忆，西女要人寻。

第三图，五言四句：非（谐音绯）衣裴醋（当作措）大，口口吕秀才，白七皂（谐音造）罪过，王廿（音 rù，通常读 niàn，意为二十）弄人子。

第四图，言、语二字位当互换，诗四句，名款一句：旦之（谐音但知）昰（是）不善，非心悲慈深。八王全法用，人曾會（会）语言（唐宋时敦煌方言，"言"字读如"银"，与"深"字叶韵）。山佳（谐音家）崔夫子。李正宇先生认为，"山佳"谐音"三危"，此句"犹云敦煌崔先生，为本诗作者之署名"，并"疑本组四首诗皆敦煌崔某所作"。

叠字诗二首

春日春风动，春来春草生。
春人饮春酒，春鸟弄春声。

高僧高高高入云，真僧真真真是人。
清水清清清见底，长安长长长有君。

胡　宿

塞上曲

汉家神箭定天山，烟火相望万里间。
颉利请盟金匕酒，将军归卧玉门关。
云沉老上妖氛断，雪照回中探骑闲。
五饵已行王道胜，绝无刁斗至阗颜。

贺　铸

捣练子·砧面莹

砧面莹，杵声齐，捣就征衣泪墨题。寄到玉关应万里，戍人犹在玉关西。

苏　轼
书林次中所得李伯时归去来阳关二图后

不见何戡唱渭城，旧人空数米嘉荣。

龙眠独识殷勤处，画出阳关意外声。

两本新图宝墨香，樽前独唱小秦王。

为君翻作归来引，不学阳关空断肠。

黄庭坚
题阳关图（二首）

断肠声里无形影，画出无声亦断肠。

想得阳关更西路，北风低草见牛羊。

人事好乖当语离，龙眠貌出断肠诗。

渭城柳色关何事？自是离人作许悲。

南宋元明清时期

陆　游
题阳关图

谁画阳关赠别诗，断肠如在渭桥时。
荒城孤驿梦千里，远水斜阳天四垂。
青史功名常蹭蹬，白头襟抱足乖离。
山河未复胡尘暗，一寸孤愁只自知。

李俊民
阳关图

一杯送别古阳关，关外千重万叠山。
试问青青渭城柳，不知眼见几人还。

孙　蕡
送翰林典籍张敏行之官西上

敦煌城下沙如雪，敦煌城头无六月。
关西劲卒筑防秋，捷书夜半飞龙楼。
九重下诏征貔虎，推毂上将开都府。

黄旗卷日大军行，旄头化石夜有声。
敦煌迢迢五千里，十月即渡黄河水。
上将翩翩才且雄，平戎不数贰师功。
叱咤犹在轮台北，匹马已入渠黎国。
左校偏裨晚射雕，倚鞍醉索单于朝。
西山黑风吹堕瓦，霜角吹秋塞垣下。
太平今见远宣威，君往从戎几日归？
幕下文儒兼解武，词林从此耀关西。

戴 弁

玉关来远

圣代文明遍九垓，河山设险玉关开。
月明虏使闻鸡度，雪霁番王贡马来。
泛泛仙槎浮瀚海，翩翩驿骑上金台。
幸逢四海为家日，独坐藩垣愧乏才。

陈棐

阳 关

昔在瓜沙地，今入花门场。
汉时开四郡，此日少敦煌。
予至皋兰境，契旧饯我觞。
我行阳关内，未远故人傍。
故人莫劝酒，愿赠琼瑶章。
酒醉有时醒，名言佩不忘。
芝兰常在怀，如坐君子堂。
室远人则迩，期以慰殊乡。

玉 关

遥遥金河水，嵬嵬玉门高。
万里天方道，五年土鲁曹。
禹贡球琅玕，今来琐葡萄。
四夷咸称宾，干矛可戢韬。
昔日哈密印，几年经略劳。
劳中事夷狄，议论徒纷嚣。
近时稍息肩，赤斥频散逃。

防微戒坚兵，忧心常忉忉。

大宛许献马，西旅绝贡獒。

中国事羁縻，闭关起叫搔。

安边建长策，密席有夔皋。

李先芳

送王侍御巡甘肃

君王西顾重筹边，绣斧冲寒出酒泉。

绝塞倒悬青海月，长风吹断玉关烟。

羌儿夜奏敦煌乐，宛马春嘶苜蓿天。

何用先声报鞑靼，霜威昨已到秦川。

汪 滫

敦煌怀古（六首）

绝域山川纪月氏，汉家耀武拓边陲。

降王款塞增新郡，天马西征到贰师。

都护不来亭障废，屯田久罢井疆移。

披榛又启敦煌境，望古茫茫动远思。

斩虏频传汉使功，迢遥西域道路通。
玉关乞疏怜臣老，柳塞屯兵继父风。
云树影清沙碛外，山川境隶版图中。
五凉割据何堪问，黎庶摧残杂远戎。

武昭奋迹自敦煌，蒙逊争吞势陆梁。
谁使苍黎安衽席，徒令膏血染沙场。
人辞故国诗书散，兵集边郊井邑荒。
阚索风流悲绝响，登临唯见野尘黄。

将军破虏出交河，新遣安西使节过。
突厥背盟劳控矢，吐蕃入寇屡横戈。
曾闻四镇元戎盛，还见千山战骨多。
赠别自来嗟此地，阳关一曲起悲歌。

五季纷争扰战尘，河湟州境半沉沦。
沙陀竞说军威壮，归义犹传敕使频。
羌笛夜吹蒲海月，毡庐寒阻玉关春。
宋元边土成荒裔，无复编氓万里臣。

明代西疆止酒泉，整师嘉峪欲穷边。
风摇柽柳空千里，月照流沙别一天。
回纥几能通诏命，羌戎还见逞戈铤。
清时代宇重开辟，感旧犹怜蔓草烟。

城工告成（四首）

化被流沙万里清，敦煌境辟建岩城。
使臣祗肃衔恩命，边士辛勤集庶氓。
基厚山川开蕴蓄，地灵草木备经营。
帑金优给储粮足，力役欢趋喜气盈。

塞垣坚筑势隆崇，造作纷纭督百工。
事倚群曹分效职，期逾一载告成功。
云峦翠列层楼外，城郭烟环四望中。
疆宇新开增气象，边民辐辏往来通。

牙旗幕府建高标，雉堞光腾绝域遥。
屋宇环连排绣壤，楼台耸出逼丹霄。
春融沙渚千禽集，膏沃郊原百谷饶。
弓矢载囊逢暇日，清风遍野塞尘消。

鸣沙兴作萃元元,五堡新营接镇垣。
巩固藩屏依险设,周防士马比云屯。
月明野水通蒲海,风接岩疆控玉门。
盛世安攘宏缔造,金汤千载纪殊恩。

登沙州城楼

敦煌地拓极西边,纵步高城望渺然。
远碛荒烟连异域,废垣白塔建何年。
流沙环叠千峰岫,党水遥通万顷田。
妇子芸芸编户盛,秋成麦熟乐尧天。

出郊看千佛洞墩台

塞垣清暇柳营开,为觅边郊策骑来。
峰指三危寻径僻,洞藏千佛半尘堆。
穿幽忽入溪岩路,望远同登斥候台。
万里秋澄天宇阔,阳关绝域任徘徊。

游千佛洞

古郡敦煌远，幽崖佛洞传。
建垣新日月，访胜旧山川。
窦启琳宫现，沙凝法象填。
神工劳擘划，匠手巧雕镌。
排列云迢递，嵌空境接连。
金身腾百丈，碧影肃诸天。
贝叶双林展，维摩一榻眠。
威尊龙象伏，慧照宝珠悬。
大地形容盛，灵光绘画宣。
庄严挥四壁，妙善写重巅。
门拥层层塔，岩盘朵朵莲。
恒河难指数，法界讵云千！
侧立衣冠伟，分行剑佩联。
炫奇疑异域，缔造自何年？
宗子唐家继，西凉李氏延。
但夸祇树景，不惜水衡钱。
霜雪时频易，兵戈代屡迁。
汗尘迷净土，战血染流泉。

阒寂凭谁顾，摧颓实可怜。

兹逢清塞暇，闲眺化城边。

色相嗟多毁，丹青讶尚鲜。

问禅无释侣，稽首冷香烟。

字落残碑在，丛深蔓草缠。

徘徊荒刹外，怀往意悠然。

黄墩堡

郊原四望尽平畴，壁垒新增耸雉楼。

浩淼河源来党水，嶙岣山色见沙州。

营开甲帐风清昼，戍靖烽烟月照秋。

五堡边疆推险隘，伊吾北去是咽喉。

双塔堡

塔影参差旧迹荒，营屯卒伍启新疆。

雪峰南耸当山阁，红日东来照女墙。

草色满郊千骑壮，河流双汇一川长。

幽情更爱禽鱼盛，闲向溪林钓猎忙。

踏实堡

岩疆地势踞南东,远色参差入望中。

雪岭云从天际出,石包径与塞垣通。

依沙曲曲泉流碧,编户丛丛柳绽红。

策马镇城山路近,峻崖月影挂雕弓。

姚培和

千佛洞

乱山丛碛隐流泉,四顾灵岩有洞天。

熊馆阴岑连佛屋,禅关春瘴起蛟渊。

千秋石碣知谁读,一代琳宫尚记年。

亿万法身归冥漠,如何人世说桑田。

沙州送汪临亦二首

敦煌携手却经年,一举离觞各惘然。

折柳阳关须漫叠,衔芦归雁几回旋。

交从朴处真投分,迹寄他乡共可怜。

惟有载怀良悟日,定期倩笔话归田。

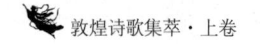

塞柳萧萧秋色新，沙陀万里送汪伦。

与君同是江南客，滞我犹成关外人。

台上黄金仍自贵，怀中璞玉未为珍。

从教深获东篱菊，妙笔还传靖节神。

佚　名

敦煌郊望

西望阳关没草莱，龙沙流宕不成堆。

秋云惨淡天山路，只见黄羊结队来。

扎陵浅碧鄂陵蓝，印月涵星两镜潭。

莫道河源千万里，回看已在地东南。

瓜沙道中

古道阳关接大荒，官杨零落不成行。

阴沉日色连云白，暗淡风沙入塞黄。

鸿觅稻粱衔矢石，人拼骨肉战冰霜。

唐藩汉垒今何在？秦月依旧照故疆。

陈　瑜

薤谷石室[①]

元瑜石窟赛瀛洲，一榻宽于万卷楼。

爱士朝无张逊学，从师野有郭承休。

春秋守墨缵三传，孝悌谈经叙九畴。

柏叶长生薤叶篆，谷神犹为护诗筹。

说明：这首诗写薤谷石室，但石室本身着墨不多，诗人着意颂扬窟主郭瑀的人品和学问。郭瑀，东晋十六国时期敦煌人，字元瑜。精通经义，雅辩谈论，多才艺，善作文章。作《春秋墨说》《孝经错纬》。不愿为官，隐居授徒，有弟子千余人。诗作者为清代甘州（今张掖）人，乾隆三十年（1765）岁贡，甘肃府学候选训导。

常　钧

题鸭子泉屋壁

曾奏南薰解舜颜，敦煌祠宇白云间。

灵旗影里铜乌静，社鼓声中铁马闲。

[①] 薤谷石室：据《甘州府志·古迹》载，薤谷石室在甘州城南百余里临松山下薤谷中，为东晋敦煌人郭瑀凿石窟隐居处。有石门20，石洞7，俱凿大小佛像。薤谷石室即今马蹄寺前身。马蹄寺石窟群在甘肃省南裕固族自治县境内，西北距肃南县城79公里，北距张掖市62公里。1981年公布为省级文物保护单位。

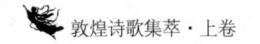

万里平沙开瀚海，一屏晴雪映天山。

高城月落飞羌笛，又见春风度玉关。

朱　坤

鸣沙山歌

鸣沙之山何崔嵬，壁立万古无倾颓。

冲寒疾风吹不起，百夫蹙踏激荡鸣轻雷。

抛衣奋臂各成队，尻竦足撑下如坠。

初闻殷殷继咚咚，余音似与宫商配。

或言此地肺，中空乃作响。

遮莫八柱穴，元气时下上。

一窍偶闭声隆隆，正如双耳被人蒙。

是谁好事为此剧？嘲笑不怕恼天公！

沙本不解鸣，沙鸣人所使。

游嬉值升平，感慨念厥始。

敦煌古郡几时开，鼙鼓惊天动地来。

今日沙场围绣壤，依稀琴筑费人猜。

月牙泉歌

天池巧瘗穷荒界,半出寒泉落天外。
千丈万丈不知深,支分定是银河派。
沙山四面如玦环,纤尘未敢侵衣带。
尾闾不泄止不盈,海若灵宅疑斯在。
惊涛蓦地冲风起,鲸鱼跋浪沧溟里。
气吞云梦压潇湘,咫尺应须论万里。
风和日暖正沦涟,荻苇萧萧亦可怜。
铁背七星安足问,人间何事要神仙。
湾湾数亩祇如弓,此水直与天为通。
房星当年水底过,失群天马出青波。
汉家天子不解事,遂令千山战骨多。
至今不见古渥洼,我道龙媒此即家。
除却灵池何处觅,茫茫千里尽平沙。

赵学诗
偕友游西云观

初冬天气日融融,安步西郊仰旧宫。
故郡城高看野马,党桥水浅落飞虹。
窗棂奇制鲁班技,图画精拟道子工。
不见健仙荣道士,无人能再话齐东。

张美如
咏张芝

斯邈鸿文播艺林,伯英健笔自森森。
奇峰怪石云离合,春蚓秋蛇草浅深。
妙道欲仙思汉武,精能入圣忆王愔。
二千年后搜遗迹,碑卧古槐数尺阴。

蔺元泽

观 傩

节届元宵铙鼓喧，高骞巧舞白云边。
门开间阖娇如滴，人似嫦娥欲到天。
袅袅临风来帝子，飘飘戏彩舞灵仙。
几回把袂思相问，不翼难飞望空还。

朱凤翔

鸣沙山

隆隆白昼轻雷鸣，阿香呼起驱车行。
又闻殷殷奋地出，渔阳掺急声难平。
惊风吹沙沙作雨，古潭老鱼立波舞。
掀簸山谷轰喧阗，游人忽欲凌飞仙。
须臾沙澜转静寂，山容对我仍怡然。
西极地荒秘奇怪，六鳌昂首坤舆外。
磅礴气郁时欲通，万骑追营争一噫。
日脚渐低人影高，归途远听烟钟飘。
平生异闻宁有此，一广从前筝笛耳。

月牙泉

德水源传星宿海，灵池胜纪月牙泉。

不形厄泄疑无地，倘有槎寻定到天。

沙岭回风森壁立，铁鱼跋浪蹴涡旋。

凭谁问取龙媒迹？汉武当年正拓边。

杨若桐

登敦煌旧城吊古

武帝雄才远拓疆，华夷界限重边防。

分明今岁城头日，曾照当年汉将枪。

都护威风悲逝水，浑邪归命尽残阳。

人生俯仰唯如此，白骨空留古战场。

月牙泉

郡南十里有灵渊，一曲湾环月未圆。

鱼比蟾蜍还似铁，马生骐骥命名天。

七星瑶草生嘉卉，半壁清波泛晚烟。

自古渥洼传盛迹，妄从肖像错呼泉。

苏履吉
次王青厓《沙州竹枝词》原韵八首

边氓鸠聚少闲游，终岁耕田望有秋。
不道敦煌原古郡，行人惯说是沙州。

敦煌居民惟耕田为事。邑名敦煌，而武营仍名沙州，故往来行人，多说沙州。查城南皆沙山。

改邑当年设色新，分田授土绘鱼鳞。
太平中外真如一，都是迁来内地民。

邑原为沙州卫，迁内地五十六州县之民来此屯田，分为二千四百户，每户给地一分。（这首诗及其原注叙述了清政府于雍正三年从内地州县往敦煌移民屯田实边的历史事实。《肃州新志·沙州卫册》"户口田赋"门云："沙州卫原招户民二千四百五户，每户分地五十亩，共地一十二万二顷五十亩。"道光本《敦煌县志》卷二"田赋"门载，敦煌农村当时划分为四乡六隅二十八坊，"计二千四百四十八户，男女计二万八百四十口"。亦云"按，敦煌户口，自迁户以来，按一户种地一分"。又叙六隅田赋云："每分原拨地五十亩。"此处引文中"分"当为"份"，为分配计数词。——编者按）

冬浇春种喜安苗，无雨全凭积雪消。
立夏十渠量水日，一分争道岁丰饶。

邑分十渠，引党河之水浇地，自冬至春浇水，谓之安苗。立夏日始分排水，每户一分，即望丰收。

东望三危耸入云，沙山遥接势平分。
风来高下随舒卷，半似春潮漾水纹。

邑东二十公里许为三危山，迤南接连沙山，有千佛洞诸胜，每大风过后，积如水纹。

清泉一勺月为牙，四面堆沙映日斜。
为问渥洼何处是，龙媒除此别无家。

邑南五里许有月牙泉，旧传即渥洼泉，四面沙堆，不能侵入水中，而志书仍分两处，无可考。（月牙泉在敦煌城南鸣沙山中，《沙州图经卷第五》载渥洼水在寿昌县南十里，二者相去百余里。道光年代，《沙州图经卷第五》尚未出土，时人不知，误以为渥洼水即月牙泉。从后两句诗的语气及原注来看，作者当时已对月牙泉即汉渥洼池的说法提出质疑。后文《同马参戎进忠游鸣沙山月牙泉歌》即说明了这一点。——编者按）

生计挖金孰与筹，辘轳三转亦难求。
春来开厂秋来闭，无复余钱上酒楼。

南山金厂盛时，金夫获利，多醉酒楼。近来挖金须用辘轳，三转到底，始有金砂，较前艰难。

前途沙漠达新疆，万里征夫是我郎。

妇女相随甘受苦，不贪翠羽与明珰。

邑居民近已殷繁，地无加增，间有挈家赴新疆者，请给路票，摽其由，（云）赴于某处受苦，殊堪悯恻。（敦煌自雍正初年迁户实边以来，农业生产逐步恢复，经济社会不断发展，人民生活明显改善。到了道光年间，由于百余年来田无开垦，地无加增，而人丁不断繁衍，导致间有家口迁赴新疆谋生。此诗即反映了这一社会现象。——编者按）

民俗无端逞气雄，争论半是醉颜红。

比如一夜狂飙起，莫道终年少好风。

邑居民颇淳朴，唯饮酒后多滋事端，亦如此地大风，陡然而起，静息后仍属清明。

敦煌八景

清代乾隆年间编修《重修肃州新志·沙州卫》志时,有八处自然和人文景观被列为沙州"景致":三危雪霁,沙岭晴鸣,月泉朗映,渥水澄波,千佛灵岩,两关遗迹,南陌平畴,北流润野。在道光年间由知县苏履吉主持编修的《敦煌县志》(道光辛卯版)中,略加调整后确定的敦煌八景包括:两关遗迹,千佛灵岩,危峰东峙,党水北流,月泉晓彻,沙岭晴鸣,古城晚眺,绣壤春耕。这八景是敦煌有代表性的自然和人文景观,也是敦煌历史的直接反映和有力见证。

两关遗迹

西界阳关与玉门,于阗古道迹犹存。
曾看定远成功返,已遣匈奴绝塞奔。
此日歌传三叠曲,当年地纪万军屯。
一方雄控今何若?几度春风许等论。

千佛灵岩

南山一望晓烟收,石洞岭岈景色幽。
古佛庄严千变相,残碑剥蚀几经秋。
摩挲铜狄空追忆,阅历沧桑任去留。
玉塞原通天竺国,不须帆海觅瀛洲。

危峰东峙

直立三峰碧汉间，相看积雪接天山。

朝暾初上高如掌，暮霭微凝翠若鬟。

是处排空还耸峙，几回凭眺欲跻攀。

停车道左频翘首，云自无心出岫间。

党水北流

党河分水到十渠，灌溉端资立夏初。

不使北流常注海，相期东作各成潴。

一泓新涨波痕浅，两岸平排树影疏。

最爱春来饶景色，寒冰解后网鲜鱼。

月泉晓彻

胜地灵泉彻晓清，渥洼犹是昔知名。

一湾如月弦初上，半壁澄波镜比明。

风卷飞沙终不到，渊含止水正相生。

偈来亭畔频游玩，吸得茶香自取烹。

沙岭晴鸣

沙州自古是名区，地以名传信不诬。

雷送余音听袅袅，风生细响语喁喁。

如山积满高千尺，映日晴烘彻六隅。

巧夺天工赖人力，声来能使在斯须。

古城晚眺

雉堞迷离映夕阳，城西原是古敦煌。

榛苓已作今时慕，禾黍谁怀故国伤。

最羡三秋呈霁色，依然四郡镇岩疆。

闲来纵目荒郊外，一阵清风晚稻香。

绣壤春耕

周围绣壤簇如茵，翠色平铺处处新。

南陌风和青欲遍，西畴日暖绿初匀。

老农扶杖依田畔，稚子携锄立水滨。

但愿长官勤抚字，丰年屡报乐吾民。

同马参戎进忠游鸣沙山月牙泉歌

敦煌城南山鸣沙，中有天泉古渥洼。

后人好古浑不识，但从形似名月牙；

或为语言偶相类，听随世俗讹传讹。

我稽志乘分两处，古碑何地重摩挲。

参戎马公偏好道，葺修古庙山之阿。

约日驱车同访胜，一泓清漪月钩斜。

堆沙四面风卷起，人来坐坠寂无哗。

忽闻沙里殷殷响，声似渔阳鼓掺挝。

人道神灵不可测，英物未许人搜罗。

汉武当年产天马，万里沙场战马多。

何如今日成陈迹，沙不扬尘水不波。

渥洼渥洼是与否，我还作我鸣沙山下月牙歌。

留别敦煌父老士民

古来为宦者，患在不自知。

新官初来日，旧官将去时。

谁兴来暮歌，谁泐去思碑。

古人如可作，此语非我欺。

忆我来兹土，刚是一年期。

我民无犯法，法在有等差。

我民有待泽，泽及无或遗。

二者皆吾勉，未必无偏私。

嘉哉我士民，古风尚可追，

士习略淳朴，民俗近恬熙。
舆情思所感，责在官所为。
顾我一书生，十载莅边陲。
循声非敢忘，终岁累奔驰。
春风度玉关，夏雨车相随。
秋霜及冬日，威爱宜并施。
谁谓一年中，不足言抚绥。
所愧亲民官，官与民相离。
未闻为父母，不自爱其儿；
未闻为赤子，不以母是依。
但愿吾父老，持此告庭帏。
人生重孝弟，百行为首推。
从此施于政，家国无异宜。
士民听我语，治人先自治。
耕读安本分，举动循规矩。
所戒在多事，好讼逞虚辞。
勿以身试法，私冀长官慈。
新官父母来，我去从此辞。
匪徒为尔言，吾亦凛在兹。

创修《敦煌县志》

敦煌今昔不相侔，七十年来志未修。

疆域新分安哈界，人文旧向汉唐收。

两关要地推雄控，一邑名区纪胜游。

愧我风尘为俗吏，敢邀同学重搜求。

偶 题

余刻《送淑芳归里》诗时，敦煌有赵木匠，能刻行书，颇不失真。其妇能作墨搨。近又刻《敦煌留别》诸诗，其拓本仍出妇手。乞余书素笺，题以赐之。

句爱香山老妪知，矧由纤手搨新诗。

狂吟自为分离赋，文采偏参刻镂宜。

此日留痕看鸿爪，当年索解到娥眉。

怜他工作愚夫妇，也识歌章重唱随。

前岁甲申，余刻送淑芳归里诗，有赵木匠工于刀笔，其妇能拓墨本，索余诗笺，书以赐之，已见前集中。迄今八载，其妇以旧笺缴还，复索新笺，并乞书前诗。适淑芳重来，再回前韵并书以赐之

似我浮云万里随，玉关重至喜齐眉。
贤愚未必锺情异，贵贱端看守分宜。
夜雨酣吟新得句，秋风珍惜旧题诗。
莫言官与民相隔，君实犹教妇女知。

许乃毂
千佛岩歌并序

　　敦煌城南四十里，有千佛岩，即雷音寺。三危峙其北，山错沙石，坚若铁。高下凿龛千百，其中圮者数百，沙拥者数百，危梯已断、不能登者，又数百。而佛像如新，画壁斑斓者尚不可以数计。莫高窟前有周李君重修莫高窟佛龛碑，文中叙前秦创建之由，及李君修葺千龛之纪事。武氏圣历元年，实唐中宗嗣圣十五年也。睡佛洞外有唐陇西李府君修功德碑，文载灵悟法师为李大宾之弟，按其世系，大宾即周李君之昆孙。以故重修复。旁开虚洞，横建危楼，时则庚辰开元二十八年也。按河西郡县，至德后陷于吐蕃，大中始复。此碑记年剥落，唯"十"字、"年"字、"辰"字，犹约略可认。天宝后改年为载，大中前正朔未颁，辄以开元断之。碑阳为《李氏再修功德碑》，叙其先赠散骑常侍功德，及张议潮事。其碑建于甲寅，为唐绍宗乾宁元年。莫高窟旁如来窟檐上书"宋乾德八年归义军节度使西平王曹元忠建"。按唐宣宗大中五年，张议潮归诚授节，传至张淮深卒后，沙州推长史曹议金为帅，请命朱梁，仍授归义节度使。周宋间，其子元忠奉表入贡，遥授封爵。至宋乾德，只有五年，所书乾德八年，实开宝三年，以其时中外隔绝，朝命罕通故也。文殊洞外有元皇庆寺碑，至正十一年建，功德主为西宁王。纪文者，沙州教授刘奇也。余谓既有唐碑，必有前秦碑，访之耆士赵秀才吉云：乾隆癸卯，曾于岩畔沙土中得断碑一片，书前秦建元二年苻坚年号，沙门乐僔立。旋为沙压，遍寻不得。盖前秦创建，唐一再修，宋元继之，力大功巨，吁其至矣！爰为作歌，具以是数碑，为金石家所未著录，志乘内亦未搜入，因详及之。

楞伽一朵飞天边，何时堕落三危前。
沙石碎劚佛骨出，昌黎先生见应叱。
佛骨不见见山骨，我来独游诧人力。
人力所到天无功，凿破混沌开洪濛。
高高下下千百洞，由巅及麓蜂房通。
天梯云栈钩连密，贝多树拥梵王宫。
一龛无数佛，四壁无万像。
丹黄千百年，斑驳还炫晃。
就中一佛耸百丈，天外昂头出云上。
一坐一卧大无量，人入耳轮倚藤杖。
额珠百斛伊谁拾，慧灯无人自山立。
前秦建元穷雕镂，盛唐李氏一再修。
继其功者宋及元，千镘万镒空谷投。
有明曾遭吐番毁，山摧石烂沙霾飐。
金碧犹余不坏身，登历依然欲穿趾。
呜呼具此龙象力，何不施之田畴活兆亿！
丰碑屹立镇佛国，普佛慈悲作功德。
普佛慈悲作功德，我佛闻之笑咥咥。

雷起瀛

敦煌八景

两关遗址

昔年曾记万军屯,传说阳关与玉门。
此日敦煌寻旧迹,唐碑汉碣许同论。

千佛灵岩

法相庄严佛百千,高低岩壑翠相连。
西来莫问雷音寺,此处参禅即洞天。

危峰东峙

三危突兀耸云间,晓日腾辉紫气还。
绕麓南来流黑水,维屏东峙壮阳关。

党水北流

敦邑民生赖党河,春耕惟望水盈科。
北流活活分渠引,灌溉田畴利正多。

月泉晓澈

海传星宿源谁寻,泉号月牙波自清。
未逐春潮盈四泽,兴云时亦济苍生。

沙岭晴鸣

峰头日午看沙鸣,岭静浑舍太古情。
山下泉疑通地窍,无端忽听鼓钟鸣。

古城晚眺

一抹炊烟锁落晖,城垣断处牧童归。
含情独立思今古,风景依然年代非。

绣壤春耕

环城百里尽田畴,聚耦春耕肯暂休。
况有党河贵灌溉,边民乐利足千秋。

韩赐麟

月牙泉怀古

沙卷石飞风怒吼,白草吹折狐兔走。
生愁天山雪飞来,峰头如何作重九!
晓来天气忽踏清,策马携酒城南行。
霜摧木叶萧萧下,雷动沙山隐有声。
半泓秋水似月牙,人言此即古渥洼。
曾出天马贡天子,汗血流赭喷桃花。
我闻斯语剧叹息,天马之来从西极。
自古旅獒有明训,异物何关远人格。
好事汉武开边界,穷边直到轮台外。
贰师转战八千里,兵气连云压虏塞。
沙场白骨无人收,天阴月黑鬼啾啾。
万古烟尘不得靖,后人犹筑筹边楼。
区区宛马何足数,故神其说夸英武。
可怜四海战争力,得不偿失竟何补。
我今览古意茫然,倒罢金樽醉欲眠。
行人遥指夕阳道,村外寒鸦噪晚烟。

雷起鸿

敦煌八景

两关遗迹

见说阳关与玉关,平沙万里暮云屯。
唐人再出休歌曲,汉将生还许拜恩。
落日三秋空眺望,边烽几度叹亡存。
敦煌犹是当年地,编户殷繁漫等论。

千佛灵岩

即三危山之麓脚。

西域当年佛事修,而今玉牒任搜求。
法身多少烟云护,碣石荒凉洞壑留。
会记龙华风未渺,岩非鹫岭境偏幽。
岭岈满目斜阳外,一线灵泉万古流。

危峰东峙

《十道山川考》:三危山在今敦煌南三十里。《山海经》:"三危之山,三青鸟居之。"

作镇敦煌第一山,何缘著屐共跻攀。

朝晴观日三峰上，夜雨听雷万洞间。
闻说华阴连汉畤，谁移泰岳到阳关？
此中几见来王母，青鸟年年自往还。

党水北流

南山党水入郊墟，信是敦煌美利储。
泑泽潜波东去渺，黄河分派北流疏。
年湮没辨沧桑界，功普勤开郑白渠。
为问两千四百户，三时灌溉乐何如？

月泉晓澈

沙环四面一泉清，天马当年贡汉京。
枢握天根元气足，图分太极半规明。
铁鱼鼓浪山光动，星草含芒夜色晴。
水有神灵污不得，曾施雨雹遣雷行。

嘉庆六年演戏于此，人多以秽物投泉中，俄而雷雨大作，遂不复演戏。道光十一年，许玉年明府来敦，不之信也，令演戏。时属中秋，乃大雨雪。造船游戏水上，船无端欲坠，遂大惊异。邑人以此深敬信之。

沙岭晴鸣

岭下即月牙泉也。按：鸣沙山天气晴明，有丝竹管弦之音，如作乐然。至若雷鼓声，只寻常事。《广舆记》：鸣沙山在敦煌，峰势危峻，山沙如干糒，天气晴明，则鸣声闻敦煌外。

不信青沙如壁立，渥洼池畔一峰孤。
晴时登岭风俱静，鸣处惊人影却无。
太古元音沉地底，钧天广乐秘山隅。
徒为雷鼓鼕鼕韵，闻所未闻说易诬。

古城晚眺

城中有古塔极高峻。

三十六国几存亡，边关尚有旧敦煌。
城基颓圮秋风冷，塔影迷离月色凉。
此日普天皆乐土，当年四郡本岩疆。
汉唐而后低徊溯，欲问何人作保障。

绣壤春耕

竟教沙碛变鱼鳞，犁雨耕云恰值春。
花柳千村天错绣，禾苗万井地藏珍。

儿童驱犊歌讴惯,父老携锄笑语频。

边地而今饶乐利,秋来稼穑庆轮囷。

己巳岁和韩玉符邑侯留别敦煌父老

皇仁到处迈羲轩,曾使春风度玉关。

地辟那堪容虎猛,民贫尚易布鸿恩。

桑田雨露深资被,朋酒羔羊古道存。

一自回疆戎马后,征输不给余泪痕。

杨昌浚

左公柳

大将筹边尚未还,湖湘弟子满天山。

新栽杨柳三千里,引得春风度玉关。

景　廉

月牙泉歌

敦煌城南众峰峙，蹊径别开林壑美。
碛沙成岭势突兀，万古风吹沙不起。
天晴时走阿香车，倘有蜚龙蟠地底。
灵泉一泓号月牙，碧琉璃净无纤瑕。
半轮水镜随地涌，蟾宫直可通仙槎。
林木倒影沉波内，恍惚丹桂枝横斜。
偷闲结伴试游赏，对此襟怀倍开朗。
临风把酒乐未央，夕阳西下月来上。
归稽志乘心惘然，此水乃古渥洼泉。
房星下降毓灵秀，忽见天马出深渊。
群空西域说凡骑，美谈犹自饶当年。
吁嗟乎！红羊劫后山河改，汉皇武帝竟安在？
龙媒指顾成尘埃，徒留逸事汗青史。
唯有渥洼之水至今留，千秋兴废随东流。
我来俯仰缅遗迹，一声长啸惊沙鸥。

蒋其章
游千佛洞得诗三十韵聊以疥壁

南山孕旁支，凝结杂沙石。

蜿蜒走层峦，矗峙到荒迹。

谁穷穿凿功？ 洞穴亿千辟。

匪问陶复居，乃等巨灵擘。

重叠层架云，轩敞柱张帟。

缘梯蜃吐雾，引磨蚁寻隙。

纷纷鸽笼排，一一蜂窠坼。

险或跨飞桥，平或铺软席。

低或入地睇，高或压山脊。

庨豁四名窗，髼鬠波斯泊。

槛楯驾虚檐，陂陀列重栅。

土窑烦埴埏，涂髹焕金碧。

塑像杨惠功，画手到元浑。

二佛竞魁梧，天半露肘腋。

其一津梁疲，卧榻云根窄。

余各闻幺麽，变相写百十。

神龛粘若□，鬼物多于鲫。

广厦万千间，撑磔阁五层。

又隔放荡时,且作化人宅。
奇观沙漠开,国用金钱惜。
厥后陷腥膻,佛力竟何益。
我来兵燹后,余焦烂賸遗。
细碎蜗壳嵌,丛杂蛎房摘。
丹青坏壁污,瓦砾悬崖积。
奈合龙象威,又度貀态厄。
智光照月□,梵呗礼霜夕。
岩壑愧玲珑,涂饰同□剧。
毡推郁古香,讵为游山癖。

谢威凤
游月牙泉诗并序

　　光绪辛巳岁，吾汭何雨畦司马宰敦煌，余自长安督饷酒泉，同谒刘毅斋爵帅于伊吾军次，始获晤谭。雨畦谓余曰："敦煌古名胜，阳关、玉门关虽湮，而渥洼泉无恙，子盍游乎？"重九后访之，雨畦置酒邀余与朱鸿初军门、张辅卿、李览卿明府饮于泉亭。但见碧波一湾，沙山四面，寒光如镜，照彻古今。不禁把杯叹曰："渥洼以天马得名，汉武神其马作歌，自雄百世之下。边风塞月，莽莽苍苍，使吾辈万里征人，留连歌咏，慨然想见雄才大略，不得谓非壮游也。"雨畦属题，因次壁间苏九斋原韵，藉志鸿泥，并质后之来游大雅君子，谅正焉！

一

　　霜落沙州塞色新，秋风木叶下频频。
　　北庭扫荡归征马，霸业销沉吊古人。
　　折柳不闻羌笛怨，把酒时忆曲江浜。
　　长安别后无消息，边地劳劳即此身。

二

　　唱罢伊州曲未还，故人招我玉门关。
　　三边作郡裴岑乐，万里悲秋杜老闲。

太守勒碑寻汉迹，渥洼樽酒对沙山。

武皇天马今何在？冷落寒泉月一弯。

萧　雄

出　塞

苏赖河流一线清，迢遥南岸有三城。

井疆仍属河西郡，天马当年此地生。

阳关道

从古阳关客恨多，楼兰鄯善记先过。

桑田今已沦成海，不问沙州路几何。

陆廷栋

千佛洞怀古

一

忆昔髫年庚午秋,追随杖履莅瓜州。
经楼尚记凌云起,画壁曾思秉烛游。
古佛笑人聊复尔,山灵识我再来不?
光阴如昨童颜换,奉使巡边愧细侯。

二

玉门关外访禅林,树老山浑云水深。
古洞庄严多岁月,鸣沙有韵响雷音。
画留北魏传神笔,经译初唐入道心。
卅六年华重到此,莲台旧迹喜登临。

民国时期

刘遵榘

四月八感怀

城南十里月牙泉,四月八日浴佛胜会,各科人员皆往游,署中几为之一空。因成一绝以纪之。

鸣沙作宰务虚名,喜见他人乐太平。
愧我无才徒自苦,临阶惟叹两三声。

会馆团拜

是日会馆团拜,凡陕人寓敦煌者百余人,甚属热闹。

阳关多有故乡人,万里相逢意更亲。
社结枌树开盛会,只鸡斗酒话前因。

杨巨川

敦煌怀古

一

天隔西方路未通,苗民曾此破鸿蒙。

三危丕叙旧华绩,黑水安流神禹功。

允姓瓜州今易氏,秦时苦盖尚同风。

漫言汉武开疆早,已属唐虞版籍中。

二

汉家城堞至今存,折柳阳关欲断魂。

绝塞移民填赤子,宝刀斩馘略乌孙。

葫芦夜冻三军寂,苜蓿春肥万马屯。

都护久虚遮虏废,空留落日照黄墩。

三

尚武威名震百蛮,可怜虫鹤满天山。

贰师悬度通秦海,定远生还玉门关。

甲仗宵严烽惨目,葡萄夜饮酒酡颜。

千秋功罪凭谁说,断臂防匈不等闲。

四

归义曾开节度衙，月支旧地至今夸。

千年秘笈珍岩窟，半壁神池古渥洼。

丝路文明输异域，雷音呗唪听鸣沙。

邮亭已变于阗道，奉使谁乘博望槎。

五

五季宋金叹剥瓜，明清生聚话桑麻。

十渠水利平分口，各县坊司互错牙。

款塞曾输回纥马，肇祥难觅武昭骟。

低回前代营田制，数百年来泽有加。

六

边城踏遍五花骢，笑我弹丸符剖铜。

南海夜明羌笛月，西湖春度玉门风。

平沙万里荒烟白，夕照千山柽柳红。

一代兴亡一转瞬，沧桑都付七言中。

游千佛洞

胜迹传天竺，驱车出郭游。
碛凝岩凿窟，泉细脉成湫。
画壁飞龙古，祇园法象幽。
花砖皇庆寺，纹木转经楼。
摹碣容光照，攀梯步履愁。
汉桥连栈道，阴洞况金瓯。
谷邃钟声聚，冈平塔影浮。
高临无地阁，俯瞰入沙流。
八水杨枝滴，三峰竹笋抽。
蜂房泥冒口，狮座石昂头。
贝叶宣千佛，莲台叠比丘。
慈云荫西域，法雨洒神州。
绘素灵心见，镌空鬼斧侔。
善缘唐李绩，挂数旅人筹。
劫火经兵燹，丰碑剩粉侯。
铁围原幻境，释教亦漂沤。
历落丹青剥，推迁岁月遒。
菩萨原此证，祀事叹谁修。

系我因公暇，来兹竟日留。

山深犹溽暑，宇净正初秋。

茗倩僧官煮，朋欣茂叔俦。

积香羊佐膳，短堑马维辀。

字共兰亭集，奇同禹穴搜。

移床风满袖，绕砌水通沟。

得意时闻鸟，忘机可狎鸥。

此怀泂坦坦，众品付悠悠。

普济皆欢喜，宏通任取求。

是间真善国，何必觅瀛州。

登鸣沙山

芦苇瑟瑟沙卷山，浪花激沙银斑斓。

封痍持栉比云鬟，承迎佳客新容颜。

须臾妆出宝光髻，压倒清泉眉一弯。

平生不着谢公屐，要登绝顶嗟跻攀。

朋侪笑我脚力软，解带拦腰步作辇。

健儿推挽雁行排，蹩躠蹒跚随人转。

眼中出火喉生烟，珠汗雨滴湿背肩。

渴来欲饮黄獐血，两足趑趄苦不前。
叱驭回车各有志，况我仕路久沌澶。
行行渐到最高处，豁开眼界凌飞仙。
东望三危儿孙立，河西屏蔽控两关。
此山居诲称鸣沙，晴天无云雷驱车。
又或鸥蹲拥沙下，脚底渔阳鼓掺挝。
朋侪仰身手拄地，尻移足挪齐颠陨。
中原世事竟效尤，不妨以身亲尝试。
以顶及踵寂无声，山灵息鼓恐我惊。
斯时周陆擎瓯坐，相向笑我童稚行。
君不见伟人纷纷居高位，一上一下朋引类。
张牙舞爪似梦醉，庙堂策略真儿戏。

王国维
题敦煌所出唐人杂书六绝句

吏黠民冥自古然，牛毛法令弄尤便。
千秋仁政君知否？不课丁男只课田。

唐沙州敦煌县大历四年户籍。

  女主新符出河师,寻寻遗法付阇黎。

  大云两译分明在,莫认牟尼作末尼。

《大云经疏》。

  虚声乐府擅缤纷,妙悟新安迥出群。

  茂倩漫收双绝句,教坊原有《凤归云》。

《云谣集杂曲子》。

  劫后衣冠感慨深,新词字字动人心。

  贵家障子僧家壁,写遍韦郎《秦妇吟》。

韦庄《秦妇吟》。

  圣德神功古所难,千秋郅治想贞观。

  不知六月庚申事,梦里如何对判官。

太宗入冥小说。

  赐姓当年编属蕃,圣天译语有根源。

  大金玉国天公主,莫作唐家支派论。

于阗国天公主李氏施画地藏菩萨像。

(选自《王国维遗书》之《观堂集林》卷二十四 1940 年版)

周炳南
月牙泉歌

沙声一鸣四大空，众山皆响歌大风。

寻声不知何处是，人间恍惚广寒宫。

十丈红莲避世路，富贵贫贱行乎素。

视一杯外如鸿毛，高谈风月还如故。

闻说天马出此泉，自贡汉皇去不旋。

泉耶池耶皆渥洼，何须辩口如河悬。

草结七星鱼铁背，一洗凡响杂管弦。

但愿名同胜地留，俯仰天地念悠悠。

此间疑是桃源游，不见仙人怅千秋。

与君登高声长啸，樵歌渔笛难为喉。

平沙万里眼底收，追攀天路自险幽。

吴　钧
和周炳南静山原歌

烈日炎炎耀太空，驱车城南迎薰风。

渥洼池边寻胜迹，绝胜前代避暑宫。

四围沙合疑无路，中有激浪广寒素。
偶来此地拓胸襟，知交相逢半新故。
曾记客冬游酒泉，天寒风卷白沙旋。
何如此泉风景好，汉家日月镜里悬。
坐定忽闻山鸣响，和声惜少武城弦。
君屯细柳大名留，惠留泉水共悠悠。
访古不负此远游，岁月惊人两鬓秋。
长此问山山不语，我亦不平鸣歌喉。
回首沙碛夕阳收，归趁晚凉意兴幽。

张　志

敦煌吟诗（五首）

西凉李暠

中原动荡胡马狂，独有西凉汉帜张。
辟府开堂勤议政，书生面目却称王。

草圣张芝索靖

书法千秋两草圣，张索遗规出敦煌。
为寻昔日临池处，踏遍残垣每徜徉。

张议潮

汉族衣冠不愿亡,岁时哭祭泪彷徨。
州门振臂呼声起,十一州图归李唐。

白衣天子张承奉

金山建国事迷离,岂有天子衣白衣。
倘是牟尼信奉者,史无明征阙吾疑。

曹议金

张氏族衰曹氏继,割据相延百卅年。
混处华夷事莫辨,联辽尊宋婚于阗。

敦煌八景

古城晚眺

断垣残壁党河边,村舍疏离绕麦田。
日暮登临极目望,牛羊仆仆下炊烟。

绣壤春耕

逶迤沙岭似屏风,流水纵横阡陌中。
杨柳绿依桃杏树,声声布谷春耕浓。

月泉晓澈

清水一泓月半湾,沙山环绕古泉寒。

游鱼铁背七星草,破晓临看无介纤。

沙岭晴鸣

五色沙堆四面山,沙临泉上望亭观。

晴空隐隐闻天籁,终古遗音异尘凡。

危峰东峙

东望危峦山几重,三峰高矗白云中。

三苗何处泯遗迹,杨柳春风庆岁丰。

党水北流

党河水绕党河湾,流自南来遍塞寰。

分布十渠资灌溉,民殷物富无虞艰。

两关遗址

西望阳关并玉关,汉唐遗迹塞云间。

经驮白马归东土,定远生还入汉关。

千佛灵岩

灵岩壁立洞蜂房,法相庄严盛李唐。

贝叶遗经震海国,标新学术传敦煌。

赠敦煌教育研习会诗(二首)

一

洙泗虽云远,大道万古新。

为己学不厌,诲人不倦勤。

同是生知圣,好古无等伦。

发愤每忘食,乐则忧亦泯。

施教因其才,解惑更谆谆。

宫墙万仞竣,弟子三千闻。

是以千载下,声隆道益尊。

吾愿为师者,是处且问津。

二

敦邑居边徼,迁民二百春。

学术陋且敝,振者无几人。

赵雷昔年后,遗文无现存。

迩来吕夫子，著作高等身。

白首犹丹铅，朝夕常衡文。

为学无止境，吾始知其真。

点滴成沧海，作者多苦辛。

吾愿为学者，兴起多因循。

那波利贞（日）
为《梁户考》论文完成而作
（五首选二）

其 一

梁户言辞史未传，往时通义隔云烟。

本无倭汉师儒说，矧在古今音训篇。

边土幽洞封宋代，名山老档见唐年。

雇佣文章平章记，此字分明笔划鲜。

其 五

梁户榷油供佛前，更担寺课据庄田。

晨修榨木安盘桶，夕送都门贩市廛。

利竟刀锥专货殖,业凭兰若制威权。
先儒未说中唐世,赖是四民衣食全。

于右任
敦煌纪事诗(八首)

仆仆髯翁说此行,西陲重镇一名城。
更为文物千年计,草圣家山石窟经。

立马沙山一泫然,执戈能复似当年?
月牙泉上今宵月,独为愁人分外圆。

敦煌文物散全球,画塑精奇美并收。
同拂残龛同赞赏,莫高窟下作中秋。

月仪墨迹瞻残字,西夏遗文见草书。
踏破沙场君莫笑,白头才到一踌躇。

画壁三百八十洞,时代北朝唐宋元。
醰醰民族文艺海,我欲携汝还中原。

斯氏伯氏去多时,东窟西窟画亦奇。
敦煌学已名天下,中国学人知不知!

丹青多存右相法,脉络争看战士拳。
更有某朝某公主,殉国枯坐不知年。

瓜美梨香十月天,胜游能否续今年?
岩堂壁殿无成毁,手拨寒灰检断片。

骑登鸣沙山

立马沙山上,高吟天马歌。
英雄不复出,天马更如何?

万佛峡纪行诗四首

激水狂风互作声,高岩入夜倍分明。
三危山下榆林窟,写我高车访画行。

隋人墨迹唐人画,宋抹元涂复几层。
不解高僧何处去?独留道士守残灯。

层层佛画多完好，种种遗闻不忍听。
五步内亡两道士，十年前毁一楼经。

红柳萧疏映夕阳，梧桐秋老叶儿黄。
水增丽色如图画，山比髯翁似老苍。

高一涵

敦煌石室歌

阳关古道接天竺，西连佛国犹比屋。
沙门乐僔托钵来，步入敦煌鸣沙麓。
榛莽蔽天无人室，独坐崖头看落日。
耀目金光烛霄汉，幻作千佛森灿烂。
神僧到此悟禅机，缘以荒岩作彼岸。
鸠工灵石创一龛，开天大业烦圬墁。
物换时移几星霜，踵事增华竞辉煌。
前有刺史建平公，继起复有东阳王。
先后开凿六百洞，联以长廊间以墙。
一洞一龛一世界，千门万户疑蜂房。
苻秦经始犹椎轮，大辂之成在盛唐。

下逮宋元历千载，自傅以下无低昂。
画师一一逞意匠，妙到秋毫难穷状。
飞楼涌殿灿珠光，幡刹幢牙列仙仗。
梵呗咏歌如闻声，维摩说法花散帐。
一佛化作千万身，千万身生千万相。
就中圣手谁第一，右相丹青推至上。
洞中复壁尘封久，琳琅秘室富二酉。
西夏兵戈动地来，权作文物逋逃薮。
梨枣半属宋前镌，经卷多出唐人手。
斯氏伯氏一顾空，毡包席卷间关走。
后有好者勤搜求，十存一二遗八九。
琅嬛福地一朝空，欧西书府栋为充。
石室遗书传万国，秘笈翻为天下公。
世界竞夸敦煌学，失马浑难罪塞翁。
我来又后四十年，烟薰壁坏损妍鲜。
篝火入室摩挲遍，粉墨剥落叹神全。
月仪墨迹西夏字，幸从灰烬见残篇。
敦煌艺术卓千古，薪尽行当看火传。
张子画佛本天授，神妙直追吴道玄。
请君放出大手笔，尽收神采入毫颠。

嗟予十指无一技，坐对宝室空潸然。
夜深道院万籁寂，仰见秋月来娟娟。

易君左

敦煌石窟歌

远来西北何所求，第一心愿是古州。
石窟千佛震天下，三十年来梦里游。
一朝心愿竟实现，钩沉古史穷探幽。
溪水潺潺洞累累，白杨萧萧风飕飕。
飘舞蹁跹化蝴蝶，攀登矫健疑猿猴。
洞上有洞洞下洞，洞中复向洞中搜。
大洞之中有小洞，小洞大洞舣珠球。
其数何止有六百，更上大佛九层楼。
两魏隋唐观之遍，宋元西夏无遗留。
八宝庄严何代建，大千灿烂此中收。
眼花缭乱口难言，魂灵飞越足难周。
行云流水随时尽，沧海桑田一笔勾。
人言佛法本无边，我言国力罕匹俦。
千佛洞如大海潮，一洞即是一浪头；

千佛洞如大海浪，一浪博击一孤舟。

世界无如此伟大，人生从此消烦忧。

惜哉大者盗而小者偷，真者沉而伪者浮；

颓者垣而荒者丘，断者头而抉者眸。

艺术宝藏任毁灭，髯翁只眼独千秋。

上国旌旗息箫鼓，河西静静复悠悠。

我来敦煌横感慨，早视荣华风马牛。

疏星明月如相伴，让我一窟甘长休！

敦煌千佛洞杂咏（十二首）

一

谁写中华忆万年？自非史册与诗篇。

乾坤留此敦煌画，一笔能将国宝传。

二

万里驰驱未觉劳，白杨瑟瑟马萧萧。

寒鸦数点秋风里，好趁斜阳看六朝。

三

汉唐盛治至今传,八月秋高塞外天。
画尽中华文物美,潺潺流水亦千年。

四

依约曹家画壁者,美人娇靥贴花黄。
如何今日摩登女,反逊当年妩媚妆?

五

恍疑幻境是仙姿,凄绝人间一片痴。
四百洞中惟此像,人人愿作比丘尼。

六

藻井繁花半作莲,一花一佛一心田。
甘迷五色谁能辨?绝艺轻轻落笔尖。

七

两魏隋唐固足尊,宋元自有作风存。
人间艺术标新格,珍重当年创造痕。

八

佛法无边孰擅场？聊凭彩笔写沧桑。

千秋人类心和力，只在虔诚一瓣香。

九

中朝一老银髯美，整顿乾坤待品题。

笔力纵横徵大寿，龙蛇飞舞遍河西。

十

冷云淡月入窗棂，历尽边荒路几程？

流水溪中生小草，白杨树梢挂疏星。

十一

小洞倾斜狗窦低，昂藏大洞与山齐。

身飘猎艳如蝴蝶，颈缩探幽似鹭鹚。

十二

高柳斜晖罩暮烟，敦煌今日为谁妍？

远游西北完心愿，记取鸣沙断涧边。

（这组诗创作于一九四一年秋易君左随同于右任视察敦煌期间。——编者按）

月牙泉

晴空万里蔚蓝天，美绝人寰月牙泉。

银沙四面山环抱，一池清水绿漪涟。

游鱼数尾崩明镜，飞鹭一只破轻烟。

芦苇萧萧折腰舞，荇藻拂拂抱头眠。

此是人间抑天上？太虚幻境庶几焉。

沙柳几行掩楼阁，斜阳一抹投鞍鞭。

人影紧随山影后，山影偷渡马影前。

人影马影兼山影，踏破波光半月圆。

天马腾空早飞去，一梦不觉二千年。

汉时明月秦时郡，秋风吹冷玉门边。

何当化为萧寺一老衲，要使满天仙佛尽读吾诗篇。

鸣沙山

鸣沙山，山沙鸣，描不尽，画难成。人间之山为土为石或为草，似此沙山真稀少。山能发音尤玄妙，如歌如哭如欢笑。嗡嗡如闻轰炸机，又如击鼓走轻雷。此中必有一神物，代表天地之音阶。呼嗟乎！不平则鸣有真理，偶语本自沙中起。黄钟委弃瓦缸鸣，从此天涯沦落矣！

赠宋荣议长

不作前人凄苦词,阳关塞上独咏诗。

今宵万里清辉满,照出人间绝代姿。

张庚由

金缕曲·敦煌纪事

欲述敦煌事,向茫茫秋风朔漠,梦萦千里。山唤鸣沙纷五色,泉与月牙形似,唱三叠阳关于此。瓜美、梨香、棉垛雪,散牛羊、浅草平川里。流不断,天山水。　精奇画塑今无比,问镌崖东西佛窟,倾埋余几?尽道藏经足珍贵,远度重洋何许,剩多少断篇残字?草圣家乡挥古泪,算中兴、文物堪筹计。原教化,西方起!

卜算子·侍于公赴玉门关外道中

千里带晴云,沙软金明灭。润泽生民仰白头,一派天山雪。

欲问汉关河,野老犹能说。报国心期古似今,目断长城月。

任子宜

少卿先生以所著《敦煌县志》稿见示，拜读之余，钦其材料丰富，体例谨严，书此志贺

敦煌掌故费搜求，满目琳琅美并收。

漫道著书同嚼蜡，名山事业自千秋。

后学任子宜敬题 三十一年七·七

张大千

月牙泉

阴晴原不绾离游，地近龙堆客子愁。

君看月牙泉上月，月缺月圆过中秋。

别榆林窟

摩挲洞窟纪循行，散尽天花佛有情。

晏坐小桥听流水，乱山回首夕阳明。

范振绪

题榆林窟

佛教原来不染尘，千年圣画竟如新。

何人创造榆林窟，无数恒沙作化身。

此行结得宝山缘，石窟重重别有天。

百亿万千瞻妙相，何求道子羡龙眠。

沈尹默

致谢稚柳

左对莫高窟，右倚三危山。

万林叶黄落，老鸦高飞翻。

象外意无尽，古洞精灵蟠。

面壁复面壁，不离祖师禅。

既启三唐室，更闯六朝关。

张谢各运思，顾阎纷笔端。

一纸倘寄我，定识非人间。

言此心已驰，留滞何时还？

观张大千临摹敦煌壁画展

三年面壁信堂堂,万里归来鬓带霜。

薏苡明珠谁管得,且安笔砚写敦煌。

罗家伦

游敦煌千佛洞

平沙浩渺绿阴开,七宝壮严入望来。

阅尽丹青千万本,盛唐真个出人材。

前韵咏曹延禄妻子于阗公主画像

五花骢上玉人来,粉面朱唇带笑开。

结得关中关外好,于阗公主是人材。

玉门关故址赋

大小方盘论各殊,龙堆沙草更模糊。

边墙不是中华界,一代雄关白可无。

(选自《阳关》1988年第1期,
原载1943年印行的罗家伦《西北行吟》诗稿)

陈秉钧

状敦煌

古敦煌，我边疆。始言郡，据西方。
旋谓州，障甘凉。因改卫，镇胡羌。
出文豪，产武将。圣贤事，赖播扬。
论三教，重表彰。谈百家，多发皇。
攘夷行，服素王。通华化，致隆昌。
时势异，人谋臧。灾变祛，乃呈祥。
卷册间，流馨香。技艺中，含惠光。
再振作，继更张。兴大业，超汉唐。

王 烜

题故友张鸿汀《敦煌石室访古图》
（三首选二）

萍踪未到玉关头，鹫岭当前作卧游。
只恨古人常寂寞，黄沙漠漠水悠悠。

福缘非易有前因，石窟依然万古春。
文物衣冠会尚在，画中仿佛骑驴人①。

---

① 图内山径有骑驴人。

水　梓
莫高窟中四绝

一

杨柳千条水一湾，我来胜境叩禅关。
桃源世外知何处，今在雷音古寺间。

二

原来面目已多非，石室宝藏去不归。
历尽沧桑佛法在，金光万道映朝晖。

三

五百窟中万象罗，骚人墨客吟咏多。
于髯诗书大千笔，爱读涵庐七古歌。

四

两魏六朝历宋唐，灿然满目尽琳琅。
精深博大超今古，继往开来希发扬。

玉门关中秋四绝

一

万里风沙出肃州,笛声杨柳玉关秋。
侧身遥望祁连雪,相映月光上白头。

二

金城玉塞月同光,万里征途思故乡。
瓜果煦园儿女乐,边关爆竹迎封疆。

三

年年赏月望关山,今夕中秋度玉关。
塞上风光饶别味,羔羊美酒共开颜。

四

一半纤云一半晴,十分月色三分明。
人间万事求圆满,天道从来恶皎盈。

河西归来

万里长途作壮游，满天风雨出甘州。

沙明瀚海迷花眼，雪压祁连尽白头。

牧马场中曾远眺，鸳鸯池畔好勾留。

最是敦煌堪忆念，千佛洞是一探幽。

中华人民共和国成立以来时期

叶剑英

玉　门

引得春风度玉关，并非杨柳是青年。

英雄一代千秋业，敢说前贤愧后生。

（原载 1956 年 11 月 29 日《石油工人报》，《甘肃日报》1978 年 7 月 19 日重新发表）

冯国瑞

莫高窟杂诗五十首（选九）

乐僔法良迹已陈，传闻建窟始西秦。

难寻索靖仙岩字，想象劈窠笔有神。

周柱国李君修佛龛碑有云："莫高窟者，厥初秦建元二年，有沙门乐僔，戒行清虚，执心恬静，常杖锡林野，行至此山，忽见金光，状有千佛，造窟一龛。次有法良禅师，从东届此，又于僔师窟侧更即营建。伽蓝之起，滥觞于二僧。"六十三窟（此为史岩先生编号，今敦煌研究院编号为 156 窟。——编者按）唐人题记："晋司空索靖题壁，号仙岩寺。"

　　绕阁腾云舞带开，诸天飞去复飞来。

何妨化却身千亿,一个妙姝一善才。

当年窟外有巡廊,廊断壁穿损画墙。
规复旧观今日事,揩持莫待再商量。

二五九号魏窟,危崖绝壁,亟待支柱。

沙碛曼蜒势莫高,九层杰阁响云璈。
嘉名肇锡原《诗》义,寄兴山泉石室牢。

莫高窟:依据莫高窟六种文字之至元残碣,以为自元代始有此名;又有以"莫"当作"漠"为解者。此次在四二三号隋窟正面佛像须弥座正中,有隋人墨迹发愿文中"莫高窟"三字,确知"莫高"解释实见《诗·小弁》八章"莫高匪山,莫浚匪泉"。其意甚显。

垂拱二年题记存,留名造窟望黄昏。
大笔特书华尔纳,盗画壁面尚有痕。

三三五窟有"垂拱二年优婆夷奉高、张思义所造"及华尔纳盗画痕迹数处。

石室晚清发秘储,写经缣素劫无余。
借抄域外流传盛,几许人间未见书。

一角张骞奉使图,晚唐墨渖亦模糊。

艰难史事怀畴昔,沙漠从今变坦途。

支解如来事见频,裂肤剥夺更何人?
遗闻重问王圆禄,巨资难忘斯坦因。

艺苑精研十五年,常公健者更无前。
栖迟五日欣瞻仰,赢得西行《野获篇》。

一九五七年夏秋

彭德怀
参观莫高窟题词

环视千佛洞,历史枉自长;
闹市成废迹,敦煌行人稀。
一九四九年,兰州灭继援;
红旗向西指,春风笑昆天。

一九五八年十月

张蕴钰

深入不毛

玉关西数日，广洋戈壁滩。

求地此处好，天授新桃源。

风失踏查路，尘迷炊爨湾。

日写标桩影，月行始新元。

一九五八年选核试验场时作

菩萨蛮·过白龙堆并附记

奇观坐卧八百里，白静迎风身曲曲。柔毯如地黄，龙家女中王。裂天好自立，年长情有寄。聚沙上塔峰，啾啾唱月明。

附记：《搜神记》外篇遗文云：龙女玩春痴恋人间，天怒，谪于大荒之野，绝天路，杜水草，永隔人世。龙女堆白沙以居。令不能禁，屡有犯者，屡遣屡谪，沙堆无数，绵亘数百里。每当子夜，情歌缭空，龙女诉也。

一九五八年与志善同志露宿此地，诵岑参"秣马龙堆月照营"诗句，颇合即境之趣。

观古龙城 ①

——赠志善同志，忆同行

远望穆森森，风流贯古今。
龙城亲得见，幸者几多人。
身近自渺小，仰首知雄伟。

集岛成大国，瀚海生土林。
碉堡列千阵，万里过鲸群。
有胆还须智，深入陷迷津。

开屏村

孔雀河流汉代水，玉门关度今世风。
楼兰城颓甲子废，开屏村响计时钟。

一九六四年十月首次核试验后一日作

（以上四首均选自《张蕴钰诗词集》2005年版）

---

① 古龙城在罗布泊东及东南方，非为筑城，乃是冲积土地带，经水流风刷形成峭立的土丘（称雅丹地貌），或长或圆，如塔如碑，姿态万千。厥为一大奇观。

水源渭江（日）
读林谦三教授见寄《敦煌琵琶谱研究》赋此道谢

先生寄我琵琶谱，犹有陇西当日音。

忆昨伤春三月暮，倚栏犹奏恋情深。

淀桥北望水无涯，嫩柳鹅黄燕子斜。

景仰林家好音律，千年雅乐是如何。

邓　拓
赠常书鸿

危岩千窟对流沙，廿载辛劳万里家。

发蕴钩沉搜劫尽，常将心力护春花。

罗哲文
两关情思

1963年6月，奉文化部副部长徐平羽之命并应敦煌文物研究所常书鸿所长之邀请，和南京博物院院长曾昭燏、陕西省博物院院长武伯纶赴敦煌文物研究所讲学。徐部长在联系远处戈壁沙漠中之研究所与内地学术单位专家学者们的感情与交流，关注甚周。在常所长的精心安排下，带上水和干粮前往玉门关、阳关考察。（当时这里是一片戈壁沙漠，人迹罕至。）初次来到了早已闻名的丝绸之路的要道雄关和文学史上久负盛名的《折杨柳枝》《阳关三叠》诗歌情思抒发原址。怀古思绪油然而生。成五古和七绝各一首，以记之。

玉门关怀古

汉武重西陲　　四郡设河西
两关凭险筑　　断彼匈奴臂
大道联西域　　商贾来络绎
煌煌汉武功　　青史永昭立
巍巍玉门关　　屹立两千年
烽台连朔野　　障塞远绵连
长墙柳苇固　　关城夯土坚
我来玉门下　　览此古关垣
伫立生遐想　　雄关几经年

沧桑几移换　　人世几迁变

当年征战士　　壮志已云烟

如今四海一　　歌舞有于阗

春风关不住　　吹彻玉门间

守关人若在　　当共笑开颜

阳关情思

阳关旧迹了无垠，古董滩头沙浪新。

惟有多情烽燧在，朝朝三叠诉离情。

饶宗颐

题敦煌写卷云谣集杂曲子
（用道路忆山中韵）

谁与唱云谣，欲歌歌啴缓。

偷写暗赠人，百读恐肠断。

纸仄艰贮愁，何以摅深款。

盟镜怕重寻，镇是生愤懑。

素胸雪未消，横眉月更诞。

春去草萋萋，人来花纂纂。

回肠绕夜长,剪灯嫌烛短。

枕泪湿浓翠,腰身倚密竿。

消受到微熏,余寒奈难暖。

延露纵多情,低吟应罢管。

一九六五年

敦煌学百年盛会

老去弥知考信艰,重蹈待问三危山;

百年事业藏经洞,光焰长留天地间。

重到鸣沙山

东寺能容百丈佛,西关曾贡双头鸡;

情牵栏外千丝柳,不怕鸣沙没马蹄。

(以上二首均选自《敦煌研究》2000年特刊)

潘重规

间　唱（三首）

一

仿佛童年上学初，废宫徙倚待翻书。
虫沙猿鹤无穷劫，准拟今生作蠹鱼。

旅居巴黎，日趋法国国家图书馆观敦煌卷子。馆邻废皇宫，辄就食宫侧小肆。食罢，徘徊废宫林荫，待馆门启即趋入，惟恐后时，俨如童时就学情景。

二

万笈千箱覆大堤，开奁全趁夕阳西。
图书位置风光好，文采江山共品题。

巴黎塞纳河南拉丁区，北直卢浮宫、圣母教堂，风景绚丽。南岸堤墙，书贾制箱覆其上，庋置图书，固定不移，连绵数里。每夕阳西下，启箱如屏，悬张画册，琳琅满目，群屐联翩，流连光景，令人徘徊不能去。

三

东观蓬莱水浅清，红莲万柄拥书城。

归来莫怨秋摇落，靓影迎人似有情。

九月廿五自英伦归台北侍母疾，医院邻"国立中央图书馆"。侍疾之余，时入馆纵观仙岩珍籍。馆在植物园中，构制丽都，荷池环抱，红莲明艳，盈盈向人。

门人卢永俊为治一印，文曰"敦煌石室写经生"

微茫孔思与同情，入海遗编照眼明。

锡我头衔新署印："敦煌石室写经生。"

巴黎国家图书馆藏敦煌《论语义疏》卷子，卷端残损，用贞明九年文籍托裱。近年馆中重装，揭开文籍，乃知为一卖儿契也。怃然掩卷

曾闻仁义是蘧庐，又见群儒竞曳裾。

掩卷更应增太息，卖儿契裱圣人书。

（选自陈祚龙《敦煌文物随笔》1979年版，诗当作于1967年）

陈祚龙

唐代两京印书

大唐文教真鼎盛，夷狄均得分华荣。

印书既非等闲事，考究初传在两京。

吴蜀刊刷实较晚，敦煌卷册有证明。

际兹兴化振祖业，逐项最宜先鉴衡。

旅次展诵石禅潘先生航简附诗因书四十字

东西求见识,了得称人师。

秋风引恋意,淫雨惹忧思。

晨昏相期许,谁个是大痴。

三生固谓久,成就在精持。

讴歌光融敦煌学

敦煌文物开千宗,良亏先贤绍祖功。

显世几近七十载,国人究讨向受崇。

缘因自强兼实践,兴邦阐化图昌隆。

莫谈科技不具体,天聪大智在其中。

英法持作古董去,俄日争取费苦衷。

宝岛现藏影照本,并有复制传真容。

外客捆运堪回首,战前成就要恢鸿。

且观东瀛治学艺,业绩迄今多厚丰。

菁粹弗能尽利用,炎黄裔胄愤愧同。

最恨闭门造车者,欺己害群孼无穷。

抄袭旧说省劳力,做来果然好轻松。

凭白忘记龟兔赛,休论勤勉过三冬。

何必反复出演义,老将皮毛训孩童。

亟谋发明求知彼,弃却井底一蛙虫。

上庠锐意广研习,应聘行家扬春风。

督导精进讲时效,君子豹变定亨通。

(以上三首均选自陈祚龙《敦煌文物随笔》1979年版,作于1969年)

袁宝华

由肃北去敦煌途中

党河下峻岭,急流劈层岩。

峭壁列危岸,巨石罗险滩。

白日映积雪,红柳笼紫烟。

牧民一夕话,飞车近阳关。

一九七二年冬

于忠正

莫高窟

鸣沙尽头断崖层，异彩霞光艺术宫。

一千六百七年前，创建莫高叹神工。

善恶丑美真假史，酸甜苦辣人间情。

盛唐丰腴北魏秀，反弹琵琶谱新声。

一九七三年五月

常书鸿

危岩千窟对流沙

危岩千窟对流沙，卅载敦煌万里家。

金城长夜风吹雨，铁马叮当入梦涯。

（选自《甘肃文艺》1978 年第 1 期，写于 1976 年清明节前后）

窦景椿[1]

步唐人李商隐七言诗原韵

相聚时难别亦难，万里征程值岁残。

祇为谋食意未尽，妻儿相对泪不干。

世事沧桑政容改，杜鹃泣血月夜寒。

蓬莱阳关无通路，试寄音书探望看。

一九七八年四月于台北

阎　纲

玉门行

玉门关，敦煌西北百余里外，沙漠地，古战场。东汉班超上疏曰："臣不敢望到酒泉郡，但愿生入玉门关。"唐人王之涣叹别离："羌笛何须怨杨柳，春风不度玉门关。"荒凉、凄怆。解放了春风，打通了关隘，敦煌宛然沙漠绿洲。

登上玉门关，举目望天山。

---

[1] 窦景椿（1912—1989），字寿五，甘肃敦煌人。抗战时，供职国民党政府监察院。1943年春，被教育部聘为国立敦煌艺术研究所（敦煌研究院前身）筹备委员，与常书鸿先后来敦煌开展筹建工作。1943年底奉命回西安监察使署。1947年秋回敦煌参选为"行宪国民大会"代表。1949年年末去台湾。1959年辞职从商。1967年后续任"国民大会"代表。

故道寻不得，平沙黄入天。

雄关成秃土，坚垒剩残垣。

烽火高台在，不见起狼烟。

古人出玉关，双眼泪不干。

春闺梦白骨，苍茫云海间。

我今到玉关，风吹绝塞暖。

青春挂井架，油喷上九天。

南湖红杏闹，敦煌桃李繁。

柳拂千佛洞，钢花溅酒泉。

羊群戏山凹，驼铃一线牵。

马达折杨柳，大漠遍炊烟。

北雁绕三匝，陶然复悠然。

云淡淡，路漫漫，东望西望皆故园。

纵非柳浪闻莺地，不尽雪消下祁连。

君不见千年鬼门关，关外已改旧容颜。

今我羌笛声出塞，寂寞孤城车马喧。

借问春色几时染，长风得意过于阗。

抬望眼，辉煌应是看出日；

真奇观，一团大火跳上天。

一九七八年五月柳园—北京

肖 华

参观敦煌

银鹰降临沙州城,"飞天"新装起舞迎。
莫高艺术扬中外,阳关春暖观光人。

(选自 1978 年 7 月 9 日《甘肃日报》)

刘白羽

敦　煌(二首)

电火风雷亿万年,绝艺精工辟阔天。
鸣沙高唱祁连雪,辉煌金碧照人寰。

红旗漫卷舞长空,丝绸古道换新容。
千佛岩壁金光闪,阳关不再唱西风。

(选自《甘肃日报》1978 年 10 月 15 日)

赵朴初

敦煌飞天赞

诸天喜跃拥空王,擎盖持华绕上方。
万古不停飞动意,人间至宝礼敦煌。

一九八〇年三月

汉俳二首

间中定泉长老率法隆寺敦煌飞天友好之旅来访,谈悉法隆寺金堂壁画费时十年之久,将于今冬复原,欢喜赞叹,无有穷尽,即席赋此,以志胜缘。

飞天散众香,
　咫尺敦煌与奈良。
　源远又流长。

壁画复隋唐,
　法隆佛日喜增光。
　棠棣祝齐芳。

一九八一年佛诞后一日

汉俳三首

丁卯五月月圆日,敬题常书鸿先生为日本法隆寺所绘敦煌壁画。

光彩耀人间,
　　金堂壁再现庄严。
　　　增胜劫灰前。

琴笙音乐天,
　　缤纷五色散华天。
　　　馥郁众香天。

诸天无疲厌,
　　比翼齐飞绕大千。
　　　恩意永绵连。

一九八七年六月十日

陇行题咏二十一首（选三）

首届中国丝绸之路节庆祝大会于一九九二年九月十日在兰州举行。

九月十七日，参礼莫高窟，赠敦煌研究院段文杰院长 [①]

感君扶病导我观，讲图讲史兼说法。
密室宝藏为我开，电光照处神思发。
巨塑仰观天九重，壁画笔锋细如发。
经变西方与琉璃，故事本生兼神话。
众生种种无穷尽，悉皆摄受广采纳。
呼吸风云暨八表，内取道家外希腊。
古之作者之精诚，今之学者之通达。
护持象教感恩多，俯仰兴怀而涕下。

九月十八日上午，参观西千佛洞

唐前塑绘赏剩残，宋元以下无讥焉。
改头换面神凋丧，清人续貂不忍观。
复兴像法待何年？

[①] 上午参观后，在客厅小坐。厅内置来宾题名册，余方取笔待书。段老云：我们要求不止签名。乃搁笔至餐室午饭。饭后稍休，复入厅书此诗。段笑云：观子之脑力，尚可住世二十年。

戈壁滩之歌

今朝戈壁滩,昔年大海底。当时连天涌波涛,而今千里无一滴。四望焦黄土,坎坎乱沙砾。每种一棵树,掘地须二米。搬去百担石垒垒,填入泥土珍粒粒。偶逢道列冲天杨,心知曾费移山力。初来侈说绿化功,渐悟实行良不易。须有忠贞志士如骆驼,忍辱负重骋戈壁。又有顽强劲如骆驼草,挺生怒发石之脊。有此精神乃有嘉峪关,巍巍雄对沙场立。有此精神乃有敦煌人,献身像法精文艺。有此精神乃有丝绸之路开,有此精神乃有西北新天地。我爱祁连山,滋润万物身受冰雪积。我敬戈壁滩,荒漠艰难磨炼人心意。待看二十一世纪,银武威,金张掖,异彩奇光十倍今与昔。

一九九二年九月

忆江南·敦煌博物馆索题

莫高窟,举世莫能高。瑞像九寻惊巨塑,飞天万态现秋毫。瞻礼涌心潮。

一九九四年十二月
(以上各首均选自《赵朴初韵文集》2003年版)

启　功
唐人写经残卷赞三首

其　一

羲文颉画，代有革迁。真书体势，定於唐贤。敦煌石室，丸泥剖矣，吉光片羽，遂散落乎大千。晴窗之下，日临一本，可蝉蜕而登仙。人弃我取，犹胜据舷。信千秋之真赏，不在金题玉躞，濡毫跋尾，殆自忘其媸妍也。

其　二

虹光字字腾麻纸，六甲西升谁擅美。
李家残本此最似，佛力所被离火水。
缓步层台见举趾，日百回看益神智。
加持手泽不须洗，墨缘欲傲襄阳米。

卷中有朱笔句读

其　三

墨渖欲流，纸光可照。
唐人见我，相视而笑。

西域书画社征题

汉晋论书派,西陲擅胜场。

张芝与索靖①,江表逊遗芳②。

(以上四首均选自《启功韵语集注释本》2004年版)

题敦煌石窟

辉煌文献炳吾华,洞窟千间佛有家。

不必雷音寻宝刹,岿然石室矗鸣沙。

一九九三年十一月十七日

史苇湘

赠池田温教授

残篇断简理遗书,隋唐盛业眼底浮。

徘徊窟中意无限,《籍帐》男女呼欲出。

一九八〇年九月

---

① 张芝:汉代书法家。索靖:晋代书法家,与张芝皆为西北人氏。
② 江表:这里指江南二王等人。

王 力

观舞剧《丝路花雨》

敦煌壁画国瑰宝，美女飞天人醉倒。
盛唐风流今又是，舞台再现非常好。
风尘滚滚卷黄沙，父女分离薄命花。
沦入教坊第一部，轻挑重拨反琵琶。
画师朝夕挥神笔，新姿绘在莫高窟。
反弹琵琶伎乐天，妙舞巧协黄钟律。
娇娘避祸走波斯，阿父披枷作画师。
完成壁画千秋业，体乏神疲死不辞。
丝绸之路通西域，迢递康居与安息。
明驼千里走旁皇，输送丝绸到大食。
中国丝绸异域珍，隆准碧眼亦章身。
鸳鸯绣出从君看，要把金针度与人。
画师怀女心殷切，梦随飞天入天阙。
美哉霓裳羽衣舞，赏心乐事良可悦。
薄縠裹身蝉翼轻，群花灯下映眸明。
腰肢杨柳柔无骨，眉目秋波媚有情。
蹁跹缓步忽奔放，鸿雁一身流雪浪。
飞似蜻蜓轻点水，舞如骏马高骀荡。

云相衣裳花相容,瑶台月下舞东风。

霓裳曲是钧天乐,翠羽翱翔在太空。

八十老翁眼未瞀,如此欢场能几度?

击节高歌菩萨蛮,挥毫迅写天魔舞。

艺苑百花欣遇春,花繁端赖灌园勤。

老枝吐艳新枝长,继往开来泽前民。

(选自毛大风、王斯琴编注《近百年诗钞》1999年版)

马少波

观舞剧《丝路花雨》

皋兰岭下夜初阑,急管繁弦黄水边。

花雨濛濛润丝路,友情暖暖醉阳关。

驼铃遥伴琵琶舞,神笔巧拨壁上弦。

真个凌空腾彩羽,敦煌奇迹氍毹传。

一九八〇年十二月十四日于兰州

(选自《飞天》1981年第4期)

阎丽川

敦煌咏叹

危山风啸助沙鸣,剩水无多护绿荫。

佛寺千年留胜迹,图经百劫尽伤痕。

新政维新不薄古,修残摩旧补丹青。

飞天伎乐都解困,四海齐听雨花声。

为永元同志录敦煌纪游旧作。丽川一九八七年秋

周笃文

八声甘州·敦煌

趁飙轮、万里过中原,探胜古瓜州。有豪情词伯,金闺秀质,俊彩吟俦。阅尽祁连雪岭,弱水送西流。银汉入杯盏,逸兴云浮。　　极目苍茫古戍,正玉关草长,风雨新收。送驼铃阵阵,禾黍满田畴。最神驰、莫高宝窟,现人天万象、供双眸。低徊久,梦魂从此,夜夜崖头。

一九八一年
(选自周笃文诗集《影珠书屋吟稿》2004年版)

敦煌石室书怀

万里炎天载笔行,沙洲瀚海意纵横。

祁连翠色来天地,大漠孤烟想旆旌。

一笛关山空故垒,数行残柳寄余情。

莫高窟与渥洼月,弹入诗弦凛有声。

一九八二年

(选自毛大风、王斯琴编注《近百年诗钞》1999年版)

凌国星
一剪梅·出玉门

自古西行叹路难。鸟也畏盘,猿也愁攀,春风不度玉门关。万里荒滩,寂寞人间。　　一唱雄鸡举世欢。山也开颜,水也开颜,春风浩荡玉门关。绿了荒滩,红了人间。

(选自《诗刊》1982年第8期)

孙艺秋

云仙引·登玉门古垒

瀚海云枯，祁连雪老，终古万里长风。度广漠，逐飞蓬。来寻当年遗迹，落日金黄稚柳红。远山如黛，塘水澄碧，芦岸春融。　依稀将军部曲，拥绣旌，迤逦没遥空。沙惊石怨，铁骑似水，百战奇功。玉关锁钥，长城屏障，不愿人间被兵戎。当承平日，颂今吊古，极目苍穹。

一九八一年冬

（选自《飞天》1982年第2期）

过玉门

青春事远游，不畏云路难。

坐爱天风疾，来此看祁连。

月冷沙海静，雪深玉门寒。

断浦芦芽短，荒湾野水残。

繁星坠古垒，枯蓬上颓垣。

天地悲寂寥，岁月去不还。

我欲挹白云，长啸出汉关。

（选自白应东主编《丝绸之路诗词选集》1987年版）

过阳关

渭城柳色断肠青,一唱骊歌白发生。

而今尝遍人间苦,最愁阳关第四声。

生离死别世间难,况是陇原山外山。

烽火台孤砂似血,夕阳多处是阳关。

(选自《阳关》1996年第1期)

李　超
西江月(二首)

一

热望三危揽胜,殷情一赏敦煌。莫高窟内尽宝藏,塑绘精巧粗犷。　万里丹青汇粹,千年妙笔留芳。法华经传画隋唐,今世出新再放。

(选自《飞天》1982年第2期)

二

和尚乐僔幻象,三危千佛金光。凿窟绝壁有法良,龛塑殿堂巍壮。融彩丝绸路上，风情描绘真详。留得文物绘满墙，遗产画派独创。

（选自《飞天》1982年第4期）

王伯敏
莫高窟即兴三章

鸣沙山对赤神关，极目祁连雪满山。
方寸绿洲红柳舞，细流枕上听潺潺。

危石峰巅别有天，横山十里碧无烟。
黄昏最好崖前坐，目尽流沙落日圆。

似见虎头问疾图，维摩无恙斗文殊。
画工犹有畅神处，笔染青山淡若无。

（选自《飞天》1982年第3期）

祝贺段文杰先生治学五十周年

三危山横戈壁头,驼铃声碎鸣沙麓。

五十年来春复秋,莫高窟里苦中乐。

沙洲愿作守护神,岁月不计头渐白。

历朝洞窟万千图,摹写得神气磅礴。

净土变相四百间,须弥万里多丘壑。

画罢乐师画本生,屈铁盘丝见磊落。

最是石室学无穷,一题一论撼山嶨。

创言本土敦煌风,涉猎方圆贵开拓。

长年何故能心安,心安寂寞欣有托。

天昊昊,沙淯淯,鼓声声,地诺诺。

而今公寿八十春,健似苍松舞大漠。

大漠深沉月光明,流沙足下风霜薄。

风霜薄,戈壁头,段公不愧青田鹤。

一九九六年二月十日于杭州

(选自王伯敏《恬漠活沙洲》一文。载《段文杰敦煌研究五十年纪念文集》1996年版。题目系选注者所拟加)

袁第锐

阳关遗址

瓜州西去路途难，颠簸轻车笑语欢；
天马不知何处去，无人解识古阳关。

（选自白应东主编《丝绸之路诗词选集》1987年版）

云仙引·登玉门古垒·和孙艺秋原韵

瀚海云飘，祁连雪舞，无边朔漠长风。摧宿梗，卷飞蓬。洗却尘昏万里，古道苍茫夕照红。远山成碧，低塘胜紫，鹤翅春融。

依稀当年旧事，有雄师百万列遥空。骄蹄踏燕，奋戈指日，一战成功。玉关雄峙，长城迤逦，千年烽息弭兵戎。方承平日，登临吊古，幽绪无穷。

（选自甘肃诗词学会编《陇上吟》1989年版）

阳关赋 [①]

癸未之秋，时清气爽。翘首阳关，心怀怅惘。一帖见招，欣

[①] 这篇赋是袁第锐先生应邀参加阳关博物馆开馆庆典暨敦煌市"两关长城学术研讨会"后，为阳关博物馆而写。

然遂往。嘉宾贤主,尽五日之盘桓;胜迹名山,引千秋之情愫。渥洼澄澈,魂断天马之乡;戈壁连绵,神系丝绸之路。玉龙鳞甲,犹翔阿尔金山;铜镞铢钱,曾贮阳关都府。残垣颓壁,吊古邑于寿昌;栈道悬崖,访梵王于石窟。昆仑遥峙,想博望之仙槎;烽燧犹存,怀汉军之整肃。鸣沙山迥,奥蕴无穷;月牙泉清,鱼龙潜伏。览仙阙于雅丹,惊神工之巧塑;瞰蜃楼于海市,悟时空之倏忽。

乃有敦煌纪氏,情结阳关。悠悠思绪,景慕先贤。既醵集乎资金,遂肇建乎博馆。于是鸠工督造,历时五年。殚精竭力,擘划周全。美轮美奂,矗立人间。既便旅游,更促科研。方其开馆之日也,晨见朝霞,遽兴微雨。马达争鸣,嘉宾云集,彩旗蔽天,欢声震地。轻歌曼舞,遥承丝路之风;急管繁弦,半是汉唐遗韵。欢乐移时,西风忽兢。凤舞鸾翔,遂传归讯。

予观乎博物馆之为地也,北望玉门,东迎嘉峪,南控昆仑,西通西域。实马可出游西来之故道,亦玄奘取经东归之旧址。邻乎绿洲,园畴栉比。斗拱飞檐,戍楼新起。汇文物于多方,聚汉唐于一室。赏大漠之孤烟,亲锋镝之戎事。严守备之军威,恍战争之曩昔。持一牒以通关,虽万夫而莫入。遥想灞桥折柳,不赠行人;喜见西出阳关,多逢故雨。感古今之变迁,识乱离之远去。

嗟乎!敦煌显学,奕代沉沦;往事千年,尘封未启。叹史迹之渺茫,实难明其究里。痛伯希和之盗发,疾斯坦因之窃取。因念吾华学子,责任弥穷;踵先哲之遗踪,齐思奋起。务临流而益进，勿丝毫之是弃。是则斯馆之建，可为契机；所望显学敦煌，诸端并举。庶几阳关旧梦，不再难寻；必也丝路重兴，雄风有继。

癸未仲秋

李正宇

初到莫高窟

尝闻绝胜境，遐迩久名传。
谷深泉流响，山削壁矗前。
千载结跏佛，百世不动禅。
凌空现虹梁，渡我行路难。

一九八二年五月，自新疆米泉县移家莫高窟

莫高窟咏

菩提流支译《无量寿经优婆提舍愿生偈》集句

宫殿诸楼阁，交错光乱转。
微风动华叶，弥覆池流泉。
除世痴暗冥，具足妙庄严。
恭敬绕瞻仰，梵声悟深远。

一九九二年五月，将移居兰州作

土屋尚（日）

河西走廊三题（选二）

游阳关

祁连山脉雪峰西，瀚海一蹊行欲迷。

闻说阳关遗迹地，烽台半壤夕阳低。

识林染君

万里长风滞天涯，徙倚阳关忆旧时。

吟客现出肝胆照，求令唱诵王维诗。

一九八四年五月二十五日于东京

（选自《飞天》1985年第4期）

鲁 言

鸣沙山

鸣沙山上乐沙鸣，万国游人作意行。

遥对阳关传妙曲，独怜沙海异风情。

月牙泉

泉秀鸣沙水似醇,原知琼液饮仙尊。

我来小试神仙水,犹踏巫山一段云。

一九八四年

裴　慎

游敦煌月牙泉

依旧灵泉似月牙,漫怀龙马出天涯。

不愁日晒七星草,且喜风鸣五色沙。

黑背鱼苗时见影,白头芦荻正飞花。

十年动乱山僧走,冷落残垣对晚霞。

敦煌南湖道中

萍踪今又到河西,万里征轮代马蹄。

放眼方欣祖国大,扪心只愧我才低!

阳关道路风光好,瀚海云霞变化奇。

何日神州出妙手?黄砂揉烂作春泥。

南湖林场

戈壁苍茫现绿洲,我来正是南湖秋。

白杨万树防风好,碧水千渠绕户流。

无核葡萄欺玛瑙,多浆瓜果坠金球。

战天斗地开新貌,四化宏谟定早酬。

(以上三首均选自甘肃诗词学会编《陇上吟》1989年版)

刘天怡

哀月牙泉

据传:鸣沙仙子为敦煌月牙泉主,每当月之下弦,夜深人静,常撒五色鸣沙,偕仙伴翩翩起舞于月牙泉上,鸡鸣始去。此泉风景奇丽,建筑古雅,不幸于"十年浩劫"中横遭破坏。只今泉近枯竭,楼阁荡然。乙酉年秋,偕友前往一游。返兰后,数日为之不安。

散漫鸣沙下碧空,玉颜消损动愁容。

琼楼别馆今何在?瑟瑟芦花向晚风。

(序中"乙酉年"疑有误。1969年为己酉年,1981年为辛酉年,从上下文看,似应为后者。——编者按。)

(选自甘肃诗词学会编《陇上吟》1989年版)

杨　坚

题阳关块土

阳关有汉烽燧遗址，高数丈，于其下得块土如拳，什袭藏之。

我来阳关下，拾得一块土。
仿佛见指痕，何人是其祖？
遥想汉武业，戍边屯卒伍。
筑此烽火台，凛凛如黑虎。
至今越千载，风日利于斧。
旦旦肆侵凌，剥落焉能补。
块土非珍物，其事乃可谱。
抚视增慨慷，安忍弃此古。

一九八二年

（选自甘肃诗词学会编《陇上吟》1989年版）

孙其芳

望三危山

日映三峰上，光回大地明。
微风拂瀚海，落雁步沙平。

一九八二年八月

（选自《飞天》1983年第3期）

玉门关怀古

人事沧桑惊巨变,歌吹无复见伊州。

雄关已逐荒榛没,细雨飘摇海尽头。

(选自白应东主编《丝绸之路诗词选集》1987年版)

张翰勋
阳　关(二首)

汉家烽燧志名关,驼影长风大漠间。

云海雪峰如画里,倩谁尽绘好河山?

远沙碧草旅尘轻,极目征途万里平。

西出宜将新曲唱,何方不有故人情!

(以上二首均选自《飞天》1985年第2期,写于1982年夏)

鸣沙山纪游

大漠出奇山，在敦煌南境。
聚沙立天西，危峭削锋颖。
濯濯无寸草，赤晶耀光景。
游众登且呼，仰望如蠕蜢。
后者待援手，勇者已捷顶。
山路宽以平，忽见没双胫。
坎坷匿坦途，步履知须警。
我本愁陟升，高鸣自不省。
试看下山人，箕踞畏奔猛。
遂叹下来难，低处窃欣幸。
闻藏好风力，踏散仍复整。
又尝覆千军，一夕成峰岭。
有时鼓角声，似诉志未骋。
可谓金字塔，形彪意亦炳。
岱嵩固伟雄，岂莽孰与并？
况映北麓泉，月湾水清炯。
伴二三良朋，入夜看日影。

（选自甘肃诗词学会编《陇上吟》1989年版）

闻　山

敦煌二首

吊古艺术大师

古海沉埋大漠沙，莫高窟上夕阳斜。
身躯化土存神笔，魂化飞天画彩霞。

观供养人像有感

昏暗油灯照土墙，泪和彩墨懒烧香。
丹青不逊吴道子，却为官家画婆娘！

一九八三年深秋与阮章竞同志游敦煌莫高窟并留诗题敦煌县博物馆

（以上二首均选自《诗刊》1987年第9期）

星　汉

游莫高窟

回首人间汉与唐，来从壁画认沧桑。
已听菩萨笙簧久，再握飞天裙带长。
敢向神前说坦荡，莫教窟外感炎凉。
此心已是空空在，重到无须礼佛王。

鸣沙山

大漠经行惯,热风何惧侵。

白云垂地少,黄岭接天深。

脚下沙声歇,身边日影沉。

山巅空四顾,僧磬出禅林。

月牙泉

千秋一水伴阳关,四顾黄沙百感牵。

征客当年西去后,故乡从此月难圆。

吊阳关故址

久居西域地,东望叩阳关。

青石擎残垒,黄沙拱雪山。

目驰疏勒外,神荡渭城间。

再握故人手,驱车谈笑还。

(以上四首均写于1983年,选自星汉与马来西亚黄玉奎合著诗集《天南地北风光录》1997年版)

戊戌秋再游莫高窟

敦煌南指摄心魂,碧落黄沙石窟群。
千佛洞深收旭日,三危山暖起慈云。
欲言菩萨眉先动,未拨琵琶声已闻。
一片红霞风散后,天花依旧落纷纷。

月牙泉书所见

敦煌添一景,美女聚成窝。
日出染眉厝,云飞动绮罗。
清眸留碧水,笑语载明驼。
掷月人间后,嫦娥来往多。

重到阳关

重到阳关感物华,神州一统绝悲笳。
已传微信过疏勒,又见霜蹄起渥洼。
紫塞黄沙红日小,青杨白草碧空遐。
登高我自东西望,岱岳天山都是家。

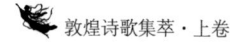

渥洼天马吟

——敦煌小住

胡杨影里富千家，酒酿葡萄醉落霞。

古董滩连新网络，莫高窟脱旧袈裟。

门开美玉来关口，地养清泉浸月牙。

但换秋风诗一首，飞天为我奏琵琶。

渥洼池

恍惚又闻天马嘶，秋光一路大荒迷。

青杨声卷黄沙远，白草影连红日低。

电目长巡金阙下，雄心奋向玉关西。

而今只恨随风老，照影清波散野蹄。

（以上五首均选自《玉门关诗词精选集》2019年版）

胡若嘏

阳关曲

1984年1月，别新疆，回首都，途中参观敦煌莫高窟和阳关遗址，用王维《渭城曲》韵，赋此。

东入阳关未洗尘，欣观壁画古犹新。

敦煌自饮三杯酒，西望天山念故人。

写于敦煌宾馆

（选自《飞天》1985年第1期）

吴丈蜀

访莫高窟二首

敦煌宝窟世间传，五百迷宫放眼看。

几许如来齐说法，众多仙女欲飞天；

千姿百态人抟佛，姹紫嫣红彩绘垣。

万象纷纭穷物相，是非得失此中参。

静室连绵石镂空，诸般造像貌从容。

雕梁画栋凭能匠，傅粉涂朱赖巧工。

有难徒呼无量佛，无求不奉莫高宗。

黎民世世殚精力，血汗都将壁染红。

（选自《飞天》1985年第1期）

敦煌登沙山访月牙泉

鸣山峰下有灵泉，源出深山水自甜。

丘兀形如金字塔，陂平本是白沙滩。

乘车未若骑驼便，登岭犹逾涉水难。

已近黄昏烟霭起，敦煌城挂月儿弯。

（选自白应东主编《丝绸之路诗词选集》1987年版）

访阳关二首

敦煌西郭外，度漠访阳关。

莽莽沙开路，冷冷碛过泉。

御边思霍帅，通好赞张骞。

候望遗墟在，高丘熄燧烟。

高岑鞭马处，一望渺无垠。

寂寞无飞鸟，浮沉有乱云。

征夫悲远戍，羁客盼乡音。

忽忆王摩诘，沾襟送故人。

（选自白应东主编《丝绸之路诗词选集》1987 年版）

叶元章

阳关吊古

极目阳关外，悠悠天地空。

平沙千里白，落日万山红。

不出安西塞，宁知汗马功！

高台题咏处，共沐汉唐风。

敦煌莫高窟

我来莫高窟，盥口诵莲华。

叆叇千尊佛，玲珑四壁花。

泉清先得月，林密不鸣沙。

浩浩河西路，犹闻马上琶。

一九八四年

（选自白应东主编《丝绸之路诗词选集》1987 年版）

胡国瑞

阳关烽燧墩残筑

莽莽黄沙四接天，燧墩残筑独巍然。
碛中古道无踪迹，西出阳关何处边？

（选自白应东主编《丝绸之路诗词选集》1987年版）

聂文郁

西游阳关（古风十韵）

敦煌城西玉门南，黄沙茫茫古董滩。
滩上轩屋今不见，花木古生天地间。
放眼寻觅寿昌址，烽台高耸墩墩山。
石山半截流沙里，铁栅一匝绕台边。
灼日高照沙丘白，清风徐来解汗颜。
中华民族咽喉路，同胞自古住西天。
当年狼烟冲空起，防奸防盗守城关。
伫立台畔极目望，沙丘沙梁甚壮观。
丝路阳关何处是？口嚼面包未能言。
归来绕道走深沟，明镜照天出清泉。

一九八四年三月三十日

莫高窟（古风九韵）

石窟巧凿鸣沙山，上下五叠栈磴连。

佛洞四百九十个，个个壁画述因缘。

彩塑二千五百身，身身夺目色新鲜。

大洞高达十数丈，小洞仅容月团眠。

彼佛九十九尺高，此仙身长不一拳。

山前清泉林成荫，窟内图像何斑斓。

画廊计长数十里，九代艺人竞婵娟。

耄耋不畏跋涉苦，时平人和来观瞻。

此间匡衡善说诗，画中佛事亦开颜。

一九八四年三月三十日

（以上二首均选自白应东主编《丝绸之路诗词选集》1987年版）

霍松林
自敦煌乘汽车游古阳关，缅想丝绸之路，口占八句

万里丝绸路，长安接大秦。

明驼输锦绣，天马送奇珍。

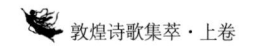

经济鲜花盛，文明硕果新。

汉唐留伟业，崛起看今人。

登古阳关废垒

废垒难招万古魂，黄沙漠漠正延伸。

今人犹唱阳关曲，亲到阳关有几人？

（以上二首均选自霍松林《唐音阁诗词选集》2004年版）

游敦煌千佛洞

莫高胜境久倾心，垂老来寻稀世珍。

万壁图形皆入妙，千尊造像尽传神。

伤心耻问藏经洞，警众仍防盗宝人。

四海遗书应遍览，敦煌学派冠群伦。

（选自《中华诗词》2007年第5期）

张思温
阳　关

引水搏沙绿树横，南湖鱼好喜新烹。
葡萄刚熟梯航便，不唱阳关三叠声。

敦煌飞机场初次通航。

（选自白应东主编《丝绸之路诗词选集》1987年版）

卢豫冬
甲子夏末访阳关

平沙渺渺了无垠，西出敦煌日色昏。
跋涉阳关寻古塞，千秋燧迹一烽墩。

甲子夏末暮访月牙泉

危丘响谷苦登攀，绕访名泉碧涧间。
一泽银沟澄似镜，相携踏月印沙还。

（以上二首均选自白应东主编《丝绸之路诗词选集》1987年版）

李国瑜

敦煌曲

一笑安西万里行，玉关杨柳荡朝昏。

黄沙漠漠敦煌路，来访张髯①雪爪痕。

（选自白应东主编《丝绸之路诗词选集》1987年版）

马骒程

游敦煌

昔日丝绸路，于今游览忙。

阳关浮瀚海，高窟凿岩墙。

千佛尊释氏，万邦仰大唐。

中西风土异，补短莫抛长。

（选自白应东主编《丝绸之路诗词选集》1987年版）

---

① 张髯，指四川画家张大千。20世纪40年代，大千客敦煌，临摹唐壁画。

郭晋稀
甲子登敦煌莫高窟感怀

流沙多坠简,石窟富藏经。

岁久迷禅径,年多闭佛扃。

穴垣惊海盗,揭箧劫山灵。

遂使中华宝,飘零若散星。

(选自甘肃诗词学会编《陇上吟》1989年版)

柯与参
莫高窟

国门往代重西头,象教传来此首留。

千窟庄严佛世界,十朝文采古风流。

长空旷漠天如水,永夜银河月似舟。

悟得传灯微妙理,如来岂可画中求!

(选自甘肃诗词学会编《陇上吟》1989年版)

魏际昌
丝绸之路史诗一束（其三）

敦煌莫高窟，佛国之神谷。

栉比似蜂巢，石室以千数。

亦有主建筑，庄严大浮屠。

殿阁飞重檐，复道通幽户。

彩塑如林立，壁画近万幅。

呕心沥血制，精雕细镂苦。

栩栩俱如生，形象实共睹。

伟哉艺术师，遗我多宝库。

北魏至宋元，代代不空度。

最是藏经洞，写本特丰富。

往古文化史，资料盖地铺。

语言非一种，译得各民族。

昔虽遭外盗，今可求内补。

河西走廊端，莫忘丝绸路。

到阳关

人道阳关大道宽，平沙漠漠四周天。

丝绸之路今胜昔，飞车瞬息过酒泉。

疏落沙柳争苍翠，成片篱花斗紫颜。

土墩沙碛掩映处，一方绿洲溢小川。

渴饮何必长江水，南湖掬吸爽心田。

稻粱依时泛秋色，珠实累累葡萄园。

疑是塞外江南地，白云远上祁连山。

挽手如见霍去病，弯弓跃马走泥丸。

楼兰不知何处去，胡笳羌笛亦渺然。

乃叹沧海桑田事，悠悠千古只等闲。

笑我耄年童心在，逐逐深入戈壁滩。

（以上二首均选自白应东主编《丝绸之路诗词选集》1987年版）

杨植霖

丝路忆往

世界文明溯起源，黄河遥望两河天。

先民不畏崎岖路，踏破荆榛若等闲。

一国殷勤传锦绣，三洲绮旎舞成仙。

沧桑已变多怀旧，友谊长存不计年。

一九八五年

莫高窟古今

起伏沙波见绿洲,莫高石窟半山修。

僧徒聚诵笙歌处,商旅交流任自由。

十代①精华藏宝库,吾侪拾锦缀神州。

明珠再照丝绸路,更让皇冠放彩旒。

一九八七年一月十五日

(以上二首均选自白应东主编《丝绸之路诗词选集》1987年版)

吴绍烈

阳　关

一曲阳关唱到今,故人杯酒见情深。

可怜前路无芳草,也抱冰壶一片心。

(选自甘肃诗词学会编《陇上吟》1989年版)

---

① 秦汉到宋元十代。

朱金城

敦煌杂咏六绝句（选二）

阳　关

烽火台前遗址泯，平沙浩浩漫无垠。

汉唐景象今多异，西出阳关尽故人。

夜游月牙泉

万年不涸水涓涓，脱履艰攀千尺巅。

夜越沙峰奇景现，一钩新月月牙泉。

（选自白应东主编《丝绸之路诗词选集》1987年版）

陈祥耀

自兰州赴敦煌并访阳关遗堡，北望玉门得绝句十首（选五）

平沙莽莽少人烟，车走敦煌望极边。

最是南中无此景，一轮红日尚西悬。

鸣沙山下月牙泉,沙未飞鸣水未干。

台殿已隮游客众,驼铃声里笑声传。

长安杨柳色初新,塞上风寒刺骨侵。

不畏流沙行万里,坚强应佩汉唐人。

阳关三叠意酸辛,合有清词为更新。

西出若教亲旧少,陆空终便往来人。

旧传杨柳栽千里,引得春风度玉门。

今日油城繁盛地,不须哀怨曲中论。

(选自白应东主编《丝绸之路诗词选集》1987年版)

羊春秋

丝绸之路

西出玉关物候新,平沙万里杳无垠。

秋风断柳丝绸路,曾是文明见证人。

(选自白应东主编《丝绸之路诗词选集》1987年版)

孙轶青

敦煌莫高窟三首

戈壁绿洲石窟殊,佛图云锦字玑珠。

犹如千古兴衰史,精审细评胜读书。

婀娜飞天乐伎姿,教人心醉复神痴。

休云此艺皆陈迹,端可春来出秀枝。

苦海无边叹夜长,佛胎经变两茫茫。

吉凶自古非天命,极乐飞天靠自强。

(选自白应东主编《丝绸之路诗词选集》1987年版)

丁 芒

西部吟存选(选六)

祁连山

龙腾虎跃走祁连,光照危峰生紫烟。

雪顶流寒凝夜白,河西风柱直锥天。

丝绸之路

古道西风走远天,汉唐锐意竞开边。

丝绸一缕赠春去,博得香飞亿万年。

玉门出塞

玉门柳色染青沙,戈壁晴波耀远崖。

塞上雄风才一度,气吞万里走单车。

阳关夕照

苍茫古堡立新秋,满目焦云锁圮楼。

回望阳关斜照里,吟鞭指处是凉州。

烽火台

飞石惊沙云似火,风嘶雷滚马如烟。

烽台未泯开边志,铁甲寒光忆昔年。

月牙泉

驭电乘风探月牙,雄城翠柳拂鸣沙。

灵泉澄影依回处,八十楼台灿若花。

(选自白应东主编《丝绸之路诗词选集》1987 年版)

涂宗涛
敦煌莫高窟（三首）

飞天千载画犹新，洞洞斑斓意态真。
佛国人间诸色相，无名艺匠笔传神。

深山枉自苦行修，未解禅机竟断头。
孰女孰男空色相，何妨携手共春游①。

窟容方丈藏经洞，稀世珍奇埋此中。
写卷一朝惊海内，敦煌学似百花红。

（选自甘肃诗词学会编《陇上吟》1989年版）

阳关怀古

黄沙已没阳关道，乘兴驱车上古原。
峰燧台基迹尚在，驼铃酒幌梦无痕。
骊歌想见离人泪，丝路应销远客魂。
何日神州皆绿化？极天戈壁映朝暾！

（选自甘肃诗词学会编《陇上吟》1989年版）

---

① 257号洞绘有小沙弥持戒自杀故事，谓如来前身为小沙弥，深山苦修，偶至山下，一少女爱之甚笃，百般诱逼，小沙弥持戒不允，终以自杀。按佛家禅宗物我两忘的观点，不应至此，作者因学禅宗语戏题一绝。

谢　宠
出　塞

丝路绵延拥万宾，驼踪轨迹汉唐尘。

玉关柳色阳关月，一路春风识故人。

（选自甘肃诗词学会编《陇上吟》1989年版）

敦煌旅游驼

万里纵横事已休，衔铃曾唱玉关秋。

勋名早著交通史，美誉咸称大漠舟。

汗血几人知宛马，驾辕谁复问黄牛。

缘君独识丝绸路，锦鬖披鞍载客游。

（选自流萤编《古今咏陇诗词选》2000年版）

彭锡瑞
沁园春·阳关故址

朔漠天风，日映龙沙，视野茫茫。觅边关要隘，城墟垒废；高台烽燧，沙碛荒凉。古郡沙州，河关驿道，曾扼雄关慑远邦。

通西域，结睦邻友好，盛矣汉唐。征人远戍他方，看蔽日旌旗月色黄。有骠骑出塞，遂安西境；张骞定远，异国威扬。往昔荒烟，今朝日月，几度人间沧与桑。三叠曲，似犹萦耳际，人攘车忙。

（选自白应东主编《丝绸之路诗词选集》1987年版）

阳关故址

西去敦煌古董滩，茫茫瀚海古阳关。

平沙一抹埋遗迹，烽燧高台认故颜。

绿地烟含杨柳碧，黄云日落雁声寒。

当年驿道艰难路，留与游人仔细看。

月牙泉

一泽清泉似月牙，千年不涸映流霞。

瑶花铁背饶生趣，驿路驼铃隔远涯。

芳草沙洲腾绿浪，凉风晴日听鸣沙。

轻车笑逐游人屐，绛袄红裙灿若花。

（以上二首均选自甘肃诗词学会编《陇上吟》1989年版）

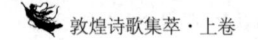

康务学

敦煌道中

远望高山近却无,茫茫瀚海鸟飞孤。

丝绸古道春风畅,芨芨经寒永不枯。

(选自甘肃诗词学会编《陇上吟》1989年版)

赵　越

丝路咏绝五首(选二)

月牙泉

漫步敦煌兴未阑,月牙泉畔久留连。

人间天上浑相似,两弯新月斗娟婵。

阳关遗址

阳关古道访遗踪,一片黄沙没古城。

风送驼铃飘玉塞,落霞如火照苍穹。

(选自白应东主编《丝绸之路诗词选集》1987年版)

薛德元

七绝六首（选四）

游阳关遗址

平沙古道野茫茫，千载烽台送雁行。

昔日阳关何处是？墩墩山下有遗墙。

观莫高窟

十里三危映晚霞，状如千佛揽袈裟。

鸣沙开窟藏珍宝，天下文明第一家。

探月牙泉

四面鸣沙半月泉，古今中外一奇观。

十年浩劫无山寺，唯见清波照碧天。

过玉门关

芒硝甘草久闻名，致富驼铃阵阵声。

远胜西来送玉马，春风得意过关城。

（选自《阳关》1986年第2期）

蔡厚示

夕抵敦煌

无边瀚海鸟难飞,游子联翩出武威。

大漠风吹初月上,驼铃声送夕阳归。

二更天色犹莹澈,四面山光始式微。

最喜玉门关外地,瓜香缕缕畜禽肥。

(选自白应东主编《丝绸之路诗词选集》1987年版)

林从龙

阳关行

千里平川月一弯,欢歌笑语满危山。

王维一阕渭城曲,惹得诗人竟出关。

(选自白应东主编《丝绸之路诗词选集》1987年版)

柴剑虹

题敦煌莫高窟

敦煌艺苑世无俦，丝路明珠缀绿洲。

胜迹十朝夸绝域，珍藏千佛辉寰球。

春风染碧鸣沙碛，旭日映红宕水流。

拭尽画师悲喜泪，飞天踊跃贺新秋。

一九八五年六月

（选自白应东主编《丝绸之路诗词选集》1987年版）

在伦敦参加"敦煌百年"研讨会有感

宝藏遭劫实可叹，流散海外百年缘。

应有是非公理在，岂可由人说扁圆。

二〇〇七年五月

陶尔夫

汉宫春·柳园至敦煌途中见海市蜃楼

戈壁滩头，尽黄沙莽莽，色与天连。无端风起，遥遥一线孤烟。奔驰车队,怎横穿,麦浪桑田?浑未辨,晴天丽日,缘何雨里行船? 道是蜃楼海市,便全神贯注,瀚海奇观。欢声撒播未断,指点江山。吟诗作赋,问前人,可写今天?急驰向、绿洲红瓦,名城竟落车前。

霓裳中序第一·莫高窟藏经洞

风尘尚未洗,破晓登车情难已,山上朝霞旖旎。望杨柳绿洲,佛窟林立,高出天际,聚游人看客如蚁。藏经洞,沸声四海,只此文方地。 奇迹,裸秃崖壁,叹玉宇琼楼怎比。经书帛画秘笈,万卷千轴,管甚拥挤。洞门忽裂启,放万道华光熠熠,浑未料,人潮如海,甚日得岑寂?

法曲献仙音·阳关墩墩山烽燧

西去阳关,半车尘土,日色长云昏暗。近列沙丘,远连盆地,残关转处突现。似戍卒西风里,沉思旧征战。 鼓声断,响驼铃,马嘶人远。歌一曲,杯酒出关情短。往事已千年,问烽烟、飘落谁见?断瓦颓垣,掩沙洲,静待召唤。从当年威烈,伴送鹏程飞雁。

忆旧游·敦煌月牙泉

看鸣沙山北,一抹秋波,形似月船。长七星瑶草,产名鱼铁背,别有洞天。碛中有此神助,佳处赛江南。沐五月春风,青年伴侣,到此流连。　弯弯,问何事,将月界修穿,抛向人寰?是旱沙祈水,抑宫中孤寂,难耐高寒?我今携伴登览,上下月婵娟。愿再擘银辉,凭多见镜奁半弯。

（以上四首均选自白应东主编《丝绸之路诗词选集》1987年版）

白　坚

河西行七绝（选四）

戈壁驼队礼赞

沙海轻舟最可人,铜铃响处足相亲。
奇寒酷热耐饥渴,不避千劳更万辛。

莫高窟藏经洞抒怀

丝路明珠夺化工,千年瑰宝震西东。
神州殊誉炎黄耻,并在藏经一洞中。

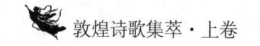

鸣沙山纪事

鸣沙山畔听沙鸣,风静沙平别有声。

更喜神奇沙井水,一弯如月古今明。

阳关即兴

故人连袂出阳关,跌荡豪情尽笑颜。

烽燧千秋成往迹,中华前景跃春山。

(选自白应东主编《丝绸之路诗词选集》1987年版)

李汝伦
兰州、敦煌参加唐代文学会四首

黄水声堆秋气回,金城卜筑集贤台。

有唐边塞高吟什,纷到诸公称器来。

盛世光风学术行,月牙泉录百家鸣。

轰然天鼓流沙动,便有黄钟大吕[①]声。

---

① 黄钟大吕:古代乐器名。黄钟以声调洪大为特点。

笛筝羌汉一家歌，瀚海天山才士过。

百草寒烟新酿酒，阳关内外故人多。

莫高窟满碧云心，几度东西寇盗侵。

千载飞天飞不去，望穿秋水待知音。

（选自白应东主编《丝绸之路诗词选集》1987年版）

满江红·望祁连山

坐望祁连，蓝中白，玉龙颠蹶。掷满路，黄沙戈壁，断城残堞。偶地萧萧杨几树，忽然瑟瑟钩初月。钩不起，长卧势横天，千秋雪。　　昂藏态，嶙峻骨；寒云破，鸿钧裂。似银河浪涌，一时冰结。笛冷汉唐通塞使，霜埋将士安边血。折吾腰，烫酒奉晶明，浇君热。

敦煌市

天低大野走廊西，红紫时髦仕女衣。

楼舍亭台花绕树，黄沙洲嵌绿琉璃。

莫高窟

千秋画彩尚斑斓,佛态人情付大观。

多少埋名真艺手,衡量敢道胜曹韩①。

功在封藏曲子声,俘囚秦妇死生情。

变文梵鼓莲花座②,沙海茫茫无处听。

去鸣沙山

欲游鸣沙山,然适旅游淡季,无车无伴,店主人怜我远客,供自行车一,余喜以单骑去,十余里渺不见一人,真如入无人之境。然别有情趣,料古人骑驴可能有此体味,令人难能,而吾能之。

再谢多情店主人,李公单骑破霜晨。

白杨左右萧萧路,独享风光胜四轮。

---

① 曹韩:唐大画家曹霸、韩干。
② 指《敦煌曲子词》《被俘唐人诗残卷》《秦妇吟》长诗及《敦煌变文》。

骑骆驼走鸣沙山

踏沙胯下两峰行,一赤条条浩气横。

嘱咐多听高卧处,好山惯作不平鸣。

捧骆驼

扬头强项载双峰,蹄下沙原燥烈风。

银铃何必麒麟阁,铺筑丝绸满路功。

(以上七首均选自李汝伦《紫玉箫二集》2002年版)

龚克昌

烽燧颂

阳关道上,时见烽燧遗址。已两千多年矣,心有所感,因以为赋。

曾经为国建奇功,沉卧千年阅世穷。

千古英雄亦如是,功成身退乐桑农。

月牙泉

月牙泉在鸣沙山中,每遇风起,天昏地暗,流沙轰鸣。但飞沙终不入池,使名泉永存,实为天下奇观。

风起飞沙暗半天,炎火烈日顶头悬。
何年巧匠磨明镜,滟潋波光月似泉。

(以上二首均选自白应东主编《丝绸之路诗词选集》1987年版)

侯孝琼
沙漠绿洲二首

瀚海风光百样新,黄云深处绿云屯。
泉生石罅珍珠涌,榆柳成行又一村。

柳径榆堤绿几行,流泉一脉亦沧浪。
秋晴门巷花摇影,何必江南是水乡。

赴敦煌

暮向敦煌去,车行石碛中。

晚霞犹未散,新月已当空。

雁唳边声起,云生雪岭重。

驼铃随梦远,神与汉唐通。

月牙泉

天光星影一泉涵,新绿盈盈映远山。

不是驼铃摇细月,应疑水色是江南。

(以上四首均选自白应东主编《丝绸之路诗词选集》1987年版)

沙 枣

褐果银花冷更浓,嶙峋深不惧霜风。

幽香但喜盈砂碛,岂向龙荒得意红!

(选自《诗刊》1988年第7期)

徐定祥

过古阳关

平沙白草伴寒鸦,往昔阳关是天涯。

丝路而今花烂漫,渭城唱彻不须嗟。

题古阳关烽燧遗址

烽台燧堞久经霜,断壁残垣立大荒。

莽莽平沙朝雾暗,朦朦孤月夜风凉。

一湾清水生春草,几处人家刈积粮。

四化新潮成伟业,人间正道是沧桑。

(以上二首均选自白应东主编《丝绸之路诗词选集》1987年版)

毛水清

丝路杂咏八绝(选五)

曾爱长河落日圆,而今落日挂山边。

敦煌暮色车行急,一盏宫灯挂碧天。

鸣沙山下月牙泉，游客纷纷醉此间。
诗人乘兴挥橡笔，胸臆情抒纸代言。

七里镇前沙海行，龙堆无树地连云。
忽逢芨芨骆驼刺，如遇友朋分外亲。

丝路汉唐古寿昌，阳关何处费思量。
墩墩山上登高望，塞碛风沙见大荒。

满城绿树满城花，栉比楼台一万家。
远别已无肠断泪，阳关西出见繁华。

一九八四年八月

（选自白应东主编《丝绸之路诗词选集》1987年版）

李济祖
莫高窟观壁画

莫高窟里染铅朱，一壁一龛一卷书。
秉烛凭君仔细认，兴衰治乱话当初。

（选自白应东主编《丝绸之路诗词选集》1987年版）

孙映逵

渥洼歌

渥洼东邻祁连尾，寒水映天天映水。

疾风日暮卷黄沙，浅浪粼粼飞不起。

闻说古来出骏马，唐皇汉帝曾凌跨；

至今水畔骅骝多，韩幹拈毫应失诧。

吾见湖中天马冲波出，蹴踏惊涛行飘忽。

振鬃一嘶奔月窟！

（选自白应东主编《丝绸之路诗词选集》1987年版）

雷树田

敦煌四吟

乐僔造窟

乐僔行止到敦煌，舞逐三危现佛光。

一洞初开惊世界，万千神圣窟中藏。

咏古沙州

鸣沙山下古沙州,一片黄云绕碧丘。

丝路凄凉成过去,驼铃声碎旅人稠。

天马池旁

天王爱马费思筹,黄水坝旁立罪囚。

可叹长门人半老,假真不辨欲何求。

玉门关外

骚人西出唱阳关,灞柳千枝耐折攀。

盛世金风吹古塞,玉门城外忆三班。

游敦煌鸣沙山月牙泉(三言古诗)

此何去?鸣沙山。骑驼走,女郎牵。风吹袂,舞翩跹。
外宾笑,我辈欢。登峰顶,鞋不穿。黄沙曲,鸣耳边。
朝下望,水一湾。碧如玉,映蓝天。鱼铁背,滋味鲜。
七星草,可延年;人称此,月牙泉。我赞叹:君非凡,
抗寒暑,永不干,逾千载,沙难填,边塞地,一奇观。
临将别,落日圆。暖风醉,瓜果甜。沙中卧,听管弦。

揖君去,再流连。摄一影,永宝传。

(选自白应东主编《丝绸之路诗词选集》1987年版)

王和生
咏丝绸之路

向往西方航自东,东西文化藉沟通。

风追丝路驰西域,指顾阳关接碧空。

花雨飞飘华夏外,萌芽突出汉唐中。

丝绸载运增妍丽,文艺流传焕彩虹。

举世闻名咸仰慕,观光往返乐融融。

吾年八五难云老,此路萦怀兴倍浓。

一九八七年二月

(选自白应东主编《丝绸之路诗词选集》1987年版)

秦中吟

河西走廊

河西处处似银川,一马平畴远接天。
翠叠田园金镀户,游人不识旧阳关。

鸣沙山与月牙泉

谁将片玉嵌金滩,紧系游思忘却还。
不断沙山钟久响,催人早向峻岭攀。

冒雨购夜光杯

问君底事排长队,暴雨频催尽忘归。
盛世家家酿美酒,谁人不要夜光杯。

(以上三首均选自甘肃诗词学会编《陇上吟》1989年版)

成倬

过瓜州

车行千里过瓜州,绿水青杨花满楼。

人道江南三月好,何如陇上一金秋。

明驼颂

瀚海苍茫信可求,无私自奉苦行舟。

为民留得冰心在,背负千斤不畏愁。

(以上二首均选自甘肃诗词学会编《陇上吟》1989年版)

陈剑虹

莫高窟

沙洲美景费吟哦,自古玉关诗意多。

绝塞穷荒驰骏马,千山万碛走明驼。

琳琅满目瞻前画,绰约幽姿发后歌。

花雨喜飞丝路远,神州文化自嵯峨。

(选自甘肃诗词学会编《陇上吟》1989年版)

观《敦煌古乐》

恍如沙碛深处行，红氍毹上起边声。

急弦繁管诉不尽，总是万里玉关情。

（选自《甘肃日报》1995年5月14日）

田　园

游览敦煌鸣沙山月牙泉

镜水平波落翠霞，任凭风卷万重沙。

驼铃声里游人众，争看一湾似月牙。

（选自甘肃诗词学会编《陇上吟》1989年版）

尹　贤

敦煌月牙泉

山外仙桃杏梨花，山中处处尽鸣沙。

飞天夜过当窥影，故遣泉流作月牙。

（选自甘肃诗词学会编《陇上吟》1989年版）

李 准

登鸣沙山

月牙泉边鸣沙山,男女赤足步蹒跚。

欣看驼队逍遥过,美景缘在奋攀间!

访阳关

沙碛茫茫挡河西,烽火已随古人去。

昔日阳关今何在,废城已掩荒滩里。

南湖林森水潺潺,北里新房人熙熙。

驱车西去不寂寞,喜有更多故人居!

(以上二首均选自《甘肃日报》1985年9月12日)

唐 凌

月牙泉

指点鸣沙看月牙,一泓碧水散飞霞。

波光静处重回首,山下绿阴人几家?

莫高窟

朝阳一抹洒清泉,上有回廊阁道连。

伎乐风姿呈百态,飞天广袖舞千年。

写经无价垂前史,画壁传神启后贤。

珍品琳琅不胜览,三危唤我续新篇。

(以上二首均选自《甘肃日报》1986年3月6日)

林　锴
莫高窟壁画临摹

煌煌金碧界天西,古道尘湮万马蹄。
数尽人间真画本,灵山稽首一痕泥。

庄严宝相锁荒烟,捧砚来参画里禅。
踏遍银沙无量海,几人面壁道心坚。

惊沙埋日景昏黄,耀眼千年洞窟光。
不是现身凭色相,何从莲块认空王。

戈壁滩头一粒沙,朝朝濡笔礼光华。

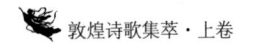

三千世界尘尘影,并作毫尖五色花。

诸天变相画应难,三宿祗园壁下观。

攀得吉祥云百朵,一程花雨护归鞍。

早年惜墨老弥坚,辜负玲珑万叠山。

今日祁连山下过,袖将千窟古霞还。

(选自《飞天》1986年第6期)

汪 都

阳关颂

雄关屹立两千年,久经烈日风霜寒。

傲骨擎天人传颂,烽火堆前指阳关。

(选自《阳关》1986年第2期)

魏传统

访月牙泉

骑驼缓缓行，乐赏此风情。

重观新月牙，不见庙前人。

沙山明月

沙山明月照敦煌，昔有碧波庙有光。

空留堰渠今何用，月牙星稀不见霜。

（以上二首均选自《甘肃日报》1986年9月18日）

周中仁

石州慢·敦煌

　　石室真珍，鸣沙凫壁，艺林天设。纷纷魏瘦唐肥，状貌汉胡精绝。低眉宝相，飞天飘逸舒歌，云鬟璎珞金明灭。丝绸商旅年，想筝琶呜咽。　　连叠。千秋更代，再塑重修，无名心血。末世遭逢，外谍东来搜劫。乡愚咱利，堪伤秘室空空，重光始得恢先业。瞻仰竞临摹，勉追超宏烈。

（选自《甘肃日报》1986年9月25日）

潘絜兹

敦煌忆旧

俗眼何曾见晋唐，但凭人言通短长。
顾陆妙迹渺难觅，画坛正宗是四王。
闾阎鄙贱岂解画，胡涂乱抹污粉墙。
骚人逸士高格调，笔墨精妙姓氏香。
从来水墨推至上，丹青难登大雅堂。
五日一山十日水，踵迹前贤费周章。
古法何敢越一步，白首穷经艺不彰。
七百年来流毒广，工彩寂寞水墨香。
我初学画亦信此，坐井那知天地宽。
战火驱我走千里，九死不辞艺难忘。
遥闻莫高多宝藏，远涉大漠到敦煌。
砂碛灵岩初入眼，断崖残壁令人伤。
窟室尚存四百八，毗连错落如蜂房。
逦迤穿行瞻礼遍，始惊先民艺辉煌。
乐僔所造何处是，探源溯流始北凉。
魏隋融汇西域法，焕烂美备在盛唐。
后起更有西夏元，绵历千载挹芬芳。
丹青圣手无名姓，秀骨清像类长康。

维摩智辩如道子，帝王威仪似右相。
更有郡守供养女，体态丰肥疑周昉。
万象纷陈呈殊态，无愧历史大画廊。
手摹心追忘饥疲，终朝坐对如痴狂。
青灯如豆摩挲遍，始知艺海不可量。
一别敦煌四十年，天回地转变沧桑。
绿树成荫花遍栽，崖壁森森换严妆。
廊道相通窟相接，险径栈道成康庄。
迎来五洲四海客，敦煌声名举世扬。
昔我初来方年少，别后世事两茫茫。
年年寻梦到三危，古稀始得夙愿偿。
当年创业人尚健，更喜后浪推前浪。
愧我早落诸君后，空对宝窟惟惆怅。
重来不得长厮守，老眼昏花永相望。

（选自《阳关》1988 年第 1 期）

胡　绳

莫高窟（二首）

人间奇迹叹鸣沙，岩壁光开五色霞。

力士横眉菩萨笑，天王轻挽绛云车。

万里西行偿夙愿，沙山喜见月牙泉。

东方宝藏飞仙窟，参拜神驰天外天。

阳　关

白杨夹道柳依依，不向琵琶怨别离。

游客犹寻唐汉迹，春风已过戍关西。

渥洼池

秦关汉邑自雄奇，天马来从渥洼池。

不恨人间沧桑变，古城岁岁焕新姿。

（以上四首均选自《甘肃日报》1988年6月16日）

池田大作（日）
敦　煌
——赠常书鸿先生

西湖可赏莲，碧波叶田田。
孤山红梅艳，秋月竞争先。

家境虽贫寒，英才出少年。
不畏艺道险，壮志凌云烟。

艺都属巴黎，名画古今奇。
十载寒窗苦，临池志不移。

暮秋逢塞纳，奇书挽国魂。
梦萦神州路，敦煌荐此身。

盛衰兴亡事，壮烈记史诗。
虽经千岁月，绮彩自神驰。

归国逢动乱，七载肝肠断。
惨淡昏沙日，大漠逆风时。

西望行重重，戈壁绝人踪。

刺骨寒风劲,天漠混一同。

荒漠沙如海,其中别有天。
杏花齐争艳,杨骄水潺潺。

梦寐不能忘,佛窟遍敦煌。
似曾相识地,万感涌心房。

鸣沙盖荒岭,断崖显孤零。
开山凿洞穴,宝藏储光明。

中原赴西域,羁旅多怅然。
无边荒海界,进出惊世音。

欲求汗血马,远征天山路。
大将骑当先,汉军战匈奴。

骆驼伴商行,文化耀西东。
众僧求道苦,月氏命途穷。

开山创洞窟,佛光东普照。
白驹飞过隙,营营逾千秋。

岁月自流转,盛衰十代传。

荒漠绿洲里，艺花开满园。

昔时繁华梦，眼前化为空。
天灾复人祸，流沙淹佛洞。

苦卫数十载，珍贵文化财。
赤诚忠心念，后继有人来。

美术出宝洞，红日升天中。
世界齐赞赏，万民仰威容。

纵横四万五，壁画安然仁。
画廊黄沙筑，空前绝后无。

塑像逾数千，华美似昔年。
山河兴亡史，民族耀光时。

北京春意早，双七迎常老。
坚诚伟风貌，内贤助英豪。

荏苒五载长，晚秋会扶桑。
埼玉文化节，青春耀荣光。

邻邦曾不睦，战火侵大陆。

青年奋斗起，卫国献身躯。

"前事不应忘，后事作师长。"
赠画题心意，愿育众贤良。

友谊种又栽，东瀛艺花开。
敦煌威光耀，三度喜重来。

月泉五色沙，两峰骆驼皮。
莫高神梦里，赠物寄友谊。

"褐色驼峰上，金鞍载友情。
白色驼峰上，银鞍送和平。"

仲秋宴满月，八二庆高龄。
"金峰"配"银岳"，祝辞表心声。

艺海本无涯，愿觅智慧花。
丹青惊魂魄，环宇耀光华。

愿渡丝绸路，访君佛洞前。
苦心扬文化，共语忆当年。

附：池田大作先生致常书鸿先生的信

尊敬的常书鸿先生：

骄阳伴着白云，在蓝天上辉耀着，在这夏意正浓的季节里，想先生及夫人身体安康。

上次收到了敦煌研究院寄来的《敦煌研究》，看到了书里的各种贵重资料，这些都是常先生多年来的心血结晶，在此对各位长年累月的努力表示衷心的敬意。

为了祈愿今后的友好发展和对常书鸿先生的宝贵贡献表示感谢，特写了一首诗，送给先生作纪念。常书鸿先生指正。

（选自《敦煌的光彩——池田大作与常书鸿对谈、书信录》1991年版）

高　平

敦煌女画家

——敦煌研究院研究员李其琼诗传

一

川北三台李家女，聪颖俊秀少言语。

寡母年方三十余，出家甘为比丘尼。

自幼最喜弄颜色，彩笔在手爱不释。

偏入技校描图纸,想当画家心不死。
自学油画无画箱,画具昂贵买不起。
地有鲜花天有霓,空手抚纸长太息。

二

红旗舞处入营门,两条长辫垂军裙。
绿裙蓉花相映照,少女不恋蓉城春。
南洋风光司徒乔,西北写生吴作人。
敦煌临摹张大千,时时牵动创业心。
情人学得古建筑,调赴敦煌只一身。
启程不待除夕尽,鞭炮声中出剑门。
西来四千七百里,恰似大漠一彩云。
马棚土炕度新婚,三危山是证婚人。

三

敦煌壁画映千古,丰富多彩世间无。
终日临摹不知疲,无电无灯靠秉烛。
冬宿破屋塞风入,夏饮苦水汗如注。
五千飞天绕身舞,笔法画技更娴熟。
摹品出手可乱真,为编画库作著述。

无端风暴蔽空土,获罪只因遭人妒。

远辞天府不畏苦,换得一纸冤案书。

夫妻双双成"右派",鸣沙呜咽为君哭!

四

白日炼钢压断腰,夜晚临画困难熬。

盛世颂歌洞外飘,盛唐壁画洞中描。

四千八百工作日,孤灯伴着孤独烧。

阴风阵阵透胸背,甬道声声饿狼嚎。

独有此女不怕鬼,纵死洞窟不求饶。

于无人处才自由,面对佛像五内焦。

荒漠尚有丝绸路,人心何无一座桥!

五

浩劫鼙鼓动地来,"右派"帽子又重戴。

丈夫遣送妻开除,扫地除门逐边塞。

边塞献身十七载,回首阳关泪烫腮。

夺去画笔毁人才,艺术之门对谁开?

一家五口返故乡,村中唯有寡嫂在。

无房无地无米菜,全仗农民一片爱。

马王堆事震中外,文物工作受青睐。

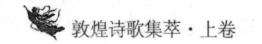

千年女尸出土后,"活的女尸"也起来。

谢绝天府挽留意,重扑敦煌艺术怀。

百割不断敦煌恋,痴心再打"敦煌牌"。

六

鸣沙山上朝阳灿,莫高窟前柳如烟。

一步一寸伤心地,一眼一处新景观。

昔日少女鬓发斑,身边围坐小青年。

唇齿未启先长叹,一词一句肺腑言:

"我只算个临摹匠,洞中坐了几十年。

临得表面乱真易,体现原作内涵难。

想当画家终未成,痛失年华追不还。

唯与敦煌莫高窟,结下半生未了缘。

中国绘画深如海,意境神韵探无边。

敦煌走出新画家,甘愿化作铺路砖。"

我识此女在四川,劫后重逢不辨颜。

汉唐驼铃结锈斑,当代追求易水寒。

人生期望难遂意,丹心丹青染荒山。

一九八九年三月一日

(选自《高平诗选》1997年版)

敦煌行（六首）

题敦煌

世纪春风漫玉门，阳关大道五洲亲。

飞天竞舞沙山唱，今日敦煌更诱人。

游安西万佛峡

戈壁沙滩一马平，低头峡谷使人惊。

榆林密密掩庙塔，红柳丛丛挡劲风。

两壁悬崖佛静坐，一湾河水浪狂腾。

隋唐笔墨色犹艳，国宝残缺几人疼！

阳关大道

阳关大道本非道，戈壁平沙任意行。

无路之时不探路，天升日月地升灯。

观敦煌雅丹地貌

玉皇宴罢拂衣去，狼藉残杯百万年。

何仙大醉失神态？摔碎几多金玉盘。

戈壁海子

海子出戈壁,染绿玉关西。

苦水生甘草,此情两相依。

汉长城

曰墙曰塞曰长城,历代名称有异同。

编进芦苇织上柳,入能防御出可攻。

汉朝燧下积薪厚,古道漠中烈日蒸。

两关掎角势何壮!尽揽雄风灌我胸。

二〇〇三年八月于敦煌

说明:这篇组诗是高平先生应邀参加阳关博物馆开馆庆典暨敦煌市"两关长城学术研讨会"后,为阳关博物馆而写的赠诗。

马福民
历史的纪行（五首选三）
——戊辰秋日本首相竹下登一行访问敦煌

七　律

竹下："我感到那个时代在向我走来。莫高窟是人类的遗产，是沙漠中的美术馆。"

古道丝绸万里长，喜迎首相莅敦煌。
莫高壁画千秋美，伎乐飞天四海传。
驼影鸣沙辉夕照，月牙碧水韵华章。
相交深化秋光在，新谱颂歌百代芳。

桂枝香·丝绸古道

竹下："这儿是人类的优秀的文化遗产的宝库，也是日本文化的起源之一。"

丝绸古道，硕果坠秋枝，满苑香透。今日敦煌胜地，诗音环绕。喜迎宾至祁连舞，彩旗扬红灯悬照。雕楼沉醉，千金岁月，百花娇好。　　首相一行挥手笑，赞壁画琳琅，飞天犹俏。文化丰碑同仰，五洲光耀。鸣沙驼队声威壮，爱月牙萋萋芳草。佛都红雨，邦交深固，曲悠歌浩。

七　绝

古道丝绸四海通，流长源远响宏钟。
莫高古佛香盈路，都道敦煌是正宗。

竹下说："日本是佛教文化，令人感到这里是正宗……"

（选自《阳关》1989年第2期）

刘兴义

敦煌写意

月牙泉

尝闻敦煌有奇观，今知月牙不在天。
四围鸣沙掩不住，永留倩影在人间。

白马塔

白马驮佛到敦煌，送来梵经育群氓。
边民虔诚多感戴，建造浮图记端详。

渥洼夕晖

渥洼池水清且黄，跃出天马识故乡。

元鼎四年中秋月，汉武作歌第一章。

阳关驼铃

汉家丝商载货行，漫天风沙瀚海中。

敦煌饯别方一日，阳关又传驼铃声。

玉门关

一抹平沙浩无边，山远天高北风寒。

而今不闻胡笳动，唯留空城大漠间。

莫高窟（一）

鸣沙西亘水傍崖，三危南望佛光开。

大千气宇此为最，五百石室胜蓬莱。

莫高窟（二）

南朝金粉北朝画，中原西域教一家。

羌胡夷汉咸作窟，遗于后辈振中华。

（选自《阳关》1989 年第 6 期）

王良旺

七律·戈壁书怀

问君西来意何求？蓝天试剑自运筹。

大漠茫茫天地阔，长风烈烈岁月稠。

临空欲寻阳关迹，驻地尽变芙蓉洲。

红颜儿女边疆老，江山与我共风流。

（选自《阳关》1990年第5期）

光未然

丝路短歌（十首选四）

[题记]一九九一年八月九日，随作家访问团一行十余同志，在甘肃省文联、作协同志引导下，从兰州出发，沿河西走廊——古丝绸之路的武威、张掖、酒泉等地，于十六日晚到达敦煌，十九、二十日沿原路回到兰州。时间不长，却大开眼界。同志们都说收获很大，将有所述作。我在旅途中写了几首短诗，有的是未完稿或未定稿。二十四日返京小憩三日后，将笔记本上的诗稿整理一遍，并补写四首，凑成《丝路短歌》十首，作为这次老年远征的纪念，是为记。一九九一年九月六日誊写毕。北京。

七、望阳关

阳关道，千古传，不到阳关心不甘。

城垣遗址沙丘下，专家遥指古董滩。

身后烽火台，雄踞二千年。

高龄阅世久，笑我怀古太愚憨：

条条大路通佛土，何事长吁短叹吊阳关！

返京小憩后八月三十日上午补写

八、敦煌鸣沙山

莫嫌沙粒小，聚沙可成山。

莫笑沙不语，长啸如雷喧。

沙峦八十里，护此月牙泉。

涉沙腿脚软，小坐叹奇观。

八月三十日上午

九、访敦煌莫高窟

汉唐丝路交流忙，孕成宝库何煌煌！

东西文化相冲撞，千年才智流辉光。

我今拜谒莫高窟，群仙飞舞散天香。

敦煌学者多厚爱,愿为远客开秘藏。

从朝到暮看未了,耳贪目馋兴味长。

郭老临终说憾事,我今何由代补偿?

经窟遗书流海外,丝路花雨播远洋。

一代新人多努力,承前启后更高翔!

八月三十一日上午写

十、闻道河西雨

闻道河西雨,甘霖润我心。

连年苦旱地,大漠灼人睛。

人群齐奋斗,翘首盼到今。

砂砾亦张口,红柳乐雨淋;

美哉骆驼草,饱饮直到根!

好雨解人意,适可便停停;

莫学江南雨,经旬更倾盆。

好雨解人意,力挽好名声!

八月二十八日晨于北京

(选自《张光年文集》第一卷2005年版)

冯其庸

题古阳关

柳枝折尽到阳关,始信人间离别难。

唱罢渭城西去曲,黄沙漠漠路漫漫。

庚午(一九九〇年)十月初八,访阳关故址口占

(原载《瀚海劫尘》)

汉国萃

敦煌行(三首)

佳 会

旧侣新朋聚丽园,秋果累累绿红间。

葡萄美酒频频举,人间敦煌亦桃源。

胜 景

秦关汉月难追寻,石室千年历历真。

瑰丽灿烂见博大,精深浩瀚谁堪伦。

阳　关

昔年盛唱三叠曲，今朝循踪觅遗迹。

阳关内外兄弟在，天涯比邻共此旅。

（选自《甘肃日报》1992年1月1日）

王　渊

在墩墩山烽火台

凭吊阳关不见关，北望林海听涛喧。

阳关大道何处是？烽火息处葡萄甜。

一九九一年

宋谋玚

敦煌莫高窟

绝塞敦煌惹梦思，观摩今见虎头痴。

司空振旅军威壮，国主出行乐舞迟。

力士殿前夸意气，飞天藻井斗腰肢。

鸣沙山下风沙恶，珍重丹青好护持。

（选自《诗刊》1992年第3期）

张曼西

敦　煌

自古神州文物邦，驰名中外数敦煌。

沙州龛佛千年璨，石窟藏经万代光。

艺术绘形惊世界，飞天壁画耀炎黄。

鸣沙山拥月牙泉，清碧一湾映夕阳。

（选自《甘肃日报》1992年7月30日）

应中逸

敦煌诗五首

一九九二年金秋，甘肃省举办首届"中国丝绸之路节"，雷洁琼、赵朴初老人应邀参加。会后陪同敦煌之行。

一

浩瀚沙滩戈壁行，蜃楼海市浪千层。

风闻古戍驼铃响，绿荫瓜季景色明。

二

举世闻名莫高窟,鸣沙山抱月牙湖。

赵公了却敦煌愿,执笔题诗意气舒。

我国自改革开放以来,国内外旅游者较多,省上指定我接待日本友人,介绍丝绸之路风光。

三

西北东南丝路开,边陲漫道故人来。

沙州大漠迎嘉客,翰墨交流作介媒。

八十年代初,我省承担全国地毯图案设计研讨会在敦煌莫高窟召开的事宜,并请专家学者讲课。

四

观赏敦煌稀世珍,窟中万佛验如神。

专家献艺添新色,藻井施图织地茵。

余在京开会,适逢常书鸿老人八十八寿辰,畅谈昔日往事,并为老乡作梅图一幅志贺。

五

守驻沙州五十春，强扶石窟苦寒辛。

今逢米寿心头乐，我写梅枝敬老人。

刘　征

鸣沙山玩月

海上看明月，月碎如鳞片。

山中看明月，崖谷多奇幻。

城市看明月，长街灯火乱。

书室看明月，月为窗所限。

我登鸣沙山，恰当七月半。

沙头看明月，平生所仅见。

东月缓缓升，西霞渐渐暗。

黄沙抹银灰，青天落幽幔。

月上孤零零，两间唯我伴。

皎如夜光杯，柔若轻罗扇。

庄拟古佛颜，媚若娇女面。

似近身边坐，无语惟流眄。

似远隔关山，精魂梦中现。

久看如微笑，稍露瓠犀粲。

细听如悲歌，轻轻叩檀板。

我身亦一月，月我忽相感。

我向月奔来，月向我召唤。

我与月相融，渺渺清光眩。

一九九二年，敦煌

访渥洼池[①]

大漠苍凉一水寒，渥洼池畔小流连。

漫谈求马无良种，未到荒沙野棘间。

一九九二年，途中
（以上二首均选自《刘征文集》第3卷）

[①] 渥洼池：古代产良马的地方。

王充闾

阳　关

浊酒一杯寄意深，诗文千古贵情真。

如山典籍束高阁，三叠《阳关》唱到今！

沙海蜃楼

亭台倒影绿烟浮，万顷澄澜似镜铺。

休怪蜃楼多幻景，尘埃野马本模糊[①]。

（以上二首均选自《飞天》1993年第2期）

[①] 语出《庄子·逍遥游》："野马也，尘埃也，生物之以息相吹也。"意为荒漠原野上的云气、尘埃，飘忽奇丽，乃天地间生命体的气息相摩擦激荡的结果。

姚文仓
咏鸣沙山月牙泉五首（选三）

一

两仪覆载九州圆，太极居中鸣沙环。
满天繁星无着处，半月何时落此泉。

二

山泉如月脊如锋，鉴天照地沙雷鸣。
任尔千人万人踩，一夜春风复原形。

三

沙鸣宏钟万里闻，神池清澈荡月魂。
丝路钟声连中外，敦煌古郡客如云。
游人年年赏泉水，泉水年年照游人。
游人泉水两相怜，不知何年复照君！

一九九六年六月二十日吟于敦煌

咏阳关

阳关古道黄沙埋,此地空余烽火台。

只因右丞诗一语①,游人纷纷慕名来。

二〇〇〇年八月一日吟于敦煌阳关

咏玉门关

玉门今敞开,游人吊古今。

秦燧烟渺渺,汉关柳色新。

二〇〇二年八月二日吟于玉门关

咏敦煌雅丹地貌

雨为笔兮风作刀,青砂黄石任绘雕。

千年万载未肯停,终成奇观风骨高。

仙山浮出西湖水,天府龙宫伴海潮。

或如猛虎欲捕食,又似苍鹰冲云霄。

---

① 右丞,指唐代王维,官至尚书右丞。他的诗《渭城曲》云:"劝君更尽一杯酒,西出阳关无故人。"

雄狮高卧山冈石,孔雀开屏妙维肖。

蘑菇石笋凌云立,酒醉迎风玉柱摇。

雅丹斜塔凯旋门,万艘战舰破浪涛。

楼阁台榭连云起,古堡雄风气势豪。

天长地久人未识,一朝名出列前茅。

引来游客千百万,大漠孤烟渡仙桥。

二〇〇二年八月三日吟于敦煌

赠日本小渊惠三先生

敦煌三月飞春花,小渊先生携一家。

月牙泉边留清影,漫骑骆驼步鸣沙。

一九九二年四月二十九日陪日本国议员小渊惠三先生一行访问敦煌。小渊惠三先生,时为日本国自民党议员,后任日本国首相。

赠日本访华团并序

  一九九六年六月七日至九日，余陪同以日中友好协会会长平山郁夫先生为首的日本文物保护振兴财团访华团，以茶道里千家家元千宗室为首的茶道里千家代表团和以法隆寺住持高田良信为首的法隆寺代表团访问敦煌。在八日晚的宴会上余即席赋诗以赠之。

扶桑之客访敦煌，云淡淡兮野茫茫。
振翅长飞九万里，涉足远渡三重洋。
细品清茶铭肺腑，同赏飞天溯汉唐。
儒道佛释融一窟，共祈和平流水长。

一九九六年六月八日吟于敦煌

观莫高窟法事活动并序

  一九九六年六月八日，日本国茶道里千家家元千宗室代表团在莫高窟前举行向佛祖献茶仪式，法隆寺住持高田良信代表团同时做法事活动，余与观焉。

海外高僧朝敦煌，佛祖窟前演道场。
日月同辉天地久，钟磬齐鸣鼓乐扬。
茶献三巡禅心静，烟飘一炉满院香。
气通阴阳连中外，神驰六合到仙乡。

一九九六年六月八日吟于敦煌莫高窟

陆 浩

敦煌三首

访敦煌研究院

面壁研摹几十年，青丝染白转眼间。
为使文明得继承，忘却清苦洞中寒。

鸣沙山·月牙泉

城南五里鸣沙山，沙山怀抱一湾泉。
疑是明月堕瀚海，万年不涸呈奇观。

南 湖

沙海绿洲泛清流，葡萄美酒醉心头。
莫道边塞皆凄苦，堪比江南胜一筹。

（选自《甘肃日报》1993年8月19日）

王沂暖

鹧鸪天·敦煌莫高窟四首

拂拂风暄午日曛,柳园南去逐车尘。石山沙碛开驰道,碧树高窟迎远人。　通大夏,睦乌孙,昔年绝塞竞生存。追遥万里丝绸路,亘古鸣驼过玉门。

岩半森森万洞排,迷离似入蕊宫来。经文有变言难信,净土无门叩不开。　勤创建,几兴衰,劳民汗血耗民财。只今留得光辉在,巧塑奇雕见别裁。

片羽吉光照大千,一回游赏一欢然。观音身相通神变,伎乐琵琶重反弹。　多民事,是人间,豳风幅幅现当前。千年彩笔如花艳,写就劳民史外篇。

何事天骄竟不群,眼高于顶看乾坤。古贤原是中华秀,遗物都成世界珍。　精探讨,细研寻,炎黄子孙岂无人!愿将百万奇花朵,织入敦煌锦绣文。

(选自《丝绸之路》1994年第2期)

洪元基

南湖新曲三首

站在阳关烽火台上

烽火台上倚天立，雪峰俯首白云低。

漫话汉唐十二纪，一怀豪气八万里。

钻荆丛攀寿昌残垣

登上寿昌城，极目烟波平。

沙退麦浪进，新人换旧人。

南湖绿洲写照剪影

新椽新檩白粉墙，整整齐齐一院房。

一圃菜果院中央，门前两排钻天杨。

（选自《洪元基诗词集》2004年版）

阎文儒
为敦煌研究院五十周年题辞

昔日莫高窟，豺狼与鬼狐。

今日莫高窟，美丽如画图。

杨柳遮古洞，垂阴蔽道途。

流沙风墙隔，旅径窟连窟。

丹青满石壁，世上无二处。

画师集南北，出入遍石庐。

不畏风寒刺，摹绘各自如。

悠悠大泉水，畅流无所阻。

春风度阳关，胜况自古无。

阎文儒，字述祖，八十有三右书，一九九四年春

（选自《敦煌研究》1995年特刊）

任震英
敦煌研究院五十周年志庆

华夏骄子天公差，最是得意敦煌来。

未堪塞漠霜晨晚，只教莫高锦绣开。

炽诚化投春秋月，膏灯熔照五十载。

宝藏一朝比甲第，首功谁不荐英才。

任震英敬贺，一九九四年八月三日于金城
（选自《敦煌研究》1995 年特刊）

颜廷亮
敦煌研究院建院五十周年书此以贺匪敢云诗聊寄余怀已尔诗云

惨淡经营岁月稠，硕果累累意未休。

尝将沙丘驰才思，冀献此身穷根由。

三危佑助谢大圣，金鞍祛邪有龙毒。

他日再书文化史，研墨月牙续春秋。

甲戌盛夏瑞霭，颜廷亮书于古金城兰州
（选自《敦煌研究》1995 年特刊）

高占祥

绝唱逢生

——甘肃《敦煌古乐》观感

帷幕徐徐显宫廷,仕女婆娑伴歌行。

玉笛一曲追时远,千载绝唱又逢生。

(选自《甘肃日报》1994 年 9 月 8 日)

吕　澄

敦煌二首

敦煌市如何,壁画集精品。

上下千余载,无与相匹伦。

地扼丝绸路,西行居要津。

登上阳关隘,才识中华魂。

(选自《甘肃日报》1994 年 9 月 8 日)

赵维斌
敦煌十景赞

改革开放百业兴,神州旅游展新容。
丝绸古道览名胜,观光敦煌赞十景。

莫高宝窟千佛洞,佛光晓月半悬空。
九级大殿越峰顶,雕塑壁画藏真经。

净土一方西千佛,环境幽幽似仙阁。
飞天一曲轻云落,金沙伴柳走银河。

虬龙蜿蜒鸣沙山,横卧沙州古城南。
风动沙吟惊飞雁,金光熠熠壮奇观。

鸣沙山下月牙泉,沙泉相映成画卷。
形似新月貌若仙,苦恋沙山几千年。

古董滩头访阳关,西通大漠古楼兰。
昔日雄关已不见,遗迹更把游人牵。

怀古寻踪玉门关,古关虽废存四垣。
长城烽燧共作伴,依然屹立对青天。

瀚海明珠渥洼池,碧波荡漾映戈壁。
他年天马作故里,今朝喜迎神鹿栖。

古朴典雅白马塔,雄姿耸立迎风沙。
高僧东渡译佛法,诚修圣塔祭白马。

昨日还是沙土冢,一夜春风造古城。
八十年代添新景,西部影城享盛名。

天工新绣敦煌城,人杰地灵两文明。
旅游名城百媚生,美景尽在不言中。

(选自《甘肃日报》1995年1月31日)

冷冰鑫

敦煌诗页(四首)

莫高窟

有窟名莫高,千古领风骚。
泥塑夺天工,壁画寓神巧。
佛光照山门,祥云绕栈桥。
不知藏经洞,珍宝遗多少?

飞 天

翩翩舞彩带，乘风下瑶台。
袅袅仙子样，娟娟天使态。
才若丹凤起，又似惊鸿来。
抛撒莲花瓣，周天播情爱。

反弹琵琶伎乐天

往事越千年，流韵入琴盘。
柔柔十根指，纤纤四条弦。
环佩随身响，裙裾因风展。
琵琶自古有，妙处在反弹。

鸣沙山·月牙泉

若非灵秀地，何以钟神化？
月牙泉浸月，鸣沙山流沙。
金光镀山色，银辉耀水华。
美景世无双，天成山水画。

张友仁

墩墩山烽燧

墩墩山下古董滩，墩自凋零滩自怜。

滩是汉武阳关址，墩燧当年拒楼兰。

（选自《莫高情》第三辑 1996 年版）

南飞燕

阳关博物馆咏

汉月秦关入画屏，唐风古韵唱新声。

风云丝路千秋史，尽在馆藏珍宝中。

郭占法

阳　关

花满寿昌绿锁沙，烟波弄柳罩渥洼。

阳关燧畔闻酒令，葡萄架下蝶恋花。

（选自《敦煌报》1996 年 6 月 7 日）

郑宝生

登鸣沙山

千里鸣山驰大驼,我在驼上舞且歌。

喝来太白献上酒,北斗做盅饮明月。

(选自郑宝生诗集《灵魂飞天》2003年版)

沈国辉

忆十年修建党河水库

身居地窝傲寒冬,面迎朝阳乘东风。

万人举旗春潮涌,十载筑坝热浪腾。

自力更生造乾坤,艰苦奋斗学铁人。

餐风宿露不言苦,爬冰卧雪更精神。

挖山不止新愚公,截流导洪功初成。

劈山削岭筑高峰,创新试验夹沥青。

高峡平湖明如镜,银线闪光城乡明。

兴利除弊润桑田,唤来春花万朵红。

(选自沈国辉诗词集《漠风情》2007年版)

布　赫

河西走廊

月湖风起池水清，人过山丘流沙鸣。

阳关内外皆兄弟，莫高神窟世人惊。

八月八日至十一日

（选自《诗刊》1996 年第 4 期）

尔　邑

唐多令·敦煌

三危雕泉河，莫高凌云绝。又重来，缓阶从头阅。英姿妖娆几百屋，琵琶赋，洞仙歌。　香风旋朱阙，飞天舞婆娑。几曾度，万峡游月。柳红鸣沙山嵯峨，芦千索，泉一色。

鹧鸪天·观白马塔

长廊画栋通白塔，千年风铎贡晋马。总观不觉欲飞声，寻来斜阳云中挂。　多春秋，风雨洒。往事沥沥轻催下，罗什白马立伟岸，古迹今犹后庭花。

（以上二首均选自《敦煌报》1996 年 11 月 22 日）

如梦令·月牙泉

清泉一泓映月。鸣沙伴风山歌。看雷轩鼓角，红英台上季节。弯月，弯月。云飞箭楼如射。

鹧鸪天·西云观

云渡飞仙出彩虹，重阳不落玉亭亭。南楼北阁今独立，四合两院殿三分。　庭院深，林荫静。游人漫步观西云。唐王地域曾何想，麻雀弹谷图法精。

（以上二首均选自《敦煌报》1996年12月20日）

周峙峰

敦煌绝句四首

敦煌感赋

飞天彩塑灿敦煌，浩漠长虹古画廊。
大笔天章光世界，东潮百万涌西唐。

路访月牙泉

雁影驼踪丝路悠,关街落日马驮秋。

谁掰一片沙州月,抛向祁连照白头。

寻阳关遗址

驼铃一串系沧桑,曾是锦鞍驮异邦。

大道雄关何处是,风沙万里黯残阳。

驿宿古长城下

风摇大漠枕边流,月挂长城西尽头。

夜半一闻关岭雁,梦生多少古人愁。

一九九七年秋

(选自周峙峰诗集《牧云斋吟草》2007年版)

徐子芳

敦煌吟

月牙泉

天上玉轮今夜满,鸣沙山下月牙弯。

秋熟桂子年年似,落在人间半化泉。

鸣沙山

敦煌城外沙千仞,戈壁滩头岭大观。

月夜沙鸣飞箭响,遥听铁马逐胡鞭。

一九九九年四月

(选自《飞天》2002年第12期)

李鼎文等
敦煌历史名人赞诗十一首

甘肃省文史研究馆编著的《甘肃历史名人画传》（甘肃人民出版社1998年出版）依据历史事实，用诗文和图画简介了甘肃著名的历史人物，其中有敦煌历史名人赞咏诗13首。这里选登今人所写的11首并略作说明。古人所写的两首见前文：一首是赞咏张议潮的唐·佚名诗《张淮深变文末附诗七首》之二，一首是清·张美如诗《咏张芝》。

赞咏张奂诗　　李鼎文

炎汉三明迹已深，渊泉异代有知音。

还马反金诸羌服，玉洁冰清廉吏心。

党锢遭逢事可悲，研经闭户忘安危。

尚书记难成新帙，一代儒将竹帛垂。

说明：张奂（104—181），东汉名将。字然明，敦煌郡渊泉县（今甘肃瓜州县东）人，迁居弘农华阴（今陕西华阴）。桓帝永寿、延熹年间（155—167），历任安定属国都尉、护匈奴中郎将、武威郡太守、大司农、度辽将军等职，镇守边疆，代表朝廷处理南匈奴、乌桓、鲜卑等少数民族事务。长子张芝，善书法，以草书为最，谓之"草圣"。

赞咏盖勋诗　林家英

一

汉阳太守美声名，仓廪尽开稻谷倾。
济困赈灾如水火，民饥民溺总关情。

二

惩贪执法不逡巡，威震京师青史闻。
董卓奸雄称小丑，权豪扼腕折心魂。

说明：盖勋（生卒年不详），字元固，敦煌郡广至县（今甘肃瓜州县南）人，东汉末期著名的清官。出身世代仕宦家庭，举为孝廉。灵帝晚期，初任汉阳郡（今甘肃甘谷东）长史，后升任太守。为官清正廉明，能严明吏治，体恤民情。不久被朝廷任命为讨虏校尉，又调任京兆尹，掌管京师之地。盖勋不畏权贵，强直不屈，秉公办事。董卓专权后，被调任有职无权的议郎，后多次策划讨伐董卓，终未成功，51岁时忧怨病逝。

赞咏索靖诗　郭扶正

南北书宗百代临，征西笔阵势骎骎。
读碑三日难离去，造诣如斯堂奥深。

说明：索靖（239—303），字幼安，敦煌郡龙勒县（今甘肃敦煌）人，西晋将领、学者、著名书法家、"敦煌五龙"之一。

赞咏李暠诗　　张思温

汉朝飞将绍先人，唐代谪仙裕后昆。
文治武功两无愧，一篇述志见精神。

说明：李暠（351—471），字玄盛，小字长生，陇西狄道（今甘肃临洮南）人。十六国时期西凉政权的创建者，谥号为凉武昭王。以学艺著称，著有诗赋数十篇。

赞咏尹夫人诗　　张思温

沮渠兵至战场开，国破家亡究可哀。
身纵羁囚志不辱，清风永忆夫人台。

说明：尹夫人（生卒年不详），十六国时期西凉国王李暠的王后，是一个有谋略、有气节的女性。祖籍天水冀县（今甘谷县），其父迁居姑臧（今甘肃武威市）。李暠创建西凉大业，尹夫人起了很好的辅佐作用，故当时谚云"李、尹王敦煌"。

赞咏宋繇诗　　卢金洲

崇儒明断智才高，历事三凉与北朝。

国主同僚非一族,平生善处是人豪。

说明:宋繇(生卒年不详),字体业,敦煌(今甘肃敦煌市)人。十六国时期西凉、北凉大臣。起初先后出仕后凉、北凉政权,后投奔李暠。辅佐李暠建立西凉。西凉被北凉沮渠蒙逊所灭,宋繇再出仕北凉、北魏政权,名重当世,死后北魏尊其为清水恭公。

赞咏刘昞诗　　尹　贤

一

潜心经史处边陲,祭酒儒林又抚夷。
官廨漏残庭寂寂,青灯犹伴国之师。

二

名满西凉与北凉,国师原是秘书郎。
等身著作天行健,绛帐春风塞草芳。

说明:刘昞(约370—440),字延明,敦煌人。十六国时期著名文学家、史学家。先后出仕西凉、北凉和北魏政权。知识渊博,著作丰硕。注释和撰述的经史子书达一百多卷,最有代表性的著作是《略记》《凉书》和《敦煌实录》这三部历史著作。

赞咏阚骃诗　王克江

满腹经纶慧过人，博通典籍志精新。

校勘子集三千卷，难饱蔬餐医一贫。

说明：阚骃（380—450），字玄阴，敦煌人。博通经传，尤通史地。撰注丰厚，《王朗易传注》和《十三州志》，学术影响颇大。

赞咏宋云诗　王沂暖

忆昔北魏帝，为政识见卓。

擢派僧宋云，西行作使者。

途经万千难，求佛天竺国。

宋云出家人，却精外交事。

胸中计谋多，口中语言利。

西行去各邦，远道不辱命。

进退殿堂中，所向无不胜。

既使汉天声，远扬各异地。

更使周孔思，邻邦争学习。

文化得交流，异见获融合。

重令中土人，又得见真佛。

袈裟披在身，弥陀诵诸口。

大法得弘传，三宝随处有。

不见莫高窟？窟窟皆净土。

不见龙门石？佛身巧雕塑。

宋云实有功，众口争称赞。

至今千载下，其人如目见。

说明：宋云（生卒年不详），敦煌人，北魏高僧。北魏初年，敦煌一带佛教盛行，寺院林立。宋云崇慕佛法，赴都城洛阳皈依佛门，专心修行，成为崇灵寺高僧。神龟元年（518）十一月，受皇帝派遣，与僧人惠生去天竺（今印度）取经。途经今青海、新疆，越葱岭最后到达天竺。正光三年（522）三月回国，前后历时五载。从天竺带回佛经170部，均为"大乘妙典"。将沿途所见所闻写成《宋云家记》，今已失传。幸有北魏秘书监杨衒之依据该书及《惠生行记》和《道荣传》的有关记载辑成《宋云行记》，附于《洛阳伽蓝记》一书，成为研究中巴、中印交通史和印、巴历史的珍贵史料。

甄载明
敦煌千佛洞二首

一

中华文化信堪夸,千佛洞开瑰丽花。

晋魏汉唐成一系,交通中外古流沙。

二

玉门关外春风暖,千佛尊前柳亦香。

故旧而今遍湖海,他乡无异似家乡。

王　渊（小）
阳关随想

万里寻关不见关，烽燧迤逦接楼兰。

三危横空风回雪，一墩雄踞沙如烟。

天魔舞起鸣山暖，月支头饮渥洼寒。

先祖开拓俱已矣，汉官威仪古董滩。

二〇〇一年十月八日

郝春文
再游敦煌感怀三首

一

甘泉水流沙州绿，敦煌城畔五谷香。

三危山上千佛现，莫高窟中瑰宝藏。

九层楼高接云汉，琵琶反弹名百邦。

先民培育超千载，后辈发扬万世昌。

二

驼铃声声响敦煌，羌笛阵阵镇边疆。

鸣沙山上波涛涌，月牙泉源水中藏。
飞天起舞游人醉，菩萨多姿观者狂。
古城笑迎天下客，京士欣然献策忙。

三

玉门关外尽春风，阳关之西故人逢。
雅丹地貌惊鬼神，巧夺天然造化功。
疏勒河流水渐少，罗布泊化盐碱层。
历经桑田变沙海，始知难与自然争。

何光第

再咏敦煌并序

敦煌于汉唐时为连接中土与西域各地之重镇，商贾云集，殊为繁荣，人誉以今之深圳特区，以开放故也。重访其地，奇景异观，目不暇接，欣然成咏。

人誉特区好，敦煌在汉唐。
两关通西域，三危镇遐方。
高丘鸣沙聚，大漠月牙藏。
素壁舞伎乐，石窟叹琳琅。

佛陀踞高座，天马鬃怒张。

戈壁风浩荡，雅丹气堂皇。

丝路飘花雨，尘梦印沧桑。

倏尔两千载，吟成世纪章。

祥云连海岳，万里沐春光。

二〇〇一年十二月五日

咏敦煌莫高窟并序

陪同以美国美亚基金高级顾问罗伯特·华莱士为团长的国会议员高级助手代表团访问敦煌莫高窟，听敦煌研究院樊锦诗院长介绍情况，感赋小诗。

云栈临瀚海，古窟世称雄。

峨峨九层阁，悠悠千佛尊。

飞天花雨舞，琵琶反弹功。

盛世传新曲，欢歌万邦闻。

二〇〇三年八月二十一日

玉门关怀古

驼铃远过黄碛间,玉出和阗记此关。

千里坦途连瀚海,春风杨柳舞长天。

汉长城遗址

长城万里汉时功,沧桑千劫断垣存。

成败无心评卫霍,一统河山唱大风。

二〇〇〇年五月

三过阳关

雪净花明古戍天,春风伴我过阳关。

祁连远眺苍烟迥,大漠长怀夜月寒。

应惜十年人别久,莫愁万里路行难。

悲歌何处闻羌笛,一曲渭城忍再弹?

二〇〇四年四月十日

神奇雅丹

初涉大漠倍艰难,铁辇飞驰到雅丹。

恍见巨舯巡瀚海,更疑孔雀驻重峦。

神工幻化惊奇诡,鬼斧斫凿叹伟观。

绝塞我来真自幸,白云欲共舞翩跹。

二〇〇一年十月十六日

访阳关渥洼池并序

渥洼池在阳关,盛产良马,据传汉武帝时暴利长获罪戍谪阳关,其素知帝好良马,为重返京师,遂设法于渥洼池畔捕得大宛汗血马,即所称天马者献与武帝,乃得如愿焉。

阳关烽火渥洼池,水碧草肥闻马嘶。

千载谁复见神骏,寥廓荒原自咏诗。

二〇〇三年八月二十三日

阳关博物馆怀古

十年前余初到阳关时唯见烽燧遗迹而已。如今民间有人投资二千多万元建成博物馆,不仅为塞外增添了新的景观,而且有助于人们对阳关历史的认识。感赋一首。

阳关西出已十秋,东望玉门意兴遒。
自古寂寥余瀚海,而今车马过沙州。
丝绸路远遗迹在,烽火台荒战事休。
一代雄略怀汉武,塞垣形胜喜长留。

再咏敦煌

三危山外暮云低,月牙泉畔秋风疾。
驼铃响处惊沙起,天马归来渥洼池。
雅丹奇观叹造化,石窟千载藏名迹。
万里春风到玉门,阳关今日景色新。
雄才远略说汉武,数奇人惜李将军。
羌笛不再怨杨柳,新词赋饮葡萄酒。
丝路飞天花雨繁,重新世界看身手。

二○○三年八月二十三日

(以上九首均选自何光第诗集《吟梅轩诗稿(二集)》2007年版)

殷明辉
兰陵王·由安西赴敦煌游鸣沙山谒莫高窟倚声

陇山兀，西域风高日烈。流云卷，疏勒岸斜，匹马天涯路超忽。秋声塞柳折。幽涉，行歌散发。敦煌道，牵梦触怀，羌管悠悠暮吹彻。　　雄城极边屹。富佛国遗踪，丝路文物。鸣沙山上沙如雪。龙脊莽戈壁，党河清冽，多情还听塞女说，玉关远车辙。　　千佛。莫高窟。彩绘耀寰区，倾倒豪哲。历经劫火犹存活。叹无数宗匠，慧心开设。三危孤峙，夕照里，瀚海阔。

壬午年秋

夜游宫·吊阳关

绝域穷边靡靡，莽戈壁，迢迢车轨。万里阳关访旧址，伴驼铃，涉流沙，逾党水。　　一阕征讴起，渭城曲，三生长记。千载兴衰落日里，任西风，吹故垒。

壬午年秋

捣练子·阳关小唱二首

一

沙碛远，故人稀，一去家山更不归。杯酒驿亭长执手，党河唯见雁南飞。

二

飞鸟尽，旅魂消，莽莽平沙驿路遥。故垒马嘶闻客至，玉人何处晚吹箫。

壬午年秋

南歌子·阳关小唱

古道阳关近，天边雁影稀。征人那复计东西，风卷流沙四望眼迷离。

壬午年秋

烛影摇红·吊玉门关

杖策西行,览大荒,叩玉门,离思远。繁华都被流沙掩,残垒空壕见。　　疏勒河风似箭,动吟怀,黄云散漫。秦烽唐戍,两汉长城,沧桑何限。

壬午年秋

鹊桥仙·玉门关怀古

黄云匝地,惊沙扑面,瀚海单车飞渡。玉关西去少行人,对残垒,雄边欲暮。　　唐时郡县,汉家城郭,旧日亭台何处?游思远望古楼兰,试登览,悲情难诉。

壬午年秋

望远行·吊河仓城

边声浩烈,驱征马,独吊河仓遗迹。颓垣横目,坏壁当空,往事千秋难述。大漠风高,长啸一声谁应?魂断玉关南北。忆敦煌,灯火楼台路隔。　　沙域,犹见故碑突兀,漫想象,汉家兵革。四郡转输,两关犄角,烽燧柳营传檄。粮草三军充实,金瓯无缺,戍客思乡头白。暮色关山迥,何年重适。

壬午年秋

念奴娇·吊敦煌汉长城

茫茫戈壁,去中州万里,荒无人迹。汉代长城遗废垒,风啸千堆沙碛。百代沧桑,悠悠丝路,几个游边客?黄雕低掠,伴匆匆马蹄疾。　　遥想汉武雄才,拓边固防,遣健儿高戍。飞将名传匈奴幕,筑就铁墙铜壁。烽燧历历,两关四郡,百万征夫役。土堆沙积,费多少移山力。

壬午年秋

莺啼序·由敦煌出玉门关往游雅丹地貌倚声

敦煌驿边饮马,正沙山泛白。塞烟袅,尘土轻扬,纵目西鄙途直。骊歌起、天涯独往,羁思醉草淋漓墨。渡关河,鸣铎雄笳,漫挥词笔。

汉燧秦烽,剩缀漠野,断狼烟羽檄。玉门近,飞鸟无踪,忆班生泪书册。旷予怀、平沙浩浩,雅丹路、苍茫何极。喜良时,横笛披襟,入萧萧泽。

遐荒地貌,日刻风雕,赋形造影特。迤逦见、怪堆斜矗,百态千姿,鬼斧神工,应非人力。熊蹲虎卧,龙腾鱼跃,魔城深邃惊吟魄。看云蒸、兀兀遥疆域。胶泥叠就,层台屋宇参差,恍如佛窟仙国。

殊方壮景，海市蜃楼，更几回见得？闪烁际，舟车纷至，水港交叉，隐约村坞，纵横阡陌。穹庐似盖，乾坤呈幻，须臾飘散同电霓。渐黄昏，孤垒饥鹰弋。归来还记游踪，细遣幽骚，不虚此役。

壬午年秋

（以上十首均选自殷明辉诗词集《溯洄集》2003年版）

许嘉璐

赠阳关博物馆诗

渭城一曲唱阳关，瀚海依然燧已残。
耳畔犹闻鸣汗血，精魂应喜万世传。

二〇〇三年九月十一日

说明：作者于二〇〇三年九月在敦煌考察访问期间，于十一日专程参观阳关博物馆，赠此诗以示慰勉。

题鸣沙山

何处觅奇观,敦煌鸣沙山。

神风倒抹坡,半月映银盘。

大漠世多有,轰鸣此独山。

涂鸦颂华夏,乞得遗此篇。

二〇〇三年九月十日

张　仲
贺阳关博物馆成立

一

昔日阳关称绝域,举杯西出无故人。

金戈铁马成过去,怅望残峰发幽情。

世纪曙光喷薄出,晖映西部万象春。

欣有纪氏拓荒者,筹集钜资创新景。

二

筚路蓝缕寻旧迹,雄关巍起势峥嵘。

旌旗猎猎陈战阵，文物煌煌展品精。

辟域张骞浩气在，取经玄奘凯旋功。

此日歌传三叠曲，再现丝路汉唐风。

二〇〇三年金秋

张庆和

敦煌览胜

丝路明珠聚客商，祁连雪尽到敦煌。

鸣沙东麓莫高寺，银漠金山共佛光。

癸未秋日

敦煌藏经洞

玉宇琼楼盛殿堂，天宫珍品密室藏。

可惜国宝遭劫去，痛断中华学子肠。

登月泉阁

一眉秀月碧波生,造物天成意更浓。

坐看沙山如四壁,日晴风起鼓钟鸣。

癸未秋日

咏鸣沙山月牙泉

沙嶂太极圆,瑶池碧月泉。

娲羲长掩映,骨肉总相连。

癸未秋日

(以上四首均选自张庆和诗集《九州诗旅》2005年版)

林家英

敦煌行六首并序

序曰：

二〇〇三年金秋八月，余应邀参加敦煌阳关博物馆开馆庆典暨"两关长城学术研讨会"，并参观、考察了莫高窟、阳关、玉门关、汉长城等千古胜迹，因录旧咏新吟数首以志兴。

阳关博物馆

丝路文明凭见证，品精物博馆中藏。
汉唐盛世垂青史，更创辉煌播四方。

阳　关

塞垣辽阔天清朗，大道阳关气象新。
美酒玉杯馨客梦，依依杨柳拂轻尘。

玉门关

开放热潮西部涌，玉关内外沐春风。
坦途遥接天南北，笛曲新歌慰客踪。

南湖乡

寿昌访古过南湖,千亩葡萄万串珠。
碛里绿洲人富足,轻骑摩托载村姑。

月牙泉

碧水一泓归默然,如烟似梦窈婵娟。
鸣沙暮色添幽谧,瀚海奇观数月泉。

莫高窟

神思几度紫丝路,千里西行到莫高。
壁上观音迎倩笑,人间神笔费辛劳。
佛门善果邯郸梦,艺苑奇葩白堕醪。
华夏方今招俊杰,飞天何事向空飘?

二〇〇三年八月

说明:这篇组诗是林家英教授应邀参加阳关博物馆开馆庆典暨敦煌市"两关长城学术研讨会"后,为阳关博物馆写的赠诗。

(选自林家英《雪泥鸿迹续集》2004年版)

黄瑞云

阳关曲

征途何处问楼兰,一曲琵琶酒正酣。
西出阳关天万里,平沙无际路漫漫。

二〇〇三年八月

说明:这首诗是黄瑞云教授应邀参加阳关博物馆开馆庆典暨敦煌市"两关长城学术研讨会"后,为阳关博物馆写的赠诗。

刘健生

阳关行

一

商贾西去马频催,妻孥牵衣泪雨飞。
今日辞别阳关道,从兹日日盼君归。

二

阳关旧句已难寻,造访农家感触深。
寨寨开门迎远客,天涯何处无故人!

三

阳关无觅泣别声,悲角愁笛不复鸣。
博物馆中怀旧事,餐厅旅社唱繁荣。

二〇〇三年九月

题注:阳关在甘肃敦煌西南七十公里处,以"劝君更尽一杯酒,西出阳关无故人"而名闻天下。拙诗中之旧句即指此。而今阳关遗址尚在,并建有一个相当规模、档次较高的历史博物馆。阳关遗址附近农家旅社、餐厅勃然兴起,饭菜可口,物美价廉,深受游客欢迎。

莫高窟

一

大漠敦煌三危山,莫高窟内塑圣贤。
演绎佛祖修行史,普渡众生是主旋。
千姿百态诸佛像,万千气象壁画鲜。
反弹琵琶昭盛世,漫舞飞天现奇观。
历经沧桑屡遭难,欣逢盛世换新颜。
世界遗产中华宝,人类同享共婵娟。

二

丝路歌飞昭盛唐，反弹琵琶律高扬。

千年瑰宝多劫难，国学伤心在敦煌。

二〇〇三年九月

题注：敦煌莫高窟为世界文化遗产，著名国宝昭示了中华民族的灿烂文化，中外游客叹为奇观。历史上敦煌石窟的瑰宝曾数次被英法列强所掠，令人伤心。新中国成立后，这一国宝受到了党和政府的高度重视和有效保护，国家专门成立了敦煌研究院，使这一国宝焕发出了灿烂光辉。

鸣沙山月牙泉

沙抱一泉碧水清，形如半月照沙鸣。

风吹沙涌泉无恙，惟叹苍天造化功。

二〇〇三年九月

题注：在敦煌市郊有著名的鸣沙山与月牙泉。泉被沙山环绕，风吹沙鸣，但泉不被侵，叹为奇观。

玉门关

玉门关下觅前踪,抚今思旧论衰荣。

丝绸之路泽中外,商贸繁荣百业兴。

二〇〇三年九月

题注:秦时明月汉时关,敦煌是丝绸之路的"咽喉锁钥"。当年汉武帝为了捍卫边关与丝绸之路的安全,在河西设置酒泉、武威、敦煌、张掖四郡,在敦煌一带修筑了长城和烽火台,设置了阳关和玉门关,史称"列四郡,据两关"。玉门关位于敦煌古城的西北,阳关位于敦煌古城的西南。丝绸之路经过河西走廊从这两关西出,便进入西域了。玉门关系丝绸之路北线的必经之处,而今遗址尚在,游客慕名而来者众。

(以上七首均选自刘健生诗集《春秋赋》2004年版)

朱果炎

阳关赋

系天下安危、民族忧患者,雄关也。雄关者,依山川为屏障,设邦国之锁钥;使人慷慨悲歌,同仇敌忾:遥想雁门关外,匈奴远遁;紫荆关口,乌桓溃败;倒马关城,辽军弃甲;大散关前,金兵丧胆;镇南关下,法酋魂飞;平型关上,日寇魄散。破釜沉舟,百二秦关属楚;卧薪尝胆,三千越甲吞吴。山海遗恨,总兵一怒为红颜;玉关扬威,将军三箭定天山。是关也,因英杰而雄视八方,以忠烈而流芳百代;若夫伍员过关,两鬓皆斑;关羽闯关,六将被斩;罗成叫关,一马当先;娘子守关,万夫莫开。伏波胆略,宁可马革裹尸还;定远情结,但愿生入玉门关。而或玄奘辞关,白马西行;老子出关,紫气东来。雨洒剑门,陆游悲歌;雪拥蓝关,韩愈浩叹。虎牢争雄,唐宗挥戈;娄山长征,领袖抒怀。呜呼!纵览古今兴衰,历数天下雄关:最使征人悲怀者,春风不度玉门关也;最使诗人动情者,西出阳关无故人矣。

阳关道,天涯路;离合缘,生死情。念张骞出使,情满西域;苏武持节,志存北海;去病远征,气吞万里;汉武设关,时越千载。其间多少英雄,壮志难酬;多少志士,襟抱未开。阳关道上,黄尘漫漫;李陵碑下,血迹斑斑。湮没了秦砖汉瓦,消逝了羌笛胡笳;烽燧墩下,感受岁月寂寞;古董滩上,寻觅历史失落……而今重来阳关,但见新城崛起;秦砖汉瓦,重构盛世丰采;胡笳羌笛,又绎大漠传奇。浩浩长风,吹不散汉唐阳刚元气;茫茫流沙,吞不没华夏太和生机。龙首山下,驼铃与汽笛齐鸣;寿昌泽中,仙鹤与飞天比翼;碑林廊中,思张芝、索靖,草圣风范;关山月下,慕张奂、李暠,儒将气概。抚边城断垣,居安思危;访先贤遗踪,继往开来:可谓阳关在敦煌,名城为雄关增色;敦煌有阳关,雄关为名城添彩也。喜东山石油再起，奏响开发号角；南湖葡萄正熟，酿造小康生活。丝绸古道，笑迎列车来往；渥洼天马，惊看航班起落；四海宾朋，更尽王维一杯酒；五洲知音，同唱阳关三叠曲！嗟乎，放眼瀚海，云起霞飞；仰望长空，斗转星移；欢聚两关百战胜地，幸逢千年一遇良机；当激励来者思自强、图自立，以空前之壮举，竟四化之伟业。

壮哉，阳关！众望所归，祝春风常度玉门；宏图大展，愿阳关长留故人。

（选自《酒泉日报》2003年10月29日）

李树喜

西域诗（组诗选三）

玉门关

天涯寻觅玉门关，烽燧孤零带晚烟。

无限秋风游子意，清泉如酒月如镰。

月牙泉

不尽绵绵万顷沙，青烟绿树拥人家。

天怜塞外相思苦，大漠中心种月牙。

敦煌访常书鸿故居

阳关无界野茫茫,古道西风路更长。

缓缓驼蹄耕大漠,匆匆雁阵背斜阳。

天留碧水沙藏月,人塑千龛鬼盗墙。

佛法无边难自保,书生一介护敦煌。

(选自《中华诗词》2004年第4期)

熊召政

访阳关故址

一到阳关雁影稀,黄沙万顷路迷离。

几处残堠伤晚照,令人千载忆戎衣。

二〇〇四年八月二十九日于敦煌
(选自熊召政旧体诗词集《闲人诗稿》2006年版)

乔树宗

敦煌故城书怀

荒城断驿暮云飘,古道轮蹄送几朝?
天净胡沙秦月朗,风梳塞柳汉关遥。
驼铃万里征欧亚,鼙鼓千秋忆舜尧。
盛世祁连催宛马,腾飞丝路涌春潮!

敦煌莫高窟

尘外幽宫锁暮霞,珠明艺海耀苍崖。
洞衔云嶂千秋月,门挟烟岚万顷沙。
香火曾经真梵域,松泉依旧是僧家。
慈光犹照飞天路,春满阳关艳百花!

(以上二首均选自《中华诗词》2005年第4期)

邓世广

月牙泉

萑苇萧萧晓色开，一泓碧水傍楼台。
蛙声嗔月新来小，待唤遥雷领雨来。

登敦煌古城

雉堞风高眼欲迷，城西路远塞云低。
回眸街巷新阗盛，市肆楼头悬酒旗。

（以上二首均选自《中华诗词》2005 年第 4 期）

翟泰丰

西行随吟（五首）

  2004 年金秋，由闽而至西部陇上，当即跨入大漠古战场，举步登上汉长城，心境会与当年，举戈执剑厮杀，同征战，同呼号。远望边陲，把守玉门关、阳关，寸步不退，寸土不让……回首望，已是千古勇士遗白骨，战场故垒残垣。看今朝，陇上却是欧亚通衢，一片繁盛。于是，诗情灼烧，对应王之涣诗句"一片孤城万仞山""春风不度玉门关"，仰天对吟："千古流芳丝绸路，春风喜度玉门关。"

玉门歌

武帝挥军撼云天，茫茫戈壁不见边。
多少勇士遗白骨，玉门阳关情相连。
谁叹春风不度关，孤城遥对万仞山。
千古流芳丝绸路，加今驾虹欧亚间。
孤城左右楼万层，春风喜度玉门关。

雅丹地貌吟

峻岭叠嶂不见山，浩海绕崖水未现。
孔雀欲飞不展翅，贵妃望夫眼欲穿。
虎啸松涛神已撼，狼嚎鬼哭寻觅难。

吟敦煌

敦煌光耀越千载，飞天扬花染七彩。
莫高千窟聚百神，万壁彩塑绘艺海。
巨佛静卧悟尘世，朝天坐佛拂尘埃。
人间天下多少事，别有真情船自来。

驼铃歌

驱车百里路，突闻驼铃声。

金沙山峦下，疑是雁缓行。

骄阳洒沙壁，灿烂七彩虹。

神似入梦境，驼队正起程。

鸣沙山随吟

金沙山环水，泉流月牙形。

沙崖绘一线，峦峰起伏行。

清泉伴沙壁，嫦娥舞池中。

醉卧一湾酒，伴山闻笛声。

(选自《诗刊》2005年7月号上半月刊)

孙　钢

敦煌诗三首

一

溯源西凉接隋唐，一山千窟尽宝藏。

壁画彩塑皆无价，敦煌永耀智慧光。

二〇〇六年四月二十五日于敦煌莫高窟

二

阳关傲立戈壁滩，越过雅丹到楼兰。

西去今多同胞在，华夏民族共婵娟。

二〇〇六年四月二十六日于阳关

三

四面沙山接天蓝，天成月牙泉一湾。

榆树生冠沙枣小，别有洞府在人间。

二〇〇六年四月二十六日于敦煌月牙泉

（以上选自《甘肃日报》2006年4月27日）

王玉福

月牙泉

不知何世造化功，玉兔飞来瀚海中。

月新千古泉不老，沙鸣万里山自雄。

乡人传言天马出，学者考证王母临。

踏遍青山寻胜景，风光未若此奇神。

贺敦煌铁路建成

铁龙西进气如虹,瓜沙二州指日通。

千年飞天舞长带,万里晴空飘彩云。

迎来五洲四海客,载去金城玉关情。

回眸一线连世界,多少功夫始修成。

(以上二首均选自王玉福诗集《瓜州杂咏》2006年版)

张德芳
望海潮·贺《敦煌研究》刊载百期

三危残月,鸣沙传响,千年羌管悠悠。南北两关,东西四郡,再连西域亭邮。僧侣泊禅舟。为开挖洞窟,百代功修。五万藏经,遗书今日竞风流。　　百期廿五春秋。有华章灿烂,一世珍馐。诸子百家。凭文会友,流名四海五洲。学子驻心头。赖贵刊一角,追慕朋俦。异日畅谈相聚,再愿上层楼。

二〇〇六年十二月二十二日

(选自《敦煌研究》2007年第1期)

刘　章

过玉门

春风何故也嫌贫，不肯分身度玉门？

惹得千秋玉笛怨，苍凉悲慨入诗魂。

莫高窟睡佛

佛在何方佛在心，无争无欲对凡尘。

沉沉一睡千秋过，送走争名夺利人。

（以上二首均选自《飞天》2007年第2期）

芦　管

月牙泉放歌

月牙泉在敦煌鸣沙山下。鸣沙山环匝四周，天风浩荡而泉水亘古不掩。亦丝绸古道一奇观也！癸酉夏来访月泉，作歌记之。

月牙泉上鸣沙山，黄沙滚滚高入天。月牙泉畔蒹葭草，雪夺沙埋青不槁。我今来游月牙泉，六月戈壁生朱炎，不闻陇上歌杨柳，但见一川碎石大如拳。拳拳石，应有涯，绿洲一片出平沙，中有一泓清清水，波光潋滟似月牙。解我暑，清我心，水风习习吹我襟。夏不溢，冬不涸，千秋万世无穷数，纵令天风吹倒鸣沙山，黄尘不掩仙盘露。月牙泉，亦壮哉，联翩浮想生灵台。应是瑶池阿母临朝镜，玉梳失落坠九垓，化作飞泉天外来。又疑敦煌石窟飞天女，年年散花无穷已，飞花一片落鸣沙，留为瑶姬照梳洗。照梳洗，清且醇，渴者得甘露，行者洗征尘。丝绸古道远行者，风尘仆仆来都下，千驼万载苦径行，道出寒泉为饮马。饮罢泉边引吭歌，胡音汉调舞婆娑，为感仙泉涓滴赐，不辞沙宿醉颜酡。我思如弦纵，一发不可控，宛转怀古思，颠倒庄生梦。忽闻一曲动胡笳，为报泉边有酒家。胡姬当垆能汉语，为说名泉话今古："一自丝绸路不开，名泉冷落少人来，泉边古寺僧人老，佛像尘封久不扫。今来改革百废兴，名泉又喜获新生。为求东亚丝绸路，多少游人塞上行。英美德，亚非拉，客来域外逐轻车。齐惊文明古国古，而今枯树绽春花。"一席倾谈惊我听，名泉盛衰系国运。愿泉常满客常来，丝绸路上绿草如茵花成阵。

（选自《中华诗词》2007 年第 3 期）

高财庭

清平乐·阳关

阳关三叠,一曲吟离别。真个渭城朝雨浥,借酒浇愁时节。

而今烟雨轻茵,万商云集通津。玉塞驼铃何在?华戎交汇流芬。

(选自《玉门关诗词精选集》2019年版)

月牙泉

沙岭晴鸣风自旋,芦花鬓媚月牙泉。

苍天造化极功妙,若个奇观壮大千。

己亥九月敦煌诗乡评估验收,并祝敦煌荣膺中华诗词之乡

花雨飞红菊正黄,诗潮浪涌漫敦煌。

校园处处歌声朗,村社家家梨枣香。

才谒莫高千佛洞,又登关外万重岗。

伫看艺苑峥嵘秀,党水北流云锦芳。

(选自《问道阳关　逐梦诗乡》2019年版)

老 舟

阳 关

万里尧天罢远征,阳关三叠有新声。
樽前且把诗心寄,一夜随风到渭城。

七言古绝·玉关魂

自古诗家留纸墨,长风万里吟疏勒。
一生不到玉门关,空在人前谈报国。

追念班超

投笔从戎非等闲,封侯诏令帝王颁。
汉家车马通丝路,杨柳春风唱玉关。

玉门关落日

烽火台边野草花,遥怜将士战狂沙。
满地残阳上衣袂,一行归雁落云霞。
孤城照影沧桑久,柽柳摇风日夕佳。
我辈登临当会意,诗心归处即天涯。

破阵乐·玉门关抒怀

玉关紫塞,孤烟大漠,风景如画。杨柳轻摇曼舞,引候鸟疏勒之夏。芦草青青,飞云冉冉,夕阳遍洒。上高台、极目胡天净,汉时长城现,当年雄霸。鼓角声声,望中又见,将军弓马。　　风雅。太白轻吟,龙标浅唱,诗酒斗,留史话。定远功成怜皓首,守土死生谁怕?通丝绸,迎商旅,楼兰梦嫁。赤子今朝游学,探古寻幽,修文养德,心怀家国,自会沧海飞舟,浪帆直挂。

(选自《玉门关诗词精选集》2019 年版)

刘志英

阳关偶拾

黄沙漫漫白云悠,羌笛声声几度秋。

今日阳关赋新曲,葡萄美酒醉神州。

(选自《问道阳关逐梦诗乡》2019 年版)

陈竹松

咏敦煌

旷世雄姿隐沙海,拨开尘雾现红装。
莫高彩绘千年梦,丝路丹图万里长。
昔有汉唐成旧影,今逢雨露耀春光。
风帆远举凌云志,古郡腾飞又一章。

阳关寻迹

三叠依稀卷叶黄,纷纭往事怨君王。
千年烽火雄戈壁,万象迷离说汉唐。
云里悠然古来月,城头可有旧时霜。
空埋枯骨悲潮涌,一曲琵琶已断肠。

踏莎行·反弹琵琶

夜色幽然,星光细语。琵琶一曲穿云舞。千回百转汉唐风,红尘阅尽离情苦。　　缘定三生,梦归何处。伊人月下娇姿楚。芳心暗许玉门关,黄沙万里披金缕。

巫山一段云·玉门关（二首）

一

莽莽边陲外，巍巍古郡西。谁言寂寞泪如丝，千古月相依。羌笛声声怨，春风再度知，玉关内外绿成萋，从此着新衣。

二

寂寂关山夜，凄凄万古愁。孤城傲立几春秋，边塞月如钩。红柳随风舞，胡杨任雪羞。芦花野草醉心头，逍遥欲行舟。

金缕曲·锁阳城怀古

心醉孤城久，正重逢、唏嘘剩许，雄姿仍秀。莫怨落沙眉间过，岁岁迎风而候。望长空、流霞依旧。遥想当年军帐里，握寒光痛饮葡萄酒。邀梦约，共携手。　狼烟铁马曾伤透，叹红尘，沧桑几度，问君知否？黄叶凋零何时绿，忍把相思织就。这应是，多情唐柳。今有飞天痴儿女，赋新词寄那千年后。寻往事，惹人瘦。

（选自《玉门关诗词精选集》2019年版）

阳关踏青

醉看南湖百草新,琵琶拨动汉唐尘。
犹听飞雀来相告,十万东风等故人。

春回玉门关

燕穿城角试高低,近岸芦丛野鸭啼。
何故清波频起浪,有风吹到玉关西。

赏　杏

月牙横卧老枝干,与我多情一样看。
唯恐惊雷扰春色,相思最怕百花残。

邓星汉

七律·月牙泉

大野平川别有天,黄沙合抱玉弧弦。
草堤生翠流霞渡,碧水盈晖野鹭眠。

今岁层楼边地起,那时戍鼓汉关传。

可怜千古泉中月,因近阳关总不圆。

二〇二〇年十一月十二日

(选自《中华诗词网》)

王林侠

阳　关

万里丝绸路,阳关尚有名。

平沙西域柳,翠色五凉城。

四季经商客,千秋送别声。

塞边弦一颤,谁在暗伤情?

(选自《玉门关诗词精选集》2019年版)

李文强

咏阳关

塞上空城掩故关,莽莽黄沙西入天。

古董滩头觅旧踪,断剑影里探本源。

烽燧无语夕阳残,不闻汉家战鼓传。
将军营垒知何处,登临唯有几残垣。
匈奴毡帐几零落,月氏舞起饮酒酣。
汉家都尉频升帐,天子文书每至边。
三军将士勇听命,从此塞上少狼烟。
春雨秋花冬复夏,霜重草木雁翔南。
城南少妇每断肠,极目不见征人还。
渭城柳色右丞酒,元二风尘未解鞍。
关牒每向腰间悬,单骑日夜过楼兰。
安西都护天山远,风餐露宿沙碛间。
东来西往商贾事,相逢何曾叹辛艰。
征尘未洗关门下,客栈楼前杏旗翻。
何必三叠伤离别,醉卧琵琶每反弹。
安陵调罢羯鼓歇,不复归路忆长安。
去时杨柳新栽罢,来时雨雪泪潸然。
关前花开又花落,城头明月缺复圆。
青丝少年关前老,关前戍卒说旧年。
皇恩每许嘉边士,父老村头念凯旋。
江山社稷千年事,枯骨累累泪斑斑。
我今又过阳关道,伫立山头望祁连。

村落远近闻犬吠，牛羊牧歌下夕烟。

从此不见龙勒迹，从此西出无挂牵。

汉家天子汉家歌，旧曲莫唱新词填。

当年天马长嘶处，如镜渥洼水染蓝。

酒肆长歌醉不休，村妇采桑手挎篮。

石刻旧句翻新意，游人指点认从前。

此生当合阳关老，如画风物任留恋。

而今再赋阳关诗，羌笛一曲伴我眠。

（选自《诗与远方　如梦敦煌：全国敦煌诗文征选活动优秀作品集》2018年版）

谭俭方

七律·游阳关感咏

云白天蓝大漠风，景观不与往时同。

黄沙一地迷尘眼，古迹千年映碧空。

隐约驼铃摇左右，苍茫丝路接西东。

阳关欲挽来迟客，分我霞光几缕红。

（选自《诗与远方　如梦敦煌：全国敦煌诗文征选活动优秀作品集》2018年版）

关山月明
沁园春·敦煌赋（中华新韵）

西北边陲，三危坠沙，敦煌飞天。忆阳关古道，马蹄声远；玉门烽火，甲胄光寒。瀚海羌笛，驼铃商旅，残月西风羁旅眠。通西域，有万国朝贺，锦绣长安。　　沙鸣泉饮奇观，叹尘世千佛谈笑间。尽汉唐气象，英雄轶事；风云激荡，功业流传。锁钥咽喉，关山难越，彩练谁持舞满天？新时代，绘蓝图带路，再谱华篇。

（选自《诗与远方　如梦敦煌：全国敦煌诗文征选活动优秀作品集》2018年版）

绿萝婉兮
七律·阳关咏

丝路悠悠绕几何？春光又是绿婆娑。

溪流涧谷花常在，日照金沙岁久磨。

烽火台前寻锈戟，边关月下数风波。

浮云万里山河丽，黄土深情谱作歌。

（选自《诗与远方　如梦敦煌：全国敦煌诗文征选活动优秀作品集》2018年版）

王一一

又见阳关

百里桃花四月风,千丝细柳竟不同。

繁华已逝城犹在,化作天边一片红。

杨忠仁

望海潮·敦煌咏

咽喉丝路,华戎都会,东西锁钥通衢。羁旅使臣,商团济济,星罗酒肆东垆。繁盛尽时誉。上元赏灯会,荣冕优殊。唱晚胡旋,泣声羌笛、舞裙裾。　　边陲丽景名都。有雷音佛窟,沙岭泉芦。邮驿疾驰,阳关柳绿,张芝妙品章书。高士尽僧儒。看佛陀白马,鸿硕经庐。玉垒千年皎月,春意漫通途。

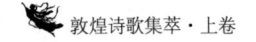

于少华

念奴娇·梦回阳关

残垣断壁,更悲风嘶叫,梦里阳关。丝路通唐连汉阙,征战身却难还。玄奘西行,驼铃声远,羌笛问流年。狼烟尽处,念君独自凭栏。　　而今春暖边城,诗吟盛世,兼党水盈川。客栈怀幽依绿树,龙脉飞绕山巅。云牧牛羊,葡萄奉日,三叠改新弦,九州花雨,此情月满人间。

鲁鸿武

咏敦煌

千年丝路话沧桑,几度兴衰耀炫光。
月伴清泉沙岭静,风吹党水碧流长。
轻吟叠曲思今古,凝望双关忆汉唐。
更有三危佳境秀,梵音袅袅韵悠扬。

叹阳关

丝路通衢商贾聚,胡尘汉月写沧桑。
轻吟叠曲离人醉,惜别阳关酒一觞。

王 英

眼儿媚·阳关葡萄

繁叶虬藤弄秋光,满架果飘香。幼如碧玉,后成玛瑙,欲酿琼浆。　　紫珠微露迎宾客,串串醉心房。悠悠古道,葡萄万亩,共谱华章。

一剪梅·春日咏怀

气朗天青日渐暄,鸣山隐隐,党水潺潺。沙园粉杏绿茵攒,如雾朦胧,春意姗姗。　　走石飞沙陌上翻,花香微醺,柳舞蹁跹。盼春春至景犹残,浅翠绯红,万象欣然。

张 辉

长相思·敦煌咏

沙缠绵,月缠绵。沙月痴情守万年,驼铃把梦牵。　　衣蹁跹,舞蹁跹。画上飞天恋此间,沙州花雨鲜。

浪淘沙·阳关秋韵

关外柳翩翩,秋色连绵。江山如画写书笺。万亩葡园甜似蜜,绿水情牵。　独木莫轻穿,大道通天。渭城一曲客无眠。爱恨离愁皆是苦,唱尽阳关。

(选自《问道阳关　逐梦诗乡》2019 年版)

李常国
阳关秋吟

登台了望四苍茫,葭苇村烟多少霜。

罗布麻塘听白鹭,弥陀寺外看胡杨。

临风野唱无名曲,纵酒沉吟三叠章。

有幸当年元二使,雄关名句再流芳。

(选自《问道阳关　逐梦诗乡》2019 年版)

张森茂
壬寅暮春阳关有寄

昆仑云色合玄漠,日暮阳关尽落霞。

过客山河多故事,春风谁与共飞花。

朱生玉

访阳关拜摩诘有感

流云舒卷透轻寒，瀚海晴光万里宽。

折柳徐行寻故友，拈花低诵寄清欢。

《阳关三叠》幽时唱，大漠孤烟静处观。

摩诘诗风今又谒，犹闻禅意满长安。

王志伟

夜　岗

戈壁繁星暗雪山，寒枪孤影月犹弯。

阳关莫道西无险，西出阳关我是关。

付　虎

沙岭晴鸣

我欠敦煌一首诗，流沙百里聚西夷。

炎炎曜日惊雷响，疑是天兵战鼓驰。

两关遗址

我欠敦煌一首诗，两关汉塞锁边陲。

千年征战狼烟尽，三叠悠悠唱别离。

肖正平

浣溪沙·阳关

难忘少年识字初，情牵家国汉唐书。梦中常向塞云呼。　羌笛吹残犹未歇，阳关醉倒不须扶。前生我亦一征夫。

（选自《玉门关诗词精选集》2019年版）

田遇春

阳关大漠落日怀古

穷尽苍茫落日圆，孤鸿大漠夕阳边。

晚风一曲箫声醉，铁马金戈史如烟。

月牙泉

金沙万顷涌灵泉，一叶峨眉大漠间。

谁手天工生玉露？银河分得月牙湾。

鸣沙山

无语筝篌风送沙，万丘奏曲似仙家。

春归不见花千树，唯有声名寄海涯。

（以上三首均选自《玉门关诗词精选集》2019年版）

段巨海

阳关咏

莫道春风不度关，夏花秋草斗婵娟。

古时征战黄沙地，今日和谐御景园。

冰化雪山滋沃土，水流青海泛漪澜。

长城镇守河西靖，更有兵锋指藏南。

（选自《中华诗词网》）

于 衡

六州歌头·阳关

敦煌西去,戈壁曲栏凭。滩古董,沙丘垄,鬼神惊,古今情。追想当年事,置关隘,开门户,欧亚带,丝绸路,济群生。唐汉雄姿,烽火灵洲地,水草贪青。念使臣多少,商贾喜相逢,骚客虔诚,笔头倾。　　但黄巢乱,十国立,中原替,宋中兴。驿衰落,关废圮,望凋零,欠东风。千里流沙起,古城没,怨笛声。阳关句,一杯酒,月长明。古道边关犹在,碑文处、天下尊称。看花红柳绿,林茂且粮丰,泉水清清。

(选自《玉门关诗词精选集》2019年版)

蒋明远

敦煌党河

千里冰消汇党河,东风簇动万重波。

九龙喷水珠玑吐,百尺飞虹玉镜磨。

汀步岛台花烂漫,回眸堤岸柳婆娑。

阁楼亭榭追唐汉,较比江南逊几何?

游敦煌月牙泉

四面环山一眼泉,半弯新月落重天。

摇波杨柳云来去,逼汉楼亭日到悬。

五色沙尘千古肆,七星草药万人煎。

仙姑识得黎民苦,滴泪成流可种田。

(以上二首均选自《玉门关诗词精选集》2019 年版)

李国雄

春游敦煌

迤逦西行满眼新,敦煌景致旧曾闻。

沙鸣色异无双绝,月缺泉弯两半分。

塞雁归飞春已暖,胡天疏朗洁无痕。

山前窟外重重客,都是远来寻趣人。

(选自《玉门关诗词精选集》2019 年版)

范诗银

阳关歌

敦煌西望复西南,布币金铢古董滩。

葱岭堆云千万里,张骞折旆两三竿。

驼铃胡哨惊天裂,肩帜腰刀补袖寒。

谁把春歌和梦唱,柳花漫摘忆长安。

(选自《问道阳关逐梦诗乡》2019年版)

李国谅

月牙泉(新韵)

四面流沙碧玉心,晶莹未见染凡尘。

一滴清泪存荒漠,千载不干醒世人。

游敦煌魔鬼城(新韵)

西去玉关戈壁滩,谁凿古堡势绵延。

千帆搏浪出西海,万象醉人来雅丹。

骤起风云天地隐,横飞沙雨鬼魔还。

惊心巨片方谢幕,大漠尽头夕日圆。

(以上二首均选自《玉门关诗词精选集》2019年版)

徐　奇

沙州吟

河西重镇看敦煌，汉韵唐风翰墨香。

苇绿澄涵月牙碧，沙山驼影野花黄。

九层楼阁释迦现，千载莫高经画藏。

四大文明交会地，共赢丝路运输忙。

（选自《玉门关诗词精选集》2019年版）

黄彩枝

阳关礼赞

历尽沧桑载纪年，欣逢盛世远狼烟。

花香林茂清风爽，果熟粮丰野色妍。

芳草萋萋妆土岸，溪流汩汩润沙川。

南山放马牛羊壮，塞上中原共碧天。

雅丹魔鬼城

荒城一片不知年，鬼斧神工化镜玄。

缥缈楼船浮极浦,参差海市聚遥天。

日斜烂漫流沙照,风起苍茫大漠烟。

举世无双雕塑馆,森罗万象客流连。

(以上二首均选自《玉门关诗词精选集》2019年版)

徐 杰

出 塞

玉门关外西风烈,一曲长歌战马鸣。

但看将军挥剑起,雄狮十万斩旗旌。

(选自《玉门关诗词精选集》2019年版)

黄玉庭

过敦煌

翻开华夏史,骄傲数敦煌。

丝路穿云过,飞天飘带长。

月牙泉潋滟,沙海梦清凉。

春约旅行者,古城留句香。

(选自《玉门关诗词精选集》2019年版)

萧雨涵

水龙吟·敦煌

等闲过了重阳,登临或许拿云手。菊花冷淡,胡杨恰好,也堪呼酒。故垒黄沙,寒芦碧泊,一湾星斗。问阳关旧雨,玉门消息,托鸿雁,从今有。　　不负者番奔走。怅红尘、白衣苍狗。秦基汉业,功名粪土,辨谁妍丑?长河落照,短亭残月,倏然攀柳。望三危山下,莫高窟外,正风雷吼。

阳关吊古

斜阳草树莫凭栏,斥堠飞蓬过董滩。
雁唳西风怀甲士,捣衣声里忆长安。

水调歌头·玉门关

骤卷黄沙直,不是旧胡尘。可怜杨柳萧瑟,辜负玉关春。遥想汉家铁骑,烽火驰骋万里,野碛漫寒云。坐看夕阳下,瘦马渐离群。　　动征铎,催远客,又逡巡。乱山迢递、还向羌笛问前因。断简残碑瓦缶,咽角荒钟磬,一念一销魂。只有初弦月,依旧照昆仑!

（以上三首均选自《玉门关诗词精选集》2019年版）

佟丽娟

行香子·春游敦煌

春入敦煌,乍暖还寒。梦醒时、莺唱东园。清风几许,旭日三竿。去月牙泉,莫高窟,玉门关。　　为何如此,常来常醉。问尊翁,却是无言。唯将豪兴,付与诗篇。做一回贤,一回佛,一回仙。

河西行吟

踏马河西戈壁长,胡杨古道见沧桑。

多情最是鸣沙月,满载风华四海扬。

(以上二首均选自《玉门关诗词精选集》2019年版)

黄义成

梦横塘·莫高窟

洞天惊世,沙海藏经,万龛千佛神脉。大漠孤烟,梦未断、鸿声羌笛。风拂驼铃,客吟寒月,数朝承袭。证禅宗道法,穴窟空门,西凉路、续遗墨。　　悬崖上,叠楼檐,看莲花石柱,舍利沉积。彩画飞天,重演绎、覆云翻日。绘泥塑、精工妙绝,韵味无穷各争色。史料文书,修心般若,度苍生无极。

月牙泉

四面银光浮瀚海,一泓清水月牙泉。

涟漪碧漾云沉底,影幻情驰梦带烟。

怡性灵沙涵佛韵,洗心翠苇结池缘。

苍天渥惠奇成绝,胜迹同生揖自然。

阳　关

西去孤烟几度情,近关遥望已无城。

黄沙冷目长天接,古塞苍颜断壁横。

凄婉烟墩寒万里,荒凉客路叠三声。

远征曾是旧时梦,今醉春风绿道迎。

玉门关

苍茫独立小方城,势落昂然复梦鸣。

远抱犹闻嘶啸马,钩沉仰望激扬旌。

狼烟鼓角雄关壮,商贾驼铃驿路横。

瀚漠遗风经世续,应时羌笛玉门情。

（以上四首均选自《玉门关诗词精选集》2019年版）

褚钟铭

沁园春·山河恋

风曳驼铃，马驭飞霞，北国长梦。念汉关秦月，春徊羌笛；孤烟落日，夕照胡杨。疏勒泉清，祁连雪白，大漠雅丹魔鬼狂。穿戈壁，过长城万里，再谒敦煌。　　兵家古道甘凉，赞倚剑瓜沙抚两疆。叹张骞班固，丝绸路远；岑参高适，边塞诗扬。一代名臣，三朝元老，慷慨西征辞激昂。心潮起，颂山河壮丽，情寄斜阳。

寄河西

唐魂汉韵相思久，铁马雄关睡梦中。

羌笛有情吹折柳，驼铃无悔伴沙风。

茫茫古道胡杨碧，默默孤烟落日红。

当谢祁连千里雪，恩施戈壁万年功。

鹧鸪天·阳关随想

遥望祁连万仞山，云随大漠拥阳关。空怜羌笛吹杨柳，却把相思付董滩。　　无尽路，奈何天，谁寻塞外汉家烟？如能追得秦时月，聊寄乡愁十五前。

（以上三首均选自《玉门关诗词精选集》2019年版）

陈乐道

敦煌赋

一掬神泉，想是英娘靓影；九重曼舞，飘来壁画宫娃。山吐镜奁，婀娜谁描笑靥？岭嵌翡翠，依偎共映月牙。

乍看眉黛半弯，饶风情于瀚海；阳关万里，抚烽燧于蒹葭。绝塞雅丹，试探魔城灵怪；霓裳羽带，叠绽石窟奇葩。戈壁明珠，仰雄姿之璀璨；丝绸古郡，播令誉之迩遐。

敦煌翘首，魅力靡涯。聚族迁苗，逸事漫歌虞舜；驾舟簇锦，驼铃遥叩鸣沙。势接昆仑，嘶腾骥之宛马；闼排阊阖，绕瑞霭之渥洼。况复汉皇拓地，博望乘槎。柳拂玉门，抒班超之宏略；名驰青史，瞻草圣之惊蛇。甚且羌笛牵魂，长袅孤烟韵致；葡萄款客，齐迎归义光华。

至若忽启金辉，留凿雕于异代；曾遭碧眼，叹捆载于橐车。峰矗三危，睹精深之彩塑；洞藏千佛，染迤逦之朝霞。颇幸张爱摹绘，远追法显；书鸿跋涉，踵继玄奘；矢志覃研，历龙堆之众险；辛勤守护，凭苦诣之累年；赢得环球瞩目，蔚为显学，丕绩堪夸！

　　春驻绿洲，揽人文之渊薮；国呈景运，赏瑰宝之休嘉。伎乐蹁跹，喜缤纷之花雨；嘉宾络绎，聆缥缈之琵琶。梦系莫高，醉幽怀于丽质；眸凝大漠，遮妙相以轻纱。嘻嘻！泽被飞天，耀和谐于简册；祥临胜概，集福祉于邦家！

　　伟哉，敦煌！美哉，敦煌！

（选自《玉门关诗词精选集》2019年版）

谢　宣

巫山一段云·渥洼池

　　日落西山下、清风拂绿枝。波光隐隐柳如丝，天马入瑶池。

　　不似人间境，行吟望眼痴。江南烟雨去来迟，塞北寄相思。

长相思·月牙泉

大漠泉，荒漠泉，戈壁明珠璀璨源。清风拂绿闲。　天上弦，地上弦，旧约黄昏人未圆。相期共枕眠。

（以上二首均选自《玉门关诗词精选集》2019年版）

庞艳荣

高阳台·玉门关

门掩流年，关兴素玉，长河落日青纱。半尺残笺，如今犹忆还家。悠悠碧水烽烟去，黯销魂、古道桑麻。待归时，满目晶莹，满地繁华。　当年羌笛音何在。问东风翠柳，北苑黄沙。一径平川，殷勤赋予云霞。重携归雁寻芳草，欲漂洋、飞渡天涯。更多情，先寄相思，后寄芦花。

青玉案·观《又见敦煌》有感

千年一顾轮回路，却不见、春迟暮。日月流沙烟雨度。雷鸣电闪，飞天起舞。忍痛心酸苦。　风清夜色信香吐。投送云笺如何助？暗自伤心无处诉。星移斗转、纵情几许？留与君来悟。

（以上二首均选自《玉门关诗词精选集》2019年版）

应绿霞

题阳关

泥墙日日雨风磨,咏唱千年不屈歌。

我自江南寻梦至,阳关城外故人多。

题月牙泉

高瞰月牙心境宽,清泉大漠两相安。

芦兵十万驻斯久,未许黄沙越地盘。

(以上二首均选自《玉门关诗词精选集》2019年版)

王传明

咏玉门关

莫笑余颓壁,曾经是国门。

盘城辉日月,气势壮昆仑。

简坠埋青史,戈残带血痕。

春风今已度,杨柳绿千村。

(选自《玉门关诗词精选集》2019年版)

许　明

八声甘州·玉门关

踞茫茫戈壁向西胡,天地一城孤。慨角弓遗响,风沙埋恨,古道萧疏。恍见金兵铁马,卷地匈奴。剩晚霞如血,暮日如珠。

今日玉门关外,正春风徐度,绿草回苏。更月牙泉碧,野鹭竞相趋。侧耳听、悠悠羌管,奏好音、试策马长驱。朝前走、丝绸路上,永是通途。

（选自《玉门关诗词精选集》2019年版）

刘国芹

月牙泉

天下一滴泪,人间月半弯。

清泉流不尽,只有鸣沙山。

（选自《玉门关诗词精选集》2019年版）

靖万里

甘州遍·敦煌

交三省，龙漠兀宏闿。盛名彰。祁连枕卧，阳关拱卫，春风几度故人肠。　丝路雨，莫高霜。飞天曳舞千古，秦汉又隋唐。一杯酒，百代话沧桑。会苍茫。长城北望，气象大敦煌。

（选自《玉门关诗词精选集》2019年版）

寇星野

如梦敦煌

倾心莫高窟，千里竞相询。

丝路堪怀旧，玉门频纳新。

沙鸣惊月梦，泉沸洗山尘。

酒力无须借，风情自醉人。

（选自《玉门关诗词精选集》2019年版）

程良宝

丝路敦煌咏叹

丝途起汉唐，一路过敦煌。
欲问长安月，先餐大漠霜。
驼铃摇冷暖，佛窟证沧桑。
壁画今犹幸，千年诉热凉。

题敦煌月牙泉

圣水成泉故事神，佛陀到处播禅因。
信知荒漠半轮月，能照人心真不真。

题敦煌鸣沙山

敦煌自古漫驼铃，荒漠耳闻沙有声。
许是佛谙人世苦，差风弹曲作琴鸣。

玉门怀古

西行拜玉门，心共列车奔。

关隘无烽火，城墙有体温。
人来寻故事，我到敬遗存。
耳畔驼铃响，感知丝路魂。

（以上四首均选自《玉门关诗词精选集》2019年版）

吴　春

鹊桥仙·咏敦煌

祁连玉屏，孤烟城垛，浩渺江山无限。丝绸古道雁书绝，又怎比、人间春暖。　　鸣沙淡月，宕泉濛漠，风静莫高向晚。飞天眄睐倚仙阁，也拟作、千古画巘。

长相思·望玉门关

山一重，水一重，天际斜阳逐残红。沙汀碧草芃。　　月蒙蒙，雾蒙蒙，吻漠烟岚锁燧烽。玉关瑰梦鸿。

（以上二首均选自《玉门关诗词精选集》2019年版）

刘　军

念奴娇·敦煌寄怀

流金瀚海，揽行云万里，物华无数。白雁鸣沙吹画角，听取羁怀如故。汉渥洼池，灵泉濯性，遗梦丝绸路。玉门关外，漫天风影去去。　　谁把古道沧桑，铺成一卷，大漠敦煌赋。但看六朝戎马事，化作红尘烟雨。岁月淹留，驼铃依旧，青史何须著。胡笳声里，放飞多少豪句。

莫高窟寄怀

阳关古道一明珠，瀚海黄沙梦不孤。

素女飞天倾彩墨，禅心造像续浮图。

千年锦绣烟云锲，百味丰标大漠铺。

丝路探幽谁解语，琵琶弦上看金乌。

玉门关寄怀

玉门听过雁，万里起苍茫。

猎曲梅花角，悬诗霁月章。

秋风寒紫塞,落日接雕墙。

谁执阳关赋,吹歌到汉唐。

(以上三首均选自《玉门关诗词精选集》2019年版)

程越华

水龙吟·敦煌莫高窟书怀

举头飘逸飞天,琵琶博带当空舞。黄沙万里,绿洲一片,明珠天予。千载经营,十朝荟萃,何从评估?自藏经洞露,世人瞠目,敦煌学,传寰宇。　　遥想当年宝窟,壁开时,华光如炬。丝绸路上,鸣沙崖畔,骤增狐鼠。碧眼金髭,珍稀频盗,惹人酸楚。纵泱泱大国,曾因积弱,任风和雨。

鹧鸪天·敦煌月牙泉写意

驼影西来日欲斜,轻风飘忽过鸣沙,绿洲冉冉传秋意,古道悠悠沐晚霞。　　经塞外,走天涯,今宵乡梦可还家?窗绡半露姮娥面,身畔清泉似月牙。

(以上二首均选自《玉门关诗词精选集》2019年版)

王会东

玉门关怀古（新韵）

一队高驼出玉门，叮咚没入大荒深。
风吹万里黄沙走，总有新蹄续旧痕。

敦煌月牙泉抒怀（新韵）

黄沙深处水一汪，美目天生丹凤长。
巧笑含情弯作月，荒原自此不悲凉。

（以上二首均选自《玉门关诗词精选集》2019年版）

徐守民

梦　境

梦里依稀步玉关，沙丘起伏欲连天。
丹霞染路无归意，奇览鸣沙半月泉。

（选自《玉门关诗词精选集》2019年版）

廖　原

玉门关

立马长城天地间，风沙要塞绝尘寰。

依稀古道驼铃响，隐约方台烽火闲。

置郡通商丝路驿，屯兵拒敌汉家关。

斜阳万里空留恋，大雁何时引玉还。

月牙泉

大漠清流多少年，一弯新月独成眠。

四奇从古赞沙井，三宝由来会药泉。

水秀分明浮日影，风狂依旧拒尘烟。

鸣声不绝银山抱，诗赋长吟塞外天。

（以上二首均选自《玉门关诗词精选集》2019年版）

吕绳振

玉门关怀古

玉门遥对莽祁连，戈壁沙飞万里烟。

日落残霞融古道，星垂凉月照寒川。

张骞持节通西域，去病挥师靖汉边。

敌虏兵销沉瀚海，英雄浩气薄云天。

阳关感叹

阳关古韵融，大漠杳无穷。

雁叫霜天月，沙鸣瀚海风。

祁连衔落日，紫塞傲苍穹。

酹酒丝绸路，登楼悼霍公。

暮赏月牙泉

斜阳泛紫烟，暮赏月牙泉。

古柳垂天镜，鸣沙绕碧渊。

登楼吟塞韵，临水弄琴弦。

唯恐盈招损，千年缺半圆。

敦煌遗韵

久慕敦煌古塞城,玉门几度梦峥嵘。

烽烟数蔽苍天月,羌笛常融瀚海情。

千佛洞藏经万卷,鸣沙山护泉一泓。

《阳关三叠》盛唐韵,反弹琵琶异域声。

(以上四首均选自《玉门关诗词精选集》2019年版)

沈忠辉
咏玉门关

大漠驼铃久不喧,千秋雨洗剩藩垣。

沙鸣绝调开丝路,月对清泉认本源。

渐引春风涂柳绿,长招蛱蝶舞花繁。

而今四海升平日,勿忘先人学马援。

(选自《玉门关诗词精选集》2019年版)

哈声礼

水调歌头·月牙泉

谁把多情水，汇做月牙泉。寄身荒漠，三千年里几堪怜？已惯战场刀影，听彻渔鼙号令，不觉甲衣寒。离合两行泪，曲子唱阳关。　　来与去，荣和辱，尽云烟。一钩虽浅，却是念念久痴看。莫道沙州空寂，幸有鸣沙相惜，结得毕生缘。同种七星草，心底共团圆。

（选自《玉门关诗词精选集》2019 年版）

刘建国

月牙泉

西湖有景未奇观，泉涌沙漠落日欢。
策马横刀擂战鼓，赶驼把酒立石滩。
眼前只慕一牙水，身后何惜百尺兰。
丝路连绵逢盛世，半钩弯月醉波澜。

（选自《玉门关诗词精选集》2019 年版）

文　涛

玉门关怀古（新韵）

我乘长风阅万山，孤城雁落玉门关。

英雄古道先云去，化作夕阳照马鞍。

月牙泉（新韵）

孤潭留静水，冷月落牙泉。

日暮西山远，长天大雁还。

（以上二首均选自《玉门关诗词精选集》2019 年版）

曹树造

题鸣沙山月牙泉

芦花白渚展沙前，谱写传奇旷世篇。

许是清涟天地鉴，飞黄不落月牙泉。

（选自《玉门关诗词精选集》2019 年版）

冉长春
玉门关

轻风碧草白云偎,那见当年骨一堆。

几百肥羊若牛大,森森关下任来回。

(选自《玉门关诗词精选集》2019年版)

郭洪日
鸣沙山

山从何日解鸣沙?似说幽怀与绮霞。

清啸如闻歌白雪,低吟岂是奏胡笳。

眼迷前路风迷向,人笼轻烟月笼纱。

且就朦胧摅逸致,哦成佳句不须花。

月牙泉

阿谁山下解吴钩,懒作人间万户侯。

七彩流沙知捧月,一弯孤照不登楼。

聊存颜色惊诗句,也把寒光射斗牛。

遥望冰轮高阁上,而今天地两为俦。

玉门关

吟诗合到玉门前,昔日春风去又还。

千载繁华成旧事,一朝零落见新天。

孤城每入先生句,小子才惊大漠烟。

忽讶冰轮扶壁上,料应仍似汉时圆。

莫高窟

恍如身到梵王宫,四壁居然夺化工。

妙手奇思成佛国,堕花禅偈寄雩风。

朝完一洞机心歇,礼罢千尊计虑空。

只恨当年愚道士,胸中起念负英雄。

(以上四首均选自《玉门关诗词精选集》2019年版)

承 洁

题鸣沙山

如刃沙山十里长,缘何日夜奏宫商?

登临方觉真情笃,怀抱清泉弦月张。

题月牙泉

瀚海无边月作舟,泠泠泉水赠清幽。

风沙一任云天卷,不许分毫失绿洲。

题玉门关

一关锁钥接西东,把盏犹思故里风。

且听驼铃摇日月,千秋丝路过门中。

(以上三首均选自《玉门关诗词精选集》2019 年版)

王银海
敦煌白杨诗赞(新韵)

漠里风烟育傲杨,挺拔骄侍伴沙疆。

千林夏叶扬晴翠,万树秋枝绘玉黄。

雨沐霜凌嘲冷瑟,冰封雪覆笑苍凉。

岿然昂首坚如铁,守土精忠续华章。

登鸣沙山有感

大漠长风戈壁深,流沙蔽日半空吟。
何言尘世多蒙沌,用我初心守朴心。

(以上二首均选自《玉门关诗词精选集》2019 年版)

罗建明

敦煌莫高窟

千里河西耀佛光,丝绸之路彩雕乡。
九层寺阁祥云绕,八百禅龛圣雾香。
镇地观音眉目笑,飞天仙子袖裙扬。
雄奇璀璨传寰宇,华夏文明谱锦章。

鸣沙山月牙泉

泉如弯月岭鸣沙,飞絮晴空映晚霞。
大漠雄浑湖水秀,驼铃逐梦响天涯。

(以上二首均选自《玉门关诗词精选集》2019 年版)

冷迎春

敦煌民居

泥巢燕垒有人家,近水嘻山时弄沙。

民宿兴来方外客,林阴好探梦中花。

经霜果树些些子,宕日田垄细细芽。

奇更槐梢升紫气,白杨护院作篱笆。

(选自《玉门关诗词精选集》2019年版)

丁星凡

玉门关

古隘雄关梦里来,汉唐明月共徘徊。

春风不度怜羌笛,弱柳相依眺戍台。

遗址尚存骚客晓,残垣尽废野狐哀。

酒泉箭指长空日,火树银花遍地开。

月牙泉

一道银钩大漠中，时翻碧浪对苍穹。

沙鸣起伏如空竹，步履无痕听晚风。

（以上二首均选自《玉门关诗词精选集》2019年版）

曹姿红

长相思·敦煌初雪

云霏霏，雪霏霏，玉屑翩翩漠上催，九天仙子归。　　山生辉，水生辉，叠曲千年犹可追，阳关月影随。

踏莎行·反弹琵琶

绿树清风，娇莺软语。街心伎乐翩翩舞。千娇百媚惹人怜，琵琶弹尽相思苦。　　叠曲年年，柔情处处。流光散去仙姿楚。春风已度玉门关，禅音袅袅穿云缕。

临江仙·玉门关抒怀

千古玉关千古梦,也曾鼓角兵戎。流沙漫卷历长风,将军征战地,豪气荡晴空。 何叹楼兰成幻影,中西盛世和融。青春依旧慕英雄,方圆杨柳绿,疏勒水淙淙。

赠王维

杯酒千年醉,诗情万古留。
春风盈汉塞,羌笛少离愁。
文博融西域,丝绸近五洲。
阳关花正艳,元二可无忧。

(以上四首均选自《玉门关诗词精选集》2019年版)

金嗣水

鸣沙山

瀚海茫茫谁鼓琴,关山情动自难禁。
青空月照征尘影,沙粒风翻天籁音。

月牙泉

驼铃阵阵响天涯,瀚海茫茫夕照斜。

极目苍凉见奇迹,一弯新月落黄沙。

(以上二首均选自《玉门关诗词精选集》2019年版)

成文生

沙州怀古

明珠绮丽耀东方,万象纷来入典藏。

佛窟堪为天上阙,沙泉尤是景中王。

文留贝叶名寰宇,路载丝绸冠海疆。

美酒琵琶喧一曲,故园风采看敦煌!

莫高窟

竹园精舍倚禅廷,云幻三危法像生。

旋上阁楼凭月照,凿开石窟共沙鸣。

伽蓝风起菩提树,霄汉歌来鸾凤声。

僧俗淹留易忘返,遐荒何宿此蓬瀛?

月牙泉

时复中秋镜未圆,沙丘拥抱半弧弦。
清蟾遥驻星辉下,怡侣频歌水榭前。
风散尘埃皱绿浪,鱼衔芝草慰婵娟。
故关初晓虹湾邈,云海茫茫可渡船?

玉门关

于阗璞玉俏玲珑,驱散征云边隘通。
丝锦斑斓罗马殿,葡萄秾艳汉唐宫。
徘徊村井殷殷醉,尽望天山郁郁葱。
明月常悬星汉外,关前复又说春风。

阳　关

雄姿肃穆立荒垓,遗世芳容各有猜。
将去离歌频折柳,望归游子每登台。
冶炉销剑安西道,扶耒耕田雪岭隈。
今日欲聊边塞事,嘉宾络绎五洲来。

（以上五首均选自《玉门关诗词精选集》2019年版）

周胜辉

念奴娇·敦煌畅想

西凉纵目,看危峰东峙,两关高仝。沙岭晴鸣闻鼓乐,信是飞天欢语。千窟神明,一弯丽月,党水朝天举。雄居云漠,一城穿透今古。　　曾证烽火狼烟,驼铃茶马,络绎丝绸路。弹指巨龙腾赤县,怀远万方来附。灵秀瓜州,雄浑西域,亦奋凌云步。手牵天下,壮心还向寰宇。

（选自《玉门关诗词精选集》2019年版）

叶艾琳

一剪梅·观《丝路花雨》

谁记当年双髻丫?玉面今遮,如雾轻纱。驼铃摇过啸胡沙,恩怨天涯,万里离家。　　泣血声声忧愤嗟,神笔堪夸,语诉官衙。霓裳飘拂胜云霞,慢拢琵琶,远系悲笳。

（选自《玉门关诗词精选集》2019年版）

李支柱

鹧鸪天·敦煌鸣沙山

金龙盘踞鸣沙山,蜿蜒起伏绕颠连。筛匀汰净千般梦,覆厚伸长万里滩。　蓝天静,白云闲。群峰环抱月牙泉。绿洲映得斜阳美,上下霞光红半天。

鹧鸪天·三危山

三峰危峙立意狂,摇摇欲坠客惊惶。佛家圣地藏仙境,道教天宫绘画廊。　观音井,老君堂,终年不断四时香。笑迎中外来游客,三教平心与世长。

（以上二首均选自《玉门关诗词精选集》2019年版）

张建平

月牙泉

嫦娥剪下月牙边,挂在茫茫沙角前。
千载丝绸连四海,牧游过客饮甘泉。

（选自《玉门关诗词精选集》2019年版）

雍晓升

赏月牙泉有作

犹如天赐含情眼，从此游人勿等闲。
独秀谁还贪半隐，鸣沙细点垒成山。

吃榆钱有感

软嫩味香人喜爱，薄如圆币古今喧。
敦煌小吃名声远，寓意榆钱进富源。

赞李广杏

色彩如金瓤似蜜，古时嫁接溢来香。
可知李广名连杏，标志敦煌远播扬。

（以上三首均选自《玉门关诗词精选集》2019年版）

赵美新

游月牙泉（新韵）

天赐灵泉似月牙，盈盈碧水浸黄沙。

千秋不涸人称异，万古长清世尽夸。

铁背鱼鲜呈美味，七星草嫩绽仙葩。

琼楼凤阁筑南岸，一入敦煌便忘家。

鸣沙山（新韵）

风也多情沙也鸣，色兼五彩早形成。

金光闪闪如绸软，细粒绵绵似玉英。

下滑轰然雷震耳，上爬响动足弹筝。

千秋难解此中秘，犹听战场厮杀声。

（以上二首均选自《玉门关诗词精选集》2019年版）

荣西安

西江月·月牙泉

蒲草层层输绿，岸沙粒粒流金。当年玉兔动凡心，偷落冰床半枕。汩汩无非细浪,声声尽是瑶琴。风吹不竭到如今,一颗珍珠织锦。

(选自《玉门关诗词精选集》2019年版)

罗永珩

鸣沙山

为谷为陵不喜平,黄沙亘古发龙鸣。
世间几度沧桑劫,犹作扬波瀚海声。

月牙泉

万顷黄沙一抹青,天光素影澹盈盈。
云烟乱渡三千载,独抱襟怀太古清。

过敦煌

大漠残台落照殷,清歌三叠遏行云。
何辞更进一杯酒,西出阳关逐雁群。

(以上三首均选自《玉门关诗词精选集》2019年版)

翁钦润

沁园春·咏莫高窟

大漠明珠,石窟空幽,佛韵渺绵。看金刚威武,释尊澄穆;飞天袅娜,菩萨超然。彩塑瑰奇,丹青精湛,花雨缤纷润大千。莲台净,有天龙八部,萦绕听禅。　黄沙远接祁连。霜月朗,沙州柳色寒。叹百年昏乱,列强侵扰;流离国宝,遭际堪怜。石室残篇,前朝遗卷,浩瀚精深文脉延。驼铃杳,伴琵琶悠婉,弹尽云烟。

咏月牙泉

西风飒飒舞芦花,大漠孤烟日渐斜。

万古灵泉吞冷月,一潭碧水映黄沙。

独临柳岸听霜籁,怅倚朱栏览绮霞。

谁抱琵琶归绝域,驼铃清越伴胡笳。

（以上二首均选自《玉门关诗词精选集》2019年版）

宋　彬
夜过月牙泉

山吞夕日变青黄，暗夜斜侵下大荒。

独有一湾沙聚水，自如寒铁静生光。

（选自《玉门关诗词精选集》2019年版）

朱士举
满庭芳·走近敦煌

璀璨明珠，咽喉重镇，大漠怀拥春洲。立身丝路，赢得美名留。遥想陈年往事，驼铃响、好梦同酬。华戎会，峥嵘大戏，精彩醉双眸。　　悠悠！难细说，唐僧足迹，演尽风流。更戈壁雄关，似诉鸿猷。旷世莫高洞府，至今日、朝圣人稠。何须问，如斯胜地，香火烛千秋。

（选自《玉门关诗词精选集》2019年版）

林贵增

蝶恋花·月牙泉诗会

诗约群贤吟月赋,摇荡心魂,相与飞天舞。情激芳尘凝白露,酣泉涤柳春风度。　　唱醉诗狂呼玉兔,把酹鸣沙,声震如雷语。今入边关翰墨谱,诗乡原本风骚路。

（选自《玉门关诗词精选集》2019年版）

杨业胜

玉门关

一道雄关千古魂,支撑大漠敢称尊。
汉军自有惊人处,立马横刀壮国门。

（选自《玉门关诗词精选集》2019年版）

邓建秋

旅次敦煌

看罢霓裳听六幺,至今想象旧丰标。
春风西去五千里,似向人言张议潮。

观看《又见敦煌》

万里黄沙百战身,俱随风逝几多春。
深闺情思寄何处,我是今来读信人。

过阳关

千载雄关颓欲平,唤醒大漠是车声。
客来客往新丝路,不必朝朝唱渭城。

访莫高窟

一天花雨渐微茫,风过沙丘留梵香。
入洞顿迷身所处,疑能循此到隋唐。

月牙泉

夜作蟾光朝作泉,黄沙深处自婵娟。

逢人不吝开青眼,知与伊谁有宿缘。

（以上五首均选自《玉门关诗词精选集》2019年版）

廖正荣

月牙泉有寄

荒茫大漠似当年,遥望黄河落日边。

且问沉沙千古月,为何长缺不长圆。

梦游月牙泉

奇境神游淡物华,依然钟爱是鸣沙。

敦煌大梦唐风夜,沉醉雄关月一牙。

（以上二首均选自《玉门关诗词精选集》2019年版）

刘远玲

踏莎行·沙州之春

碧水含情,白云弄影,林深草浅开红杏。忽闻游子踏歌声,惊鸿掠过天之镜。　古柳萌芽,新葭茂盛,长空燕落黄沙岭。春风几度入阳关?右丞醉酒斜阳应。

鹧鸪天·初夏雨后步行党河风情线

雨过天晴河畔行,夏花绚烂柳烟生。沙山历历纤云淡,布谷声声芳草青。　经冷暖,品枯荣,韶华已去梦中醒。临波傲立梧桐树,崖岸千年谁与争?

党河白莲咏

飞天故里白莲开,朵朵如云玉女裁。
不比他乡花色好,独含仙气望君来。

（以上三首均选自《玉门关诗词精选集》2019年版）

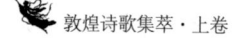

何玉新
春回故郡

风吹故郡春来早,党水欢腾碧草芳。

雨润田园迎远客,云遮疏勒醉残阳。

烟生佛窟琴声远,月照神泉画影长。

喜看沙州多瑞景,飞天起舞颂家乡。

(选自《玉门关诗词精选集》2019年版)

张生霞
清平乐·芒种时节

枝头杏小,垄上青青草。布谷声中麻雀闹,沙枣花开正俏。

绿荫虚掩农家,田间挥汗桑麻。禾壮韭肥人瘦,布衣浸湿残霞。

捣练子·游党河风情线

阶下路，水中亭，翠荷擎雨散浮萍。且徐行，忆别情。　犹记得，踏归程，校园留影忍哭声。柳丝轻，泪如冰。

（以上二首均选自《玉门关诗词精选集》2019年版）

陈斯高

玉门关遥想

心中多少愿，揖向玉门关。
伟魄擎天立，雄魂逐梦还。
刀枪横在枕，家国重于山。
豪气通今古，昂昂共克艰。

敦煌夜思

心中大美在沙州，步步莲花禅韵流。
欲共飞天寻静好，危峰蓝海月如钩。

（以上二首均选自《玉门关诗词精选集》2019年版）

郭子栋
玉门关感怀（二首）

一

残垣依旧傲苍穹，故垒孤悬大漠中。
汉室遥连欧亚路，驼铃近响未央宫。
关墙版筑关门启，驿马频传驿道通。
百草枯荣千载过，唯留胜迹吊英雄！

二

纷飞塞雁向胡天，羌笛悲凉汉月悬。
鼙鼓声声戈向日，黄沙漫漫燧升烟。
门开锁钥驼铃响，土筑方城白草连。
马队迷途神话久，穷思不尽玉关前。

（选自《玉门关诗词精选集》2019年版）

郭廷瑜
阳关咏怀

汉武关城抵万夫，犹闻鼙鼓却寻无。

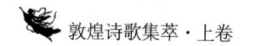

英雄故事沙中觅,丝路人文天下殊。

古董滩头谈古董,南湖岸上咏南湖。

驼铃远去春风度,红柳新描盛世图。

(选自《玉门关诗词精选集》2019年版)

赵　明

登阳关

绿草连天远,黄沙古道眠。

千年烽燧在,叠韵动山川。

(选自《问道阳关逐梦诗乡》2019年版)

玉门关感怀

丽日暖苍山,春风度玉关。

千年烽燧在,万里雁音还。

绿草连天远,红霞落地闲。

感逢圆梦路,不负汝容颜。

蝶恋花·春到月牙泉

波皱沙鸣泉不老。逸客来时,绿水山间绕。古柳枝头芽尚小,七星草畔春光好。　追梦诗乡情未了。众会前贤,把酒心来照。雨洒祁连松竹笑,浮云飞度阳关道。

夏夜鸣沙山

登上鸣山问九天,清风送爽月牙泉。

游人夜半不归去,沙岭当床坐卧眠。

（以上三首均选自《玉门关诗词精选集》2019 年版）

张立芳

鸣沙山

横卧千秋踏不平,纵然刀削亦无倾。

莫言粒粒沙尘小,齐向狂风作怒鸣。

月牙泉

苍茫望处尽平沙,谁与镶嵌水一洼。

原是多情天上月,相思滴落发新芽。

(以上二首均选自《玉门关诗词精选集》2019年版)

肖建春
水龙吟·登玉门关有感

雄关耸峙要冲,初春薄雾笼红日。沉吟此际,凭栏远眺,恍闻羌笛。霸气腾腾,历朝君主,尽倾心力!算汉唐鼎盛,重兵压境,遣飞将,驱夷狄。　　赫赫王朝堪羡,若昙花、烈焰何急!贞观治世,万邦参拜,终留嘘泣!风卷残云,废墟几度,"周期"难敌!唯人民作主,改天换地,春潮方激!

(选自《玉门关诗词精选集》2019年版)

王智华

咏玉门关

大汉拓边思玉关,丝绸古道路弯弯。

铃摇白刺枯还绿,沙掩蹄痕隐复斑。

一带歌声惊雁阵,百花野草赠光环。

亚欧商队长龙吼,互利共赢开笑颜。

(选自《玉门关诗词精选集》2019年版)

王颖秀

浪淘沙·端午感怀

垂柳荡悠悠,初夏还羞,党河漾漾赛龙舟。笙乐门庭新艾草,香韵长留。　独自踱桥踌,遥望清流,恍惚屈子似曾游。君问来年还去否,再看潮头。

(选自《玉门关诗词精选集》2019年版)

苏　俊

鸣沙山

沙到敦煌亦有情，千年向客发吟声。

明知天籁难追步，也遣诗心作共鸣。

（选自《玉门关诗词精选集》2019 年版）

代晚霞

登鸣沙山

满天星斗映沙山，手足并行举步艰。

登顶欢呼惊俯首，红霞正染月牙弯。

（选自《玉门关诗词精选集》2019 年版）

黄昌振

访月牙泉

碧水粼粼玉带浮，沙山环抱蓄平湖。

清泉如月云流彩，塞外风光入画图。

（选自《玉门关诗词精选集》2019 年版）

杨树林

敦煌鸣沙山月牙泉

夕阳映照踏鸣沙,疑是听涛到海涯。

天马驰时风奏曲,雷神落处岸飞霞。

银山四面围芦荻,碧水半湾镶月牙。

一缕思情犹忘我,欲飞镜里探瑶花。

(选自《玉门关诗词精选集》2019年版)

唐中华

游鸣沙山月牙泉

簌簌鸣沙抱入怀,千年泉水未沉埋。

一弯新月人归后,半落星河半落崖。

(选自《玉门关诗词精选集》2019年版)

张秀绢

鹧鸪天·大敦煌

紫塞狼烟逝梦惊,千年拓下古文明。前朝气骨铮铮在,石壁星辉历历清。　　疆土阔，岁华更，风回鼓角写峥嵘。重栽柳色鸣新曲，崛起敦煌一座城。

（选自《玉门关诗词精选集》2019年版）

张丽明

多丽·大美敦煌

枕昆仑，北瞻戈壁苍苍。峙东衢、襟连西域，流沙瀚海中央。玉门关、春风可度，故人影、塞曲痴狂。阆苑琼台，紫霄幻境，身飘神骛意飞扬。画摩崖、三千仙窟，尘世悟迷茫。飘逸女，反弹琵琶，花散云翔。　　绕霓霞、禅思清趣，灿灿诸善慈航。月牙泉、一泓人醉，昭君泪、羌笛幽藏。使者张骞，凿空万里，驼铃欧亚响绵长。今丝路、大鹏振羽，气韵动衷肠。华章赋，璀璨飞天，大美敦煌。

（选自《玉门关诗词精选集》2019年版）

陈启荣

咏月牙泉

圣女展新眸，灵泉四季悠。

清纯藏智慧，潋滟显温柔。

水荡黄沙妒，波摇明月羞。

人来常打卡，自信有源头。

（选自《玉门关诗词精选集》2019年版）

侯转运

玉门关抒怀（四首）

一

边城又见满园春，草色青青柳色新。

遥望古来征战地，至今犹记戍边人。

二

玉门几万里，猎猎汉家营。

昨夜谯楼上，犹闻鼓角声。

三

黄沙融落日，万里一城孤。

飞将今何在，龙城秋草枯。

四

大漠日边遥,风尘酒一瓢。

何须霸陵柳,当效霍骠姚。

（选自《玉门关诗词精选集》2019 年版）

袁人瑞

玉门关

土垒萧萧疏勒弯,梭梭生命历霜顽。

我来只为王之涣,诗里春风梦里关。

月牙泉

秋风大漠映兼葭,讶看千年水一洼。

造化奇思谁得解,月牙弯处听鸣沙。

鸣沙山观日出

晨兴带月竞登攀,飒飒秋风热汗潸。

忽见彤云缥缈处,一丸红日出沙山。

（以上三首均选自《玉门关诗词精选集》2019 年版）

仇恒儒

八声甘州·诗意月牙泉

望一湾澄碧自洪荒,大漠豁明眸。若慈光烛照,飞天善睐,美动神州。纵是天寒云黑,不忍掩风流。且有鸣沙恋,怀一襟柔。　　天赐这枚星眼,把敦煌画卷,十万藏收。笑孤烟散尽,丝路展雄谋。赏羌笛、翻新潮曲,眺玉门、春绿柳梢头。蓝天下,秋瞳剪水,人荡心舟。

（选自《玉门关诗词精选集》2019年版）

宋国贤

谒阳关

风尘仆仆未彷徨,胜地临风四野茫。
梦里雄关今不见,望中孤燧挂斜阳。

月牙泉

沙拥月牙水一湾,洁如明镜照心丹。
芳容乍睹惊无语,惹得相思忘却难。

玉门关

访罢阳关谒玉门,千年遗迹最销魂。

弹冠汉道留张照,人影方盘一起存。

(以上三首均选自《玉门关诗词精选集》2019年版)

李晓光

游鸣沙山·月牙泉

千年细语对清泉,一片柔情月色前。

塞外双双无限意,沙迷碧水水呈妍。

(选自《玉门关诗词精选集》2019年版)

张大泽

月牙泉

一弯新月生金谷,大漠灵泉恋晚霞。

朱阁楼前遗宝镜,绿洲亭畔射光华。

远峰驼影千秋岭，近水鸣山万顷沙。

夜雨初晴云雾绕，笼烟深处有人家。

（选自《玉门关诗词精选集》2019年版）

郭　宏

玉门关

茫茫戈壁隐雄关，雁影依稀是汉天。

怅看残躯守古道，嗟观落日忆当年。

浮云转瞬笛中逝，明月常由诗里圆。

寂寞孤城风雨后，繁华不记任桑田。

游三危山登南天门

石径蜿蜒日色昏，梵音送我上天门。

夕阳斜照峰峦处，万壑云霞万佛尊。

（以上二首均选自《玉门关诗词精选集》2019年版）

高银交

过玉门

男儿到此发豪情,不满诗心不足行。

晓月疑从天射落,飞沙可与角争鸣。

鞍前夜赏楼兰雪,关外人寻柳笛声。

唐汉将军还送我,春风一路马蹄轻。

(选自《玉门关诗词精选集》2019年版)

马瑞新

月牙泉

黄沙卷梦等闲间,只待春风度玉关。

月下谁同消寂寞,柳丝悄绿小眉弯。

鸣沙山

望断关河意不平,黄沙千古作雷鸣。

忽闻杨柳翻新调,且向春风弹玉筝。

(以上二首均选自《玉门关诗词精选集》2019年版)

朱殿臣

敦煌梦

谁为戈壁留奇观，引得世人魂梦牵。

离合相思何处诉，鸣沙山下月牙泉。

（选自《玉门关诗词精选集》2019年版）

缪秉峰

西江月·重游敦煌

想做飞天绮梦，又来丽日敦煌。两关一窟沐荣光，更有祁连眺望。　古迹依然玄妙，名城换了新装。鸣沙写就好文章，月照人间天上。

题莫高窟

飞天从此出，紫气绕敦煌。

伎舞千年秀，艺凝万世长。

佛心迎远客，丝路送斜阳。

夜化琵琶曲，多情入梦乡。

题月牙泉

天生一个月牙泉,说尽风骚在眼前。

行客纷纷相与照,可知圆缺是当然?

(以上三首均选自《玉门关诗词精选集》2019 年版)

刘志刚

月牙泉

一泉碧水天公泪,浸透千年淌不干。

但有苍生还受旱,倾将月露润沙峦。

鸣沙山

万丈黄沙日夜鸣,似闻戈壁惜民声。

呼君种枣新栽柳,引得清波泽众生。

阳关葡萄园

千年美玉化身殊，结作葡萄万顷珠。

缀满画框都是绿，香飞丝路引车驱。

（以上三首均选自《玉门关诗词精选集》2019年版）

王宝琛

雅丹地貌

雨濡风蚀雅丹图，七十万年生绝殊。

舟舰驼龟巡瀚海，塔城燧堡镇方隅。

罗布泊逝千姿起，疏勒河融百态俱。

刀刻斧雕天造妙，迷途骚客眺神区。

（选自《玉门关诗词精选集》2019年版）

郑瑞霞

临江仙·鸣沙山（新韵）

大漠晴空接日，高峦千尺堆金。微风来处卷雷音。远丘增减处，岁月自钩沉。　暮送白云归去,朝来万迹无痕。霞光一抹染缤纷。千年皆慨叹,多少古今人?

浣溪沙·月牙泉(新韵)

明玉吹波岸笼烟。轻沙空落月泉边。一泓碧水溢春寒。　眉眼盈盈初醒梦,柳绦淡淡恰开帘。多情颦笑顾人间。

(以上二首均选自《玉门关诗词精选集》2019年版)

苏些雩

减字木兰花·月牙泉

初三初四?遗落敦煌常念记。依旧盈盈,一瞥霜鸿为汝惊。　星河赴约,天上人间同闪烁。今夕如何?小酌琼田暖玉波。

减字木兰花·鸣沙山

和弦轻弄,一阕鸣沙先人梦。绾住驼铃,好与斜阳带醉听。　熏风回望,守候胡杨添彩浪。仔细收藏,灼灼流金碧燕翔。

(以上二首均选自《玉门关诗词精选集》2019年版)

马新明

古城晚眺

暮日西沉古郡祥,三危幽静显灵光。

近观楼阁霓虹烁,遥见南山瘦脊长。

最喜阳关温浊酒,唤醒诗佛舞云裳。

东风执着追仙鹿,宝马升天汗血香。

(选自《玉门关诗词精选集》2019年版)

徐 毅

玉门关

万里黄沙隐紫烟,西连汉塞入胡天。

玉门关外春风起,疏勒河边可种田。

(选自《玉门关诗词精选集》2019年版)

强明侠

敦煌文博会

敦煌自古多神秀,嘉会而今更空前。

圣地迎来天下客,莫高绽放万千颜。

飞天翩舞呈绝唱,瑰宝琳琅览大观。

汉武有闻仙亦醉,张芝挥草赠新篇。

康顺义

永遇乐·丝路重起

岁月悠悠,汉唐丝路,辉煌重起。戈壁茫茫,诗中瀚海,阵阵驼铃寄。敦煌遗韵,鸣沙奏响,泉水月牙柔美。莫高窟、飞天栩栩,琵琶反弹心醉。　　今朝客旅,追先寻古,重踏张骞云履。凝望阳关,沉思嘉峪,多少英雄辈。奈何难觅,将魂兵骨,滚滚黄沙如被。斜阳下、长河落日,尽收眼底。

(选自《玉门关诗词精选集》2019年版)

谢良喜

玉门关

浩瀚黄沙天地间,孤城自合压千山。
只今丝路连云外,不必春风度玉关。

莫高窟

汉域唐疆认此天,敦煌故事至今传。
文明不见莫高窟,踏遍千山也枉然。

鸣沙山

鸣沙山上殷雷响,疑是神兵斗漠边。
又似轻风吹管乐,喁喁细语说婵娟。

月牙泉

半规汉渥自涓涓,尽润穷荒亿万年。
无那流沙吹不转,人间只有月牙泉。

(以上四首均选自《玉门关诗词精选集》2019年版)

张金英

浣溪沙·月牙泉

谁卧鸣沙绿梦生?一湾碧玉满天星。尘心未染月心明。
许是瑶池难了镜,莫非人世万年睛。空荒大漠不荒情。

浪淘沙令·鸣沙山

大漠御风行,天地和鸣。金龙过处淌金声。丝雪管霜钟磬冷,战鼓催旌。　帅字又西征,多少雄兵,残阳如血血中横。莫道孤烟犹未直,已是新晴。

月下笛·敦煌玉门关怀古

万仞天山,孤城耸立,默然无语。胡杨守护。指向丝绸之路。出长安、人喊马嘶,雁声唤到关外去。有西方玉石,中原罗缎,往来商贾。　繁华风蚀了,断壁刻沧桑,记英雄谱。刘家使者,几度飘零还渡。北蛮夷、奈何霍郎?剑花白羽刀影舞。战黄沙,暗淡长云,一笛杨柳诉。

思远人·阳关别情

戈壁滩前烽燧立,西出望行客。听云中笛落,楼中人泣,从此锦书隔。　等君等到边城圻。几叠曲音得?诉断雁别情,月临窗下,清秋渐萧瑟。

（以上四首均选自《玉门关诗词精选集》2019年版）

岳松林
忆昔日游敦煌古阳关旧址

久醉阳关曲,身临万里沙。
废垣存汉韵,荒漠隐胡笳。
泥掩烽台近,风循古道遐。
雄关仍可见,心海蠹其家。

（选自《玉门关诗词精选集》2019年版）

王军平

玉门关

驼铃载梦入雄关,尽酒狂歌岂有闲?

白日一轮如血马,无时不照汉河山。

(选自《玉门关诗词精选集》2019年版)

刘妙仙

玉门关

汲古胡尘盛,停碑朔漠中。

天关酬热血,汉塞续春风。

复听驼铃响,恒将鹄志融。

宵衣齐勠力,丝路贯长虹。

(选自《玉门关诗词精选集》2019年版)

赵力纪

月牙泉

大漠孤烟万里空,一牙弯月寂寥逢。
金沙浩荡晴天响,碧水涟漪雅趣浓。
曾映班超投笔势,亦留玄奘取经踪。
流连此地低吟久,思古幽情入我胸。

敦煌鸣沙山

沙峰滑下起轰鸣,似觉雄诗万里情。
想必常闻边塞句,响音犹带马蹄声。

(以上二首均选自《玉门关诗词精选集》2019年版)

束红平

咏玉门关

汉唐通塞到天山,滚滚驼铃迢递间。
锡杖西风玄奘去,血旗东指议潮还。
摩挲坍土成今忆,阅历黄沙覆旧斑。
报国但求身马革,何须生入玉门关。

月牙泉

明月孤悬沙漠深,半弯澄碧贵如金。

任他关堞铭秦汉,千古一泓清白心。

（以上二首均选自《玉门关诗词精选集》2019年版）

李金明

夜游鸣沙山

风来远古听鸣沙,天嵌弯弯小月牙。

夜色清凉如水洗,泉边直坐到无邪。

（选自《玉门关诗词精选集》2019年版）

郭增吉

玉门吊古

长城古堡越千年,多少英魂沙下眠。

寸血曾经争寸土,后人凭吊泪潸然。

玉门关今咏

茫茫大漠玉关风,几许兴衰一梦中。

最喜遗珠逢盛世,今朝丝路又飞鸿。

(以上二首均选自《玉门关诗词精选集》2019年版)

詹建荣

南乡子·沙州元夜

宵月退寒霜,云影霓光做衣裳。逐步小楼极目处,檐廊,十里华灯锦带长。　　古郡解冬妆,锣鼓开台狮舞忙。社戏迎新龙气引,春将,归燕双双已数行。

(选自《玉门关诗词精选集》2019年版)

张正聪

玉门关怀古

大小方盘相对坐,长龙守望最雄浑。

襟凭四郡咽喉道,背负双关锁钥门。

话史幽幽沉夕月,通商岁岁赶朝暾。
尘嚣八百沧桑事,于此渺然已不存。

阳关怀古

数梦关城今始逢,黄沙浩瀚阔襟胸。
驼铃萦耳三千里,客舍屯云百二重。
欲罢征鞍犹佩剑,翻惊战鼓急传烽。
回头已是烽烟尽,丝路悠悠掠影踪。

(以上二首均选自《玉门关诗词精选集》2019年版)

丛延春
沁园春·万里长城十三关之玉门关

汉马嘶天,秦筝动地,古道八千。望长城烽垒,风摇红柳;边城驿站,雪打旌幡。浩瀚黄沙,凄然断壁,不绿荒洲万仞山。蜃楼里,有长河落日,大漠孤烟。　千秋胜迹回看,说前事,河西丝路难。想张骞节使,商通西域;卫青战将,血染征鞍。白骨屯田,黄沙堆岭,雄踞边陲汉室安。垛堞下,听胡笳恋曲,唐赋诗言。

(选自《中华诗词网》)

武立胜

小方盘城忆事

莽沙西望路接天,野燧边烽千百年。

幸我曾将国土戍,只惜未到玉门关。

过阳关故道

敢向西游路自平,祁连山色照沙明。

谁言独木桥中客,不许阳关道上行。

佛释莫高尊法久,霜飞疏勒染衣轻。

今番辞却故人去,走罢旗亭更酒亭。

刘庆霖

问敦煌

驼铃引我到沙梁,手捧雅丹风色黄。

疏勒河边听羌笛,玉门关外拜胡杨。

情思漫过祁连雪,脚步徘徊明月光。

仰视飞天莫高窟,微躯可否属敦煌。

敦煌夜市与友人畅饮

满街灯火忽重重,丝路夕烟围坐中。

一碟祁连山上雪,半壶疏勒水边风。

听来玉笛星犹坠,饮到沙州月再逢。

不在夜光杯里醉,阳关今有故人从。

赵清莆

到阳关

嘉峪关辞报晓鸡,车行戈壁远天低。

自来何必劳人送,只到阳关不再西。

访阳关

当初应是甚崔嵬,风雨千年日日摧。

有幸我来犹可见,阳关遗迹土高堆。

张桂兴

雅丹地质公园

雨浸风雕作画廊,狮雄龟伏凤呈祥。

舰船千只出西海,世界奇观大漠藏。

鸣沙山

大漠雍容抱月牙,夕阳西下枕鸣沙。

游人赤足攀登处,似拨琴弦踏浪花。

刘爱红

玉门关听琴

一曲清音天外来,秋风卷过白云台。

小盘城上夕阳里,曾舞青锋剪翠埃。

汉长城

沙海长龙对落晖,汉家壮士几人归。

碛边白草摇秋冷,犹忆当年征马肥。

魏义友

莫高窟

一

依山凿窟造琳宫，千载相承有异同。
始信人间成伟业，前修后续不停工。

二

人禽分辨是精神，苦海无涯何处邻？
世界最终需信仰，一杯净水洗红尘。

李稳贤

鹧鸪天·敦煌雅丹

罗布泊东雕塑城，鸟虫列阵上沙坪。狮身人面阅游客，孔雀翎毛弄深情。　行战舰，卷尘风，阴阳面目不相同。请君莫问啥因果，慢解何为魔鬼城。

徐耿华

【双调·水仙子】游古阳关

千年风切土墩山，十里沙埋古董滩。街衢坦道难得见，惹游人思绪翻。叹悠悠过眼云烟。丝路驼铃远，沙侵关隘残，三叠调、百世流传。　古关山右有人家，十里葡萄数亩瓜。一幅大漠江南画，有何人不羡杀？敞家门主人迎咱。围坐葡棚下，闲聊品嫩茶，虹鳟鱼、好慰馋牙。

敦煌雅丹魔鬼城歌 [①]

敦煌远控玉门关，玉门西向指楼兰。途中有城曰魔鬼，稍闻其名已胆寒。草具行装放胆游，不见魔鬼不回头。极目荒荒去路远，戈壁寂寥沙横流。细沙吹尽粗沙黑，蓝天空净痴云飞。古来征战多过此，冷风吹散骷髅灰。君不见眼前突兀黄一片，沙海土丘结城苑。神雕鬼割大自然，余溜风吹浍崖岸 [②]。似零乱，又整森，远近高低看不真。我欲因之化鲲鹏，冲天俯瞰魔鬼城。蒙古包，

[①] 敦煌西180公里处，沙漠中千奇百怪的土丘群，地质学上谓之雅丹地貌。古文献中的"三垄堆"似亦指此地。因风沙吹过能引起怪叫声，故又名"魔鬼城"。
[②] 郦道元《水经注》里说这种地貌的形成原因是"余溜风吹"，"浍其崖岸"（风和水不断地对崖面进行冲刷、吹蚀）。

千军帐，宝塔姿，宫殿样，大漠孤烟巷陌荡①。且把群丘比军舰，乘风破浪临大战。再把群丘比黄龙，海走龙飞势若虹。广漠雄狮吼，丝路驼队行。神龟出沧海，孔雀待开屏。汉家武士张怒目，东海群鱼向龙宫②。平生自信阅历广，此般奇景从未赏。我为斯地抱不平，何以"魔鬼"累其名！君不见最美还在日西落，日落之处霞万朵。回望身后土丘群，眼前尽放金红色。红轮坠海散成绮，遥看四野无生机。夜幕降临风乍起，月黑风高鬼凄凄。当年贰师撤兵回③，冤魂随至三垄堆。玉门紧闭无归日，每到寒夜肝肠摧。想到此处毛发立，未敢驻足听仔细。

闫云霞

贺新郎·莫高窟

再把敦煌谒。壁崖中、高窟璀璨，喜迎骚客。依岭镌雕惊尘世，佛祖传经透彻。应肃穆、庄严精舍。弟子听经分左右。立边厢、力士擒他吓。疑鬼斧、却刀刻。　　藏诗二万分秋色。赞文明、

---

① 土丘间游走着小型龙卷风。
② 大漠雄狮、丝路驼队、神龟、孔雀、武士、鱼群，皆为此处著名景点，因其土丘形状酷似而得名。
③ 公元前104年，汉武帝派遣贰师将军李广利率兵数万征伐大宛。士卒逃、死者十之六七，李广利被迫撤兵。武帝闻之震怒，下令不许退入玉门关。

奉献人类，共妍同乐。贝叶琵琶交响处，碰撞心灵般若。思净土、寰球凉热。左柳倾情悲疏勒。胡杨守魄夺气摄。意欲写，不可遏。

霍庆来

游敦煌沙州古城闲吟

壁墙斑驳证沧桑，古郡沙州遗韵长。

杂铺酒家存故事，红楼茶馆驻馨香。

谛听羌笛情何寄，漫赏飞天意未央。

西出惟嗟无旧友，谁人饯别话衷肠。

锁阳城遗址感吟

大漠之中置锁阳，迢迢丝路玉珠镶。

通商御敌咽喉扼，灌溉屯田锦绣彰。

驻赏残垣思浩渺，漫吟红柳意铿锵。

繁华远逝徒嗟喟，一片诗心逐汉唐。

耿　杰

阳关怀张骞

任重征程远，阳关路八千。
儿怜西域月，娘哭汉江边。

月牙泉

山川无寸草，大漠望延绵。
瀚海奇观异，弯弯水一泉。

尹彩云

鸣沙山月牙泉

黄沙亘古抱清泉，沙自长鸣泉自涓。
三藏当年此地过，七星草茂至今鲜。

阳　关

黄沙莽莽万重山，梦里征人何日还。
一曲渭城惊远梦，斜阳影里望阳关。

曹初阳
由南昌转机兰州赴敦煌，落地后作

扶篱陶菊蘸微凉，秋雨初停桂正香。

袖得朝云辞赣水，肩盈夕照到敦煌。

古今韵事留千卷，海宇清流会一方。

漫咏诗怀应可待，玉门关外大风扬。

登鸣沙山

悬梯百丈我来量，肩比峰高五尺长。

满目山书金世界，一天云写玉文章。

沙声元自无今古，秋色何曾管盛亡。

隐隐驼铃传岭外，今宵谁梦汉时光。

张孝玉
敦煌春柳

春布春音满五湖，玉门内外变通途。

分根来作胡杨伴，定位仍为骚客舒。

冒雨随心千簌絮,逆风狂草几行书。

如何当好新媒介,上绿高天下绿芜。

段 维

玉门关遗址

万里黑戈壁,千年黄土围。

汉朝关塞址,沧海断存碑。

丝路花枝颤,和田珠玉肥。

琵琶听仿佛,谁抱美人归?

敦煌雅丹魔鬼城

茫茫戈壁黑,翻衬雅丹黄。

翘首雄狮怒,飞天孔雀狂。

云烟生浩渺,夕照谱辉煌。

斗酒驱寒夜,惊魂闻饿狼。

车痕认经济,浪迹忆沧桑。

莫作浮沉叹,襟怀借海量。

王海娜
水调歌头·敦煌女儿樊锦诗

请进太阳色,驱走洞中魔。还原岁月千载,影像渐婆娑。壁画重生光彩,石佛消磨停止,山水又欢歌。谁把女娲手,借用卅年多? 锦诗路,新拓就,不蹉跎。敦煌何幸,儿女痴守大泉河。只做人生一世,舍弃凡尘千累,理想已巍峨。看取鸣沙下,一个月牙窠。

刘能英
月牙泉

弯月一泓鉴,鸣沙四面围。

常年无雨气,竟日湿烟霏。

游完月牙泉返回途中即兴

清浅凭栏看,黄昏拾句归。

古风吟欲就,大漠雁横飞。

钟　波
月牙泉

沙化金舆风引乘，当年初月此飞升。

犹传奔马嘶山外，更遣虬龙活水层。

吞吐明珠生日夜，飘扬芳树试罗绫。

若为临岸吹羌管，天上人间两碧澄。